RANDI FUGLEHAUG

TODESFALL

EIN AGNES-TVEIT-KRIMI

Aus dem Norwegischen
von Christel Hildebrandt

FISCHER

Aus Verantwortung für die Umwelt hat sich der S. Fischer Verlag zu einer nachhaltigen Buchproduktion verpflichtet. Der bewusste Umgang mit unseren Ressourcen, der Schutz unseres Klimas und der Natur gehören zu unseren obersten Unternehmenszielen.

Gemeinsam mit unseren Partnern und Lieferanten setzen wir uns für eine klimaneutrale Buchproduktion ein, die den Erwerb von Klimazertifikaten zur Kompensation des CO_2-Ausstoßes einschließt.

Weitere Informationen finden Sie unter: www.klimaneutralerverlag.de

2. Auflage: April 2022

Deutsche Erstausgabe

Erschienen bei FISCHER Taschenbuch
Frankfurt am Main, Mai 2022

Die norwegische Originalausgabe erschien 2020
unter dem Titel »Fallesjuke« bei Kagge Forlag AS, Oslo.
© 2020 by Randi Fuglehaug
Die Veröffentlichung erfolgt durch die freundliche
Vermittlung der Stilton Literary Agency.

Für die deutschsprachige Ausgabe:
© 2022 S. Fischer Verlag GmbH,
Hedderichstraße 114, D-60596 Frankfurt am Main

Redaktion: Ilse Wagner
Satz: Fotosatz Amann, Memmingen
Druck und Bindung: CPI books GmbH, Leck
Printed in Germany
ISBN 978-3-596-70556-6

Oh but you are in my blood
You're my holy wine
You're so bitter, bitter and sweet

Joni Mitchell, *A case of you*

SONNTAG

Sie hatte vergessen zu pieseln, und jetzt war es zu spät, um noch mal schnell auf die Toilette zu gehen. Der Motor lief bereits, als sie an Bord gingen, alle anderen waren schon startklar. Sie wären verärgert, wenn sie jetzt plötzlich wieder aussteigen wollte. Die Eröffnungszeremonie hatte begonnen, der Zeitplan war eng. Während das Flugzeug langsam nach Osten auf die Startbahn rollte, schlug Veslemøy Liland die Beine übereinander und versuchte, das zu ignorieren, was ihre Oma »eine Pennälerblase« genannt hätte. Sie befestigte die Sicherheitsschlaufe in ihrer Ausrüstung, spürte, wie die dicke Wolle an den Schenkeln juckte. Sie hatten lange gebraucht, die Trachtenröcke in die engen Nylonstrumpfhosen zu stopfen. Das Ergebnis: Es war jetzt verdammt heiß. Sie blickte über die Schulter, stellte fest, dass die drei Freundinnen nicht das geringste Anzeichen erkennen ließen, auch von Harndrang oder Juckreiz geplagt zu werden. Joni schaute sie lächelnd und gleichzeitig fragend an. Sie hatte Helm und Brille noch auf dem Schoß liegen, es war zu heiß, um irgendetwas länger als unbedingt nötig auf die roten Locken zu drücken.

Erst als das Flugzeug am Ende der Rollbahn wendete, entdeckte sie den Typen, der den Sprung filmen sollte. Sie konnte ihn hinter Jonis Löwenmähne gerade so erkennen. Sie hatte ihn noch nie getroffen, er schien neu zu sein. Seitdem sie nicht mehr die Zeit hatte, regelmäßig zu springen und zu den Partys zu gehen, war es bei all diesen Neuzugängen im Verein nicht so einfach, auf dem Laufenden zu bleiben.

Durch das Flugzeug ging ein Ruck, dann gab es Vollgas Richtung Westen. Alle saßen sie mit dem Rücken zur Flugrichtung, und als Veslemøy spürte, dass sie vom Boden abhoben, schaute sie durch das kleine Fenster zum Klubhaus. Vor dem Eingang des Cafés wimmelte es von Kindern und Erwachsenen, Teilnehmern und Zuschauern, Bekannten und ...

Sie zuckte zusammen.

Ein Mann stand dort, etwas abseits, die Arme vor der Brust verschränkt, und starrte in Richtung Flugzeug.

War es möglich?

Sie versuchte zurückzublicken, aber das Klubhaus und derjenige, den sie gesehen hatte, *den sie glaubte, gesehen zu haben,* wurden kleiner und kleiner. Bald verschwand das Klubhaus aus ihrem Blickfeld. Und das Gesicht, das sie seit so vielen Jahren nicht gesehen hatte, das Gesicht, von dem sie gehofft hatte, es nie wiedersehen zu müssen.

Eine eiserne Faust schien ihr Herz zusammenzudrücken.

Sie musste sich geirrt haben.

Das war nur ein Mann, der ihm ähnlich sah.

Sie lehnte sich zurück und versuchte, sich nur noch auf das monotone Brummen des Flugzeugmotors zu konzentrieren, aber die Unruhe hatte sich in ihrem ganzen Körper ausgebreitet. Sie nahm den Geruch von Schweiß und häufig benutzter Ausrüstung wahr, doch plötzlich war da auch noch ein anderer Geruch, ein kräftiges Parfüm. Sie versuchte, die Erinnerung daran abzuschütteln, wollte die Bilder auf keinen Fall heraufbeschwören, aber ihr Magen rebellierte bereits. Sie musste sich zusammenreißen. Konzentrieren. Positiv denken, an die Sonnenstrahlen, die ihr in die Augen stachen, als sie wieder hinausschaute und die Baumwipfel von Bømoen unter sich verschwinden sah. Bald waren die Bäume zu einer zusammenhängenden, grünspanfarbenen Decke geworden, und das Flugzeug steuerte auf die nahe gelegenen Berge zu, über denen sich ein fast schockierend blauer Himmel wölbte. Schon bald lag der See, das ruhige Lundarvatnet, unter ihnen, sie flogen weiter zum Lønavatnet. Sie spürte, wie sich der dunkle Griff um ihr Herz ein wenig lockerte. Was für ein Timing mit dem Wetter. Sie konnte sich nicht erinnern, wann es das letzte Mal so phantastisch gewesen war, wann der Nebel nicht darauf bestanden hatte, alles, was schön war, auszuradieren. Der Frühling war durchgehend zu nass gewesen, und die Wettervorhersagen für Voss hatten davor gewarnt, dass das diesjährige Festival buchstäblich ins Wasser fallen würde. Sie hatte sich schon darauf eingestellt, dass sie sich bei allen angereisten Fallschirmspringern entschuldigen würde, die ohne jeden Zweifel von gutem Wetter ausgegangen waren. Den Veteranen waren ja das Klima und die Bierpreise bekannt, sie kamen so oder so, aber die Neuen, die Jungen, Eifrigen, die lange Anfahrtswege auf sich nahmen, um über *the beautiful fjords* abzuspringen, sie wären enttäuscht gewesen, wenn die Veranstaltung hätte abgesagt werden müssen. Und dabei war das Vangsvatnet überhaupt kein Fjord.

Positiv denken. Das würde eine richtig gute Woche werden.

Noch bis vor wenigen Minuten hatte sie sich sonderbar erleichtert gefühlt, obwohl ihre Blase sich auf so peinlich unroutinierte Art bemerkbar machte. Sie starrte auf ihr Handgelenk, der Höhenmesser zeigte siebentausend Fuß, und im gleichen Moment kam eine SMS von Steven.

I hate you for this, schrieb er.

Sie spürte einen festen Druck im Bauch. In erster Linie war das schlechte Gewissen daran schuld, aber auch die Angst davor, was er machen könnte. Die tanzenden Punkte auf dem Display zeigten, dass er immer noch schrieb, und kurz darauf kam eine weitere Nachricht.

But I will never let you go.

Sie hätte ihm schon viel früher die Wahrheit sagen müssen, das bereute sie jetzt. Aber sie hatte es einfach nicht gekonnt. Und auch wenn es weh tat, war es jetzt doch am besten so. Sie liebte ihn, hasste aber die Person, zu der er geworden war. Und den ewigen Streit, der sich jedes Wochenende wiederholte, und die Wut darüber, dass er so spät nachts nach Hause kam und nach Schnaps stank. Nur selten hatte sie sich beschwert, aber selbst bemerkt, dass sie diesen strammen Gesichtsausdruck bekam, von dem sie genau wusste, dass er dem ihrer Mutter ähnelte. Sie wollte ja so gern verständnisvoll sein, wusste, wie wichtig es für ihn war, den Tag entspannt ausklingen zu lassen, der viel zu früh begonnen hatte und der sich täglich aufs Neue wiederholte. Der Tag, dessen Tonspur von den Zwillingen kam, dessen kennzeichnender Geruch aus dem Windeleimer aufstieg. Sie selbst hatte sich an das Leben zu viert gewöhnt, es gefiel ihr sogar. Er dagegen hatte sich wahrscheinlich niemals vorstellen können, jemals in so einem Alltag festzusitzen. Er hätte in Queenstown bleiben sollen, billiges Bier trinken und auf einer Matratze auf dem Boden schlafen, in einem 25-Quadratmeter-Apartment. So sah das gute Leben für Steven aus.

Sein großer Fehler war es gewesen, dass er mit ihr zurückgekommen war.

Und dafür mussten sie nun beide zahlen.

Oft dachte sie an den Tag, an dem sie den ersten Ultraschalltermin im Krankenhaus hatten. Er hatte ihn als *point of no return* bezeichnet. Die Hebamme hatte ihre Begeisterung darüber, dass da zwei im Bauch waren, nicht verbergen können. Sie platzte damit heraus, noch bevor sie selbst etwas auf dem kleinen Monitor erkennen konnte, und Veslemøy hatte Stevens Gesichtsausdruck genau lesen können, als er tapfer so tat, als würde er sich genauso sehr freuen wie sie selbst. Danach war er nie wieder wirklich glücklich gewesen.

Sie hätte es ihm schon damals sagen müssen.

»*Two minutes call, guys!*«

Die Stimme des Piloten riss sie schnell und effektiv aus den Gedanken. Kurz danach spürte sie, wie er die Motorkraft drosselte und das Flugzeug langsamer wurde. Zwölftausend Fuß. Sie richtete sich auf, denn sie saß am nächsten an der Tür der kleinen Cessna 206 und sollte als Erste rausspringen. Das LIFO-Prinzip – »last in, first out« – war wohl mit das Erste, was sie im Anfängerkursus gelernt hatte, zu einer Zeit, die inzwischen hundert Jahre zurückzuliegen schien. Und dort hatte sie außerdem gelernt, dass es keine schlechte Idee war, noch einmal auf die Toilette zu gehen, bevor man an Bord des Flugzeugs stieg.

Sie kam auf die Beine, zog die Tür auf, und der ungewöhnlich warme Wind wehte ihr ins Gesicht.

Sie schob die Brille zurecht, klopfte sich zweimal oben auf den Helm.

Jetzt volle Konzentration.

Noch einmal schaute sie über die Schulter, um sich zu vergewissern, dass die Freundinnen bereit waren. Drei Daumen streckten sich ihr entgegen. Auch Gro und Katten, die bis zu diesem Zeitpunkt die Augen nur aufs Handy gerichtet hatten, waren jetzt konzentriert bei der Sache. Vorsichtig trat sie auf den Absatz auf der Flugzeugaußenseite, die drei anderen Frauen direkt hinter sich. Sie griff mit einer Hand Gros Arm, die wiederum eine Hand auf Jonis Arm gelegt hatte, und diese wiederum bei Katten.

»READY – SET – GO«, rief sie, und dann sprangen alle vier gleichzeitig.

Die Schwerkraft übernahm die Kontrolle, und das weiche, vertraute Windbett nahm sie in Empfang. Sie hielten einander weiterhin an den Armen fest, die Gesichter in der Sternformation einander zugewandt. Alle hatten Augenkontakt miteinander. Auf Veslemøys Kommando hin begannen sie mit der Choreographie, die sie schon so oft gemeinsam ausgeführt hatten, vor dem Himmel als Bühne. Aber dieses Mal gelang es Veslemøy nicht wie sonst, alle anderen Gedanken auszuschalten.

Die Frage ließ sie einfach nicht los, ob er es tatsächlich gewesen war, den sie da gesehen hatte.

Und wenn ja, dann war es wohl kaum ein Zufall, dass er ausgerechnet hier auftauchte.

Aber dieses Mal musste sie vorbereitet sein. Es war an der Zeit, dass sie allein zurechtkam, für sich sprechen, sich selbst verteidigen konnte.

Sie schaute auf ihr Handgelenk.

Fünftausend Fuß.

Das war schnell gegangen.

Veslemøy Liland fing die Blicke ihrer Freundinnen ein letztes Mal ein, dann ließ sie los.

Sie flog ein wenig vor den anderen, zog die Reißleine für den Schirm und wartete auf den vertrauten, aber immer etwas unangenehmen Ruck.

Der nicht kam.

Mehrere Pizzastücke mit sich herumzutragen, ohne sie zu essen, das konnte man damit vergleichen, einen Orgasmus zurückzuhalten, obwohl er sich bereits ankündigte, dachte Agnes Tveit. Sie freute sich auf das, was kommen sollte, aber andererseits erschien ihr das Warten auch unerträglich. Genau genommen tat sie so etwas sonst eigentlich nie, und es war ja auch noch nicht wirklich lange her, seit sie das letzte Mal etwas gegessen hatte. Der Plan sah so aus, dass sie sich ihre Reserve aufbewahren wollte, bis der letzte Artikel abgeliefert war. Die Reste der selbst gemachten Pizza würden so oder so nach der natürlichen Wärmebehandlung in ihrer Tasche besser schmecken. Bei dem Gedanken an den halb geschmolzenen Käse lief ihr bereits das Wasser im Mund zusammen.

Sie wollte sich stattdessen ein Eis kaufen, blieb jedoch enttäuscht stehen, als sie die Schlange vor dem Kiosk sah. Eigentlich sollte sie sich für die Festivalbetreiber freuen. Das war garantiert ein neuer Publikumsrekord für die Extremsportwoche. Die Eröffnungszeremonie Ende Juni lockte normalerweise viele Bewohner von Voss aus ihrer Sonntagslethargie, aber nicht selten waren Nieselregen und zwölf Grad eine gute Entschuldigung, doch lieber zu Hause zu bleiben. Heute hingegen konnten die Festivalleitung wie auch der Besitzer des Eiskiosks erleichtert aufatmen. Auf dem Prestegardslandet, dem Gelände rund um das Festivalzelt herum und dem eigentlichen Zentrum des Ortes, wimmelte es nur so von Menschen. Nachdem Vossevangen im Krieg fast vollkommen zerstört worden war, hatte man hier, nur einen Steinwurf von der Kirche und den Einkaufsstraßen entfernt, neue Häuser gebaut. Die Sonne schien ungehindert vom Himmel und warf ihren goldenen Glanz über die grünen Berge. Auf den Spitzen von Gråsida und Horndalsnuten lagen kleine, theatralische Schneeflecken, die nie ganz verschwanden. Totenstill lag das Vangsvatnet inmitten dieser grandiosen Natur, der Ort spiegelte sich in seinem Wasser, wodurch er doppelt so schön wurde.

An solchen Tagen wurde sie immer nostalgisch. Sie erinnerten sie an die Sommer ihrer Kindheit, als sie fest davon überzeugt war, in der schönsten Stadt der Welt zu leben. Stets ähnelte der Ort den Bildern auf den Ansichtskarten, die sie in dem Souvenirladen mit dem großen Troll vor der Tür verkauften. Die kompakten, ansprechenden Gebäude waren übersichtlich, nicht zu groß, aber auch nicht zu klein. Voss erschien ihr immer wie eine Art Mittelpunkt, auch wenn er eigentlich an der Peripherie des Binnenlandes lag.

Ein kleines Stück der Rasenfläche war mit Reklameschildern der Festivalsponsoren abgegrenzt. Das war offensichtlich der Landeplatz. Die Postkartenfotografen hielten schon ihre Kameras bereit. Bilder von vier Schönheiten, gekleidet in der ortsüblichen Tracht, die von einem wolkenfreien Himmel herabschwebten –, das war ein Motiv, das die Touristen später aus den Ständern reißen würden. Sicher lag es zum Teil am Sommerwetter, aber auch das Interview mit der Freundinnengruppe hatte Agnes in außergewöhnlich gute Laune versetzt.

Sie hatte Gros und ihre drei Freundinnen seit der Schulzeit nicht mehr gesehen, und ehrlich gesagt war sie überrascht, dass sie immer noch zusammenhielten. Die vier Frauen hätten unterschiedlicher nicht sein können: die bürgerliche, angepasste Gro Skutle, die hitzige, schnell aufbrausende Kathrine Bøe, Spitzname Katten, die Katze, die Schönheit mit dem Superstarnamen, Joni Roberta Farestveit, und die charmante, aber etwas verhuschte, sprunghafte Veslemøy Liland.

Auf den ersten Blick schien es, dass das Fallschirmspringen das Einzige war, das die Frauen verband. Aber wenn Agnes tiefer darüber nachdachte, so war das in jedem Fall mehr, als die meisten Freundschaften aus Kindheitstagen verband.

Vielleicht verlor man sich auch deshalb so oft aus den Augen, weil es schwer war, Freundschaften allein auf alten Erinnerungen aufzubauen.

Was Agnes schmerzlich selbst erfahren hatte. Bis auf zwei Ausnahmen hatte sie keinen Kontakt mehr zu irgendjemandem aus ihrer Jugend. Deshalb war es umso schöner, ja, fast rührend, zu sehen, wie diese Frauen immer noch zusammenhielten und ihre Leidenschaft pflegten. Dieses Jahr sollten sie das Festival eröffnen, als die erste reine Frauengruppe. Was, vorsichtig ausgedrückt, auch höchste Zeit war.

»Die werden uns noch die Trachtenpolizei auf den Hals hetzen«, hatte Kathrine während der letzten Vorbereitungen auf dem kleinen Flugplatz Bømoen gesagt. »Ich persönlich finde ja, dass die Konfirmationskleider nie besser ausgesehen haben.«

Sie grinste und fuhr sich mit der Hand durch den Pony, der verschwitzt auf der Stirn klebte. Die weiße, etwas steife Trachtenbluse saß perfekt, der Brustschmuck war an seinem Platz, und sie hatten soeben mehrere Minuten gebraucht, um den voluminösen fußlangen Wollrock der Vossatracht, *dosset*, in die schwarzen Strumpfhosen zu stopfen, die sie alle trugen. Sie hatten »ein wenig mit dem Nationalschatz experimentiert«, hatte Gro gemeint. Um die Beinriemen des Fallschirms unter dem Stoff zu verstecken, hatten sie die Trachtenröcke an der Seite etwas aufgebauscht. Der Rock musste unter Kontrolle gehalten werden, bis der Schirm sich geöffnet hatte und sie ruhig dahinflogen, und er musste rechtzeitig aus der Strumpfhose herausgezerrt werden, bevor das Publikum unten sie entdeckte. Aber jetzt sahen die vier erst einmal von der Taille abwärts aus wie fest gestopfte Würstchen.

»Ihr könnt uns die fliegenden Sennerinnen nennen!«, rief Kathrine und breitete die Arme aus, während Veslemøy hinter ihr stand und Jonis Brusttuch zurechtzupfte – eigentlich ziemlich unnötig, wenn man den Zustand der restlichen Kleidung in Betracht zog.

Agnes notierte »fliegende Sennerinnen / gestopfte Würstchen« auf ihrem Block, aber dann startete der Motor der kleinen Cessna, die direkt neben dem Klubhaus stand, und sofort wurde es schwierig, noch irgendetwas zu verstehen. Sie winkte der Fallschirmgruppe zum Abschied und fuhr selbst hinunter ins Zentrum. Es war verabredet, dass die Frauen direkt nach der Landung für ein kurzes Resümee-Interview zur Verfügung standen.

Das mit den Trachten war eine raffinierte Idee, machte aber das Fallschirmspringen nur marginal publikumsfreundlicher. Wie sehr man auch versuchte, Extremsportarten einem breiteren Publikum näherzubringen, es schien auf jeden Fall ein größerer Spaß zu sein, selbst mitzumachen als nur zuzusehen. Agnes fand beides uninteressant, aber sie war nun einmal ohne den Adrenalinbedarf geboren, den ein durchschnittlicher Vossbewohner hier hatte. Überhaupt schienen sich ihre Mitbewohner in diesem Ort für ganz andere Dinge zu interessieren als sie.

Die Hände als Sichtschutz über den Augen, blickte sie hoch in den Himmel. Noch war nichts zu sehen, dafür konnte sie im Augenwinkel erkennen, wie jemand auf sie zustapfte, an jeder Hand ein Kind.

»Agnes Tveit!«, sagte die schöne, dunkelhaarige Frau, deren Lächeln Agnes wiedererkannte, auch wenn sie sich nicht an den Namen der Person erinnern konnte.

»Oh, hallo!«

»Mein Gott, wie lange ist das her«, fuhr die Frau fort und schob eine Sonnenbrille mit riesigen Gläsern ins Haar hoch, so dass ihre strahlenden Augen zum Vorschein kamen.

»Haben wir uns seit der Schule eigentlich jemals wiedergesehen?«

Absolute Tabula rasa. Sie waren also zusammen in der Schule gewesen?

Wie blöd.

»Ich glaube nicht. Wie ist es dir denn seitdem ergangen?«, fragte Agnes. Die Taktik, den Fokus auf den anderen zu lenken, funktionierte eigentlich immer ganz gut.

»Ach, weißt du, es geht so seinen Gang. Der Kleine ist inzwischen schon drei, und die große Schwester soll im August in die Schule gehen. Die Zeit rast! Wir wohnen in Bergen. Und du bist immer noch in Oslo, wie ich bei Facebook gesehen habe?«

»Nein, wir sind letztes Jahr hierhergezogen.«

Seitdem hatte sie kaum etwas in den sozialen Medien gepostet.

»Das ist ja toll!«, erwiderte die Frau und schien sich wirklich darüber zu freuen. »Die meisten kommen ja irgendwann zur Vernunft und ziehen wieder Richtung Westen. Also, ich selbst habe nie viel von Oslo gehalten, in dieser Stadt gibt es einfach zu viele Bettler und zu wenige Berge. Es muss doch schön sein, wieder nach Hause zu kommen und in der Nähe der Eltern zu wohnen, nicht wahr?«

Die Frau ohne Namen sah Agnes erwartungsvoll an, während die Kinder ungeduldig an ihren Armen zerrten. Jetzt wäre eigentlich der Zeitpunkt im Gespräch gekommen, an dem Agnes von ihren eigenen Kindern hätte berichten sollen.

»Ja, einfach schön«, erwiderte sie und hoffte, dass die andere nicht weiter nachbohrte.

Es gab viele Treffen wie dieses hier, die ganze Zeit. Leute, die ihr Gesicht wiedererkannten, an die sie sich selbst aber absolut nicht erinnern konnte. Häufig war es auch nicht so einfach, das zu sagen, zwanzig Jahre später. Das beunruhigte sie. Ständig musste man auf der Hut sein vor einer Vergangenheit, die sich verkleidet hatte. Das konnten Kostüme in Form von fünfzehn Gemütlichkeitskilo sein oder einer Glatze, die wie eine Bowlingkugel glänzte. Vielleicht war der Typ, den sie um ein Interview für eine Umfrage bat, jemand, den sie früher am Billardtisch im Jugendklub Vangsgryto bewundert hatte. Vielleicht war der neue Leiter des Supermarkts derjenige, mit dem sie damals ganz eng in der Dorfdisco in Grimshalli getanzt hatte. Und dazu kamen noch all diejenigen, die sie tatsächlich wiedererkannte. Mehrfach am Tag ging sie an jemandem vorbei und dachte: Müsste ich jetzt nicht stehen bleiben und Hallo sagen?

Die Folge war, dass sie meistens intensiv auf den Boden starrte.

Und glücklicherweise liefen die meisten anderen genauso herum.

So gesehen war die dunkelhaarige Frau wirklich eine Ausnahme. Sobald sie sich verabschiedet hatten, holte Agnes ihr Handy heraus und versuchte, auf Facebook herauszufinden, wie sie hieß. Sie beruhigte sich erst wieder, als sie den Namen gefunden hatte und feststellte, dass die Frau so eine war, die ihre eigenen Kinder als Profilbild benutzte.

Sie vermisste Viktor. Seitdem er verheiratet und Vater war, konnte sie viel zu selten mit ihrem früheren besten Freund einfach nur abhängen. Es war dieser tägliche lockere Schlagabtausch, der ihr am meisten fehlte, das vertraute Verhältnis zwischen ihnen, als sie noch in Oslo zusammengewohnt und es nicht einen Menschen aus der Heimat gegeben hatte, mit dem sie sonst hätten reden können. Vor ein paar Monaten hatten sie und Fredrik Viktor und seine Frau Gro zum Essen eingeladen, aber das war nicht das Gleiche. Die Gespräche zogen sich unendlich zäh dahin, denn sie mussten auf einen Arzt Rücksicht nehmen, der nicht aus Voss stammte, und auf die Erbin einer Möbeldynastie, die nie woanders gelebt hatte.

Sie holte die Samstagsausgabe der Zeitung aus der Fototasche und warf einen Blick auf das Titelfoto. Sie hatte es bei einer überraschenden Hochzeit aufgenommen, über die sie letzte Woche geschrieben hatte. Die Feier war von einer Freundesgruppe arrangiert worden, die der Meinung war, der Schweinebauer und seine Freundin seien nun lange genug ohne Trauschein zusammen gewesen. Auf dem großen Farbfoto, das Zweidrittel der Seite einnahm, stand das glückliche, frischgebackene Ehepaar im Stall, mit einer Flasche Champagner und ein paar schmutzigen Ferkel, die sich an den Hosenbeinen des Bräutigams rieben. Das war ein witziges Bild, auch technisch gut, und sie war zufrieden damit. Aber war es auch gut genug für fast die gesamte Titelseite? Merkwürdig. Hätte es auf der Titelseite von *Verdens Gang*, der Zeitung, bei der sie bisher in Oslo gearbeitet hatte, auch nur einen kleinen Hinweis auf ein derartiges Ereignis gegeben, hätten am nächsten Tag Hunderte Leser gemailt, ob »das tatsächlich das Wichtigste sei, was in Norwegen passiert sei«. Und hätte sie die gleiche Rückmeldung hier in der Stadt bekommen, dann hätte sie mit ja antworten können. Die spontane Hochzeit war tatsächlich das Aufsehenerregendste, das in der letzten Woche passiert war.

»Eine prima Sache für die *Future-Abteilung*«, hatte Eskildsen bei der Morgenkonferenz am Mittwoch erklärt. Agnes war sich nicht sicher, ob der Redakteur *feature* absichtlich falsch aussprach, aber sie vermutete es, schließlich handelte es sich bei ihm um einen schlauen und nicht zuletzt sehr erfahrenen Journalisten. Wahrscheinlich war das als kleiner Seitenhieb auf ihre Person gedacht, weil sie die sogenannte *future*-Abteilung alleine bestritt. Schon seit ihrem Einstellungsinterview, in dem sie ausführlich dargelegt hatte, dass eine Lokalzeitung guten »Lesestoff« brauche, mehr zeitlose Journalistik und weniger unkritische Berichte von Fußballspielen, Gemeinderatssitzungen und privaten Flohmärkten, sondern stattdessen mehr Nähe zu den Menschen, hatte er immer wieder seine Späße auf ihre Kosten gemacht. Schließlich hätten alle ja eine Geschichte, hatte sie insistiert, der Gemeindepfarrer genau wie die Romni, und sie wolle ja nicht angeben, aber gerade diese menschlichen Geschichten seien in der Wochenendausgabe von *Verdens Gang* und *Rampelys* ihre Spezialität gewesen. Sie habe Promis dazu gebracht, von ihrer schwierigen Kindheit oder der kräftezehrenden Scheidung zu erzählen, und nicht selten habe sie die Titelgeschichte am Wochenende alleine verantwortet.

Eskildsen hatte dazu nur gebrummt und sein Mantra wiederholt,»das Leben sei zu kurz, um *Verdens Gang* und *Dagbladet* zu lesen«. Aber er hatte ihr den Job gegeben, obwohl sich wahrscheinlich noch einige andere dafür beworben hatten. Fredrik und sie hatten die letzte Ausgabe der Zeitung oben auf die Umzugskartons gelegt, bevor sie westwärts fuhren, weg von Rationalisierungsprozessen und dem Anfang vom Ende der Papierzeitung und all dem anderen Mist, den sie ihm gar nicht erzählt hatte.

Noch bevor sie ihr Ziel erreicht hatten, bereute sie schon ihren Entschluss. Auf halbem Weg über die Hardangervidda wechselte das Wetter. Sie ließen den blauen Himmel über Austlandet hinter sich und fuhren in ihr neues Leben in trübem Grau und Nebel. In den Landesteil, in dem die Einwohner von niederschlagsfreiem Wetter mit der gleichen Begeisterung sprachen, wie andere über Sonnentage redeten. Seitdem hatte sie mehr Artikel übers Wetter als über alles andere geschrieben.

Hier in Voss ging es der Lokalzeitung immer noch prächtig,

auch wenn ihnen weniger Ressourcen zur Verfügung standen, die Mitarbeiter trotzdem genauso viel arbeiten mussten und Eskildsen bei jeder zweiten Konferenz forderte, dass sie im digitalen Bereich besser und in den sozialen Medien sichtbarer werden müssten.

Agnes zog ihr Handy heraus und schaute sich die aktuelle Seite von *Bergens Tidende* an. Gott sei Dank hatte sie eine überregionale Zeitung als treuen Helfer an ihrer Seite, da gab es viel, woraus man kurze Zitate verwenden oder Kurznachrichten erstellen konnte. Sie hatte eine ganze Zeitung fast allein zu füllen, der Netzauftritt musste aktualisiert werden, und am liebsten hätte sie das meiste von ihrem Schreibtisch in der Redaktion aus gemacht. Denn das Beste an dieser Lokalzeitung war, dass sie, wie die anderen Journalisten, immer noch die Tür hinter sich schließen und allein in ihrem Büro arbeiten konnte. Sie war wirklich froh, kein Großraumbüro ertragen zu müssen. Ein ungestörter Arbeitsplatz war ein Geschenk, das allein schon fast den Job wert war. Aber man konnte sich nicht verstecken und Patience legen. Denn die ganze Zeit passierte etwas, besonders jetzt im Frühsommer. Und das immer dann, wenn sie Wochenenddienst hatte. An einem einzigen Vormittag war sie bei der Jahresversammlung der Landfrauen gewesen, beim Konzert eines lokalen Hardanger-Fiedelspielers, bei einem Treffen der Liebhaber von *american cars,* und sie hatte die Mütter von Fußballtalenten beim Voss Cup interviewt. Sie hätte nie für möglich gehalten, dass es hier genauso anstrengend war zu arbeiten wie bei der überregionalen Presse. Auch wenn die Lokalzeitung nur dreimal in der Woche erschien.

Vieles an diesen überschaubaren Verhältnissen hier amüsierte sie geradezu. Sie freute sich zum Beispiel, wenn sie den Polizeibericht übernehmen sollte. In erster Linie, weil sie schon im Voraus zu erraten versuchte, was der örtliche Polizeidienststellenleiter Sigmund Storedal über die Ereignisse in den Nächten am Wochenende zu berichten hatte. Meldungen wie: »Mann unter Alkoholeinfluss von der Polizei nach Hause gefahren«, oder »Mann unter Alkoholeinfluss musste in der Ausnüchterungszelle übernachten.«

Oder es gab die klassischen Nicht-Nachrichten, wenn absolut nichts passiert war: »Im Monat Februar wurde niemand mit Drogen angetroffen.« Oder »Dieses Wochenende saß niemand in der Ausnüchterungszelle.«

Viktor las ihr die Neuigkeiten immer gewissenhaft mit ernster Stimme am Telefon vor, aber ab und zu musste sie so lachen, dass er sich gezwungen sah zu unterbrechen. Sicher, das war kindisch von ihr, und das sagte er ihr auch ohne Umschweife. Aber es war doch auch irgendwie absurd, dass sie beide, die Tausende von Weinflaschen gemeinsam geleert und stets den Überblick über die Bettgenossen des anderen gehabt hatten, plötzlich so ein professionelles und formales Arbeitsverhältnis zueinander haben sollten.

Es war einfach absurd, dass ihr bester Freund Polizist geworden war.

Sie fragte sich, ob Viktor nicht vielleicht als Gärtner glücklicher gewesen wäre, denn das hatte er eigentlich werden wollen. Jetzt bewies er in Voss, dass er den absolut grünen Daumen und somit den schönsten Garten der Stadt hatte. Schon während der Studienzeit in Oslo waren sein ganzer Stolz die Yuccapalmen und die Bonsaibäume in der WG gewesen. Aber alles änderte sich in einer nassen Winternacht, als ihm auf dem Heimweg von einer Kneipentour der Kopf gegen einen eiskalten Laternenpfahl geschlagen wurde. Das war das einzige Mal, dass jemand, den sie kannte, blinder Gewalt ausgesetzt war. Sie hatte ihn in der Notaufnahme nicht gefragt, ob er eventuell den anderen gereizt hatte, obwohl er eine Neigung dazu hatte. Denn etwas an Viktor veränderte sich ab diesem Zeitpunkt, das bemerkte sie an seinem Blick in dieser Nacht. Und im folgenden Frühling begann er zu laufen. Er lief und lief, und zum ersten Mal in seinem Leben war er richtig durchtrainiert. Sie war überrascht, als er ihr ein paar Monate später erzählte, dass er sich bei der Polizeihochschule beworben habe. Und sie beide waren überrascht, als er genommen wurde. Viktor tauschte Schnaps und Zigaretten gegen Vitamindrinks und Proteinpulver, und plötzlich war er einer von den Guten, genauso wie ihn sich das alte Norwegen wünschte. Später gab es wieder Schnaps und Zigaretten, wenn sich die Gelegenheit bot, aber er schaffte das Studium erstaunlich problemlos, und plötzlich war er der angepasste Polizist, dein Freund und Helfer, mit fester Anstellung, Frau und Kind.

Die Schlange vor dem Eiskiosk war noch länger geworden. Also würde sich der Traum von einem Eis so bald nicht verwirklichen lassen. Agnes zog den Reißverschluss des Rucksacks auf. Der Duft dessen, was Fredrik als Neunziger-Jahre-Pizza bezeichnete, breitete sich sofort aus, obwohl die Stücke in einer verschlossenen Plastiktüte steckten. Sie holte die Tüte heraus, fasste einen schnellen Beschluss und riss den Zippverschluss auf. Vorsichtig nahm sie ein Stück heraus.

Langsam führte sie es zum Mund und biss ein winziges Stück von der Spitze ab, klappte es zusammen, biss ein größeres Stück ab und stöhnte vor Wohlbehagen laut auf.

Nachdem sie sich auch noch über das Pizzastück Nummer zwei hergemacht hatte, konnte sie sich wieder etwas entspannter umschauen, um zu sehen, ob andere Presseleute gekommen waren. Der Einzige, der ihr ins Auge fiel, war ein bleicher, übergewichtiger Typ mit Notizblock in der Gesäßtasche und einer teuren digitalen Spiegelreflexkamera um den Hals. So typisch ein Journalist, dass er auch ohne Pressekarte in der Hutkrempe sofort als solcher zu erkennen war. Aber ihn interessierte momentan nur sein Eis in der Waffel, das er eifrig schleckte. Offenbar hatte er also genug Motivation gehabt, um sich am Kiosk anzustellen.

Sie holte ihr Handy heraus, scrollte sich schnell durch die Neuigkeiten bei Facebook und Instagram und spürte, dass sie sogar an einem so schönen Sommertag die hässliche Hauptstadt vermisste, von der sie doch gar nicht schnell genug hatte wegkommen können. Eine ehemalige Kollegin hatte das Bild eines Bratens im Ofen, ein kleiner Hinweis auf eine mögliche Schwangerschaft, mit mehreren zwinkernden Smileys darunter, gepostet. Schnell fügte sie ein Herz hinzu, schloss dann den Browser und schaute übers Wasser.

Der entsetzte Schrei eines Kindes war das Erste, was sie hörte.

Sie blickte nach oben und entdeckte etwas Rotes, Weißes und Schwarzes, das in voller Fahrt vom Himmel herunterschoss. Etwas, das kurz darauf mit gewaltiger Wucht auf der Grasfläche aufprallte, nur wenige Meter vom Publikum entfernt.

Im ersten Moment schien es, als würden alle Menschen, der ganze Ort wie auch die Zeit trotz des warmen Wetters zu Eis erstarren. Die Welt stand lange genug still, dass Agnes denken konnte: *Was ist da passiert?*

Dann explodierte das Prestegardslandet in einem Inferno aus Schreien, Chaos und Panik.

Das blonde Haar breitete sich wie ein Heiligenschein auf dem Gras aus. Veslemøy Liland sah aus wie eine kaputte Trachtenpuppe, die jemand achtlos weggeworfen hatte. Auf der nach oben gewandten Gesichtsseite hatte sie nicht einen einzigen Kratzer. Es war fast kein Blut zu sehen.

Sie hätte tatsächlich schön und friedvoll aussehen können, wäre die Haut um beide Augen nicht blaurot und Teile des Schädels ... deformiert gewesen. Sie musste mit der linken Seite auf den Boden aufgeschlagen sein. Die ganze Seite des Kopfes schien zusammengedrückt zu sein. Zwischen Nase und Hinterkopf war fast nichts mehr.

Die rechte Körperhälfte machte, von außen betrachtet, einen verhältnismäßig unbeschadeten Eindruck. Das linke Bein ragte jedoch in einem unnatürlichen Winkel unter dem Körper hervor.

Agnes wollte nicht hinsehen, konnte aber den Blick nicht abwenden.

Immer wieder musste sie schlucken.

Sie hatte ein Gefühl, als wollte die Pizza jeden Moment wieder hochkommen.

Das Chaos, das entstanden war, nachdem halb Voss mit angesehen hatte, wie ein Mensch vom Himmel fiel, hatte sich inzwischen gelegt. Die meisten waren nach Hause gegangen, Notfallseelsorger kümmerten sich vor Ort um sie, außerdem ein Krisenteam, das zu Agnes' Überraschung schnell von der Gemeinde zusammengestellt worden war. Neugierige, die sich immer noch nicht hatten losreißen können, wurden durch die Absperrbänder der Polizei ferngehalten.

Jetzt war es totenstill auf dem Gelände des Prestegardslandet.

»Leider kann ich nicht behaupten, dass mich das besonders überrascht hat«, bemerkte der örtliche Polizeichef Sigmund Storedal mit trauriger, aber strenger Miene. »Es ist noch gar nicht lange her, da haben wir gleich da hinten einen Deutschen aus einer Birke herausgeangelt. Sein Leben hing nicht am seidenen Faden, sondern an einem brüchigen Birkenast. *Off the record:* Manchmal glaube ich, dass diese Leute ab und zu ein wenig übereifrig sind.«

Agnes sagte nichts.

»Es gibt da so einige ... und ich sage damit nicht, dass die Liland dazugehörte ..., aber es gibt da so einige, die mehr am Adrenalinkick interessiert sind als daran, mit heiler Haut runterzukommen. *Off the record*, wie gesagt. Zum Glück endet es nur selten so böse. Etwas wie das hier habe ich ehrlich gesagt noch nie gesehen. Das Letzte kannst du gern zitieren«, erklärte er, dann klingelte sein Handy, und mit verärgerter Stimme rief er: »Viktor, wo, zum Teufel, steckst du?«

Agnes starrte weiter auf die Verunglückte, bis Storedal das weiße Laken über Veslemøy Liland zog. Agnes ließ den Blick über das *Park Hotel* in der Ferne schweifen, über die Kirche und die weiterführende Schule hinter den grünen Bäumen, bis zum Schwimmbecken, in dem sie als Kind den größten Teil der Sommerferien herumgeplantscht hatte, dann weiter runter bis zum Campingplatz und wieder zurück. Zu dem Körper, der jetzt mit einem Tuch bedeckt war, aber immer noch eingewickelt in Fallschirmleinen und einer zerrissenen Tracht.

Die Abendsonne warf ein weißes, viel zu schönes Licht auf den Schauplatz. Wie abrupt ein Leben in nur einem einzigen Augenblick ausgelöscht werden konnte.

Agnes erinnerte sich, dass sie Veslemøy Liland schon einmal scheinbar leblos gesehen hatte. Damals trug sie eine hautenge Miss-Sixty-Hose und ein Top, das ihr gerade mal bis zum Bauchnabel reichte. Zu dieser Zeit trank Agnes noch keinen Alkohol, es war die Zeit, in der sie auf den Sturmfreie-Bude-Partys nur eine interessierte Beobachterin war. Stocknüchtern streifte sie in dem großen Nachbarhaus herum, und als sie ins Badezimmer ging, entdeckte sie Veslemoy in der Badewanne. Das blonde Haar breitete sich wie ein Fächer über dem Badewannenrand aus. Veslemøy lag vollkommen ruhig da, als nähme sie gerade ein Bad, nur lag sie nicht im Wasser und war angekleidet. Agnes bekam einen Riesenschreck. Wenn im Film jemand so scheinbar friedlich schlafend dalag, stellte sich bei näherer Betrachtung meistens heraus, dass er tot war. Und da Veslemøy nicht reagierte, als Agnes sie anstupste, tat sie etwas, das sie schon im Film gesehen hatte: Sie drehte die Dusche auf. Da erwachte der schmächtige Körper mit einem Schrei zum Leben und zitterte für einige Sekunden. Im nächsten Moment war Veslemøy quicklebendig. Während sie sich mit einem Handtuch abtrocknete, schaute sie Agnes im Spiegel an.

»Keiner kann mich aufhalten«, sagte sie.

»Nein?«, erwiderte Agnes fragend.

»Er weiß selbst nicht, was das Beste für ihn ist«, fuhr Veslemøy fort.

»Aha«, sagte Agnes nur und fühlte sich klein und dumm.

Dann verließ die Ältere, sie ging damals schon in die zweite Klasse des Gymnasiums, mit nassem, durchsichtigem, bauchfreiem Top das Badezimmer. Kurz darauf saß Veslemøy auf der Treppe, ein neues Bier in der Hand. Agnes dagegen ging nach Hause und kuschelte sich zu den Eltern in die Sofaecke.

Das war jetzt gut zwanzig Jahre her, und das war, soweit sie sich erinnern konnte, das einzige Mal, dass sie mit Veslemøy geredet hatte – bis heute Vormittag.

Aber heute gab es nichts, was Veslemøy Liland wieder zum Leben hätte erwecken können.

Agnes drehte sich um und lief zu ihrem Wagen, wollte ins Büro fahren, da sah sie Viktor über die Wiese herankommen, sein Uniformhemd nur halb zugeknöpft. Das war auch der Moment, als die Trachtenpuppe auf eine Bahre gelegt wurde.

Zwei Gläser Wein standen auf dem Wohnzimmertisch, eines halb leer und eines voll.

»Ich bin davon ausgegangen, dass du das jetzt brauchen kannst«, sagte Fredrik und nickte zu den Gläsern hin, bevor er auf sie zukam und sie in die Arme nahm.

Sie legte den Kopf an seine Schulter, registrierte den schwachen Krankenhausgeruch. Im Gegensatz zu den amerikanischen Fernsehserien trug er zwar seinen Kittel nicht mehr, wenn er nach Hause kam, aber der sterile Geruch setzte sich in Haut und Haaren fest.

»Danke«, sagte sie und befreite sich aus seinen Armen, ließ sich aufs Sofa fallen, rührte das Weinglas aber nicht an.

Ihre Hände zitterten immer noch. Auch die Übelkeit wollte nicht weichen.

»Hast du den Sturz gesehen?«, fragte er.

»Alle haben ihn gesehen. Kinder und sämtliche Zuschauer. Mehrere haben ihn mit ihren Handys gefilmt.«

»Oh, scheiße.«

»Apropos Handy, kannst du meines anrufen? Ich finde es nicht.«

Fredrik öffnete die »Finde-Iphone-App«, wie er es immer in Oslo gemacht hatte, immer wenn sie ihre Handys lokalisieren mussten, die beim Absacker oder in Taxis irgendwo in der Stadt vergessen worden waren. Das erschien ihr jetzt wie ein vollkommen anderes Leben.

»Sieht so aus, als ob das Telefon ... hier ist.«

»Ich weiß, dass es hier ist. Deshalb habe ich dich ja auch gebeten, mich anzurufen.«

Endlich fand sie ihr Handy ganz unten in der Kameratasche.

»Übrigens hast du morgen einen Termin beim Zahnarzt«, sagte Fredrik, immer noch mit dem Blick auf dem Display, aber jetzt offensichtlich auf der Kalender-App.

»Das weiß ich, Papa.«

Sie zwinkerte ihm zu, und er erwiderte das mit einem schiefen Grinsen, was aber reichte, dass sich seine Grübchen zeigten. Für eine ganze Weile sagte keiner von beiden etwas. Agnes ließ ihren Blick auf den Leichtathletikwettbewerben ruhen, die er im Fernsehen anschaute, ohne sich wirklich dafür zu interessieren. Hochsprung – Weitsprung, Hochsprung –

Weitsprung, das lief in einer Endlosschleife und erforderte keinerlei Gehirnaktivitäten, trotzdem – oder vielleicht gerade deshalb – ermüdete es sie nach einer Weile. Sie hätte ihn fragen sollen, wie sein Wochenenddienst gewesen war. Sie wusste, dass er das Rikshospitalet in Oslo vermisste, seine Kolleginnen und Kollegen, seinen Job dort, aber er erwähnte das nur selten. Und wenn er sich nicht beklagte, brachte sie heute nicht die Energie auf, es an seiner Stelle zu tun.

Immer wieder tauchte auf ihrer Netzhaut ein Bild von Veslemøy auf, von dem Glorienschein im Gras.

Verstohlen schaute sie zu Fredrik. Wie hätte er reagiert, wenn sie diejenige gewesen wäre, die ganz plötzlich gestorben wäre? Würde er in Voss bleiben oder so schnell wie möglich wieder nach Oslo zurückkehren, kaum dass ihre Leiche kalt war? Und was hätte sie getan, wenn er es gewesen wäre, der starb? Sie versuchte, sich selbst als trauernde Witwe zu sehen, versuchte, eine physische Reaktion auf das, was sie heute erlebt hatte, zu erzwingen. Schon ein paar Tränen hätten geholfen.

Doch es kamen keine. Aber sie musste merkwürdig ausgesehen haben, denn Fredrik drehte sich um und schaute sie fragend an. Sie erwiderte seinen Blick.

»Willst du drüber reden?«, erkundigte er sich, »ein kurzes Debriefing sollte ja wohl das Mindeste sein, wenn einer von uns einen Todesfall hat mitansehen müssen, oder?«

Sie gab keine Antwort, denn plötzlich spürte sie ein Knurren im Magen. Was aber ebenso schnell wieder verschwand, wie es gekommen war, doch Agnes blieb mucksmäuschenstill sitzen und versuchte, in sich hineinzuhorchen. Fredrik erzählte sie davon nichts. Vielleicht hatte sie ja auch nur Hunger.

»Ein Debriefing?«, bemerkte sie nach einer Weile. »Ja, kann schon sein. Aber jetzt habe ich gerade den Artikel über den Unfall ins Netz gestellt. Im Augenblick möchte ich mich einfach nur ein bisschen entspannen.«

Sie schmiegte sich in seine Armbeuge, während die Erkennungsmelodie für die Vestlandsrevyen gespielt wurde und die Moderatorin mit dem überdeutlichen Hardanger-Akzent die erste Schlagzeile vorlas:

»Dramatischer Todesfall bei der Eröffnung der Extremsportwoche in Voss.«

Eine Reporterin aus Bergen war auch schon vor Ort. Sie hielt zwei Finger ans Ohr und sprach mit ernster Miene in die Kamera. Sie hatte sich für ihren Bericht eine Stelle mitten auf dem Prestegardslandet ausgesucht. Schon merkwürdig, das Wasser, das Gras und die Berge, die Agnes so gut kannte, als Kulisse für eine traurige Meldung zu sehen.

»Auf dieser Rasenfläche, direkt vor dem beliebten Vangsvatnet im Zentrum von Voss, ist heute gegen siebzehn Uhr eine Fallschirmspringerin abgestürzt, direkt vor den Augen von Hunderten schockierter Zuschauer«, sagte die Journalistin. »Die Polizei hat soeben mitgeteilt, dass es sich bei der Toten um die vierzig Jahre alte Mutter zweier Kinder, Veslemøy Liland aus Voss, handelt. Bis jetzt sieht es so aus, als ob sie bei einem tragischen Unfall starb. Bei uns ist nun der örtliche Polizeibeamte Viktor Vormedal. Können Sie uns mehr darüber erzählen, was hier passiert ist?«

Im Gegensatz zu der gut frisierten, sorgfältig geschminkten Fernsehjournalistin sah Viktor vollkommen zerzaust aus und schien sich neben ihr äußerst unwohl zu fühlen. Agnes konnte sehen, wie ihr Jugendfreund in seiner Uniform fast verschwand. Und sie verstand nicht, wieso ausgerechnet er den Auftrag bekommen hatte, mit der Presse zu sprechen. Normalerweise ließ Storedal keine Gelegenheit aus, wenn es darum ging, im Rampenlicht zu stehen.

»Wir können bis jetzt leider noch keine genaueren Informationen über die Todesursache geben ... aufgrund des Stands der Ermittlungen, meine ich«, stotterte Viktor und hielt den Blick der Journalistin in einer eher manischen als professionellen Art fest. »Ach ja, und die Polizei wünscht sich natürlich Hinweise von allen, die etwas Näheres über die Sache wissen. Und ... ja ... das war es eigentlich.«

Er nickte, als wollte er sich bedanken. Agnes tat er von Herzen leid. Man konnte ja viel über Viktor behaupten, aber ein Narzisst war er nicht. Ganz im Gegensatz zu dem großen, muskulösen, glatzköpfigen Kerl, zu dem der Kameramann jetzt schwenkte.

»Bei uns ist außerdem der Leiter des Sportfestivals, Birger Flakne«, erklärte die Reporterin. »Herr Flakne, wie schlägt sich die Nachricht vom Todesfall heute Abend auf die Stimmung hier im Ort?«

Flakne, der ein T-Shirt mit dem Slogan

Voss – Erleben Sie Großes

trug, reckte sich und machte tatsächlich eine kleine Kunstpause, bevor er antwortete: »Mit großer Trauer haben wir die Nachricht vernommen, dass Veslemøy Liland tot ist. Sie war ein wichtiges Mitglied unseres Vereins, und unsere Gedanken sind heute Abend bei ihrer Familie. Der Zusammenhalt im

Verein wie auch in der Stadt ist glücklicherweise sehr stark, in dieser schwierigen Zeit stehen wir alle eng beieinander.«

Der Festivalleiter präsentierte sich als sicherer und ruhiger Kopf, der sowohl die Organisation als auch seine eigenen Gefühle unter Kontrolle hatte. Aber die Fernsehzuschauer kamen nicht umhin, das große Veilchen zu bemerken, das um sein linkes Auge prangte. Das und die Tatsache, dass sein Gesichtsausdruck sich abrupt änderte, nachdem er gesagt hatte, was er offensichtlich zu sagen geplant hatte. Agnes meinte, Angst und Schock aus seinem Blick lesen zu können – oder war das Scham?

MONTAG

Wir wissen, dass die Verstorbene sich gewünscht hätte, dass das Festival weiter wie geplant durchgeführt wird, stand in der Pressemitteilung. Die Mail war unterschrieben vom Leiter des Festivals, und Agnes wunderte sich wieder einmal, wie jemand etwas Derartiges im Namen der Verstorbenen behaupten konnte. Wie konnte Birger Flakne *wissen*, dass Veslemøy Liland sich gewünscht hätte, dass alles weiter seinen Lauf nahm? Das war so ähnlich wie diese trauernden Witwer, die sich dafür rechtfertigten, dass sie schnellstens wieder eine neue Frau suchten: *Sie hätte gewünscht, dass ich rasch eine neue Liebe finde.* Blödes Gerede. Fredrik sollte es nur nicht wagen, sich einer anderen Frau zu nähern, bevor nicht mindestens ein Jahr vergangen war. Da war zuerst Rotz-und-Wasser-Heulen angesagt und nicht das Sonntagshemd und geradewegs auf Tinder.

Flakne hatte zumindest so viel Pietät gezeigt, den Fallschirmsprungpart im Programm abzusagen – eventuell war ihm das auch befohlen worden –, bis die Polizei Lilands Fallschirm untersucht hatte. Das konnte sie sehen, als sie einen schnellen Blick auf den Rest der Pressemitteilung warf. Sie schnappte sich Block, Stift und einen Becher, auf dem OS-

Love stand, und ging ins Büro des Chefredakteurs. Eskildsen hatte die Augenbrauen gehoben, als sie das erste Mal mit dem Becher ankam, aber inzwischen trank sie konsequent nur daraus, um ihn ein bisschen zu ärgern.

Die anderen Kollegen saßen bereits um seinen großen Tisch herum, der in dem kleinen Büro als Konferenztisch diente. Eskildsens Zimmer war keinen Quadratzentimeter größer als ihr eigenes. Ihr gefiel diese flache Hierarchie, aber es missfiel ihr, so eng Schulter an Schulter mit den Kollegen zu sitzen. Das fühlte sich eher wie ein Liederabend am Lagerfeuer an als eine pulsierende Zeitungsredaktion. Schnell nahm sie sich einen frisch gebrühten Kaffee aus der Pumpkanne. Auf den hatte sie sich schon gefreut. Sie hätte jetzt mindestens zehn Becher davon trinken können, denn sie hatte letzte Nacht am Küchentisch noch alle Artikel vom Wochenende verfasst.

Erstaunlicherweise war das Treffen des Gemeinderats der erste Punkt auf der Liste des Chefredakteurs. Nachdem der Pensionär, wie Agnes den Ältesten in der Redaktion ein wenig provozierend nannte, seinem Chef versichert hatte, dass er die volle Kontrolle über deren Tagesordnung hatte – wie es der Pensionär immer hatte –, wandte Eskildsen sich Agnes zu.

»Tveit, du bist mit den Organisatoren des Festivals im Gespräch«, sagte er, »ich möchte gern einen Nachruf auf Liland, jetzt, nachdem ihr Name öffentlich bekannt gegeben wurde. Kriegst du ein Interview mit den Mädels hin, die zusammen mit ihr gesprungen sind? Möglichst noch im Laufe des Tages?«

»Ich denke, das müsste klappen. Die wollen doch bestimmt noch etwas Nettes über ihre Freundin sagen.«

»Vielleicht sollten wir ein Kondolenzbuch ins Internet stellen und das mit Facebook verlinken?«, schlug die Sommerpraktikantin vor.

Sie war jetzt die zweite Woche hier, und Agnes hatte mit Frida Grådal noch nicht gesprochen, aber sie stellte fest, dass dieses kurzhaarige kleine Mäuschen mit den merkwürdig weiten Kleidern nicht dem bescheidenen Typus angehörte.

»Ja, ausgezeichnet«, sagte Eskildsen, und Agnes erwischte sich selbst dabei, wie sie die Neue heimlich wütend anstarrte.

Sie hatte erwartet, im Triumph nach Voss zurückzukehren. Oder, wenn nicht im Triumph, dann zumindest als jemand, zu dem die Dorfbewohner aufschauten. Eine, vor der sie Respekt hatten, was ihre fachliche Kompetenz anging. Sie hatte mit dem Gedanken gespielt, ob nicht vielleicht die Abonnenten bemerkten, dass sie zurück war, und dass die Leute von Vangen darüber redeten: »Hat sich das Niveau der Zeitung nicht deutlich gesteigert in letzter Zeit?« – »Oh ja, dieses Tveit-Mädchen kann wirklich mit Worten umgehen.« Vielleicht gebrauchte jemand auch Begriffe wie »Wortkünstlerin« oder »goldene Feder«. Während der Jahre in Oslo bei *VG* hatte sie immer wieder insgeheim darauf gehofft, dass in der Lokalzeitung ihrer Geburtsstadt endlich einmal ein Porträt von ihr erschien, in dem sie den Leuten zu Hause von ihren spannenden Erfahrungen als Journalistin in der Hauptstadt berichten konnte. Und jedes Mal, wenn sie daheim zu Besuch war, wurde sie enttäuscht. Sie konnte selbst nicht sagen, warum der Blick aus dem Westen für sie so wichtig war.

Das Gefühl, nicht gebührend gesehen zu werden, gab es immer noch. Nur wenig hatte sich geändert, seit sie nach Hause zurückgekommen war. Ganz im Gegenteil, manchmal hatte sie das Gefühl, nie weggezogen zu sein, als wäre sie wieder achtzehn Jahre alt. Nach jetzt einem Jahr im neuen Job hatte sie nicht ein einziges Mal eine lobende Rückmeldung für ihre Artikel erhalten, weder per E-Mail noch mündlich. Die Einzigen, von denen sie ein Feedback bekam, waren ihre Eltern und der nörgelnde Alte, der immer anrief, um Kommafehler zu bemängeln.

»Gute Initiative, Grådal«, sagte Eskildsen noch, bevor er die Konferenz beendete. »Wir brauchen einen digitalen Spürhund in der Future-Abteilung.«

Die Tür wurde von etwas geöffnet, das aussah wie ein außerirdisches wunderschönes Lebewesen.

Joni Roberta Farestveit erinnerte an die ungeschminkten, bildhübschen Hippiefrauen aus den Siebzigern, heute sah sie aber so aus, als wäre sie eben erst auf der Erde gelandet. Die roten Locken tanzten um ein bleiches Gesicht, und die großen grünen Augen blickten gläsern und leer. Der Blick huschte ziellos zu Agnes, dann wieder zur Seite. Joni war nie Model geworden, worauf Agnes gewettet hätte, als sie noch in die Oberstufe gingen. Ihre langen Beine, das markante Gesicht mit den hohen Wangenknochen, ihr Name, der schon immer einen Hauch von großer weiter Welt versprach. Man konnte sich Joni problemlos auf dem Cover der Vogue vorstellen. Aber für so etwas war sie zu smart. Jetzt war sie garantiert die Schönste im Mitarbeiterstab der Universität.

»Mein Beileid«, sagte Agnes nur. »Wie geht es euch?«

»Beschissen«, antwortete Joni.

Agnes zuckte zusammen, so hatte sie sie noch nie reden hören. Joni musste die Reaktion bemerkt haben, denn sie schüttelte den Kopf, als wollte sie das zurücknehmen, was sie gerade gesagt hatte.

»Sorry«, sagte sie. »Komm rein.«

Die große gelbe Villa im Schwedenstil lag in dem Wohngebiet direkt oberhalb des Wasserfalls, des Palmafossen, und kam Agnes erstaunlich vertraut vor. Sie erkannte die dunkelblauen Fensterrahmen und Türen wieder, sie erinnerte sich, dass für sie das Haus schon immer etwas Schwedisches gehabt hatte. War sie früher schon mal hier gewesen? Zumindest war sie früher öfter daran vorbeigeradelt, denn ihre Tante wohnte ein Stück weiter in der gleichen Straße. Und vielleicht hatte sie das Haus auch in einer Immobilienannonce gesehen? Kathrine Bøe, die in diesem Haus lebte, war ja erst vor kurzem nach Voss zurückgezogen, da war es nicht ausgeschlossen, dass sie es gerade erst gekauft hatte. Es lag nur einen Steinwurf vom Vereinshaus des Fallschirmclubs entfernt. Von einem so schönen Haus konnten Agnes und Fredrik nur träumen.

Agnes hatte Gro angerufen, um einen Termin auszumachen. Deren Stimme am Telefon klang belegt, aber so verhalten freundlich wie immer. Und obwohl Viktors Ehefrau fast so etwas wie eine Schwägerin war, waren sie nie wirklich warm miteinander geworden. Gro hatte Agnes erzählt, dass die drei Freundinnen »zu Hause bei Katten am Palmafossen saßen, aber keine von ihnen momentan besonders große Lust zum Reden hätte«. Agnes hatte versprochen, dass es schnell gehen würde, und erst hinterher war ihr der Gedanke gekommen, dass Gro vielleicht höflich versucht hatte, das Gespräch abzulehnen.

Agnes hatte ihren Wagen auf der Straße abgestellt, denn auf der mit Kies belegten Einfahrt standen bereits zwei Autos, ein kleines Elektroauto und ein protziger Tesla. Der Weg zum Haus führte an einem Briefkastenstativ vorbei. Auf zwei Kästen stand Bøe – K. Bøe und M. Bøe. Es gab auch zwei Klingeln neben der Haustür, mit den gleichen Initialen. Agnes hatte bei K geklingelt, und jetzt ließ Joni sie herein und führte sie eine Treppe höher in den ersten Stock. Offensichtlich gab es zwei Wohnungen im Haus, und Kathrine bewohnte es mit einem älteren Verwandten. Vielleicht war es sogar ihr Elternhaus? Jedenfalls lebten keine Kinder hier, alle Schuhe auf dem Flur waren für erwachsene Füße gedacht, und die wenigen Familienfotos, die an der Wand hingen, stammten aus den siebziger und achtziger Jahren.

Als sie die oberste Stufe der knarrenden alten Treppe erreicht hatten, entdeckte Agnes die zwei anderen Frauen auf dem Sofa. Agnes fiel auf, dass sie, obwohl sie soeben eine aus ihrem Kreis verloren hatten, ziemlich bunt gekleidet waren. Kathrine trug ein schockrosa Top, das einen riesigen tätowierten Tiger auf dem linken Oberarm freigab. Gro in ihrem himmelblauen Homedress sah aus, als sei sie bereit für einen gemütlichen Abend zu Hause. Und Jonis T-Shirt war fast genauso rot wie ihr Haar. Aber das fröhliche Farbspektrum passte in keiner Weise zur Stimmung. Schwermut erfüllte den Raum zwischen den grau gestrichenen, holzgetäfelten Wänden, die bis auf einen Fernseher nur mit wenigen Bildern und vier großen Buchstaben dekoriert waren, die das Wort »HOME« bildeten. Agnes war von der Unordnung in diesem Wohnzimmer überrascht. Eine ganze Wand entlang standen Pappkartons übereinandergestapelt, als wäre Kathrine gerade erst eingezogen und hätte es noch nicht geschafft auszupacken. Auf dem Wohnzimmertisch lagen – zwischen Gläsern, Tassen und Tellern mit Brotkrümeln – Nadeln und Fäden, und in der Mitte thronte eine Nähmaschine. Unter dem Fenster entdeckte Agnes Glasscherben auf dem Boden, zusammen mit Resten von Blumenerde. Eine Schaufel lehnte an der Wand.

Aber irgendwie roch es hier angebrannt?

Und plötzlich fiel ihr wieder ein, wann sie das Haus schon einmal gesehen hatte.

»Möchtest du eine Tasse Tee?«, fragte Kathrine, und Agnes brachte es nicht übers Herz, ihr zu sagen, dass sie heißes Wasser mit ein wenig Geschmack hasste, und das erst recht an heißen Sommertagen.

»Ja, gern.«

Denn das hier war definitiv eine Tee-Situation.

Veslemøy war Mutter von Zwillingen gewesen, zwei Jungs, wie Gro berichtete. Knapp anderthalb Jahre alt. Kathrine und Joni saßen schweigend da und schauten auf ihre Hände, während Gro erzählte, dass sie mit Kaiserschnitt geboren worden waren und weniger als tausend Gramm gewogen hatten, als sie zur Welt kamen. Es hatte Komplikationen gegeben, sie mussten mehrere Wochen vor dem Termin geholt werden und monatelang im Krankenhaus bleiben. Joni, die mit Mann und zwei Stiefkindern in Oslo lebte, war damals nach Voss gekommen und fast die ganze schwierige Zeit über geblieben. Sie und Gro hatten mit dem Pflegepersonal in der Neugeborenenabteilung gesprochen und einen Plan für Tages- und Nachtwachen aufgestellt. Veslemøy war mit der Situation vollkommen überfordert gewesen, und »Steven war auch keine große Hilfe gewesen«, wie Gro in einem Ton erklärte, der den Eindruck erweckte, dass sie nicht besonders angetan von ihm war. Aber inzwischen waren die beiden Zwillinge wohlauf und fröhliche kleine Wesen, die gut zurechtkamen. Zumindest *physisch*, wie sie betonte.

Gro sprach, zwischen den beiden anderen Frauen sitzend, jeder mütterlich eine Hand auf die Schulter gelegt. Agnes dachte, dass hier ihre eigene Erfahrung, Interviews mit Leuten in persönlicher Krisenlage zu führen, von Vorteil war. Schon merkwürdig, wenn man daran dachte, wie gut die Stimmung noch vor nur einem Tag gewesen war. So entspannt, so optimistisch und erwartungsvoll. Agnes hatte sich auf den einzigen freien Stuhl im Wohnzimmer gesetzt, hinten am Kamin, gegenüber dem Sofa. Mit einem gewissen Abstand betrachtete sie die Übriggebliebenen dieser merkwürdigen Freundinnengruppe, so wie sie diese, damals immer zu viert, schon so oft beobachtet hatte.

Als Kathrine einmal in der großen Pause auf ein Mädchen eindrosch, stand Agnes in sicherer Entfernung. Das war mit das Absurdeste, das Dramatischste, was im Laufe der drei Jahre, die sie auf diese Schule ging, passiert war. Sie wusste zu dem Zeitpunkt nicht, wer mit der Schlägerei angefangen hatte, aber hinterher behaupteten einige, das Mädchen aus der Parallelklasse hätte über eines der Mädchen aus der Fallschirmtruppe gelästert. Agnes würde nie den Anblick des Mädchens vergessen, das mit blutender Nase vor der Sporthalle lag, nachdem die Freundinnen Kathrine von ihr weggerissen hatten. Agnes konnte nicht hören, was Joni, Veslemøy und Gro zu ihr sagten, aber sie sah immer noch die vier vor sich, wie sie dicht nebeneinander zurück ins Gebäude gingen. So ist das, wenn man Teil einer festen Clique ist, dachte sie damals. Als frische Erstklässlerin war sie gleichzeitig beeindruckt und erschrocken.

Und jetzt arbeitete Kathrine, »Katten« Bøe, die Katze also, als Ärztin im Krankenhaus von Voss. Es war merkwürdig, sich das vorzustellen. Kathrine hatte heute noch etwas Strenges an sich. Die Augen schmal, als wären sie stets halb geschlossen, oder aber lauernd wie bei einer Katze. Vielleicht hatte sie deshalb ihren Spitznamen bekommen. Oder war der Grund dafür die Tigertätowierung? Der strenge Eindruck wurde auf jeden Fall von der gewölbten Snuslippe und dem kurzen, blonden Pony verstärkt. Heute verrieten Spuren in ihrem Gesicht, dass sie offensichtlich stundenlang verzweifelt geweint hatte, während die Augen aber gleichzeitig etwas anderes signalisierten, etwas, das man auch als Angst oder Wut deuten konnte.

Gro sah so irritierend gepflegt und in sich ruhend aus wie immer. Sicher war sie auch von der Situation geprägt, auf jeden Fall, aber sogar an einem Tag wie diesem lag nicht eine einzige braune Haarsträhne um das herzförmige Gesicht da, wo sie nicht hingehörte. Der Seitenscheitel saß perfekt. Agnes hatte sich oft gefragt, ob Gro schon immer kurzes Haar gehabt hatte, vielleicht, weil sie die Größte in der Gruppe war. Oder war es zu dünn, um es lang zu tragen? Agnes hatte sie stets an eine junge Gro Harlem Brundtland erinnert, sicher durch den Scheitel und dazu noch der Name. Aber auch, weil sie so entschlossen und selbstsicher wie die frühere Ministerpräsidentin wirkte. Auch die Stimme passte zu ihrem Aussehen, etwas dunkler und etwas rauer als der Durchschnitt. Gro hatte einen Leberfleck rechts vom Mundwinkel auf der Wange. Der Schönheitsfleck und die Whiskystimme, das waren die Dinge, die Viktor als Erstes hatten schwach werden lassen, wie er gern erzählte.

Er und Gro waren damals ein paar Jahre ein Liebespaar gewesen, und nachdem beider Eltern kurz nacheinander starben, waren sie wieder zusammengekommen. Agnes war ein wenig überrascht, dass Viktor tatsächlich zurück nach Voss und zu Gro zog. Er erzählte ihr, sie hätten einander in der Trauerzeit wiedergefunden, was sie für eine merkwürdige Begründung hielt, da Viktor doch genau genommen damals gar nicht gewusst hatte, ob sein Vater wirklich tot war. Denn tatsächlich war der alte Vormedal zur allgemeinen Überraschung nach Jahren wieder aufgetaucht, weshalb Viktor vielleicht seine Bemerkung von damals bereute.

Als Viktor seinerzeit nach Voss gezogen und hier einen Job als Polizist bekommen hatte, tauchte das erste Mal die verblüffende Frage in Agnes' Kopf auf: Könnte es auch für sie eine Zukunft hier im Westen geben? Es kamen überraschend begeisterte Berichte von Freunden, über ein neues Sushi-Restaurant, über die Bar, die tatsächlich einen guten Whisky sour servierte, über Pläne für ein neues Hotel, eine neue Seilbahn und eine Outdoor-Trainingsanlage, die als Voss' Antwort auf Muscle Beach in Los Angeles angesehen wurde. Plötzlich erschien das Leben in der Hauptstadt auch für sie nicht mehr die einzige Alternative zu sein. Doch dann lernte sie Fredrik kennen und schob diese Gedanken beiseite – zumindest für eine Weile.

»Agnes?«

Gros dunkle Stimme, fragend.

Alle drei Frauen schauten sie an.

»Ja, wo war ich?«, sagte Agnes schnell und tat so, als konzentrierte sie sich auf das, was sie auf den Notizblock geschrieben hatte. »Ihr seid alle drei schon seit der Kindheit mit Veslemøy befreundet, richtig?«

»Nur ich«, antwortete Kathrine schnell, um gleich wieder zu verstummen.

Gro stand ihr erneut wie eine Mutter mit einer helfenden Erklärung bei: »Veslemøy ist nur ein paar Häuser von hier entfernt aufgewachsen, deshalb sind sie und Katten in der Grundschule und später in der Schule in die gleiche Klasse gegangen. Joni stammt aus Modalen, sie zog zur Untermiete nach Vangen, als wir zur Schule gingen. Die anderen habe ich erst in der ersten Klasse vom Gymnasium kennengelernt. Wir waren im selben Anfängerkurs im Fallschirmklub. Und seitdem sind wir in Kontakt geblieben, auch wenn wir nicht immer gleichzeitig am selben Ort gelebt haben. Der Verein war unser Fixpunkt.«

Sie sah die beiden anderen an.

»Dass so etwas passieren könnte … hier … das ist …«

Gro schüttelte den Kopf, Agnes schaute wieder auf ihren Notizblick.

»Wie würdet ihr Veslemøy beschreiben? Jemandem, der sie nicht so gut kannte, meine ich.«

Es schien, als erwachte Joni erst jetzt an ihrem Ende des Sofas. Sie sah Agnes mit entrücktem Blick an, und er war genauso intensiv, aber auch warm, wie er immer gewesen war. Sie hatte seit jeher etwas Sanftes und Offenherziges an sich gehabt. Agnes würde niemals den Augenblick vergessen, als Joni ihr Kleid bewundert hatte, das sie zum Schulball trug. Sie waren gleichzeitig auf dem Fest angekommen, standen nebeneinander auf dem kalten Flur vor der Turnhalle und zitterten, während sie sich die Überjacken auszogen. »Die blaue Farbe passt gut zu deinen Augen«, hatte Joni gesagt und sie mit ihren eigenen grünen angelächelt. Agnes hatte nie zuvor ein Wort mit ihr gewechselt, und nachdem sie sich für das Kompliment bedankt hatte, sprachen sie auch nichts weiter, aber für den Rest des Abends fühlte sie sich wie eine Prinzessin. So sehr hatte sie dadurch Selbstvertrauen gewonnen, dass sie sich endlich traute, Alexander Kosanovic anzusprechen. Was damit endete, dass sie zum ersten Mal miteinander knutschten, gleich hinter dem Haupteingang. Warme Lippen in zitternder Kälte. An dem Abend wurde Agnes klar, dass ein Kompliment eines Mädchens unendlich viel mehr bedeutete als das eines Jungen.

»Sie ist ... war ... ein ganz besonders schöner, ganz besonders guter Mensch«, sagte Joni.

Gro ergriff sofort wieder das Wort: »Ja, sie war sehr großzügig und warmherzig. Und mutig. Die Stärkste von uns allen.«

»Sie hat das hier am allerwenigsten verdient«, sagte Joni.

Sie schien kurz davor zu sein, in Tränen auszubrechen.

»Du könntest schreiben, dass sie fürs Fallschirmspringen gelebt hat«, sagte Kathrine mit einem traurigen Lächeln. »Der Hauptgrund, warum sie Lehrerin geworden ist, war doch, dass sie so viel Freizeit hatte.«

»An den Wochenenden und in den Sommerferien arbeitete Veslemøy als Trainerin. Und während der Jahre, in denen sie in Neuseeland gelebt hatte, tat sie das noch intensiver. Aber nachdem sie und ihr Partner hierher zurückgekehrt waren, bekam sie ja nur ein Jahr später die Kinder«, erzählte Kathrine.

»Deshalb ist sie in letzter Zeit seltener gesprungen. Auch wenn Steven sie ermuntert und ihr den Rücken freigehalten hat. Er ist nämlich selbst Fallschirmspringer, deshalb weiß er, wie das ist.«

Agnes notierte sich den Namen des Lebensgefährten und zögerte einen Moment, bevor sie die nächste Frage stellte.

»Ich hoffe, das ist für euch in Ordnung, wenn ich euch das frage: Was glaubt ihr, was passiert ist?«

Für eine Weile blieb es still, dann erklärte Gro, dass sie den Sprung in allen Details durchgegangen seien, immer und immer wieder. Veslemøy hatte die verschiedenen Schritte routinemäßig durchgeführt, ohne jedes Problem, niemand hatte bemerkt, dass etwas nicht stimmte. Als sie so weit waren, die Reißleine zu ziehen, hatten sie sich voneinander gelöst und ein Stück auseinandertreiben lassen, genau wie sie es immer getan hatten, damit es beim Öffnen der Schirme keinen Zusammenstoß geben konnte.

»Erst als mein Schirm sich entfaltet hatte und ich nur zwei von den dreien gesehen habe, da habe ich begriffen, dass etwas schiefgegangen ist. Das war das schrecklichste Gefühl, das ich je in meinem Leben gehabt habe.«

Ein leises Schluchzen war von Joni zu hören. Dann rannte sie aus dem Raum.

Gro ging ihr nach, und Agnes steckte den Notizblock zurück in die Tasche. Damit war das Interview ja wohl beendet. Sie wollte aufstehen und sich für den Tee bedanken, als Kathrine sie plötzlich mit einem etwas erschöpften Lächeln ansah.

»Veslemøy und ich, wir hatten da so ein Spiel, als wir noch klein waren«, sagte sie und fuhr mit der einen Hand über die Tätowierung, als striche sie dem Tiger übers Fell. »Wir lagen dann immer ganz still auf dem Boden und haben unserem Atem gelauscht. Das war wie Yoga oder so eine Art Mindfulness-Übung, lange bevor wir von solchen Sachen überhaupt gehört hatten. Ich tat so, als hörte ich meinem eigenen Atem zu, aber meistens lag ich nur mucksmäuschenstill da und lauschte Veslemøys Atem und dachte dabei, was für ein Glück ich doch habe, eine so aktive, lebendige beste Freundin zu haben.«

Sie ließ den Blick wandern, bis er an einem Punkt an der Wand haften blieb.

»Und dann bekam ich sogar noch zwei dazu. Das war wirklich mehr, als ich je zu träumen gewagt hatte.«

Agnes drehte sich um und sah, dass Kathrine auf ein eingerahmtes Teamfoto der vier Frauen starrte. Alle trugen die Fallschirmmontur, hatten einen Arm um ihre Nachbarin gelegt und hielten einen hochgestreckten Daumen in die Kamera. Das war ein Motiv, das so viel an Freundschaft und Gemeinsamkeit einer verschworenen Clique ausstrahlte, wie Agnes sie noch gut in Erinnerung hatte und deren Teil zu werden für alle anderen ausgeschlossen war.

»Alles hat einmal ein Ende«, sagte Kathrine, während sie weiterhin auf das Foto starrte.

Agnes war erleichtert, das Haus am Palmafossen wieder verlassen zu können, wegzukommen von der traurigen, seltsamen Stimmung und zurück in die Redaktion gehen zu dürfen. Bevor sie die Notizen des Interviews ins Reine schrieb, loggte sie sich ins Archiv der Zeitung ein, suchte nach Palmafossen + Feuer.

Hatte sie doch den richtigen Riecher gehabt! Gleich der erste Treffer war nur wenige Wochen alt. Ein kurzer Text, weshalb sie sich wahrscheinlich noch daran erinnern konnte, ihn gelesen zu haben. Daneben ein großes Foto der gelben Villa, in der sie gerade gewesen war. »Mit dem Schrecken davongekommen«, lautete die Überschrift, und in dem Interview erzählte die 78-jährige Mona Bøe, sie sei mitten in der Nacht aufgewacht, weil es nach Rauch gerochen habe. Sofort hatte sie gerufen, um die Tochter zu wecken, die im ersten Stock wohnte. Die Feuerwehr war dann kurz darauf zur Stelle. Sie nahmen an, dass ein Papierkorb im Arbeitszimmer der Tochter Feuer gefangen habe, berichtete Mona Bøe der Reporterin, doch der Einsatzleiter erklärte, dass sie bis jetzt noch keinen eindeutigen Brandherd gefunden hatten. Glücklicherweise war das Feuer so rechtzeitig entdeckt worden, dass nur der Schreibtisch und der darunterliegende Teppich beschädigt wurden. Aber alles musste aus Schränken und Regalen geräumt werden, in erster Linie wegen des intensiven Rauchgeruchs. »Das Materielle bedeutete den Frauen des Hauses nichts, beide sind überglücklich, dass das Feuer so schnell gelöscht werden konnte«, stand weiter in dem Artikel. Kathrine war nicht interviewt worden, und sie war auch nicht mit auf dem Foto, auf dem ihre Mutter mit ernster Miene vor dem Haus stand.

Eine halbe Stunde später schickte Agnes ihren Text zum Layout für die Papierausgabe und stellte den Artikel ins Netz. *Teamkameradinnen der Verstorbenen in Trauer und Schock: Veslemøy lebte für das Fallschirmspringen.*

Agnes stand von ihrem Schreibtisch auf, dehnte sich ein wenig und ging auf die Toilette. Sie verharrte vor dem Spiegel und schaute sich selbst in die Augen, die Fredrik bei ihrem ersten Treffen etwas prätentiös als »azurblau« beschrieben hatte. Sie musterte ihre Stupsnase und das kleine Grübchen im Kinn, zog das weiße Sommerkleid ein wenig nach unten. Es sah besser aus, wenn sie braun war. Außerdem schnitt der Slip in der Taille so tief ins Fleisch, dass der Rettungsring durch den Baumwollstoff zu sehen war. Es war höchste Zeit, sich neue Slips zu kaufen.

Sie freute sich darauf, bald mehr Sonne in das fahle Gesicht zu bekommen. Sie konnte mehrere Mitesser entdecken, die ihr merkwürdiger Lebensgefährte aus irgendeinem makabren Grund begeistert ausdrückte. Die langen, dichten Haare waren auch noch nicht zum *beach blonde* übergegangen, sie zeigten eher den Farbton *straßenköterfarben,* das Resultat eines langen Winters und eines Schlechtwetterfrühlings. Sie sollte sich wieder blonde Strähnchen machen lassen, vielleicht aber auch kapitulieren und dunkel bleiben. Möglicherweise wäre ein Kurzhaarbob auch etwas, so wie bei Gro? So ein guter alter praktischer Schnitt? Bei dem Gedanken schmunzelte Agnes. Aber es stimmte schon, sie musste dringend zum Friseur. Bisher hatte sie noch keine Zeit gehabt, sich einen Überblick zu verschaffen. Aber es schien so, als gäbe es in diesem kleinen Ort genauso viele Friseure wie in der Hauptstadt.

Sie zuckte zusammen, als das Telefon wütend vibrierte. Die Nummer war ihr nicht bekannt.

»Bin ich bei der Avisa Hordaland?«, fragte eine knirschende Männerstimme, von der sie sicher war, sie schon einmal gehört zu haben.

»Das stimmt«, antwortete Agnes, während sie versuchte, das dritte graue Haar zu erwischen. »Wer sind Sie?«

»Das ist nicht so wichtig. Ich wollte Ihnen nur sagen, dass ich so etwas schon erwartet habe. Also, den Todesfall, meine ich. Was sind das für Leute, die mit ihrem Leben spielen, während andere ernsthaft krank sind und um ihr Leben kämpfen? Respektlos, das sind sie. Und ich bin ihrer wirklich überdrüssig. Diesem Wahnsinn muss jetzt ein für alle Mal ein Ende bereitet werden. Die Politiker müssen einschreiten. Die Extremsportwoche muss abgeschafft werden.«

»Meine Güte. Da hat es aber jemand eilig!«

Agnes war beim Zahnarzt gewesen und lief jetzt schnell die Treppen hinunter. Weiter oben auf dem Treppenabsatz stand eine grauhaarige Frau Anfang sechzig mit verschränkten Armen und blickte sie teils amüsiert, teils empört an.

»Tante Eline!«, rief Agnes und entschied sich zu einer Notlüge: »Ich dachte, du hättest schon Feierabend gemacht.«

»Der letzte Patient ist gerade gegangen. Ich würde dich gern zu einer Tasse Kaffee einladen, wenn du Zeit hast?«

Es war lange her, dass sie das letzte Mal hier gewesen war. Aber hinter der Tür, auf der *Dr. Eline Tveit* stand, sah es noch genauso aus wie damals, als Agnes ein Teenager war und fünfzig Kronen dafür bekam, dass sie jeden Freitag den Boden wischte. Ein großes Schwarz-Weiß-Foto der Brooklyn Bridge, garantiert bei IKEA gekauft, hing immer noch hinter dem Schreibtisch. Agnes verstand nicht, welchen Effekt dieses Bild in einem Arztsprechzimmer haben sollte. Sollte es die Patienten dazu verleiten, sich weit weg zu träumen, an einen anderen, fremden Ort, oder war es ihre Tante, die von New

York träumte? Soweit Agnes wusste, war sie niemals dort gewesen.

Lange Zeit hatten Viktors Vater und ihre Tante die Praxis gemeinsam geführt. Agnes wusste, dass sie damals auch privat ein Paar gewesen waren. Doch seit Viktors Vater vor vielen, vielen Jahren verschwunden war, hatte ihre Tante weder Bett noch Praxis wieder mit jemandem geteilt. Das war auch der Grund, warum nur noch ihr Name auf dem Türschild stand.

Hier in der Praxis waren sie und Viktor zum allerersten Mal ins Gespräch gekommen. Das musste im zweiten Jahr der höheren Schule gewesen sein, zu der Zeit, als sie immer noch hoffte, mit Alexander Kosanovic schlafen zu können. Sie war bei ihrer Tante Doktor gewesen, um sich die Pille zu besorgen, hatte gehofft, sie hier auf diskrete Art und Weise zu bekommen, doch die Tante hatte ihr noch auf dem Flur nachgerufen: »Du musst aber aufpassen, dass du auch wirklich jeden Tag die Pille nimmst, ohne Pause, hörst du, sonst wirst du trotzdem schwanger!«

Im Wartezimmer saß ein Junge und blätterte in einer alten Zeitschrift. Er trug einen Kurt-Cobain-Pullover und hatte dichtes, dunkles Haar, das ihm bis zu den Schultern reichte. Agnes wusste, wer er war, er ging in die Dritte.

»O Mann, ist bei dir so viel los?«, fragte er und grinste.

»Na klar, ich bin doch die Sexqueen der Stadt, aber offenbar haben wir noch nicht …?«, erwiderte Agnes.

»Offensichtlich noch nicht«. Er streckte ihr die Hand entgegen. »Viktor Vormedal. Hoffnungsvolle Jungfrau von Vossestrand.«

»Agnes. Tveit. Dann willst du also zum Onkel Doktor, um dir gute Ratschläge zu holen?«

»Ich will zu meinem Vater, um Cash zu kriegen. Vielleicht kann ich mir dann ein wenig Erfahrung kaufen.«

Agnes musste kichern, sie hatte große Lust, sich weiter mit dem Typen zu unterhalten. Schließlich war es nicht zu überhören, dass er mit ihr flirtete.

Aber die heimlichen Hoffnungen erloschen schnell, als sie zusammen eine Limonade tranken und Viktor ihr überraschend erzählte, wie verliebt er in eines der Fallschirmmädchen aus der Parallelklasse war. Trotzdem quatschten sie gern miteinander, wenn sie sich zufällig begegneten, und sogar als er nach einer Weile tatsächlich mit Gro Skutle zusammenkam, von der Agnes ja fand, dass sie viel zu mondän für ihn war, blieben sie und Viktor gute Freunde.

»Geht es dir gut?«

Eline legte den Kopf auf diese irritierende Art und Weise schräg, die bei ihr stets Fürsorge signalisierte.

»Alles prima«, antwortete Agnes.

»Wie schön. Hast du in letzter Zeit mit deiner Mutter gesprochen?«

»Ja, ich war vor ein paar Tagen bei ihr. Warum?«

»Ach, ich dachte nur. Komm, ich koch dir eine Tasse Salbeitee. Der ist gut für die Fruchtbarkeit.«

Eline zwinkerte lächelnd, und Agnes wusste, dass der Besuch bei ihrer Freundin Ingeborg noch etwas warten musste.

Als sie wieder auf der Straße stand, fiel ihr auf, dass sich das Stadtbild an diesem Wochenende ziemlich verändert hatte. So war es ja immer in der *Ekstremsportveko*. Dann gab es in

Vangen viel mehr unrasierte, kernige Kerle im Sportdress und mit verwegenen Brillen zu sehen.

Es gab viele Bewohner, die der *Extremsportausübenden*, wie ihr Vater die Sportler zu nennen pflegte, überdrüssig waren, das war aus den Leserbriefen an die Zeitung herauszulesen. Sogar auffallend viele in letzter Zeit. Da war dieser Deutsche, den Storedal erwähnt hatte, der in einem Baum gelandet war, und zu Anfang des Jahres war ein lokaler Basejumper bei einem Sprung in Gudvangen verunglückt. Er war in einer Felsspalte gelandet, und der Unfall löste eine umfangreiche Rettungsaktion unter schwierigen Bedingungen aus. In den folgenden Wochen lief der Apparat der legendären Radiosendung *Gesehen und gehört* heiß, wütende Menschen beschwerten sich, dass »*tollkühne Taugenichtse das Leben anderer in Gefahr bringen*«. Es war sogar ein Leserbrief eingegangen, den sie nicht hatten drucken können, denn der anonyme Absender beendete seinen Text mit den Sätzen: *Diese Leute genießen einfach das Risiko. Manchmal wäre es wohl das Beste für uns alle, wenn tatsächlich einmal einer abstürzte.*

Agnes fragte sich, wie der Absender dieses Briefes wohl heute zu seinem Traktat stand.

Ihre Freundin Ingeborg saß mit entblößter Brust draußen auf der Bank, die sie mit dunkelblauer, auf Öl basierender Farbe gestrichen hatte, als sie hochschwanger gewesen war. Das Baby bekomme sicher so oder so jede Menge an Gasen ab, da würden die Farbgerüche auch nicht mehr viel ausmachen, hatte sie erklärt, und außerdem sei es doch »so gut wie fertig gebacken«. Das lange, schwarze Haar hatte sie mit einem Zopfgummi oben auf dem Kopf zusammengebunden, um die

Schultern lag ein leichtes, hellgraues Seidentuch. Von allen Seiten schützten die Schatten großer Hängepflanzen vor der Morgensonne. Das hätte ein ganzseitiges Foto in einer Zeitschrift für schöneres Wohnen oder einer Mütterzeitschrift sein können, und Agnes hätte diesen Anblick verabscheut, wäre sie nicht so gut mit Ingeborg befreundet. Ja, sie war nicht einmal eifersüchtig darauf, dass die Freundin dieses kleine perfekte Mädchen geboren hatte. Was ihr gar nicht ähnlich sah, denn ihr Herz wurde schon von sehr viel unwichtigeren Dingen rabenschwarz.

Und hätte es Ingeborg nicht gegeben, wäre sie sicher schon vor langer Zeit zurück nach Oslo gezogen. Hätte die beste Freundin sich nicht vollkommen überraschend dazu entschieden, von London in den Ort ihrer Kindheit zurückzukehren, nachdem sie sich von einem schottischen Banker getrennt hatte, hätte Agnes vielleicht gar nicht erst versucht, Fredrik dazu zu überreden, nach Voss zu ziehen. Der kleine Samen, der aufkeimte, als Viktor zurück nach Voss zog, wuchs und grünte, als Ingeborg das Gleiche tat. Plötzlich war Agnes' Fels in der Brandung hier. Plötzlich sah sie das gute Leben im Westen als Lösung all ihrer Probleme. Sah nur das Gute darin, in Voss zu leben. Ja, sie begann sogar, Oslo mit dem skeptischen Blick einer Zugezogenen aus Westnorwegen zu betrachten, wenn sie ausnahmsweise mal auf der Karl-Johan-Straße unterwegs war. Es gab tatsächlich viele Bettler hier.

Sie beide hatten einen durch und durch optimistischen Plan ausgeheckt, nämlich dass Ingeborg und sie gleichzeitig in Elternzeit gehen wollten. Die Freundin hatte nur leider nicht die Geduld gehabt, auf einen neuen Mann in ihrem Leben zu warten. Sie war nach Kopenhagen gefahren und hatte sich einen großen, intelligenten Spender in der dänischen Samenbank ausgesucht – und gleich beim ersten Mal einen Volltreffer gelandet. Der Plan war auch gewesen, dass sie beide hier sitzen wollten, auf der Bank, im Schatten der Pflanzen, mit jeweils einem Baby im Arm. Sie würden stillen und den ganzen Tag miteinander plaudern. Sollte Agnes allerdings bei ihrem letzten Eisprung schwanger geworden sein, hätten sie nur noch einen knappen Monat Zeit für diesen Plan, danach würde Ingeborg wieder in ihrem Job als Hoteldirektorin bei *Fleischer's* anfangen müssen.

Aber es wäre eine totale Überraschung, sollte aus den erbärmlichen Versuchen, die sie und Fredrik in dieser Hinsicht unternahmen, tatsächlich ein Kind herausgekommen sein.

»Es ist unfassbar, dass Veslemøy *tot* ist«, sagte Ingeborg, nachdem Agnes ins Haus gegangen und zwei doppelte Cortados mit aufgeschäumter Milch in der großen, hochmodernen Kaffeemaschine zubereitet hatte. »Du erinnerst dich doch daran, dass sie in meine Parallelklasse ging?«

»Ja, aber richtig gut hast du sie nicht gekannt, oder?«

»Nein, eigentlich so gut wie gar nicht. Obwohl sie sogar über vier Ecken mit mir verwandt ist.«

»Tatsächlich? Ich glaub's ja nicht. Die auch?«

»Ich weiß, es wimmelt hier nur so von Familie. Aber ich denke, Veslemøy wusste nicht einmal, dass sie mit mir verwandt war. Es war ja nicht gerade einfach, an diese Mädchenbande heranzukommen. Und glaub mir, ich habe es versucht.«

Agnes war überrascht, dass Ingeborg – dieses coole, unabhängige Mädchen, das sich um das meiste, was in der Teenagerzeit so angesagt war, gar nicht kümmerte – so viel Energie aufgebracht hatte, um an Kathrine und Veslemøy heranzukommen. Einmal hatte Ingeborg eine eigene Choreographie zu dem Salt-'n'-Peppa-Song »Push it« einstudiert und war dann mit ihrem tragbaren Kassettenrecorder zu Veslemøy gegangen, um sie vorzuführen. Aber das hatte natürlich nicht gereicht. Eine enttäuschte Teeniepopper-Spinderella schlich frustriert nach Hause.

»Nachdem Veslemøy und Katten sich mit Joni und Gro zusammengetan hatten, haben sie sich *wing women* genannt«, erzählte Ingeborg weiter. »Das war so eine Art Wortspiel mit *wing man*, weil sie doch so eng befreundet waren und ihr Hobby das Fallschirmspringen war.«

»Danke für die Erklärungen«, bemerkte Agnes trocken, aber die Freundin war gerade beschäftigt mit dem Baby, das mitten in der Mahlzeit an der Brust eingeschlafen war, so dass sie den sarkastischen Kommentar nicht mitbekam.

»Nachdem du wieder hierhergezogen bist, hast du da eigentlich nie mal mit Veslemøy geredet?«

»Du meinst, bei all unseren großen Familientreffen?« Ingeborg zog das Baby von der Brustwarze weg und hob es vorsichtig in den Siebziger-Jahre-Kinderwagen, den sie auf dem Flohmarkt gekauft hatte, und legte eine hübsche, eierschalenfarbene, selbst gestrickte Decke über die Kleine. Meine Güte, das müsste sie als Blog anbieten. »Nein, ich weiß nicht, ich hatte nicht den Eindruck, dass es so einfach ist, sich mit ihr anzufreunden, und das erst recht nicht, nachdem einige Zeit vergangen war. Aber vielleicht bin ich auch beeinflusst von dem, was einige in meiner umfangreichen Familie erwähnt haben, nämlich dass sie *es mit den Nerven hat*.«

Sie verdrehten gleichzeitig die Augen. Agnes war sich vollkommen klar darüber, dass »es mit den Nerven haben« immer noch eine Redewendung war, hier im Ort über psychische Probleme zu reden, vor allem in der älteren Generation. Aber so oder so, das war eine neue Information. Sie hatte nie etwas davon gehört, dass Veslemøy krank gewesen sein sollte.

»Weißt du, ob das was Ernstes war? Ob sie ins Krankenhaus musste oder so?«

»Ich denke schon, aber das ist lange her, als sie jünger war, zu der Zeit, als ihre Mutter gestorben ist. Ihr Vater – Mamas Cousin war der dann wohl – ist von hier weggezogen, und sie hat keine Geschwister. Aber ich glaube, ihre Großmutter ist ganz in Ordnung. Sie hat Veslemøy das Haus überlassen, als sie ins Altersheim gezogen ist. Und das Haus ist bestimmt so an die zehn Millionen Kronen wert«, fuhr Ingeborg fort. »Dagny Berge, die Großmutter, war übrigens eine ziemlich kecke Person, bevor sie dement wurde.«

»Was soll das heißen?«

»Ich kann mich daran erinnern, dass Veslemøy mal auf frischer Tat ertappt wurde, als sie Bier geklaut hat. Weißt du, ich war zufällig in dem Laden, als sie erwischt wurde, und da bin ich hinter einem Regal stehen geblieben und habe ein bisschen spioniert. Sie musste auf einem Stuhl sitzen bleiben, guckte zu Boden, während der Ladendetektiv nach der Telefonnummer ihrer Eltern fragte. Die haben sich bestimmt ihren Teil gedacht, als Veslemøy murmelte, ihre Mutter sei tot und ihr Vater weggezogen. Aber zum Schluss hat er dann die Großmutter angerufen. Ich habe mich noch ein Stück weiter hinten im Laden versteckt und werde niemals den Anblick vergessen, als Dagny Berge ins Geschäft gerauscht kam und den Detektiv so laut beschimpfte, dass es alle hören konnten. Sie sind schließlich in ein Hinterzimmer gegangen, deshalb weiß ich nicht, wie das ausgegangen ist, aber es würde mich nicht wundern, wenn die Alte ihr Enkelkind da rausgequatscht hat. Ich habe nie wieder eine Großmutter erlebt, die derart auf dem Kriegspfad war.«

Agnes holte ihr Handy heraus, um eine wichtige Sache zu überprüfen: ob sie bei Facebook mit Veslemøy Liland befreundet war. Sollte dem so sein, wäre das keine größere Überraschung. Die meisten der mehr als tausend »Freunde«, die sie sich im vergangenen Jahr erarbeitet hatte, hatten eine viel lockerere Beziehung zu ihr. Aber nein, sie waren keine Facebook-Freundinnen, und somit war Veslemøys Profil für sie verschlossen. Sie musste sich Ingeborgs Samsung leihen, mit zerbrochenem Display, da es mehrere Male aufgrund von Stillschlafwandeln zu Boden gefallen war. Auch wenn die beiden entfernten Verwandten keinen Kontakt zueinander gehabt hatten, so waren Ingeborg und Veslemøy zumindest auf Facebook befreundet.

Agnes notierte sich als Erstes, dass kein Bedarf an dem virtuellen Gedenkbuch der Sommeraushilfe bestand. Die Seite auf Veslemøys Profil war bereits zu einer Kondolenzzentrale umgestaltet worden, mit »Wir vermissen dich« und »RIP« und einer endlosen Reihe roter Herzen und der Feststellung, wie sinnlos das Ganze doch sei.

Agnes scrollte direkt auf die Fotos. Davon gab es ungewöhnlich wenige. Das einzige Bild, das Veslemøy selbst gepostet hatte, war ein Schwarz-Weiß-Foto der Zwillinge, das offenbar direkt nach der Geburt gemacht worden war. Da lagen die Neugeborenen viel zu klein in ihren Brutkästen. Die meisten

Fotos zeigten Fallschirmmotive, direkt in der Luft geschossen, von Formationen und Menschen in freiem Fall, und die gleichen lächelnden Teamfotos der vier Frauen, die bei Kathrine Bøe an der Wand hingen. Veslemøy und Steven waren zusammen mit dem *Veko*-Leiter Birger Flakne auf einem Foto zu sehen, auf dem alle drei ein Bierglas hochhielten. Das offensichtlich irgendwo im Ausland aufgenommen worden war. Es gab noch weitere Partybilder, die neuesten schienen von einem vierzigsten Geburtstag zu stammen. Joni, Kathrine und Gro waren drauf, und noch andere, die Agnes nicht kannte.

Ingeborg kam durch die Terrassentür heraus, in der Hand trug sie eine vergilbte Plastiktüte, die früher einmal weiß mit dunkelblauen Streifen gewesen war. »*Domus*« stand mit großen schwarzen Buchstaben darauf und darunter in kleinerer Schrift: *Norwegens größte Kaufhauskette*. Allein der Anblick dieser Tüte ließ Agnes nostalgisch werden.

»Das Analoge ist oft das Beste«, sagte Ingeborg und zog zwei dicke, in Leder gebundene Fotoalben heraus, die sie auf den Tisch legte. »Jetzt werde ich richtig neugierig auf die Verwandtschaft. Und das passiert nicht oft, das sage ich dir.«

Schnell durchblätterten sie das erste Album und amüsierten sich köstlich über Ingeborgs Konfirmationsfotos, auf denen sie mit geschlossenem Zahnspangenmund unbeholfen vor dem Stall posierte, vor der Scheune und all den anderen Fotomotiven des Familienhofes, die sie hasste. Zu der Zeit kannte Agnes Ingeborg noch nicht. Sie selbst war hochzufrieden mit ihren eigenen Konfirmationsfotos. Der Pony war millimetergenau geschnitten und stand den ganzen Tag ein kleines Stückchen ab, wie es sein sollte.

Fotos von Veslemøy Liland gab es nicht in dem Album, also legte Ingeborg es zur Seite und nahm sich das nächste vor. Auf der ersten Seite reckte sie die Arme in die Luft, das Wasser reichte ihr bis zur Taille, ihr T-Shirt war klitschnass. Agnes konnte sich noch gut an das Baden im Vangsvatnet erinnern. Sie selbst war diejenige gewesen, die die Fotos gemacht hatte. Nur selten ließ die Temperatur es zu, dass sie lange im Wasser bleiben konnten, auch an dem Tag nicht, was man an Ingeborgs erschrockenem Gesichtsausdruck erkennen konnte. Sie war, was viele ablehnend und spöttisch »Antiruss« – eine Gegnerin aller Abiturvorfeiern und -veranstaltungen – nannten, gewesen, eine, die nicht an irgendwelchen albernen Ritualen interessiert war. Aber dafür, dass sie sich selbst als bekennende Gegnerin des ganzen Konzepts »Russetid« bezeichnete, hatte Ingeborg überraschend viele Fotos von den Feiern gemacht.

Agnes und Ingeborg blätterten durch die in roten Overalls, die in blauen Overalls und die schwarz Gekleideten, kicherten über einen splitterfasernackten Viktor, der in einem Badezuber stand, und liefen Gefahr, sich in alten Erinnerungen zu verlieren, als endlich ein Foto von Veslemøy Liland auftauchte. Sie hielt eine braune Hansabierflasche in die Kamera, und neben ihr taten Kathrine, Joni, Gro und zwei Jungs es ihr gleich. An einen der Jungs konnte Agnes sich nicht mehr erinnern. Den anderen erkannte sie als Kathrines Jugendliebe Vegard wieder, ein ziemlich hübscher großer Kerl mit markantem Kinn und gelocktem Haar. Alle sechs hatten das Oberteil ihres Abiturientenoveralls ausgezogen und die Ärmel um die Taille verknotet, gemäß dem Dresscode der zweiten Hälfte der neunziger Jahre. Auf Veslemøys grau meliertem Kapuzensweatshirt stand »FREEDOM« in großen, neonrosa Buchstaben. Sie war dünn, fröhlich, betrunken und sah etwas merkwürdig aus, genau wie Agnes sie in Erinnerung hatte.

Das nächste Foto war fast gleich, abgesehen davon, dass hier nur Veslemøy in die Kamera guckte, während Joni die Arme um sie geschlungen hatte und ihr Kinn auf der Schulter der Freundin ruhte.

»Meine Güte, was für hübsche Menschen«, sagte Ingeborg. »Ich spüre, wie die guten alten Minderwertigkeitskomplexe wieder angeschlichen kommen. Sag mal, du hast Joni Farestveit doch gerade erst getroffen: Könntest du bitte so gut sein und mir versichern, dass sie eine runzlige alte Hexe geworden ist?«

»Sorry, ihre Haut ist glatt wie ein Babypopo. Aber was ist mit Steven, Veslemøys Mann, weißt du was über ihn?«

»Nicht mehr, als dass er auch so einer ist, der gern aus dem Flugzeug springt und, was den Alkohol betrifft, kein Kostverächter ist. Aber das kannte Veslemøy ja schon von ihrem Vater«, sagte Ingeborg und stand auf, weil Weinen aus dem Kinderwagen zu hören war.

Während Ingeborg das Baby beruhigte, dachte Agnes darüber nach, was ihre Freundin über Veslemøys psychische Probleme gesagt hatte. Vor gar nicht langer Zeit hatte sie einen Artikel darüber gelesen, dass erschreckenderweise sechshundert Norweger jedes Jahr ihrem Leben selbst ein Ende setzten und dass das Risiko bei Menschen mit psychischen Leiden natürlich am größten war.

Wäre es denkbar, dass Veslemøy Liland sich mit Absicht hatte fallen lassen, ohne den Fallschirm zu öffnen?

Er stand in der Küche und weinte.

Mit der einen Hand rieb er sich die Augen, mit der anderen schob er die frisch gehackten Zwiebeln in die Bratpfanne.

»Hast du mich heute Nacht Zähne knirschen gehört?«, fragte Agnes.

»Das kannst du schriftlich haben«, antwortete Fredrik schniefend. »Warum fragst du?«

»Der Zahnarzt hat mir erklärt, ich müsse damit aufhören. Warum hast du mir das nie gesagt?«

»Hast du ein Goldfischgedächtnis? Ich habe dich schon mehrere Male darauf hingewiesen. Inzwischen bin ich es so gewohnt, dass ich kaum noch darauf reagiere. Aber wenn du es schon ansprichst – es kann sein, dass das Knirschen in letzter Zeit etwas heftiger geworden ist. Wein?«

»Das hast du mir noch nie gesagt. – Nein danke.«

Eigentlich hatte sie genau darauf jetzt Lust.

Er schenkte sich ein Glas ein und stellte eine Flasche Pepsi Maxi auf den Tisch. Fredrik trug Shorts und ein weißes, synthetisches Polohemd von der Sorte, die er als »funktional« bezeichnete, aber es war unklar, ob er schon trainiert hatte oder es nach dem Essen tun wollte. Eine für Agnes besonders irritierende Eigenschaft Fredriks war, dass sie es seinem Gesicht nicht ansehen konnte, ob er gerade zehn Kilometer gelaufen war. Agnes selbst bekam schon vom moderaten Joggen einen knallroten Kopf. War es da ein Wunder, dass sie dankend ablehnte, wenn er vorschlug, doch *eine kleine Abendrunde gemeinsam zu laufen*?

»Vielleicht hast du ja das, was die Odontologen *Bruxismus* nennen. Zähneknirschen ist oft eine Folge von Stress. Vielleicht bist du gestresst?«

»Und vielleicht solltest du lieber bei der Allgemeinmedizin bleiben und es anderen überlassen, sich um Odontologie zu kümmern?«

Er zuckte mit den Schultern und rührte weiter in der Pfanne. Wie so oft in letzter Zeit fühlte sie sich leicht gereizt. Es schien, als könnten sie nicht mehr miteinander reden, ohne dass einer von ihnen etwas sagte, was bei dem anderen für schlechte Laune sorgte.

Nach einer Weile roch die ganze Küche nach Zwiebeln, Fleisch, Bohnen und Tomatensoße. Was ihre Laune ein wenig hob. Während Agnes gierig Chili con carne löffelte, berichtete sie von ihrem Besuch bei den Fallschirmfrauen in Kathrine Bøes Haus am Palmafossen.

»Du weißt, dass wir zusammenarbeiten?«, bemerkte Fredrik.

»Katten und ich?«

Das hatte er ihr gegenüber nie erwähnt, soweit Agnes sich erinnern konnte.

»Nein, das habe ich nicht gewusst, aber da du schon ihren Spitznamen benutzt, scheint ihr ja gut miteinander auszukommen. Ist sie in Ordnung?«

»Auf jeden Fall. Ehrlich gesagt habe ich zu ihr den besten Kontakt. Ich wollte sie mal auf ein Glas Wein zu uns einladen. Aber momentan ist das sicher nicht das günstigste Timing.«

Agnes fiel auf, dass Fredriks Gesicht durch das schöne Frühsommerwetter bereits eine frische Farbe hatte. Was sie an ihre erste Begegnung erinnerte. Seine sonnengebräunte Haut unter dem weißen T-Shirt war ihr damals als Erstes aufgefallen, dazu die sympathischen Lachgrübchen. Er sah so *rein* aus, in einer Art, wie sie es noch nie zuvor bei einem Mann gesehen hatte.

Sie waren auf demselben Fest gewesen, und Agnes war davon ausgegangen, dass er auch Journalist war oder zumindest bei den Medien arbeitete, so wie die meisten Gäste hier, wie eigentlich alle, mit denen sie verkehrte. Als sie mit ihm ins Gespräch kam und erfuhr, dass er Chirurg am Rikshospitalet war, wurde er plötzlich zum Exoten in der Menge und damit umso attraktiver.

»Warum Chirurg?«, hatte sie gefragt, als sie gemeinsam auf dem Balkon an diesem warmen Frühlingsabend standen und rauchten.

Vielmehr war sie es, die geraucht hatte, er hatte »häufig genug kaputte Lungen gesehen«.

»Warum Journalistin?«, hatte er die Frage zurückgegeben.

»Weil auch ich Menschen helfen will«, war ihre Antwort gewesen, und so hatte sie es auch gemeint.

»Indem man über Stars und Sternchen schreibt?«

»Ja, *indem man über Stars und Sternchen schreibt*«, hatte sie erwidert und ihn intensiv angestarrt. »Oder, wie ich es lieber beschreibe, indem ich profilierte und mutige Menschen, die im Rampenlicht stehen, dazu bringe, über ihr eigenes Körperbild zu sprechen, Probleme mit dem Partner, Depression, das Altern und andere wichtige Themen, die sonst niemals in einer Zeitung erscheinen würden.«

Zufrieden hielt sie ihr Bierglas hoch, um ihm zuzuprosten.

Doch er schüttelte nur den Kopf und meinte, er hoffe, dass sie dafür zumindest gut bezahlt werde.

Idiot, dachte sie beleidigt und wollte ins Zimmer zurückgehen, doch da fasste er sie bei den Armen und küsste sie, mit Zigarettenatem und allem, und am nächsten Morgen, als sie dicht an seiner nackten, sonnengebräunten Brust unter der

Decke lag und den Alkohol immer noch spürte, fragte er, ob sie »auch so ein Vossa-Landei sei, das eigentlich nur darauf warte, möglichst bald wieder zurück ins Vestlandet ziehen zu können«.

»Absolut nicht«, hatte sie geantwortet.

»Gut.« Er nickte. »Ich finde es gut, dass du hier in der Stadt wohnst. Kannst mir bei allem Möglichen helfen.«

Agnes wischte den letzten Rest der Tomatensoße mit einem Stückchen Brot vom Teller. Fredrik trank den letzten Schluck Wein. Anscheinend war er schon zum Training gewesen. Bald würde er diesen gewissen Blick bekommen, bald würde er ihr über den Rücken streichen.

Bald würde sie versuchen, eine ganze Weile vor ihm ins Bett zu kommen, denn sie hatte an einem unfruchtbaren Tag wie heute einfach keine Lust, mit ihm zu schlafen.

DIENSTAG

Der Wind peitschte ihr ins Gesicht.

Der Druckabfall presste von innen auf die Augen. Sie hatte das Gefühl, dass ihr Kopf jeden Moment platzen könnte.

Die Erde kam näher und näher, es ging schneller und schneller nach unten.

Das ist das Ende, dachte sie, jetzt ist alles vorbei.

Bäume, Wege und Büsche waren zu erkennen, das Ganze war so schön und friedlich, bis zu dem Moment, in dem sie begriff, dass sie Kurs auf ein Gitterbettchen nahm, das auf einer grünen Lichtung stand. In dem ein schlafendes Baby lag.

Die Landung war hart. Agnes rammte Bett und Baby fast in den Boden, stellte aber erleichtert fest, dass sie selbst überlebt hatte.

Dann wachte sie auf, zitternd und schweißnass.

Sie blieb eine ganze Weile reglos liegen und starrte an die Decke. Sie musste sich erst einmal sammeln, bevor sie aufstehen konnte. Erst nach mehreren Minuten öffnete sie das eine Auge, streckte sich nach dem Handy auf dem Nachttisch und sah, dass sie eine SMS von Eskildsen, ihrem Chef, bekommen hatte.

Pressekonferenz im Büro des Polizeichefs 08.00 Uhr – du gehst hin.

Die Uhr zeigte acht Minuten vor acht.

Scheiße.

Sie streifte sich das weiße Kleid, das sie gestern schon getragen hatte, über den Kopf, versuchte, den Bauch einzuziehen, damit der Stoff nicht allzu sehr an ihrem verschwitzten Körper klebte. Dann schlüpfte sie in ein Paar Ballerinaschuhe, die unten im Schrank standen – zum Glück gab es diesen Sommer tatsächlich einen Sommer –, und schnappte sich auf dem Weg hinaus die Autoschlüssel.

Eine Minute nach acht hielt der Polo mit quietschenden Reifen vor der Polizeiwache. Agnes lief zur Eingangstür und schlüpfte möglichst lautlos in das Büro. Sigmund Storedal saß hinter einem kleinen Tisch und schaute auf irgendwelche Papiere. Neben ihm saß ein Mann in Polizeiuniform, den sie nicht kannte.

Irgendetwas an Storedal sah anders aus, dachte sie, und da sah sie auch schon, was es war: Der Revierleiter hatte die Haare geschnitten.

Vielleicht hatte er deshalb Viktor am Sonntagabend den Reportern zum Fraß vorgeworfen – er hatte es bis zu dem Zeitpunkt nicht geschafft, zum Friseur zu gehen. Vor ihm standen jetzt mehrere Mikrophone, zwei vom norwegischen Rundfunk, eines vom Sender *TV2*, eines von *Bergens Tidende* und das vierte von *Verdens Gang*.

Diskret sah Agnes sich in dem Raum um, um zu checken, ob hier auch jemand aus Oslo gekommen war, doch in dem Moment räusperte Storedal sich, hob den Blick und schaute mit ernster Miene – und vielleicht auch ein bisschen nervös? – auf die kleine Versammlung.

»Ja, wie Sie sicher bereits wissen, geht es um den Todesfall bei der Eröffnung der Extremsportwoche«, begann er.

Sie ärgerte sich, dass sie keine SMS von Viktor auf ihrem Handy gefunden hatte. Sie hätte gerne vorher gewusst, worum genau es hier ging.

»Die Ausrüstung der ums Leben gekommenen Frau wurde gestern Nachmittag routinemäßig von Mitgliedern der Kontrollkommission des Fallschirmvereins untersucht, und außerdem wurden Gutachter vom Fallschirmverein Bergen hinzugezogen«, fuhr Storedal fort. »Im Hinblick auf die Untersuchungsergebnisse hat die Polizeibehörde West beschlossen, die Ermittlungen in einem Mordfall aufzunehmen.«

Verdammte Scheiße.

Storedal stellte den Staatsanwalt aus Bergen vor, der neben ihm saß, und berichtete dann, dass ein Ermittler und einer von der technischen Spurensuche der Kripo in Oslo auf dem Weg nach Voss waren. Außerdem hatten sie bereits umfangreiche Befragungen durchgeführt und schon mit der Durchsicht aller technischen Beweise begonnen. Deshalb könne er noch nicht viele Informationen über den Fall mitteilen, wolle aber versuchen, auf Fragen der Presse nach bestem Wissen und Gewissen zu antworten.

Der Journalist vom *NRK* fragte den Revierleiter, ob er nicht mehr darüber sagen könne, was genau an der Fallschirmausrüstung dazu geführt habe, Mordermittlungen einzuleiten. Woraufhin Storedal antwortete, das seien Details, die er nicht mitteilen könne, aus Rücksicht auf die Ermittlungen.

Ein kräftiger, sonnengebräunter Arm schoss direkt vor Agnes in die Höhe, und als eine dazu nicht passende, nasale Stimme im Sørlands-Dialekt fragte, ob die Polizei zum jetzigen Zeitpunkt bereits Verdächtige im Blick hätte, versetzte das Agnes einen Stich.

Es gab keinen Zweifel, wen *Verdens Gang* von Oslo aus über die Berge geschickt hatte. Aber wahrscheinlich hatte er auch sich selbst geschickt, befürchtete Agnes.

Tor Erik Åkervold war in ihrem Alter, aber trotzdem vom Typus, der gern als »alter Hase« bezeichnet wurde. Man konnte ihn sich gut in Filmen oder Büchern vorstellen, einer, der seinen Ausweis in der Gesäßtasche hatte und dessen Reisetasche unter dem Schreibtisch bereitstand, falls es irgendwo knallen sollte. Der das Adrenalin aufsteigen spürte, wenn er den Befehl zum Ausrücken bekam, der Informanten bei der Polizei wie auch bei den Ganoven hatte und der, ohne mit der Wimper zu zucken, die Familienferien absagte, wenn er eine heiße Sache witterte.

Åkervold war in vielerlei Hinsicht das Gegenteil von Agnes. Er war auch einer derjenigen, die sie während ihres Praktikums, das zur Journalistenausbildung gehörte, verschreckt hatten. Sie hatte sich bei der Feature-Redaktion beworben und auch einen Platz dort bekommen, aber *VG* forderte, dass sie zuvor ein paar Wochen in der Nachrichtenredaktion arbeiten müsse, die damals »Reportage« hieß. Åkervold vertrat zu der Zeit den Leiter der Abteilung, und am dritten Morgen, nachdem Agnes wieder einmal in der Redaktionskonferenz gesessen hatte, ohne eine einzige gute Idee, und einen weiteren Tag vor sich sah, in dem sie nur Notizen schrieb, die es nie bis in den Druck schafften, schickte er sie zu Lier, am Stadtrand von Drammen. Sie sollte einem Hinweis nachgehen, dass zwei Pferde in einen See gefallen seien. Eine merkwürdige Sache, die sie für die Nachrichtenabteilung der größten Zeitung des Landes bearbeiten sollte, dachte Agnes, während sie mit dem Fotografen dorthin fuhr. Auch er ein neuer, unerfahrener Kollege. Als sie ankamen, war die Rettungsaktion bereits gelaufen. Das eine Pferd hatte überlebt, das andere nicht. Das würde kein Artikel werden, darin waren beide sich einig, und so fuhren sie zurück. Direkt vor dem Fahrstuhl traf sie auf Åkervold, der sie fragte, ob sie Fotos von dem toten Pferd habe. Beschämt musste sie ihm sagen, dass sie keine gemacht hatten. Woraufhin er den Kopf schüttelte und die folgenden zwei Wochen kein einziges Wort mehr mit ihr sprach.

Als sie endlich in die Feature-Redaktion wechseln durfte, atmete sie erleichtert auf. Hier waren Männer wie auch Frauen sehr viel umgänglicher, und sie konnte das einsetzen, was ihre Stärke als Journalistin war: die Leute dazu bringen, sich zu öffnen. Das war schon seit ihrer Kindheit ihr Talent gewesen, zumindest hatten die Eltern das behauptet. In den Ferien konnte sie sich mit allen unterhalten: mit den Leuten am Hotelempfang, den Taxifahrern, dem Hausmeister. Ihre Mutter glaubte, das läge daran, dass sie, da sie keine Geschwister hatte, einsam war und ein ständiges Bedürfnis nach sozialen Kontakten verspürte. Aber sie hatte sich nie einsam gefühlt. Deshalb traf sie sich auch nur selten mit Spielkameraden ihres Alters. Sie unterhielt sich lieber mit Erwachsenen, denn die hatten viel spannendere Dinge zu erzählen. Heute konnte sie verstehen, warum ihre Eltern sie dazu nicht ermuntert hatten, schließlich sollte man ja sein Kind dazu erziehen, gerade nicht mit Fremden zu sprechen. Aber sie war nie so dumm gewesen, sich zu jemandem ins Auto zu setzen, nur um mit ihm zu reden. Hingegen blieben sie und der nette Eisverkäufer vom Strand in Dänemark über viele Jahre treue Brieffreunde.

Ehe Agnes ihren festen Job in der Unterhaltungsabteilung »Scheinwerferlicht« bekam, war Tor Erik Åkervold bereits Auslandskorrespondent im Nahen Osten geworden und schrieb diverse Leitartikel. Bevor sie bei der Zeitung aufhörte, war er schon wieder »zurück bei den Ganoven«, und dort, wie sie bei einem Freitagsbier hörte, fühlte er sich erst richtig zu Hause. Dass er jetzt nach Voss geschickt worden war, bedeutete ja wohl, dass der Fallschirmtodesfall bereits in der überregionalen Presse eine hohe Priorität einnahm. Zumindest würde er das jetzt bekommen.

Die Frage nach Verdächtigen hatte Åkervold nur gestellt, um zu zeigen, dass er vor Ort war. Er wusste ganz genau, dass der örtliche Polizeichef darauf nicht antworten würde. Tor Erik hätte niemals eine gute Frage in einer gemeinsamen Pressekonferenz verschwendet.

Storedal beendete die Vorstellung, indem er verkündete, dass es sicher schon in kurzer Zeit wieder eine Pressekonferenz geben würde. Anschließend fuhr er sich mit der Hand durchs Haar. Er war bereit für die Fotos.

Agnes hatte einen schlechten Geschmack im Mund. Sie versuchte, sich so leise, wie sie gekommen war, wieder hinauszuschleichen.

»Tveit?«, rief jemand hinter ihr.

Innerlich fluchte sie und drehte sich um. Åkervold grinste breit, so dass seine großen weißen Zähne zu sehen waren. Mit den breiten Schultern und dem zurückgekämmten braunen Haar hatte er sie schon immer an eine Ken-Puppe erinnert. Fesch auf eine Art, wie sie solchen Barbies sicher gefiel.

»Ha, habe ich mir doch gedacht, dass du das bist! Aha! Hier versteckst du dich also?«

»Glückwunsch, dass du mich gefunden hast«, sagte Agnes. »Und willkommen auf dem Lande.«

Sofort bereute sie, dass sie ihm die Möglichkeit gegeben hatte, wieder die alte Sache mit den Pferden aufzuwärmen. Aber er biss nicht an, sondern fragte, ob es tatsächlich stimme, dass sie hier bei der Regionalzeitung arbeite, woraufhin sie nickte.

»Ja, hier ist wohl richtig Action, was, mit Fallschirmmord und so? Meine Güte, das ist ja das Geilste, was in diesem verschnarchten Land seit vielen Wochen passiert ist. Aber wahrscheinlich hast du keine Zeit, das zu bearbeiten, dein Kalender quillt doch sicher über mit Terminen von Flohmärkten und Schulaufführungen, oder?«

»Sehr witzig. Aber ich muss gehen. Wir sehen uns sicher noch«, erwiderte Agnes.

Als sie sich umdrehte und hinausging, hätte sie schwören können, im Rücken Pferdegewieher zu hören.

Stinksauer stand sie neben ihrem Wagen, als Viktor ihr auf dem Parkplatz entgegenkam. Wie ein gehorsamer Soldat hatte er auf der Pressekonferenz neben Storedal gestanden, und aus Protest hatte sie geflissentlich darauf geachtet, seinem Blick nicht zu begegnen.

Dabei hätte er ihr Informant sein sollen. Das hatten sie vereinbart, als sie bei der Zeitung anfing, beide noch voller Ehrgeiz und gut gelaunt. Aber genau genommen hatte sie bis jetzt keinen Bedarf für einen Maulwurf gehabt. Bis jetzt.

»Tut mir leid«, sagte Viktor, noch bevor sie Hallo sagen konnte. »Malin hat den ganzen Abend und die halbe Nacht gespuckt, also hatte ich buchstäblich alle Hände voll zu tun.«

»Schon in Ordnung. Dir ist vergeben, wenn auch mit einigen Zweifeln. Aber jetzt spuck *du* aus, was du weißt: Glauben die im Ernst, dass Veslemøy ermordet wurde?«

»Daran besteht kein Zweifel. Ich verstehe zwar nichts von Fallschirmen, aber die Leute, die ihn sich angeschaut haben, waren ziemlich schockiert.« Er dämpfte seine Stimme ein wenig, schaute sich um. »Es stimmt nicht ganz, dass sie das nach der routinemäßigen Untersuchung entdeckt haben. Sie konnten es mit einem Blick feststellen: Alle Leinen an den Schirmen waren durchtrennt.«

»Was?«

»Als Veslemøy die Reißleine für den Hauptschirm zog, hat sie ihn zwar geöffnet, aber weil die Fangleinen durchschnitten waren, verschwand er einfach in die Luft. Der Reserveschirm – der Notschirm – soll sich automatisch öffnen, und das hat er offensichtlich auch getan, aber das nützte nur wenig, weil auch bei ihm die Leinen durchgeschnitten waren. Beide Schirme wurden gefunden, und die Experten sagen, sie sind sich hundertprozentig einig: Jemand hat die Ausrüstung vollkommen zerstört, bevor sie auf ganz normale Art und Weise eingepackt wurde.«

Agnes lief es kalt den Rücken hinunter.

»Wissen sie noch mehr?«

Viktor schaute sich erneut um, zögerte einen Moment.

»In fünf Minuten am Brückenkiosk«, sagte er.

Mit dem Brückenkiosk meinte Viktor eigentlich den Parkplatz, auf dem am Anfang der Langebrua der Kiosk gestanden hatte, bevor er abgerissen worden war. Früher hatten sie hier für einen nächtlichen Imbiss Schlange gestanden, besoffen kichernd. Jetzt hätte Agnes sich gewünscht, dass die kleine Würstchenbude noch existierte, denn es dauerte fast eine Viertelstunde, bis Viktor sich endlich auf dem Beifahrersitz niederließ.

Agnes fiel auf, dass die dunkle, dichte Haarpracht ihres Freundes um die Ohren herum graue Strähnen bekam. Bei ihm also auch. Mein Gott, der Verfall begann ja früher, als sie gedacht hatte. Außerdem waren Viktors Augen gerötet und müde, aber er konnte sich zumindest mit seinem Leben mit einem Säugling im Haus herausreden.

»Ich konnte da hinten nicht mehr sagen, denn Storedal will warten, bis die von der Kripo eingetroffen sind, irgendwann im Laufe des Tages, bevor er weitere Informationen bekannt gibt«, erklärte er. »Aber die Sache ist die, dass wir Steven Smith, also Veslemøys Lebensgefährten, heute früh als Zeugen einbestellt haben.«

»Nun, es ist ja wohl logisch, dass er als Erster befragt wird, oder?«

»Auf jeden Fall. Aber wir haben nicht mit seiner Reaktion gerechnet.«

Viktor und Storedal hatten morgens um sieben Uhr vor Stevens Tür gestanden, nachdem sie ihn telefonisch nicht hatten erreichen können. Laut Plan wollten sie ihm vor der Pressekonferenz mitteilen, was die Polizei über Veslemøys Fallschirm herausbekommen hatte und dass sie deshalb Mordermittlungen eingeleitet hatten.

»Aber bevor wir überhaupt etwas sagen konnten, hat er sich – vorsichtig ausgedrückt – verdächtig verhalten«, fuhr Viktor fort. »Er ist zusammengebrochen, fing an zu hyperventilieren. Und dann hat er immer und immer wieder gesagt, es sei seine Schuld.«

»O je. Ein Geständnis?«

»Storedal sieht das so. Aber bis jetzt haben wir keinen einzigen Beweis. Deshalb ist er nicht sofort verhaftet worden. Wir warten darauf, was uns Veslemøys Handy sagen kann. Es ist bei dem Aufprall auf den Boden zerbrochen, wie laut vorläufigem Obduktionsbericht auch seine Besitzerin.«

Agnes musste das Bild mit aller Kraft beiseiteschieben, das wieder auf ihrer Netzhaut erschien: eine hübsche Trachtenpuppe, die auf der einen Seite gänzlich unbeschadet war, auf der anderen Seite jedoch vollkommen zerschmettert.

»Storedal geht also davon aus, dass der Fall bald geklärt ist?«

»Wir müssen uns mit der Kripo besprechen, doch es kann gut sein, dass die einzelnen Puzzleteile schon sehr bald ineinanderpassen. Vor allem, weil Steven Smith bei Extremsportlern als notorischer Rowdy bekannt ist.«

»Ein Rowdy?«, fragte Agnes nach.

»Nun, ich habe ihn nie näher kennengelernt, was eigentlich merkwürdig ist, schließlich sind unsere Frauen gute Freundinnen. Aber vielleicht ist es doch nicht so merkwürdig. Gro ist wirklich kein Fan von ihm. Sie bezeichnet ihn meistens nur als *the crazy kiwi*. Details weiß ich nicht, aber ich weiß, dass er schon seit Jahren mit dem Fallschirmspringerverein im Streit liegt, weil er immer wieder die Regeln verletzt und sich unverantwortlich verhält. Ich glaube sogar, dass der Klub ihn hinauswerfen wollte.«

»Und deshalb glaubt Gro, dass Steven hinter dem Mord steckt?«

»Nun, sie weiß ja bis jetzt noch nicht einmal, dass wir jetzt wegen eines Tötungsdeliktes ermitteln. Obwohl schon seit Sonntagabend genau solche Gerüchte in der Fallschirmspringergemeinde kursieren.«

Agnes fiel auf, dass keine der Freundinnen etwas in der Richtung geäußert hatte, als sie die Frauen bei Kathrine getroffen hatte.

»Gut, dass du mich dran erinnert hast«, fuhr Viktor fort. »Ich muss Gro anrufen. Aber ja, sie war schon immer Steven gegenüber ziemlich skeptisch. Aber nicht deshalb, weil er vielleicht Veslemøy schlecht behandelt hat, sondern weil Gro ihn für einen unverantwortlichen Fallschirmspringer hält. Mehr als einmal hat sie mir gesagt, dass solche Leute wie Steven die Vorurteile, die viele gegen den Extremsport haben, nur noch verstärken.«

Viktor musste gehen. Agnes blieb im Auto sitzen, ohne den Motor zu starten. Sie fühlte sich leer und müde, sicher genau das gegenteilige Empfinden, das Åkervold hatte, der erst gestern Abend von der Sache erfahren hatte und dann gleich mit dem Firmenwagen in den Westen gebraust war.

Ein unangenehmes Gefühl erfasste sie, wenn sie daran dachte, dass er hier in der Stadt war.

Und noch unbehaglicher war es, sich vorzustellen, dass Steven Smith die Mutter seiner Kinder getötet hatte.

Kurz vor ihrer Kündigung bei *Verdens Gang* hatte sie noch eine große Geschichte zu Tötungsdelikten unter Partnern geschrieben. Die hatten in dem Jahr fünfundzwanzig Prozent aller Morde in Norwegen ausgemacht, daran konnte sie sich noch gut erinnern. Und auch daran, dass sie einen Psychologen mit den Worten zitiert hatte, dass die Tötung eines Partners oft damit einhergeht, dass einer von beiden die Beziehung beenden will.

Apathisch blieb sie hinter dem Lenkrad sitzen, dann klingelte das Telefon. Eskildsen.

»Sie ermitteln jetzt in einem Mordfall«, sagte Agnes.

»Ja, habe ich in der *VG* gelesen. Aber denk gar nicht erst dran, auf unsere Internetseite geht sowieso niemand, um was über die *breaking news* zu erfahren. Frida bearbeitet die Sache hier vom Büro aus, könntest du vielleicht ein bisschen die Augen offen halten und sehen, ob du weitere Informationen bekommen kannst?«

Agnes beschloss, erst einmal nicht zu erzählen, was sie von Viktor erfahren hatte. Außerdem hatte sie ihrem Kumpel versprochen, erst darüber zu schreiben, wenn Steven Smith offiziell als Tatverdächtiger genannt wurde. Aber sobald das geschah, sollte ihr Artikel mit einem Tastendruck bereit zur Veröffentlichung sein.

Åkervolds selbstzufriedenes Grinsen und den irritierenden Übereifer der Sommerpraktikantin vor Augen, stimmte sie Eskildsen zu, sich weiter umzuhören. Punkt eins bestand darin, die Schokoladenkekse zu verschlingen, die im Handschuhfach lagen. Punkt zwei lautete, sich ein ordentliches Frühstück zu besorgen. Und Punkt drei hieß herausfinden, wo die armen Kinder von Steven und Veslemøy jetzt waren. Sie schickte Viktor eine kurze SMS, denn es wäre unverantwortlich, wenn er das nicht wüsste. Die Antwort kam prompt:

Gehe davon aus, dass Joni Farestveit immer noch bei den Jungs bei ihnen zu Hause in der Miltzowgata ist. Steven hatte uns gebeten, sie anzurufen.

Es gab kaum noch einen freien Platz auf dem Parkplatz neben dem großen Friedhof, der merkwürdigerweise zwischen den beiden Schulen lag, in die sie selbst gegangen war. Jetzt befand sich hier auch noch die neue Schwimmhalle. Auf dem Weg hoch zum Fünfmetersprungturm hatten die Kinder durch das riesige Fenster einen freien Blick auf die Gräber und konnten ihren toten Verwandten zuwinken. Statt wieder nach Vangen zu fahren, entschied Agnes sich, vor der Sportanlage zu parken und das kurze Stück zurückzugehen.

Veslemøy und Steven wohnten in einem der wenigen Einfamilienhäuser, die immer noch zentral in Vangen standen. Agnes war das große Haus in der Miltzowgata schon früher aufgefallen. Es musste ein Vermögen wert sein bei den in letzter Zeit immens gestiegenen Immobilienpreisen in Voss, auch wenn die eine Hausseite direkt auf das hässliche Sozialgebäude zeigte und die andere zur Schule.

Agnes spürte so oder so einen gewissen Neid gegenüber allen, denen derartige alte, idyllische Villen gehörten, oder allen, die schönere Häuser als sie selbst besaßen. Sie war monatelang Sklavin von Finns Maklerfirma gewesen und hatte resigniert begriffen, dass nicht nur die mit Schalen voller Limonen oder Zitronen verzierten Maklerbilder auch in Voss Einzug gehalten hatten, sondern auch Osloer Preise. Wobei sie darüber nicht überrascht war, dass Voss so attraktiv geworden war. Einem Kind ein sicheres Umfeld zu bieten und gleichzeitig in die zweitgrößte Stadt Norwegens pendeln zu können, das war ja auch ihr eigener Plan gewesen. Aber sie als Journalistin hatte einsehen müssen, dass es um die regionale Presse genauso schlecht bestellt war wie um die überregionale.

Und das knapp hundertfünfzig Quadratmeter große, eingeschossige Einfamilienhaus, das sie schließlich gekauft hatten, war nicht alt genug für ihren Geschmack. Das Haus hatte keine *Seele*, es war in den Achtzigern errichtet worden und vielen der anderen Gebäude in der Nachbarschaft zu ähnlich. Außerdem lag es in Gjernes, also auf der falschen Seite vom Vangsvatnet. Der Ausblick war spiegelverkehrt zu dem ihrer Kindheit. Sie konnte sich nur schwer daran gewöhnen, dass die Kirche von ihrem Haus aus gesehen auf der rechten Seite stand.

Nachdem sie den Parkschein unter die Windschutzscheibe geschoben hatte, nahm Agnes die Abkürzung über den Friedhof. Es war ihr bisher nie aufgefallen, dass auf vielen der älteren Grabsteine der Beruf über dem Namen eingemeißelt war. »Aufseher« auf einem, »Gefreiter« auf einem anderen. Natürlich standen die Berufe nur bei den Männern, über den Namen der Frauen gab es keine Berufsbezeichnung, sie waren nur Hausfrau oder Ehefrau. Heutzutage war diese praktische kleine Information ersetzt worden durch die Versicherung, dass der Betreffende vermisst und geliebt werde, oder durch den Spruch, mit dem Agnes am wenigsten anfangen konnte: *Ruhe in Frieden*. Was wohl auf ihrem eigenen Grabstein einmal stehen würde?, überlegte sie. *Journalistin Agnes Tveit* wäre gar nicht schlecht, aber nicht besonders gefühlvoll.

Geliebt, das war besser. *Geliebt und bewundert*.

Das bunte Türschild, auf dem *Hier wohnen Steven, Veslemøy, Lasse und Theodor* stand, war anscheinend aus Salzteig geformt und sah aus wie eines der Weihnachtsgeschenke, die sie als Kind massenweise produziert hatte. Die Hütte ihrer Eltern war voll mit den von ihr gebastelten Dingen. Agnes erinnerte sich noch genau, wie beleidigt sie gewesen war, als sie entdeckte, dass immer mehr ihrer Kunstwerke oben in den Bergen gelandet waren.

Sie klingelte, atmete tief durch. Die Tür wurde geöffnet, und ihr begegnete der gleiche grüne Blick wie am Tag zuvor am Palmafossen. Joni Farestveits Augen schimmerten feucht, aber ihre Locken waren in einem Nackenknoten gebändigt, und heute strahlte sie etwas Ruhiges, Sicheres aus. Wahrscheinlich lag das daran, dass sie zwei Kinderhände hielt.

»Agnes. Schön, dich wiederzusehen.«

Zum Glück war Joni nicht sauer.

»Entschuldige, dass ich einfach so reinplatze, ohne mich anzumelden«, sagte Agnes. »Aber ich habe gehört, dass du hier bist, darum wollte ich einfach kurz vorbeikommen und fragen, wie es so läuft.«

Sie schaute auf die zwei kleinen Jungs, die den unbekannten Gast ernst anstarrten, beide im Windelpaket und mit Batman-Shirt. Sie konnten auf keinen Fall eineiige Zwillinge sein. Ganz im Gegenteil, es war faszinierend, wie unterschiedlich sie waren. Der eine hatte eine hohe Stirn und einen hohen Haaransatz und ähnelte weder Veslemøy noch dem Foto, das Agnes von Steven Smith gesehen hatte. Der andere war seiner Mutter wie aus dem Gesicht geschnitten, hatte ihren Mund, ihre Augen, und schien auch ihre Haare zu bekommen. Sicher verstanden die Jungen nicht, was mit ihrer Mutter passiert war. Aber ganz gewiss hatten sie inzwischen angefangen, nach ihr zu fragen. Und bald würden sie vielleicht vergessen, dass sie eine gehabt hatten. Bei dem Gedanken bekam Agnes einen dicken Kloß im Hals.

»Danke ... es geht schon«, sagte Joni und zeigte ein müdes Lächeln. »Willst du nicht reinkommen? Ich wollte die Zwillinge gerade zum Mittagsschlaf hinlegen, aber wenn du Zeit hast, kann ich uns danach eine Tasse Tee kochen.«

Als Joni die Tür zum Kinderzimmer geschlossen hatte, fiel Agnes auf, wie unfertig dieses Haus aussah. Die Wände waren in einer hellen, beigeartigen Farbe gestrichen, die sicher nach einem Espresso mit Milch benannt worden war. Sie waren vollkommen kahl, abgesehen von einem großen, gerahmten Foto eines Sees, der nicht norwegisch aussah, und einigen Bleistiftzeichnungen vom Vossevangen aus der alten Zeit. Die Zeichnungen waren nicht von der Art, wie sie ein junges Paar in seinem Zuhause aufhängte. Wenn stimmte, was Ingeborg gesagt hatte, dass Veslemøys Großmutter väterlicherseits früher hier gelebt hatte, dann waren das sicher noch Überbleibsel aus dieser Zeit. Das Wohnzimmer sah aus wie ein sonderbares Hybrid zwischen dem Heim einer älteren Person und dem einer Familie mit Kleinkindern. Der Fußboden war mehr oder weniger von buntem Plastikspielzeug übersät, aber in einer Ecke standen ein alter Spinnrocken und eine alte Standuhr, die aufdringlich tickte. Agnes konnte nicht verstehen, wieso jemand, und vor allem, wieso jemand, der nicht besonders alt war, so eine Erinnerung daran, dass der Mensch älter wurde und die Zeit verrann, in seinen Räumen stehen haben wollte. Veslemøy und Steven konnten die Uhr nur aus Respekt oder aus Faulheit behalten haben, eventuell aus einer Kombination aus beidem.

Auf einer alten Kommode neben der Standuhr entdeckte Agnes ein Foto von Veslemøy als Teenager. Auf dem Foto befand sich außerdem eine Frau, die wie eine ältere Version von ihr aussah. Das musste ihre Mutter sein. Beide trugen das gleiche Kleid. Schwarz mit kleinen, dunkellila Blümchen. Neben dem Foto stand eine Karte mit einem Teddy auf der Vorderseite, der ein großes Herz in den Armen hielt. *Herzlichen Glückwunsch zum ersten Muttertag!*, stand drauf. *Wir lieben dich. Ein Kuss von deinen Jungs.*

Überall lagen Streifen einer braunen Tapete herum, ohne dass Agnes entdecken konnte, woher die stammten. Vielleicht hatten Veslemøy und Steven gerade angefangen zu renovieren. Vielleicht würde sich eine braune Tapete gar nicht so schlecht in ihrem eigenen Haus machen? Sie steckte sich einen Schnipsel in die Tasche, um diese Idee nicht zu vergessen, und errötete vor Schreck, dass Joni es hätte sehen können. Sie schlich aus dem Kinderzimmer hinaus und signalisierte, dass die Kinder schliefen, bevor sie direkt in die Küche ging.

»Pass auf, es könnten noch Essensreste auf den Stühlen sein«, sagte Joni und nickte zum Tisch am Fenster hin. »Ich wollte noch eine Runde mit dem Wischlappen machen, habe es aber bis jetzt nicht geschafft.«

Sie schaltete den Wasserkocher ein, fand Earl-Grey-Beutel im Schrank und ließ sie in zwei kleine Tassen fallen. Dann lehnte sie sich gegen die Spüle und rieb sich schnell mit der Hand über die Augen.

»Entschuldige, dass ich gestern einfach so rausgerannt bin und mich nicht von dir verabschiedet habe. Aber in den letzten Tagen habe ich meine Gefühle einfach nicht unter Kontrolle. Das ist wie so eine eklige Achterbahn hier drinnen.«

Sie drückte sich die Hand auf die Brust.

»Denk nicht mehr dran, ich verstehe dich sehr gut«, sagte Agnes. »Ich weiß ja, dass ihr ein unzertrennliches Kleeblatt gewesen seid.«

Wieder begannen Jonis Augen zu glänzen.

»Ja … aber es war mehr als das. Veslemøy war diejenige, der ich immer am nächsten war. Sie hat mir unendlich viel bedeutet. Eine Zeitlang hat sie mir alles bedeutet.«

Agnes konnte sich noch gut daran erinnern, dass Joni und Veslemøy beste Freundinnen waren, die Hand in Hand auf dem Schulhof herumliefen und sich gegenseitig Zöpfe flochten. Und wenn es warm genug war, dann lag eine mit dem Kopf auf dem Bauch der anderen im Gras. Das sah sehr vertraut aus, und Agnes hatte sich gewünscht, auch eine so enge Freundschaft mit ihrer einzigen echten Freundin zu haben. Einmal, als sie in Vangen ohne besonderes Ziel spazieren gingen, hatte Agnes versucht, Ingeborgs Hand zu ergreifen. Doch diese hatte schnell ihre Hand zurückgezogen und gefragt: »Was soll das?« Es wurde kein Hand-in-Hand-Gehen, und gesprochen hatten sie auch nie darüber.

»Das muss doch ziemlich hart für dich sein, dich jetzt hier in diesem Haus aufzuhalten?«, fragte Agnes.

Joni schaute sich um, nickte.

»Aber es hat auch etwas Gutes. Etwas tun zu können, irgendwie.«

Agnes wunderte sich, dass keiner aus der engeren Familie

hier war. Und als könnte Joni ihre Gedanken lesen, antwortete sie auf die Frage, die gar nicht gestellt worden war.

»Veslemøys Mutter ist vor vielen Jahren gestorben. Mit dem Vater hat sie fast genauso lange keinen Kontakt mehr. Und sie hat keine Geschwister, da bleibt nur die Großmutter. Dagny ist über neunzig und wohnt im Altersheim«, erklärte Joni. »Also ist es keine Frage, dass ich helfe. Stevens Eltern würden wohl schon gern kommen, aber der Vater ist anscheinend ganz schlecht auf den Beinen, außerdem ist es für sie ja ziemlich teuer, von Neuseeland herzufliegen, und lange dauert es auch. Außerdem rechne ich sowieso damit, dass Stevens Befragung bald beendet ist und er nach Hause kommt. Dann sind wir zumindest zu zweit und können einander helfen.«

Wasserblubbern war zu hören. Joni goss das kochende Wasser in die Tassen und trug sie zusammen mit einem Wischlappen zum Tisch. Sie hatte sich noch nicht hingesetzt, da rieb sie bereits kräftig auf einem eingetrockneten Ketchupfleck auf einem der Hochstühle herum.

Agnes ging davon aus, dass Joni nicht wusste, dass die Polizei den Vater der Kinder wegen Mordes unter Verdacht hatte. Und sie war sich unsicher, ob sie die richtige Person war, Joni das mitzuteilen.

»Du bist an der Universität in Oslo, nicht wahr?«, fragte Agnes, um eine Entscheidung hinauszuzögern.

»Ich bin Dozentin dort. Für Rhetorik und sprachliche Kommunikation.«

Joni war einst auf der Titelseite von Hordaland gewesen, weil sie die meisten Einser im Abschlusszeugnis im ganzen Distrikt gehabt hatte. Das war so eine Art Miniporträtinterview, und durch den Artikel hatte Agnes auch erfahren, welche Geschichte zu ihrem speziellen Namen geführt hatte: Die Großmutter der weltberühmten Künstlerin Joni Mitchell war Ende des 19. Jahrhunderts von dem Bauernhof Farestveit in Modalen nach Kanada ausgewandert. Zwei Generationen später wurde ihr Enkelkind Joan Roberta geboren, die ihren Namen in Joni änderte, als sie in die Musikbranche einstieg. Und als fünfunddreißig Jahre später auf Farestveit ein Mädchen geboren wurde, nannten die Eltern sie der Musikerin zu Ehren Joni Roberta.

Joni benutzte den zweiten Namen Roberta nur selten, aber von allen Menschen mit merkwürdigen Namen hier im Ort hatte Joni den schönsten und passendsten, das hatte Agnes damals schon gedacht. Und die Tatsache, dass sie schön und klug zugleich war, hatte dazu geführt, dass sie die Person in der Fallschirmgruppe war, die Agnes früher am wenigsten mochte, aus reinem Neid. Doch das war vor dem Abend des Schulballs, an dem Joni Agnes ein Kompliment gemacht hatte.

Jetzt fühlte Agnes sich unter ihrem Kleid aufgedunsen, wenn sie Jonis muskulöse, braune Beine in den Jeansshorts betrachtete, die sie, zusammen mit dem gleichen T-Shirt wie gestern, trug. Agnes fragte sich, ob sie es geschafft haben könnte, das T-Shirt zu waschen, aber vielleicht hatte sie ja auch mehrere.

»Eigentlich wollte ich in der Entwicklungshilfe arbeiten«, erzählte Joni und legte den Wischlappen zur Seite. »Veslemøy und ich, wir wollten an der Uni Entwicklungspolitik studieren und dann zur Feldarbeit nach Afrika gehen oder auch einfach dorthin fahren und als Freiwillige arbeiten.«

Veslemøy war bei diesen Plänen die treibende Kraft gewesen, berichtete Joni. Sie hatte sich so sehr gewünscht, hier rauszukommen und an etwas anderes denken zu können als an die Krankheit ihrer Mutter. Auch Joni spürte das Fernweh, war sie doch in Norwegens zweitkleinster Gemeinde aufgewachsen, mit Eltern, die die »interessante, aber etwas ermüdende Kombination von Hippies und Bauersleuten repräsentierten«. Das gesamte Abschlussjahr im Gymnasium hatten die Freundinnen verschiedene Möglichkeiten gecheckt, immer wieder darüber gesprochen, wie sie am besten wegkommen konnten, um die Welt zu retten. Außerdem hatten sie sich überlegt, ob sie das nicht mit ihrem Hobby, dem Fallschirmspringen, kombinieren könnten. Ihr größter Traum war, über dem Kilimandscharo abzuspringen.

»Und dann hat sie Steven kennengelernt, und damit waren alle Pläne geplatzt«, fuhr Joni fort. »Von dem Augenblick an war *er* derjenige, mit dem sie Pläne schmiedete. *C'est la vie.* Ich bin nach Paris gegangen und habe die Motivation für das ganze ›Die-Welt-retten-Zeugs‹ verloren.«

»Was hast du in Paris gemacht?«

Joni schaute sie mit einem Lächeln an, das Agnes an den Star denken ließ, nach dem sie benannt worden war.

»Sagen wir es mal so, ich habe französischen Winzern dabei geholfen, den Umsatz ihrer Weine zu steigern.«

Agnes erwiderte das Lächeln, sie spürte eine Art von Verbindung zu dieser Frau, wie sie sie nur zu den wenigsten Menschen hier im Ort empfand. Vielleicht lag es daran, dass die Bereiche, in denen sie arbeiteten, sich gar nicht so sehr voneinander unterschieden, oder es lag daran – und das war wohl eher wahrscheinlich –, weil Joni in Oslo lebte.

»Hast du auch mal überlegt, zurück nach Vestlandet zu ziehen?«, fragte Agnes spontan.

Joni schüttelte energisch den Kopf.

»Ich gehöre mittlerweile in den Osten Norwegens, und damit bin ich sehr zufrieden. Meine Kinder – also meine Stiefkinder, sie sind sieben und neun – gehen inzwischen zur Schule, und ich habe nicht vor, sie aus ihrem gewohnten Leben zu reißen. Außerdem reicht es mir absolut, meine Freunde und meine Familie hier in regelmäßigen Abständen zu besuchen.«

Agnes spürte einen Stich, vielleicht war das ja wieder nur Neid.

»Und was ist mit dir, bereust du es manchmal, zurück in den Ort deiner Kindheit gezogen zu sein?«

Allein schon die Frage ließ den Druck in der Brust leichter werden.

Niemand hatte sie bisher danach gefragt.

Niemand hatte auch nur einen Funken Verständnis dafür gezeigt, dass sie vielleicht das Leben und Treiben in der Hauptstadt vermissen könnte. Alle gingen davon aus, dass sie unendlich froh darüber war, wieder dorthin zurückgekommen zu sein, wo sie herkam.

»Mindestens jeden zweiten Tag. Manchmal noch öfter«, antwortete Agnes ehrlich. »Es gibt so viele Dinge, die ich vermisse, mehr als ich gedacht hatte, so dass ich mich im letzten Jahr immer mal wieder gefragt habe, ob ich vielleicht inzwischen eher in den Osten als in den Westen gehöre. Was das wohl bedeuten mag?«

»Dass ich inzwischen eher Müll als Kehricht sage?«

»Und dass ich nicht mehr so oft Schafskopf und geräuchertes Lammfleisch essen muss.«

Joni grinste.

Agnes zögerte ein wenig, doch dann fasste sie einen Entschluss. Joni würde es ja so oder so erfahren.

»Hat Steven dir gesagt, worum es sich bei seinem Gespräch bei der Polizei handelt?«

»Wir haben kaum miteinander sprechen können, ich bin in letzter Sekunde gekommen, so dass er mir nur ein paar praktische Tipps zu den Jungs geben konnte. Seit heute Morgen war ich hier ununterbrochen beschäftigt.«

»Dann hast du auch keine Nachrichten gehört?«

»Nein, aber ich habe vorhin gesehen, dass ich mehrere unbeantwortete Anrufe auf dem Handy habe«, sagte Joni und schaute Agnes plötzlich besorgt an. »Was ist passiert, haben sie was rausgefunden?«

»Sie haben Mordermittlungen aufgenommen.«

Joni saß steif da und starrte Agnes an.

»Und ... sie haben Steven in Verdacht.«

Agnes zögerte.

»Er ist nur als Zeuge einbestellt worden«, sagte sie. »Bis jetzt.«

Joni schlug die Hände vors Gesicht. Agnes hätte ihr am liebsten übers Haar gestrichen, war sich aber unsicher, ob sie Joni trösten oder sie in Ruhe lassen sollte, was damit endete, dass sie einfach auf dem schmutzigen Küchenstuhl sitzen blieb und sich dumm vorkam. Es schien eine Ewigkeit vergangen zu sein, als Joni den Kopf hob und ihrem Blick begegnete.

»Ich kann es nicht ertragen, wenn die Kleinen noch mehr durchmachen müssen«, sagte sie. »Sie dürfen nicht auch noch ihren Papa verlieren. Das kann nicht sein! Die Polizei irrt sich. Steven hat Veslemøy nicht umgebracht.«

»Warum bist du dir da so sicher?«

»Weil er sie geliebt hat! Und er liebt die Zwillinge. Die Familie, das ist sein ganzes Leben, er würde nie – niemals – etwas tun, was dazu führen könnte, dass er sie verliert.«

Wieder hob sie die Hände vors Gesicht, rieb hart mit den Fingern über die Stirn. Agnes konnte hören, dass sie tief ein- und ausatmete, um zur Ruhe zu kommen.

Plötzlich stand ein kleiner Junge in der Tür, einen Teddy in der Hand.

»Nuller?«, fragte er.

Sofort hatte Joni wieder diesen mütterlichen Ausdruck im Gesicht. Es war zu sehen, dass sie diese schnelle Veränderung gewohnt war, die erfahrene Eltern perfektioniert haben, zwischen verschiedenen Tätigkeiten und unterschiedlichen Stimmungen hin- und herzuwechseln. Joni erhob sich und nahm den kleinen Jungen auf den Arm.

»Hast du deinen Schnuller verloren, mein Kleiner? Komm, wir werden ihn schon finden.«

Agnes blieb sitzen, spürte erneut den schmerzhaften Kloß im Hals, zusammen mit einem anderen Gefühl im Bauch, das immer intensiver wurde: dass die Polizei auf der falschen Spur war.

Sicher, laut Statistik war ein Mord, begangen durch den Lebenspartner, das Wahrscheinlichste. Aber Joni hatte da etwas gesagt: Warum, um alles in der Welt, sollte Steven die Mutter seiner Kinder ermorden wollen?

Was ihn betraf, so sah seine Zukunft im besten Fall so aus, dass er nicht wegen Mordes verurteilt wurde, dafür aber die alleinige Verantwortung für zwei kleine Jungs übertragen bekam, ohne dass auch nur ein erbärmliches Familienmitglied ihm behilflich sein würde.

War das nicht auch so eine Art lebenslänglich?

Sie nahm das Handy von einem eingetrockneten Marmeladenfleck auf dem Tisch auf und sah, dass sie bereits fast eine Stunde hier war. Also kippte sie den Inhalt der unberührten Tasse ins Waschbecken und riss ein Blatt aus einem Malblock. Darauf schrieb sie eine kurze Nachricht für Joni, bedankte sich für den Tee und das Gespräch und erklärte, sie wolle nicht länger stören. Dann schrieb sie noch ihre Telefonnummer darunter und bat Joni anzurufen, wenn sie mal reden wolle. Nach kurzem Nachdenken fügte sie noch hinzu:

PS. Mir fällt es auch schwer zu glauben, dass Steven dahintersteckt.

Der muskulöse Mann mit dem glatt rasierten Schädel stand ein Stück vom Zielbereich des Kajakwettkampfs entfernt und sprach ins Telefon. Birger Flakne hatte, dachte Agnes, einen fast perfekten Körper. Nicht so einen Körper, wie man ihn vom Gewichtheben bekam. Der Oberkörper sah aus, als gehörte er einem Schwimmer, und die Beine waren kräftig genug für einen Tennisspieler.

Als sie näher kam, konnte sie erkennen, dass er ein T-Shirt mit der Aufschrift *Voss Up?* trug. Und das große Veilchen um sein linkes Auge war inzwischen gelblich geworden. Der Veko-Chef erblickte sie und zeigte auf sein Handy, wobei er den Kopf schüttelte. Sie konnte nicht sagen, ob er besorgt oder aufgeregt aussah.

Der Wasserfall neben ihnen rauschte aggressiv, als ein Kajak die steile Stromschnelle in einem fast rechten Winkel herunterkam. Das schäumende Wasser wurde eins mit dem weißen Himmel. Es war immer noch warm, auch wenn die Sonne sich eine wohlverdiente Ruhepause gönnte.

»Fünfunddreißig unbeantwortete Anrufe *and counting*«, sagte Flakne, als er schließlich den Anruf beendete. »Niemanden interessiert mehr das Festivalprogramm. Nicht einmal die Leute von der internationalen Presse, die dieses Jahr gekommen sind, Journalisten, die ich seit Jahren versucht habe hierherzulocken. Das war wohl zu gut, um wahr zu sein.«

»Was genau?«, fragte Agnes.

»Na, dass alles nach Plan verlaufen könnte. Dass sogar das Wetter mitgespielt hat. Jetzt werden die Überschriften eher ›Todesfestival‹ statt ›Das beste Festival der Welt für Extremsportarten‹ lauten.«

»Was ist mit deinem Auge passiert?«

Flakne tastete vorsichtig über die Schwellung.

»Ich würde ja gern mit irgendwas Gefährlichem angeben, aber leider hatte ich am Wochenende nur einen Zusammenstoß mit dem Besen.«

Zusammenstoß mit dem Besen. Ungefähr so glaubwürdig wie eine misshandelte Frau, die erklärt, sie wäre gegen eine Tür gelaufen.

Flakne beugte sich über den Zaun und rief: »Go, go, GO!«, als ein weiteres Kajak sich den Wasserfall hinunterstürzte. Als Agnes seiner Blickrichtung folgte, konnte sie die Wassertropfen im Gesicht spüren. Das Kajak verschwand in den hoch aufschäumenden Wellen, und Agnes war sich sicher, dass es an einem der großen Felsen zerschmettert werden würde. Doch plötzlich tauchte es wieder auf und rauschte weiter die Stromschnellen hinunter.

Flaknes Telefon klingelte erneut, entschuldigend zeigte er darauf und trat ein paar Schritte zur Seite.

Sie hatten sich heute nicht die Hand gegeben. Was in Ordnung war. Denn sie konnte sich noch gut an seinen schlaffen Händedruck erinnern, als sie sich vor ein paar Wochen zu einem Interview für ein Porträt von ihm trafen. Das Gespräch hatte ihren ersten Eindruck von Birger Flakne als einem Alphamännchen stark in Frage gestellt. Denn sie war überzeugt davon, dass jemand, der mit so einem schlaffen Händedruck grüßte, genauso schlaff im Bett sein musste.

Flakne war eingeborener Vosser, aber sie konnte sich nicht aus ihrer Schulzeit an ihn erinnern. Darüber hatte sie bereits bei ihrem letzten Treffen nachgedacht. Und es hatte sich herausgestellt, dass das kein Wunder war, schließlich war er schockierende *sechs* Jahre jünger als sie. Sie fühlte sich alt, hasste es, nicht mehr jung und vielversprechend zu sein. Dass die Dreißiger die neuen Zwanziger wären – oder die Vierziger die neuen Dreißiger –, das war gelogen, ein Betrug. Sie konnte *keine* positiven Seiten daran entdecken, neununddreißig Jahre alt zu sein. Ganz im Gegenteil hatte es ihr immer gut gefallen, Vorteile daraus zu ziehen, dass sie die Jüngste war. Sie hatte das stolze Kribbeln unter der Haut das letzte Mal gespürt, als sie Eskildsen dazu überredet hatte, ihr einen Job zu geben. Ein Kribbeln, das sie als Zwanzigjährige auch gespürt hatte, als sie ihren ersten Ferienjob antrat. Damals stand sie in den Startlöchern, bereit, die Welt zu erobern. Ihr taten die Journalisten leid, die bei der Lokalzeitung fest angestellt waren und ihren Peak schon lange überschritten hatten, vielleicht hatten sie ihn aber auch nie erreicht. Sie würde es ihnen schon zeigen, sie war besser als alle anderen, hatte sie gedacht. Das dachte sie immer noch, aber sie hatte sehr wohl mitbekommen, wie interessiert Eskildsen an den Ideen der kleinen Urlaubspraktikantin gewesen war. Nach der gestrigen Morgenkonferenz hatte Agnes mehrere Male gehört, dass er von ihr als »frisches Blut« für die Redaktion sprach und sie noch einmal dafür lobte, digital zu denken. »Wir Alten klammern uns zu sehr ans Papier«, hatte Eskildsen einem Kollegen erklärt, und Agnes fürchtete, dass sie auch eine dieser Alten sein könnte, die er im Sinn hatte.

»Da du nicht direkt zum Paddelmilieu gehörst, weißt du vielleicht nicht, dass die Schlucht von Åsbrekk den Spitznamen ›Moneydrop‹ hat?«

Flakne stand wieder neben ihr.

Agnes schüttelte den Kopf. Sobald jemand mitbekam, dass sie aus Voss stammte, wurde sie immer wieder gefragt, ob sie gern Ski fahre. Jedes Mal hatte sie, was ja stimmte, geantwortet, dass sie keine große Skifahrerin sei und es weder auf dem Snowboard noch mit dem Telemarkstil versucht habe. Und auf diese Antwort kam automatisch die nächste Frage, ob sie denn einen Extremsport ausübe. Und wieder musste sie bedauernd erklären, dass sie ein schlechtes Beispiel für einen Bürger aus Voss sei.

»Das hier ist ein Klassiker für die Wildwasserpaddler in Norwegen, aber es sieht schlimmer aus, als es ist«, erklärte Flakne weiter. »Deshalb dauerte es ziemlich lange, bis jemand sich das erste Mal traute, hier runterzufahren. Inzwischen waren die meisten schon mal hier gewesen. Veslemøy eingeschlossen.«

»Ist sie auch Kajak gefahren?«

»Ja, vor vielen Jahren. Aber das Fallschirmspringen, das

war ihr Ding, deshalb hat sie sich nach der Geburt der Jungs für die Schirme entschieden ... Das hatte sie drauf.«

Da Birger Flakne selbst das Thema Veslemøy aufgegriffen hatte, war Agnes doch überrascht, dass er direkt nach diesem Satz buchstäblich zusammenknickte. Der Oberkörper kippte nach vorn, der ganze Körper zitterte. Das dauerte ein paar Sekunden, dann wandte er sich dem Fluss zu und blieb, über den Zaun gebeugt, stehen. Es schien, als müsse er sich festhalten, um nicht umzufallen, und als er Agnes schließlich wieder ansah, war es schwer zu entscheiden, ob das Gesicht von Tränen oder von der Flussgischt nass war.

Er brauchte noch einen Moment, dann hatte er sich wieder gefasst.

»Sorry«, sagte er und fuhr sich mit der Hand über die Glatze. »Ich versuche wirklich, alles zu tun, damit heute das Festival wie üblich abläuft. Aber offenbar ist das schwieriger, als ich gedacht hatte.«

»Ich gehe davon aus, dass du Veslemøy gut gekannt hast?«

Er schluckte einige Male, dann drehte er sich wieder zum Fluss, als könnte ihm dessen Kraft helfen, sich zu sammeln.

»Wir waren gute Freunde. Und Nachbarn. Das waren wir schon auf Skjerpe, wo wir aufgewachsen sind. Ich habe sie eigentlich das ganze Leben lang gekannt.«

»Und was ist mit Steven Smith?«

»Was soll mit ihm sein?«

»Seid ihr auch befreundet?«

Etwas, das Agnes als Skepsis deutete, erschien in Flaknes Blick, als überlegte er, ob diese Journalistin wohl etwas wusste.

»Aber natürlich«, antwortete er.

»Ich habe gehört, dass er ein eher ... entspanntes ... Verhältnis hatte, was die eheliche Treue betraf, seine eigene wie auch die anderer?«

Birger ließ ein merkwürdiges, gepresstes Lachen hören.

»Wie ich sehe, hat dieses Gerücht bereits die Presse erreicht. Aber als Allererstes möchte ich sagen, dass Steven enorm viel für den Fallschirmsport hier im Ort getan hat. Ich finde, die Leute sollten das eher würdigen, als in seiner Vergangenheit herumzuwühlen. Der Mann trägt jetzt die Verantwortung für zwei kleine Kinder, verdammt nochmal, er ist fromm wie ein Lamm geworden.«

»Und früher?«

Birger überlegte. Es schien, als würde er jedes einzelne Wort abwägen, bevor er es aussprach.

»Weißt du was, ich steh doch nicht hier rum und beschmeiße meinen Kumpel mit Dreck. Und was sollen überhaupt solche Fragen? Ich hoffe jedenfalls inständig, dass die Zeitung nicht irgendwelche Gerüchte abdrucken wird?«

»Eigentlich wollte ich dich fragen, ob du mir zeigen könntest, wie man einen Fallschirm kaputt macht«, erwiderte Agnes.

»Hast du vor, den Mörder nachzuahmen?«, fragte Flakne, »muss ich Angst haben?«

Das war ein unpassender und in keinerlei Hinsicht witziger Scherz, und das von jemandem, der sich als guten Freund des Opfers bezeichnete.

»Ich möchte mir vorstellen, was passiert ist.«

»Dann hat sich die Lokalpresse also tatsächlich auf Sex and Crime gestürzt? Na, viel Glück.«

Er zeigte auf sein Handy, während ein weiteres Kajak die Åsbrekk-Schlucht hinunterdonnerte.

»Na gut, treffen wir uns in einer halben Stunde beim Klubhaus, dann werde ich dir eine kurze Einführung geben, wie man jemanden um die Ecke bringt.«

If you are not barefoot, you are overdressed stand auf dem Plakat, das an der Wand hing, neben einem großen Foto von Fallschirmspringern, die bei strahlendem Sommerwetter in Formation sprangen.

Zum Glück war Agnes früh an Ort und Stelle, so konnte sie dem Waffelduft bis zum Café folgen und zwei Waffeln mit Erdbeermarmelade kaufen. Sie klappte sie zusammen, aß schnell und schluckte die Enttäuschung darüber hinunter, dass es keine Sahne mehr gab.

Bei Voss Skydive war die Stimmung überraschend entspannt, trotz der unklaren und, wie sie selbst fand, ziemlich unangenehmen Situation. Ein rotgelbes Cessna-Flugzeug, das Gleiche, aus dem Veslemøy und ihre Freundinnen am Sonntag gesprungen waren, stand allein mitten auf der kleinen Rollbahn vor einer Kulisse aus Kartoffeläckern und alten Familienhöfen. Es war keine Überraschung, dass sich hier weniger Menschen als üblich aufhielten. Der Spielplatz neben dem Klubhaus war menschenleer, ein paar zerzauste Fallschirmspringer lagen ausgestreckt im Gras, einige ließen lustlos einen Ball zwischen sich hin und her rollen. An einer Außenwand hing ein Plakat mit dem Text *If at first you don't succeed, skydiving is not for you!*

»Trauriger Anblick«, sagte Birger Flakne, und Agnes war nicht sicher, ob sich diese Bemerkung auf das Flugverbot oder die Situation hier am Boden bezog.

Die Sonne und eine sanfte Brise boten eigentlich das perfekte Fallschirmsprungwetter, aber heute hatten die Vögel den Himmel für sich.

»Ist das gesamte Programm für die Fallschirmspringer abgesagt?«

»Das wird sich noch herausstellen. Aber nach unseren Prinzipien ist der Fallschirm ein Luftfahrzeug. Wenn ein Flugunglück geschieht, werden ja alle Flugzeuge des gleichen Modells am Boden gehalten, bis man herausgefunden hat, wo der Fehler liegt. Das Gleiche gilt auch für einen Fallschirm. Er wird erst wieder als flugtauglich erklärt, wenn die Kommission die Sache abschließend beurteilt hat.«

Flakne erzählte, dass Unfälle mit Fallschirmen viel seltener vorkamen, als die Leute es sich vorstellten: ein Unglück auf fünfzigtausend Sprünge. Dabei war die Definition von »Unfall« hier etwas anders als bei anderen Sportarten. Die Statistik erfasste nur Todesfälle oder bleibende Schäden, nicht das, was Flakne als »Handgelenksbrüche oder andere Kleinigkeiten« bezeichnete. Derartige Verletzungen kamen natürlich viel häufiger vor, erklärte er und fügte schnell hinzu, dass die häufigsten Unfälle durch menschliche Fehler verursacht wurden, die erst passierten, nachdem sich der Schirm geöffnet hatte. Da landete einer schon mal zu hart und brach sich einen Rückenwirbel oder ein Bein.

»Es sind sogar schon vier oder fünf Jahre ohne einen einzigen tödlichen Unfall in Norwegen vergangen«, erklärte Birger stolz.

Was Agnes nicht für einen besonders langen Zeitraum hielt.

»Und dann, plötzlich, gab es drei Todesfälle in einer Saison«, fuhr Birger fort. »Was natürlich jede Menge Diskussionen nach sich zog. Man fragte sich, wie das passieren konnte, ob man wirklich genug auf die Sicherheit geachtet hatte und viel Mist dieser Art. Aber, hallo, guck dir doch andere Sportarten an: Wie viele Radfahrer sterben jedes Jahr? Taucher? Und was ist mit den Leuten, die in Trainingscentern umkommen? Wer bitteschön reagiert auf solche Todesfälle? Wenn jedoch ausnahmsweise einmal ein Flugzeug abstürzt – natürlich ist das dramatisch, aber dann ist vielleicht die Rede von ein paar Hundert Menschen, die dabei umkommen. Und im Straßenverkehr sterben bestimmt eine Million Menschen jedes Jahr.«

»Aber das hier ist Mord. Das ist ja wohl ein bisschen was anderes«, wandte Agnes ein.

»Ja, sicher«, gab Flakne zu, als ob ihm das eben erst wieder klarwurde, »das ist was anderes.«

Er ging vor ihr auf die andere Seite des Klubhauses, genau zu der Stelle, an der sie Veslemøy und die anderen Frauen am Sonntag interviewt hatte. Eine Fallschirmausrüstung war bereits ausgepackt worden und lag auf dem Gras. Agnes konnte einen flachen Schirm mit einem Wirrwarr an Schnüren erkennen, die an ihm befestigt waren. Ansonsten hatte sie keine Ahnung, was genau sie vor sich hatte, und als Flakne anfing zu reden, wurde ihr klar, dass er nicht besonders gut erklären konnte. Nach einer Weile schien er zu bemerken, wie wenig sie von seinen Ausführungen mitbekam.

»Um es ganz einfach auszudrücken«, sagte er schließlich, sichtlich ungeduldig. »Es ist nicht besonders schwer, etwas an dem Hauptschirm oder dem Reserveschirm zu manipulieren, schwieriger ist es, das zu tun, ohne beobachtet zu werden. Dann musst du zumindest ein zertifizierter Fallschirmpacker sein, ein Materialkontrolleur, wie es bei uns heißt, ein sogenannter MK, oder gelernt haben, was ein Materialkontrolleur tut. Und du musst es schaffen, die Plomben nicht zu verändern, damit der Besitzer des Schirms nicht bemerkt, dass jemand an der Ausrüstung war –, und somit auch keinen Verdacht hegt.«

Er zeigte auf eine flache Scheibe, in der Größe und der Farbe einer alten, schmutzigen Zehn-Öre-Münze. Auf ihr standen die Buchstaben FCO. »Die Markierung auf der Plombe besteht aus mehreren Buchstaben«, erklärte er, »und jeder MK hat seine individuelle Kombination, die es nur ein einziges Mal gibt. Der Sinn des Ganzen ist es ja gerade, herausfinden zu können, wer was getan hat.«

»Dann können die Buchstaben an Veslemøys Schirm also verraten, wer ihn manipuliert hat?«, fragte Agnes.

»Wenn der Betreffende den Reserveschirm wieder verplombt hat, dann ja. Und hat er das nicht getan, dann denke ich, dass Veslemøy das bemerkt und diese Ausrüstung nicht benutzt hätte. Aber noch einmal, wenn es tatsächlich *Mord* gewesen ist ...«

Flakne verzog das Gesicht, als ob er nicht so recht daran glaubte, was Agnes auf jeden Fall eigenartig fand.

»Dann wäre es schon merkwürdig, wenn der Täter sich so einfach verraten würde. Es gibt ja andere Möglichkeiten: dass er jemand anderem dessen Plombierungszange gestohlen hat, zum Beispiel.«

Steven Smith war zertifizierter MK, bestätigte Flakne, genau wie Veslemøy, Gro, die Katze, Joni und er selbst. Außerdem gab es noch viele im Fallschirmklub hier und unter den Gästen. Und gewiss noch eine Menge anderer.

»Das Ermüdende an diesem Sport ist ja das Packen. Bei der

Veko ist es nicht unüblich, das als Job zu vergeben. Es sind schon Polen hergekommen, die hier als Saisonarbeiter die Fallschirme gepackt haben. Sie kriegten fünfzig bis sechzig Kronen pro Schirm und bis zu hundert bei Tandemschirmen.«

»Müssen diese Saisonarbeiter auch geprüfte Materialkontrolleure sein?«

»Nein, die lernen das hier. Einige Springer sind da nicht so genau, während andere fast paranoid sind und ihre Ausrüstung mehrere Male überprüfen.«

Agnes hatte sich noch nie auf Fremde verlassen, das ging so weit, dass sie nicht einmal fremde Hilfe im Haushalt annehmen wollte. Sie musste herausfinden, ob Veslemøy den Schirm selbst gepackt oder ob sie jemanden dafür bezahlt hatte, das für sie zu tun.

»Insgesamt ist es aber so, dass die Leute mehr als früher die Kontrolle darüber haben wollen, womit sie dann später abspringen«, erklärte Flakne. »Was sich bestimmt nicht ändern wird nach dem, was … was passiert ist, um es mal so zu sagen.«

»Wie lange bräuchte man dafür, einen Schirm zu manipulieren und dann wieder zusammenzupacken?«

»Das kommt drauf an. Vielleicht eine halbe Stunde?«

Agnes bedankte sich bei Flakne für die Hilfe und bekam wieder einen schlaffen, unsexy Handdruck.

»Ich habe gehört, dass es ihr Typ gewesen sein soll, der am Fallschirm herumgefummelt hat«, erzählte ein Junge, eine riesige Sporttasche auf dem Rücken, zwei anderen, mit denen er zusammenstand.

Agnes ging an ihnen vorbei und weiter durch die Tür zu Voss Vind hinein, dem riesigen Vertikalwindtunnel, zu dem die Leute von weither anreisten, um das Gefühl des freien Falls in sicherer Umgebung genießen zu können. Zwei erwachsene Frauen saßen drinnen auf einer Bank, tranken Kaffee aus Pappbechern und unterhielten sich leise, während sie ihre Kinder, die nicht älter als sechs, sieben Jahre sein konnten und routiniert bäuchlings im Wind schwebten, aufmerksam beobachteten.

»Sie wollten heute allein herfahren, aber da habe ich ihnen gesagt, das könnten sie gleich vergessen«, sagte die eine Frau, »ich lasse doch jetzt keine Kinder allein raus.«

»Ich auch nicht«, stimmte die andere Frau zu, »nicht, bevor der Neuseeländer hinter Schloss und Riegel sitzt.«

Agnes notierte sich, dass das starke Gemeinschaftsgefühl, von dem der Veko-Chef in den Nachrichten geprahlt hatte, offensichtlich hässliche Risse zeigte. Sie ging zu Viktor, der ausnahmsweise auf sie wartete und nicht umgekehrt. Er saß an einem der Tische und aß eine Scheibe Salamibrot, wie sie riechen konnte, als sie näher kam. Er hielt ihr eine weitere, intensiv riechende Brotscheibe hin, die sie dankend ablehnte.

»Solltest du nicht eigentlich jetzt in einer wichtigen Konferenz zusammen mit den Leuten von der Kripo sitzen?«

»Doch, doch, das sollte ich. Der Leiter der Ermittlungen geht die Sache mit Storedal durch as we speak«, sagte er. »Ich habe gefragt, ob sie mich brauchen. Und natürlich brauchen sie mich nicht. Also kann ich ebenso gut hier mit dir meine Mittagspause verbringen, statt allein am Schreibtisch zu sitzen und die Tastatur vollzukrümeln.«

Aber sie solle nicht denken, dass er nichts zu tun habe,

fügte er hinzu. Er war hier, um mit dem Geschäftsführer zu sprechen, denn er hatte den Auftrag bekommen, mit allen zu sprechen, »die sich im Extremsportmilieu so herumtreiben«. Die Ermittler der Kripo hatten sofort Verstärkung aus Bergen angefordert und damit begonnen, einen Lageplan zu erstellen und alle zu befragen, die sich am Sonntagnachmittag auf dem Sprungfeld aufgehalten hatten. Was ziemlich zeitaufwendig war, schließlich hatte der Platz von Festivalteilnehmern und Publikum nur so gewimmelt.

»Wir haben bereits mit vielen Augenzeugen gesprochen, während die Leiterin der Ermittlung stundenlang mit Steven Smith gesprochen hat«, sagte Viktor leise, damit die zwei Frauen nichts von dem Gespräch mitbekamen. »Ich kann mir vorstellen, dass es ein ziemlich hartes Verhör gewesen ist.«

»Also gesteht er nicht?«

Viktor schüttelte den Kopf.

»Als er erfahren hat, was wir über die Sabotage am Fallschirm herausgekriegt haben, hat er sich um hundertachtzig Grad gedreht. Jetzt behauptet er hartnäckig, dass er damit nichts zu tun habe. Aber die Kripofrau hat nur leicht die Augenbrauen hochgezogen, als sie die Polizeiakten einsah, die Steven sich in den letzten Jahren erarbeitet hat. Ich war mir über den Umfang gar nicht im Klaren. Das kann nicht während meiner Wochenendschichten passiert sein, jedenfalls war er mehr als einmal in der Ausnüchterungszelle. Und Unterhaltungen hat er wohl am liebsten mit den Fäusten geführt. Es gibt also mehrere Dinge, die ihn als passenden Täter dastehen lassen.«

»War er Veslemøy gegenüber auch gewalttätig?«

»Nicht dass ich wüsste, zumindest hat sie bei uns keine

Anzeige erstattet«, antwortete Viktor und fuhr dann mit noch leiserer Stimme fort: »Smith hatte Zugang zu Veslemøys Fallschirm, zu Hause wie auch im Fallschirmklub in den Stunden vor dem Sprung am Sonntag. Er ist also zweifellos die logischste Spur, der wir nachgehen müssen. Aber ich habe trotzdem bei dieser ganzen Sache kein gutes Gefühl. Er war ja im Fallschirmklub wie auch auf dem Prestegardslandet mit seinen beiden kleinen Jungs zusammen. Und ich bezweifle, dass er den Schirm hätte manipulieren können. Außerdem – hätte er wirklich die Zwillinge mitgenommen, damit sie sehen, wie ihre Mutter in den Tod stürzt? Kann jemand so voller Bosheit sein?«

Agnes nickte bestätigend.

»Und warum sollte Steven Veslemøy auf diese Art und Weise töten?«, fragte sie. »Das ist ja wohl etwas anderes, als jemanden im Affekt zu erschlagen.«

»Die Kripo geht von der Theorie aus, dass Eifersucht das Hauptmotiv war. Und dass Eifersucht ein starkes Tötungsmotiv ist, damit haben sie ja recht.«

»Aber auf wen sollte er denn eifersüchtig sein?«

»Mehr Einblick kann ich dir nicht in unsere Ermittlung geben«, erwiderte Viktor. »Ich glaube, ich habe so schon zu viel ausgeplaudert. Und irgendetwas sagt mir, dass du das auch auf eigene Faust herausfinden wirst.«

»Aber selbstverständlich. Dazu brauche ich dich nicht.«

Viktor grinste und wischte ein paar Brotkrümel von seinem Uniformhemd.

»Ich weiß nicht, wie dieser Fall sich noch entwickeln wird. Aber eines ist sicher: Momentan steht Steven Smith unter gewaltigem Druck. Alle versuchen, ihn zu einem Geständnis zu bringen, und ich muss sagen, ich mache mir Sorgen, dass es dazu kommen könnte, dass ein vollkommen erschöpfter alleinerziehender Vater sich dazu hinreißen lässt, die Schuld für etwas einzuräumen, das er nicht getan hat.«

»Apropos erschöpft, sorry, dass ich bis jetzt noch nicht gefragt habe, wie es eigentlich Malin geht. Spuckt sie immer noch?«

»Nein, Gott sei Dank nicht mehr. Papa hat diesen Vormittag für ein paar Stunden sogar schon wieder Babysitter spielen können.«

Es überraschte Agnes, dass Viktor das Wort »Papa« benutzte, war er doch bis vor ein paar Wochen noch herumgelaufen und hatte erklärt, dass er keine Eltern habe. Er hatte seinen Vater seit mehr als zwanzig Jahren nicht gesehen, als Henrik Vormedal an Viktors vierzigstem Geburtstag ganz überraschend aufgetaucht war. Ohne vorher anzurufen oder zu schreiben, stand er da, mit einem Blumenstrauß von der Tankstelle und einer Entschuldigung, dass er bislang seine Vaterrolle nicht ausgefüllt habe. Viktor war vollkommen sprachlos gewesen. Aber gleichzeitig hatte er sich gefreut. Agnes hatte Papa Vormedal bis jetzt noch nicht getroffen, sie war aber skeptisch, ob sich die Vater-Sohn-Beziehung wirklich nach so vielen Jahren reparieren ließ. Und am meisten verwunderte es sie, dass Viktor seinen Vater so selbstverständlich wieder aufnahm.

»Ja, ich habe mich auch schon gefragt, ob er euch nicht behilflich sein kann. Wie läuft es mit ihm? Und mit euch?«

Viktor zuckte mit den Schultern.

»Etwas merkwürdig ist es schon«, sagte er. »Und eigentlich haben wir bis jetzt noch nicht wirklich drüber geredet. Aber ich muss zugeben, es ist schön, dass er da ist. Ist das dumm von mir?«

»Nein, das kann ich gut verstehen. Ich freue mich für dich.«

Sie fuhr dem Freund mit der Hand durch die Haare.

»Aber mal was ganz anderes: Kannst du mich mit zum Revier nehmen und mir die Ausrüstung zeigen?«

»Ich glaube, das würde Gro nicht gefallen.«

»Na, jetzt ist nicht der passende Augenblick, um sich zu zieren, oder? Da kann ich gut verstehen, warum die ernsthaften Polizeibeamten dich außen vor lassen.«

»Die ernsthaften Polizeibeamten haben verdammt wenig Humor, das sage ich dir. Okay, du kannst mitfahren. Der Fallschirm liegt im Asservatenraum. Aber wir müssen schnell sein, bevor die Ermittlungsleiterin wieder zurück ist. Sie ist ein bisschen strenger, was den Besuch von Journalisten betrifft, um es vorsichtig auszudrücken. Übrigens war der *VG*-Typ auch bei uns«, sagte Viktor. »Kennst du ihn von früher?«

»Mmm. Das ist ein arroganter Kerl.«

Sie hatte keine Lust, über Åkervold zu reden.

In den Räumen der Polizei war es überraschend ruhig, kein Mensch war zu sehen. Als wäre es ein ganz normaler, ereignisloser Tag. Als hätte es nie einen Mord gegeben, der den ganzen Ort auf den Kopf stellte.

Schnell folgte sie Viktor durch die Räume. Es war neu und spannend für sie, sich so einzuschleichen, bisher hatte sie noch nie eine Quelle bei der Polizei gehabt. So konnte sie sich jetzt noch mehr als seriöse Journalistin fühlen. Viktor holte eine Karte aus der Tasche, die aussah wie ein Hotelzimmerschlüssel, und hielt sie vor ein Magnetfeld an der Tür zum

Asservatenraum. Rotes Licht. Er versuchte es noch einmal. Immer noch rot.

»Scheißsystem.«

»Auf jeden Fall ist es ziemlich sicher, wenn nicht einmal die Polizeibeamten hineinkommen«, sagte Agnes und lehnte sich geduldig an die gegenüberliegende Wand des schmalen Gangs.

Endlich erschien das grüne Licht, und ein leises Klicken war zu hören, zusammen mit dem erleichterten Seufzer des Freundes.

»In Førde, wo ich ein Praktikum gemacht habe, da war die Asservatenkammer ein ganz normaler Büroraum mit einem einfachen, altmodischen Schlüssel, ohne Videoüberwachung oder Alarmanlage«, erzählte Viktor und schob die Tür auf. »Nach heutigem Standard nicht mehr tragbar, aber für einen technischen Idioten wie mich genau richtig.«

Sie gingen direkt zu dem Fallschirm, der immer noch ausgepackt dalag und fast den gesamten Fußboden des kleinen Raumes einnahm. Das Gurtzeug war nahezu identisch mit dem, das Birger Flakne ihr vor kurzem gezeigt hatte, abgesehen davon, dass der Hauptschirm wie auch der Reserveschirm fehlten. Sie wusste genau, wonach sie suchen musste.

Die Enttäuschung war groß.

Die Plombierung fehlte.

Ihr kleiner, schmutziger Polo sah ziemlich erbärmlich aus, wie er da neben Gros blank poliertem, dunkelrotem Tesla geparkt stand. Die Villa, die die Erbin des Skutle-Konzerns zusammen mit Viktor hatte bauen lassen, klebte wie ein Schwalbennest ganz oben bei der Abfahrtsskianlage in Bavallen am Berg. Direkt darüber befanden sich die Skiloipen, nunmehr sommergrün, nackt und vor Kraft strotzend, ideal für die Cross-Radfahrer, die jetzt hier ihre Wettkämpfe austrugen.

Agnes wollte aus Gros Mund hören, was sie von Steven Smith hielt, aber sie hatte noch einen weiteren Gedanken im Hinterkopf: Sie hoffte, den heimgekehrten Schwiegervater begrüßen zu können. Andererseits wollte sie sich nur ungern mit Grippe anstecken, aber Gro hatte am Telefon versichert, dass die Tochter wieder gesund sei und das Unwohlsein aller Wahrscheinlichkeit nach am Essen gelegen hatte.

Als Agnes eintrat, saß die niedliche Vierjährige auf einem der Barhocker in der Privacy Kücheninsel. Sie war ein Klon von Viktor mit ihrem dunklen, dichten Haar und dem blassen, dünnen Körper, aber so gut erzogen war ihr Vater nie gewesen. Das Mädchen hätte als Covergirl für ein Lehrbuch für gute Manieren dienen können.

»Wow, was hast du ihr denn ins Essen getan?«, fragte Agnes.

Was vielleicht kein wirklich passender Kommentar bei einer möglichen Lebensmittelvergiftung war, aber es sah so aus, als nähme Gro ihr das nicht übel. Im Gegenteil. Sie schaute mit schlecht verborgenem Stolz auf die Tochter. Die Marmorplatte des Tisches war blitzblank sauber, und es lag auch noch eine unbenutzte Serviette neben dem Teller. Das kleine Mädchen grüßte den Gast mit einem höflichen Lächeln, um dann mit dem kleckerfreien Suppeessen weiterzumachen. Agnes hätte es sich gewünscht, Malin hätte sie stattdessen mit »Tante Agnes« begrüßt und wäre ihr in die Arme gefallen; dass sie so eine Tante wäre, die dem Mädchen Süßigkeiten zusteckte, die eigentlich nicht erlaubt waren, und sie kitzelte, bis vor Lachen die Tränen kullerten. Aber die Wahrheit war, dass sie die Kleine bei weitem nicht so oft sah, wie sie es sich wünschte, und sie ehrlich gesagt nicht besonders gut kannte. Wäre da nur Viktor gewesen, hätte sie ihm sicher mehrere Male in der Woche die Türen eingerannt, aber sie befürchtete, dass Gro das Gefühl hätte, sie würde sich aufdrängen.

»Ich bin nur froh, dass sie wieder gesund ist. Vorsichtig ausgedrückt passt es momentan nicht besonders gut mit einem kranken Kind. Und da sie wieder topfit ist, darf sie heute Nachmittag auch beim ›extremen Spieltag‹ mitmachen, der von der Veko arrangiert wird. Das wird bestimmt toll, nicht wahr?«, fragte Gro Malin. Agnes überlegte, was für extreme Spiele sie dort anbieten würden, nicht weil es sie wirklich interessierte, sondern weil sie das Gespräch am Laufen halten wollte, bis das Kind fertig gegessen hatte.

Gro trug eine weiße Bluse und eine dunkelgraue Anzughose. Sie sah aus, als müsste sie gleich zur Arbeit. Was doch überraschend wäre, wenn man die Neuigkeiten über die Mordermittlungen in Betracht zog. Andererseits war es kein Wunder, dass sie trotz allem ins Büro musste. Schließlich leitete sie jetzt das große Möbelhaus, und sicher brummte der Laden. Auch hier im Ort renovierten die Leute wie die Wilden und kauften neue Möbel in rauen Mengen. Die Teile, die ihren und Viktors Wohnbereich mit der offenen Küchenzeile füllten, waren garantiert nicht im Möbelhaus in Voss gekauft worden. Agnes war sich ziemlich sicher, dass sie aus einem Designerladen in Kopenhagen oder London stammten. Auf jeden Fall boten sie einen starken Kontrast zu den gebrauchten Möbeln, mit denen sie und Viktor ihre Studentenbude in Oslo damals eingerichtet hatten. Einmal hatten sie einen ganzen Nachmittag damit verbracht, ein Sofa bis in den vierten Stock zu tragen. Jemand hatte den braunen Dreisitzer mit Cordbezug draußen an die Straße gestellt. Er erschien perfekt für zwei arme Studenten, darin waren sie sich sofort einig, bis der Koloss schließlich im Wohnzimmer stand und sie etwas auf der Armlehne entdeckten, von dem sie annahmen, dass es Spermaflecken waren. Sie lösten das Problem, indem sie eine Decke darüberlegten.

Seit dieser Zeit hatte Viktor einen sehr viel anspruchsvolleren Geschmack entwickelt. Er behauptete sogar, dass er sich inzwischen für Kunst interessiere. Was natürlich einfacher ist, wenn deine Lady eine reiche Erbin ist. Aber warum die beiden, mit so viel Geld, sich als Bauplatz eine Stelle ausgesucht hatten, an dem sie den Blick über Skulestadmoen und nicht auf den Vangsvatnet-See hatten, das kapierte Agnes nicht. Sicher, sie schauten durch das große, die ganze Wand einnehmende Panoramafenster auf die Berge und grünen Täler, aber der Blick wurde kaputt gemacht durch die weiterführende Schule, einen hässlichen Betonklotz mit dem Supermarkt und einer Tankstelle.

»Henrik?«, rief Gro. »Willst du noch etwas von der Suppe, bevor ihr geht?«

Agnes hielt diskret Ausschau nach Henrik Vormedal, den Großvater von Viktors Tochter. Garantiert hatte Gro bis vor ein paar Wochen gar nicht gewusst, dass er noch am Leben war. Aus dem Bad kam ein Mann, den Agnes seit mehr als zwanzig Jahren nicht gesehen hatte.

»Vielen Dank, aber wir müssen sehen, dass wir loskommen«, sagte er.

Sie konnte sich erinnern, dass Henrik Vormedal damals

schon einen Bart getragen hatte, doch der war nie so lang gewesen wie heute. Und früher war das Haar auf dem Kopf wie auch im Gesicht rot gewesen, jetzt war es überall nur grau. Er war dünner, als sie ihn in Erinnerung hatte, das Gesicht sah glasig aus wie eine Pflanze, die kein Wasser bekommen hatte. Sicher, er trug ein sauberes Hemd und Jeans, aber es bestand kein Zweifel, Vormedal war ein alter Mann geworden.

»Hallo!«, begrüßte Agnes ihn und streckte die Hand aus. »Erinnerst du dich an mich? Ich bin die Nichte von Frau Doktor Tveit und eine alte Freundin von Viktor.«

»Das ist aber lange her«, sagte Vormedal und ergriff ihre Hand. »Was ist denn aus dir geworden?«

»Ich bin Journalistin. Zuerst war ich viele Jahre lang bei *VG*. Aber jetzt bin ich zurück nach Voss gezogen und arbeite bei *Hordaland*.«

»Aha.«

Er sah nicht besonders beeindruckt aus.

»Henrik fährt Malin runter nach Bømoen«, erklärte Gro und zeigte auf eine Uhr an der Wand. »Und du hast recht, ihr solltet jetzt losgehen.«

Schnell spülte sie die Schale unter dem Wasserhahn ab und stellte sie in die Geschirrspülmaschine, anschließend legte sie eine Brotdose in den Fjällräven-Rucksack. Die Stimmung hier im Haus schien erstaunlich gut zu sein in Anbetracht dessen, was passiert war.

Aber nachdem die Tochter mit einem Küsschen verabschiedet worden war – nur von der Mutter, sie zeigte mit keiner Miene, dass sie auch eines von Agnes haben wollte – und sie die Haustür ins Schloss fallen hörten, veränderte sich Gros Gesicht.

»Ich muss eine rauchen«, sagte sie mit einer nicht mehr so kinderfreundlichen Stimme.

Sie gingen auf den Küchenbalkon auf der anderen Seite des Hauses; von hier aus konnten sie über ein paar niedrige Häuserdächer bis zur Skipiste sehen. Eine Lautsprecherstimme kündigte gerade einen Radfahrer mit einem deutsch klingenden Namen an. Gro fischte eine Packung Marlboro hinter einem Blumentopf auf einem kleinen Regal ganz oben an der Wand heraus. Sie hielt Agnes die Packung hin. Agnes schüttelte den Kopf, denn im Moment konnte sie sich nur eine Sache vorstellen, nämlich etwas zu essen zu bekommen. Und sie war überrascht, dass diese selbstsichere Frau heimlich nikotinsüchtig war. Und darüber, dass ihre Hände zitterten, als sie sich die Zigarette anzündete.

»Wir versuchen, alles so normal wie möglich weiterlaufen zu lassen, wenn Malin zu Hause ist«, erklärte Gro und zog den Rauch tief in die Lunge ein. »Aber ich weiß nicht, wie es ihr wirklich geht. Schließlich war sie am Sonntag auf dem Prestegardslandet. Ich glaube zwar nicht, dass sie etwas gesehen hat, aber ... auf jeden Fall hat sie die Panik und das Chaos mitbekommen, das um sie herum ausbrach. Und jetzt ... wenn das wirklich ein ... Mord ... war. Mein Gott. Wahrscheinlich hat sie das alles nicht begriffen, aber wer weiß, was sie in der Stadt aufschnappt? Ich habe eine Scheißangst, dass sie Albträume oder Angstzustände kriegen könnte. Denn sie hat Veslemøy gut gekannt, hat sie sogar Tante genannt.«

Agnes fragte sich, ob Gro jemals auf ihre Freundschaft mit Viktor eifersüchtig gewesen war. Gro, die im Gegensatz zu ihren Freundinnen nie an einem anderen Ort als in Voss gelebt hatte. Als Gro und Viktor sich direkt nach der Schule trennten und er nach Oslo kam, zog Agnes fast sofort mit ihrem guten Freund zusammen. Ob Gro irgendwelche Träume verdrängt hatte, als sie in der Möbelbranche blieb, war schwer zu erkennen. Jetzt hatte sie einen guten Mann, ein süßes Kind und mehr als genug Geld, um das machen zu können, wovon sie vielleicht immer noch träumte.

Agnes ließ den Blick auf dem Schönheitsfleck verweilen. Fragte sich, wieso ein Leberfleck ein Zeichen für Schönheit sein konnte. Als Gro sie plötzlich direkt ansah, zuckte sie zusammen.

»Ja, da gibt es etwas, das ich dich fragen wollte«, sagte Agnes schnell. »Warum wird Steven Smith *The Crazy Kiwi* genannt?«

Gro zog energisch an der Zigarette und bekam diesen unverbindlichen, politikertypischen Gesichtsausdruck.

»Mit Steven ist es so«, antwortete sie, »dass er es immer übertreiben muss. Er gehörte zu den Ersten, die mit einem Wingsuit gesprungen sind, und er war sofort beim Basejumping in Gudvangen dabei. Irgendwie ist er der Typ, dem risikofreie Sportarten einfach keinen Spaß machen. Was zu erheblicher Unruhe und Verärgerung im Klub geführt hat.«

Smith hatte eine Zeitlang als Sprunggruppenleiter gearbeitet, er hatte sich die Wetterlage angeschaut und entschieden, ob ein Sprung durchgeführt werden konnte oder nicht. Ab und zu machten sie auch sogenannte *Außenlandungen*, da landete man woanders, nicht auf Bømoen. Das sei eine besondere Herausforderung, erklärte Gro, weil man die Landezone nicht sehen könne und man deshalb eine Ground Crew an Ort und Stelle brauchte mit Landekreuz und Erste-Hilfe-Ausrüstung. An einigen Punkten, besonders im Gebirge, könnten instabile Windverhältnisse auftreten. Im letzten Herbst hätte Gro einmal in der ersten Gruppe mitspringen sollen, doch die Wetterverhältnisse seien so schlecht gewesen, dass ein Sprung unverantwortlich gewesen wäre. Sie habe daraufhin Steven angerufen und ihm gesagt, er solle den nächsten Abflug stoppen. Aber er habe ihre Warnung ignoriert und die zweite Gruppe losgeschickt. Mehrere der Springer hätten Todesängste ausgestanden, als sie in den schweren Windböen landen mussten.

»Hinterher gab es reichlich Ärger, und es wurde beschlossen, dass Steven nicht mehr für Voss Skydive arbeiten durfte«, erklärte Gro abschließend.

»Er ist rausgeworfen worden?«

»Man hätte ihn rauswerfen müssen, aber so einfach wird man Steven nicht los. Um es mal so zu sagen: Da ist es nicht schlecht, der Lebenspartner von Veslemøy zu sein. Aber auf jeden Fall durfte er nach dieser Episode nicht mehr als Sprunggruppenleiter arbeiten.« Ihre Gesichtszüge verhärteten sich erneut. »Überhaupt muss er eigentlich froh gewesen sein, dass Veslemøy ihn immer noch haben wollte. Und ich hoffe inständig, dass er nicht der Täter ist.«

»Glaubst du das denn?«

Die Zigarettenglut brannte bis auf den Filter hinunter, bevor sie antwortete.

»Wer soll es denn sonst gewesen sein?«

Die große weiße Stoffbahn über dem Zelt mitten auf dem Prestegardslandet war mit Hunderten schwarzer Luftballons dekoriert. Irgendwie war es merkwürdig, sich vorzustellen, dass dieses Festival seit zwanzig Jahren stattfand, obwohl man das Gefühl hatte, diese Showveranstaltung habe es schon immer gegeben. Auch wenn Agnes nie selbst an den Aktivitäten teilgenommen hatte, so war es doch unmöglich, sich einen Sommer in Voss ohne die *Veko* vorzustellen.

Sie konnte sich noch gut an die ersten Jahre erinnern. Die Teilnehmer wurden als *Extremisten* bezeichnet, eine Wortwahl, die schon damals negativ klang, aber nicht so stark mit negativen Assoziationen behaftet war wie heute. In einem größeren Artikel über die Geschichte des Festivals hatte sie den Bürgermeister zitiert, der meinte, dass »Voss immer schon den Ruf hatte, etwas wild zu sein«. Außerdem hatte Agnes die erste Leiterin des Festivals interviewt, eine Frau Anfang fünfzig, die heute – nach einem harten Aufprall beim Basejump – im Rollstuhl saß.

Voss Raftingcenter und der Paragliderklub hatten die Initiative zum Festival ergriffen, der Fallschirmspringerklub und der Kajakverein hatten sich sofort angeschlossen. Zweihundert Teilnehmer waren bei der ersten Veranstaltung 1989 dabei gewesen. Aus Sicht der Fallschirmspringer war das nur ein mäßiger Erfolg gewesen, denn sie hatten sich Hilfe in Bergen organisieren müssen, um ihr Flugzeug überhaupt in die Luft zu kriegen. Für Bømoen hatten sie keine Landeerlaubnis erhalten.

Doch seitdem war das Festival zu einer der größten Sportveranstaltungen der Welt gewachsen, mit fast tausendfünfhundert Teilnehmern aus über vierzig Ländern. Niemand konnte den Erfolg leugnen. In ihrem Artikel hatte Agnes den Schwerpunkt auch auf die Erfolgsgeschichte gelegt und nicht nachgefragt, wie viele Todesfälle und Unfälle sich im Laufe der Jahre ereignet hatten. Vielleicht sollte sie jetzt ein eigenes Thema daraus machen, überlegte Agnes, während sie in die Knie ging, sich vorbeugte und mit der Hand durchs Gras fuhr.

Sie kam sich ziemlich verrückt vor, vor allem, als sie ein junges Paar bemerkte, das sie beobachtete.

Aber einen Versuch war es wert.

Wie Sherlock-fucking-Holmes-artig wäre es, wenn sie die Plombe fände und den Fall auf eigene Faust lösen könnte?

Hätten die Leute der Kripo den Tatort am Sonntag gesichert und untersucht, sie hätte sich nicht die Mühe gemacht, hier zu suchen. Sie wusste, wie wichtig denen die *golden hour* war, die Zeit direkt nach der Tat. Sie hätten garantiert dafür gesorgt, dass der Rasen mit der Lupe durchsucht wurde, bevor die Polizeiabsperrungen entfernt wurden. Aber eine innere Stimme sagte ihr, dass Viktor und seine Vosser Kollegen nicht unbedingt so sorgfältig gewesen sein mussten. Sie hatten weniger Erfahrung mit derartigen Fällen und weniger Routine.

Langsam ging Agnes über das Gelände, auf dem sie vor zwei Tagen gestanden und auf Veslemøy Lilands Leiche gestarrt hatte. Die Sonne schien genauso intensiv wie am Sonntag, aber inzwischen war Wind aufgekommen, die perfekten Voraussetzungen fürs Windsurfing auf dem Vangsvatnet. Eine stattliche Anzahl wackeliger Segel war auf dem glitzernden Wasser zu sehen, anscheinend ein Anfängerkursus. Ansonsten gab es weniger Aktivitäten als üblich – auch hier. An einem strahlenden Dienstag während der Veko hätte eigentlich ein Fallschirmspringer nach dem nächsten vom Himmel plumpsen müssen.

Plötzlich vergaß sie alles um sich herum, denn die Sonnenstrahlen wurden von einem glänzenden kleinen Gegenstand im Gras, direkt neben der großen Birke, reflektiert.

Doch als sie sich bückte, sah sie, dass das Glitzern nicht von einer Plombe stammte, wie sie es gehofft hatte. Sie hob das kleine Teil hoch. Sherlock Holmes hätte es sicher nicht als eine Spur bezeichnet. Aber konnte es eine Art Zeichen sein?

Zumindest war es eine Erinnerung an jemanden, mit dem sie vielleicht sprechen sollte.

Doch vorher musste sie noch etwas anderes erledigen.

»Ist das eine dumme Idee?«, fragte er. »Ist es noch zu früh?«

Sie hatte vor mehr als einer Woche versprochen mitzukommen, und als er sie gefragt hatte, hatte sie sich unternehmungslustig und optimistisch gefühlt. Doch als Fredrik sie jetzt anrief und daran erinnerte, dass heute der letzte Tag mit einem »Wahnsinnsangebot« für Kinderwagen war, konnte sie nicht nein sagen. Sie hatten abgemacht, sich bei Amfi zu treffen, bevor seine Schicht im Krankenhaus begann, und standen jetzt Seite an Seite in dem grell ausgeleuchteten Geschäft, vollgestopft mit Wickeltischen, Wiegen und pervers kleinen Kleidungsstücken und einer ganzen Menge anderer Dinge, von denen sie nicht die geringste Ahnung hatte, wozu die gut sein sollten. Sie starrten auf etwas, das *Emmaljunga City Cross* hieß, was ihr vollkommen absurd vorkam, und sie wollte gerade antworten, »viel zu früh«, als eine der Angestellten plötzlich vor ihnen stand.

»Sie werden es nicht bereuen«, sagte die Dame. Sie hatte farbenfrohen Lidschatten aufgelegt und trug in nur einem Ohr einen Ohrring, was merkwürdig aussah in Kombination mit der steifen Uniform, wie ein Papagei, der als Spatz verkleidet herumlaufen musste. »Das ist ein Kombiwagen mit solidem Untergestell, sehr stabil. Und dabei reden wir von schwedischer Qualität erster Klasse. Der Produzent stellt schon seit 1925 Kinderwagen her. Dieser ist für alle Kleinen ideal.«

Die Verkäuferin, die Agnes aus einem der Kleidungsgeschäfte in Vangen aus ihrer Jugend wiederzuerkennen glaubte, warf schnell einen prüfenden Blick auf ihren Bauch.

»Ja, herzlichen Glückwunsch, das habe ich ganz vergessen zu sagen! Wie weit sind Sie denn?«

Da griff Fredrik schnell ein.

»Wir sind noch nicht schwanger, hoffen jedoch, dass der Samen sich in diesen Tagen festsetzen wird, deshalb wollten wir möglichst früh bereit sein«, sagte er und ließ sein Höflichkeitslachen hören. »Und dabei auch noch preisbewusst.«

»Das hört sich sehr, sehr vernünftig an«, erwiderte die Verkäuferin und lächelte aufmunternd. »An Ihnen könnten sich einige ein Beispiel nehmen. Es gibt viel zu viele, die erst im letzten Moment merken, dass sie noch die komplette Aussteuer brauchen und dann hier hereinstürzen. Und dann gibt es noch diejenigen, die quasi erst im Kreißsaal merken, dass sie überhaupt schwanger sind.«

Agnes starrte immer noch auf den Wagen. Fredrik ließ unsicher den Blick zwischen ihr und der Verkäuferin hin und her gleiten.

»Ja, also, ich denke schon, dass wir den hier nehmen«, sagte er schließlich, »aber vielleicht sollten wir vorher einen Kaffee trinken und das noch einmal besprechen, bevor wir uns endgültig entscheiden?«

»Das ist vollkommen in Ordnung. Wir haben bis sieben Uhr geöffnet.«

Wenn er sie so gut kannte, wie er eigentlich sollte, dann kauft er mir noch einen Kopenhagener, dachte Agnes, während sie Fredrik beobachtete, der in der Schlange im Café des Einkaufszentrums stand. Solche Cafés in diesen Zentren zeichneten sich durch das Fehlen jeglichen Konzepts aus. Es gab nur harte Stühle, um für ein paar Minuten auszuruhen, bevor es weiterging mit dem Einkauf. Aber in der Regel schmeckte auch in solchen Schnellcafés das Blätterteiggebäck gut.

Jetzt war er an der Kasse angekommen. Der lange Rücken beugte sich wie eine Banane über den Kartenleser. Als Fredrik sich umdrehte, balancierte er ein Tablett auf den Händen mit zwei Kaffeetassen und – sonst nichts. Er stellte das Tablett auf den Tisch, setzte sich und reichte ihr dann eine Tasse. Anschließend nahm er einen großen Schluck aus seiner.

»Das habe ich jetzt gebraucht«, sagte Fredrik und schmatzte leise lächelnd, als wollte er sie aufmuntern und als könnte eine Tasse schwarzen Filterkaffees der Lohn für irgendeine Anstrengung sein. »Sag mal, ist alles in Ordnung? Du warst da drinnen stumm wie eine Auster.«

»Alles in Ordnung«, erwiderte Agnes und überlegte, ob sie selbst gehen und sich einen Kopenhagener kaufen sollte.

»Ja, ja, es ist immer alles *in Ordnung*. Aber es wäre so viel einfacher, wenn du mich auch nur ein bisschen an dem teilhaben lassen könntest, was in dir vorgeht. Und damit meine ich nicht *da*« – er zeigte auf ihren Bauch –, »sondern *da* und *da*.«

Er beugte sich über den Tisch und drückte mit dem Zeigefinger gegen Agnes' Stirn und dann seitlich auf die Brust, aber auf der falschen Seite, da saß nicht das Herz. Und das als Chirurg!

»Es *ist* in Ordnung. Und ich bin durchaus in der Lage, Bescheid zu geben, wenn ich etwas erzählen möchte, ja?«

Sie wusste, er würde sich damit nicht zufriedengeben. Das war eine Diskussion, die sie immer wieder führten und die nicht selten in einen Streit ausartete. Der Mann aus dem Osten wollte über Gefühle reden. Die Frau aus dem Westen vermied genau das wie die Pest. Manchmal hatte sie den Eindruck, sie wären nicht in verschiedenen Landesteilen Norwegens aufgewachsen, sondern auf unterschiedlichen Planeten.

Eine Weile saßen sie da und nippten an ihrem Kaffee, ohne ein Wort zu sagen.

»Jetzt knirschst *du* mit den Zähnen«, bemerkte Fredrik, während er sich mäßig interessiert im Lokal umschaute.

Sie blickte zu ihm, er zuckte nur mit den Schultern.

»Was ist, du wolltest das doch wissen.«

»Du, Fredrik«, sagte Agnes seufzend, »ich weiß nicht so recht, ich ... dieser Kinderwagen ...«

Sie beschloss, ihm zu sagen, was sie wirklich meinte.

»Um ganz ehrlich zu sein, ich finde, das ist ein unnötiges, zusätzliches Stresselement, die Babyausstattung schon parat im Haus zu haben, bevor ich überhaupt schwanger bin. Ich fände es schöner, wenn wir noch warten würden. Könntest du damit leben, den Wagen später zum vollen Preis zu kaufen?«

Fredrik neigte den Kopf zur Seite.

»Natürlich kann ich das. Und ich verstehe es auch. Außerdem hast du gerade ein kleines Türchen in deiner Festung geöffnet. Bravo!«

Er lächelte, aber sie konnte sehen, dass er trotzdem enttäuscht war, denn seine Schultern sanken auf die gleiche Art und Weise ein wenig nach unten, wie sie es taten, wenn sie nicht mit ihm schlafen wollte.

Sie trank den restlichen Kaffee mit zwei Schlucken und war erleichtert, dass sie woandershin gehen konnte.

Das letzte Mal war Agnes im Pflegeheim Vetleflaten gewesen, als sie sich ein Interview mit dem Kronprinzenpaar erkämpft hatte, die hierher zu Besuch kamen. Diese waren es offensichtlich gewohnt, ungeübten Urlaubsvertretungen zu begegnen, denn sie reagierten mit keinem Wimperzucken, als ihr ein »Du« statt »Ihre Königliche Hoheit« herausrutschte. Sie hatte all die vollkommen unkritischen und uninteressanten Fragen gestellt, die im Königreich Norwegen Tradition hatten, aber sie konnte sich noch gut daran erinnern, wie wichtig sie sich gefühlt hatte, dem Kronprinzenpaar deutlich näher zu kommen als die Horden von Voss-Bewohnern, die mit Fähnchen antraten und davon träumten, sich einmal im Fernsehen zu sehen.

Damals wurde im Altersheim sogar ein Fest veranstaltet. Solche Ereignisse gab es sicher nicht sehr oft, die meisten Tage liefen hier vermutlich wie der heutige ab: Es war ruhig wie im Grab.

Der Empfang war nicht besetzt, und Agnes sah auch keine Klingel, die sie hätte drücken können, also blieb sie am Tresen stehen und wartete. Es roch nach alten Klamotten, ein wenig wie auf dem Flohmarkt. Sie schob die Hand in die Tasche ihres Kleides, in der immer noch das kleine Herz aus Gold lag, das sie im Gras gefunden hatte. *Für Veslemøy zur Konfirmation, die besten Wünsche von Oma* war mit so winzigen Buchstaben eingraviert, dass Agnes schon überlegt hatte, ob sie wohl eine Brille bräuchte.

»Kann ich helfen?«

Eine in Rosa gekleidete Frau steckte den Kopf durch die Tür des Zimmers, das der Aufenthaltsraum für die Pflegekräfte zu sein schien. Sie hatte eine Brotscheibe in der Hand, anscheinend Vollkornbrot. Agnes spürte, wie hungrig sie war, sie hätte Viktors Salamibrot doch annehmen sollen – oder den verfluchten Kopenhagener kaufen.

»Ich wüsste gern, ob es möglich wäre, mit Frau Dagny Berge zu sprechen. Ich heiße Agnes Tveit, bin Journalistin und komme von Hordaland.«

Die rosa Rezeptionsdame schaute sie an, aber erstaunlicherweise war keinerlei Skepsis in ihrem Blick zu erkennen, wie sie Agnes garantiert erlebt hätte, wenn sie mit diesem Spruch bei einer ähnlichen Institution in der Hauptstadt aufgetreten wäre.

Agnes hatte schon häufiger irgendwelche Schleichwege ausprobiert, besonders, wenn die Ellenbogen gar zu spitz gewesen waren. Sie hatte plastische Chirurgen angerufen und erklärt, sie sei die Enkeltochter einer norwegischen Schauspieldiva. Sie hatte mit angesehenen, verheirateten Finanzmagnaten geflirtet, um sie an die Angel zu bekommen. Aber sie verwendete Informationen, die sie nicht auf offene Art und Weise erhielt, grundsätzlich nicht. Das war eine Zeitlang eher zu einer Art Hobby geworden. Und das war auch die Art von Klatsch-und-Tratsch-Journalismus, von der sie Fredrik lieber nichts erzählte.

»Sie können es versuchen«, sagte Rosane. »Aber erwarten Sie nicht, dass Sie viel von so einem Gespräch haben. In den letzten Tagen war es schwer festzustellen, was sie überhaupt mitbekommt, deshalb möchte ich Sie bitten, sie nicht zu sehr unter Druck zu setzen. Ich gehe doch davon aus, dass es sich um die Enkeltochter handelt?«

»Weiß sie, was passiert ist?«

Die rosa gekleidete Frau nickte.

»Aber es ist schwer zu sagen, ob sie es verstanden hat und sich auch jetzt noch daran erinnert.«

Ein Pfleger, der sich weder vorstellte noch grüßte, sondern sich eher wie eine Art weiß gekleideter Roboter bewegte, zeigte ihr den Weg am Fernsehzimmer und Speisesaal vorbei. Das erinnerte Agnes an die merkwürdigen Uhrzeiten, zu denen in Heimen die Mahlzeiten serviert wurden, als versuchte man absichtlich, die Alten im Verhältnis zur Außenwelt aus dem Takt zu bringen.

Dann klopfte er an eine Tür, und noch bevor er eine Antwort bekam, öffnete er diese und steckte den Kopf ins Zimmer. Die Person, die hier wohnte, hatte keine Chance, gegen dieses plötzliche Eindringen in ihr Privatleben zu protestieren.

»Da ist Besuch für Sie«, war alles, was der Pfleger sagte, dann wurde die Tür hinter Agnes geschlossen.

Fast wäre Agnes auf dem bunten Flickenteppich ausgerutscht, der auf dem Boden lag, konnte sich aber gerade noch fangen und trat mit ausgestreckter Hand auf Dagny Berge zu.

»Das arme Mädchen«, sagte Dagny Berge, ohne Agnes' Hand zu ergreifen.

Ihre bleiche Haut ging fast unmerklich in das weiße Haar über. Die alte Frau saß in einem burgunderroten Sessel, der nicht so bequem aussah, wie ein Möbelstück aussehen sollte, in dem man viele Stunden des Tages verbringt, des Jahres, der Zeit, die einem im Leben noch blieb.

Agnes überlegte, ob Dagny Berg tatsächlich etwas gesagt hatte, denn die Alte hatte sie bisher noch nicht angesehen.

Sie schaute an ihr vorbei an die Wand, an der eine Bleistiftzeichnung der Kirche hing.

»Das arme Mädchen«, sagte Dagny Berge noch einmal.

»Mein herzliches Beileid«, sagte Agnes. »Es ist schrecklich, was passiert ist.«

»Vesla, bist du das?«, fragte Dagny Berge.

»Nein, ich heiße Agnes, bin Journalistin und komme von Hordaland. Aber früher ging ich zusammen mit Veslemøy aufs Gymnasium.«

»Das arme Mädchen.«

»Ja.«

Eine ganze Weile sagte keine von beiden etwas. Veslemøys Großmutter schien in sich selbst versunken zu sein, saß da und starrte an die Wand in Richtung Zeichnung, und Agnes überlegte, ob sie überhaupt noch etwas fragen oder gleich wieder gehen sollte. Sie musste sich eingestehen, dass sie nicht gerade geschickt im Umgang mit alten Leuten war.

Also beschloss sie, sich hinauszuschleichen. Sicher würde die alte Frau das gar nicht bemerken.

»Er war nicht nett«, kam es aus dem Sessel, als Agnes gerade die Tür öffnen wollte.

Sie drehte sich um.

»Wer war nicht nett?«, fragte sie, »Steven?«

Ein glasartiger Blick starrte sie an.

»Bist du das, Vesla?«, fragte Dagny Berge.

Sobald Agnes das Altersheim verlassen hatte, schickte sie Eskildsen eine SMS und erkundigte sich, ob er heute noch etwas von ihr erwarte. Es war schon zwei Uhr. *Keine Hektik,* antwortete er, sie wollten ihre Artikel vom Wochenende drucken, und die Sommeraushilfe hatte etwas auf der Basis dessen geschrieben, was die Polizei als offizielle Information herausgegeben hatte. *Ruf mich einfach an, wenn du etwas hast.*

Plötzlich spürte Agnes eine Art Leistungsdruck. »Ruf mich einfach an, wenn du etwas hast«, das hieß doch wohl, dass sie nach neuen Fakten suchen sollte. Meinte Eskildsen damit, dass sie noch heute etwas finden sollte? Wurde erwartet, dass sie sich erst wieder in der Redaktion zeigen durfte, wenn sie »etwas hatte«? Sollte sie Überstunden machen?

Åkervold hatte bestimmt schon so einige angesammelt.

Bei dem Gedanken, was alles getan werden könnte oder sollte, wurde sie so müde, dass sie sich zu gar nichts mehr aufraffen konnte. Stattdessen beschloss sie, das zu tun, was sie immer tat, wenn sie erschöpft und hungrig war.

Ihre Mutter saß am Küchentisch und löste Kreuzworträtsel.

Die beiden Brotscheiben mit gekochtem Schinken, Jarlsbergkäse und Gurkenscheiben lagen bereits auf dem Teller, zusammengeklappt und diagonal durchgeschnitten, wie Agnes sie zwölf Jahre lang in ihre Schulbrotdose bekommen hatte.

Schon damals hatte sie sich gefragt, wie ihre Mutter das alles schaffte, hatte aber natürlich nie etwas gesagt, damit sich der Servicestandard nicht verschlechterte. Stattdessen hatte sie sich von ihren Klassenkameraden ärgern und als verzogenes Gör bezeichnen lassen, wenn sie die »Schnittchen« auspackte. Damit konnte sie leben. Außerdem hatte ihre Mutter immer gesagt, dass es nicht mehr Zeit brauchte, für die Tochter das Schulbrot mit zu schmieren, wenn sie ihr eigenes Brot vorbereitete. Warum sollte also Agnes, die gute Tochter, die sie war, das in Frage stellen?

Jetzt drückte sie die Mutter kurz an sich und stürzte sich dann auf den blauen Teller, von dem sie während ihrer gesamten Kindheit Frühstück und Abendbrot gegessen hatte. Teile des Blumenmusters waren bereits abgerieben.

»Wo ist Papa?«, fragte Agnes.

»Der hält einen Verdauungsschlaf.«

»Vor dem Essen?«

»Ja, aber du brauchst dir keine Sorgen machen, er wird sicher später auch noch schlafen können«, erwiderte die Mutter.

Es war schön, hier am Küchentisch zu sitzen. Ihre Eltern waren ein gewichtiges Argument gewesen, dass Fredrik und sie jetzt hier lebten. Und dass sie bis jetzt den Umzug zurück in ihren Heimatort noch nicht bereut hatte. Fredriks Eltern waren geschieden, noch berufstätig und führten jeder für sich ein ziemlich geschäftiges Leben. Und Agnes sah ihr zukünftiges Dasein nicht als eines zu Hause mit Kleinkind, für das sie allein verantwortlich wäre. Sie sah da eher die emsigen Großeltern mit viel Zeit, die die Enkelkinder aus dem Kindergarten abholten, sie mit zu sich nach Hause nahmen, die Kleinen mit Süßigkeiten verwöhnten und die Großen mit leckerem Essen.

An dem Tag, als sie ihre Mutter anrief und ihr erzählte, dass Fredrik und sie sich entschlossen hätten, nach Voss zu ziehen, war diese überraschter als erwartet. Aber sie freuten sich alle beide, das wusste Agnes. Beide hatten erst vor kurzem ihre jeweiligen Jobs in der Bank und in der Straßenmeisterei aufgegeben, und Agnes war sich sicher, dass sie sehr zufrieden waren, ihren Rentneralltag in Gesellschaft der einzigen Tochter und deren Familie zu verbringen.

Deshalb hatte Agnes mit jedem Tag, der verging, ohne dass sie ihnen ein Enkelkind schenkte, mehr das Gefühl, die beiden zu enttäuschen.

»Ich habe gesehen, dass du über das arme Liland-Mädchen geschrieben hast«, sagte die Mutter. »Glaubst du wirklich, dass sie ermordet wurde?«

»Daran besteht nicht der geringste Zweifel. Sag mal, kennst du die Familie näher?«

Bevor ihre Mutter antworten konnte, bekam sie einen so heftigen Hustenanfall, dass sie aufstehen und in den Flur gehen musste.

»Alles in Ordnung?«, fragte Agnes, als ihre Mutter zurückkam. »Es ist wohl an der Zeit, mal einen Arzt aufzusuchen, meinst du nicht? Du hustest doch schon seit Wochen.«

Die Mutter, immer noch mit gerötetem Gesicht, winkte nur ab.

»Ach, halb so schlimm. Wo waren wir? Ach ja, also, dieser Oddmund Liland, das war ein richtiger Mistkerl.«

Noch bevor Agnes ihr Dreiecksandwich aufgegessen hatte, hatte sie auch die ganze Geschichte von Veslemøy Lilands Vater erfahren. In den achtziger Jahren gab es das Gerücht, er schlüge seine Frau so oft und so heftig, dass sie mehrere Male in der Notaufnahme landete. Man sah ihn oft ziellos in Vangen herumfahren, oft mit, wie Agnes' Mutter es bezeichnete, »einer aggressiven Ausstrahlung«. Sie selbst habe immer einen großen Bogen um ihn gemacht. Und zum Schluss habe Veslemøys Mutter ihn rausgeschmissen, und danach dauerte es nicht lange, und er verließ die Stadt.

Agnes fiel auf, dass ihre Mutter den gleichen Ausdruck – rausschmeißen – schon einmal benutzt hatte, als die Nachbarn sich hatten scheiden lassen. Als damals Achtjährige hatte sie geglaubt, die Nachbarsfrau hätte ihren Mann buchstäblich aus dem Fenster geworfen. Danach hatte sie kein Wort mehr mit ihr gesprochen und nur daran gedacht, wie es dem armen Kerl wohl gehe, der das große Pech gehabt hatte, mit einer Männermisshandlerin verheiratet zu sein.

Seit seinem Wegzug hatte Mutter nichts mehr von Oddmund Liland gehört, deshalb wusste sie nicht, ob Veslemøy noch Kontakt mit ihrem Vater gehabt hatte, aber das konnte sie sich nicht vorstellen. Wäre sie diejenige gewesen, die jahrelang dieser Hölle ausgesetzt gewesen war, hätte sie das auf keinen Fall gewünscht. Ob Agnes sich darüber klar sei, dass acht Prozent aller norwegischen Frauen von ihren Partnern misshandelt würden?

»Da lobe ich mir doch so einen Faulpelz wie deinen Vater«, sagte die Mutter lächelnd und fing schon wieder an zu husten, so dass sie nur noch stotternd hervorbringen konnte: »Wer schläft, der sündigt wenigstens nicht.«

Agnes blieb am Ende des Gartens stehen, setzte sich auf die Schaukel neben dem Apfelbaum, die dort schon stand, als sie ein kleines Mädchen gewesen war, und jetzt geduldig auf Kinder wartete.

Agnes schaukelte langsam vor und zurück, nahm sich Zeit, den Blick auf die Stadt zu genießen. Links konnte sie auf

Vangen hinunterschauen, auf die Kirche, das Kulturzentrum, den Sportplatz und das Prestegardslandet. Dann ließ sie den Blick nach rechts wandern, zum Vangsvatnet-See. Hier hätten sie wohnen sollen. Das war genau die Aussicht, für die man nach Voss zog. Insgeheim hatte Agnes gehofft, ihre Eltern würden ernst machen mit ihren Plänen und sich eine kleinere Wohnung kaufen, als Fredrik und sie ihnen mitteilten, dass sie in den Westen ziehen wollten. Gleichzeitig fiel es ihr schwer, Mutter und Vater in einer achtzig Quadratmeter großen Wohnung zu sehen, ohne einen Garten, über den sie sich beschweren konnten.

Sie zog das Handy heraus und rief die Seite von *VG* auf.

Das von einem Mord erschütterte Festival der Extremsportler dem Konkurs nahe, lautete eine der Überschriften.

Also war Åkervold direkt dem Geld gefolgt. Was nicht gerade überraschte. Aber das war eine Sache, mit der Birger Flakne, der Leiter des Festivals, kaum zufrieden sein konnte. Die Zahlen in Åkervolds Artikel waren blutrot, offensichtlich war es in den letzten drei, vier Jahren mit der Anzahl an Besuchern und Sponsoren konsequent bergab gegangen. Agnes musste zugeben, dass sie keine Ahnung gehabt hatte, wie schlecht es finanziell um die Veko stand. Sie war gar nicht auf die Idee gekommen, das zu recherchieren, auch nicht als sie für die letzte Wochenendausgabe das Porträt von Flakne geschrieben und ihn interviewt hatte. Und auch wenn ihr nie in den Kopf gekommen wäre, diesen Blickwinkel einzunehmen, war sie wütend auf sich selbst, als sie las, dass der Festivalchef offensichtlich die Finanzen nicht im Griff hatte. Die Geschichte darüber, dass er sich Sorgen um sein Lebenswerk machte, hätte ins Porträt gehört.

Birger Flakne bedeutet alles für Veko. Die Veko bedeutet alles für Birger Flakne – der Aufmacher für ihr Interview. Dieses Jahr hatte er zehnjähriges Jubiläum als Festivalleiter gefeiert. Agnes konnte sich erinnern, dass Flakne einmal erzählt hatte, dass er ein frischgebackener Ingenieur aus Kopenhagen gewesen war, als der Posten bei der Veko frei wurde. »Die Leidenschaft siegte über die Bezahlung«, sagte er. Und das war es ihm wert gewesen, denn das »war kein Job, sondern ein Lebensstil«. Was für ein Klischee, hatte sie gedacht, es aber dennoch in den Text eingefügt.

Agnes erinnerte sich an seinen schlaffen Händedruck. Hatte dieser Mann jemals etwas Außergewöhnliches im Bett vollbracht? Wie war es eigentlich, mit solchen Verrückten wie Flakne und Steven Smith zu leben? Soweit sie wusste, hatte Flakne weder Frau noch Kinder. Was vielleicht kein Zufall war. Es war sicherlich nicht einfach, den Kleinen zu erklären, dass »Papa sich am Wochenende aus dem Flugzeug stürzt«. Oder dass Mama das unbedingt tun muss. Jedenfalls war sie froh, dass Fredrik nicht derartige extreme Hobbys hatte. Allerdings war sein sportlicher Ehrgeiz seit dem Umzug nach Voss deutlich gestiegen. Sie wusste, dass einer der Gründe, warum er dem Ortswechsel zugestimmt hatte, war, dass er immer schon davon geträumt hatte, häufiger im Gebirge zu wandern. Jetzt rannte er nicht nur jede freie Sekunde mit sich selbst um die Wette – er hatte auch noch angefangen, auf Rollskiern zu laufen.

Sie hatte ein Monster geschaffen.

Ihre Reaktion darauf? Ruhig sitzen bleiben. Sie konnte nicht sagen, warum, aber je mehr er trainierte, umso weniger trainierte sie. Das war wie ein Wettlauf, den sie bereits verloren hatte.

Als sie von der Schaukel sprang und langsam zum Auto ging, kam ihre Mutter plötzlich aus dem Haus geeilt.

»Ich habe dir sicherheitshalber noch ein paar Scheiben geschmiert. Damit dein Blutzucker nicht wieder so absackt«, erklärte sie. Agnes wurde es warm ums Herz, weil sie spürte, wie gut ihre Mutter sie kannte, und weil das Sandwich wie üblich sorgfältig in durchsichtige Plastikfolie eingepackt war, genau wie in einem Café.

Als sie den Wagen starten wollte, klingelte ihr Handy. Die Nummer auf dem Display war ihr nicht bekannt. Als Erstes hörte sie ein leises Räuspern.

»Hier ist Steven Smith«, sagte ein Mann. »Veslemøys Lebensgefährte. *I was wondering if we could talk.*«

Das Schild aus Salzteig mit den vier Namen schien seit dem letzten Mal, als sie hier gewesen war, mit etwas beschmiert worden zu sein, etwas Zähflüssigem, das die Haustür hinuntergeflossen war. Agnes schaute auf den Boden vor sich. Weiße Stücke wie von einer Eierschale lagen auf der Fußmatte.

Der Mann, der die Tür öffnete, trug auf dem Kopf eine Krone aus blauer Pappe, auf der mit goldenem Glitzerstift »1 Jahr« geschrieben stand.

Steven Smith war der traurigste Clown, den sie je gesehen hatte.

Er hatte mittelblondes, dünnes Haar, das gut einen Friseur gebraucht hätte, einen schmalen Oberkörper, aber muskulöse Beine, die aus den langen Shorts herausragten. Als attraktiv konnte man ihn wirklich nicht bezeichnen. Die Augen lagen ein wenig zu weit auseinander und erinnerten Agnes an einen

Tiefseefisch. Die Lippen dagegen waren voll und pflaumenrot. Überhaupt gab es eine ganze Menge an Smith, was nicht so recht zusammenpasste. Um die rechte Hand trug er einen dünnen Verband, dennoch war sein Händedruck fest. Erst als ihr Blick wieder zu seinem Kopf wanderte, fiel ihm ein, dass er immer noch eine Krone trug. Schnell riss er sie herunter.

»Die Jungs bestanden darauf, dass ich die Krone aufsetze, sonst wären sie nicht ins Bett gegangen«, sagte er. »*And I already felt bad for not being here all day.*«

Agnes schaute an ihm vorbei auf den Flur.

»Ist Joni hier?«

»Sie ist spazieren gegangen. Wollte ein wenig frische Luft schnappen und mit ihrer Familie telefonieren. Kein Wunder, dass sie erschöpft ist, ich habe ihr heute viel aufgebürdet.«

Er sah ebenfalls ziemlich erschöpft aus, blieb in der Tür stehen und starrte vor sich hin.

»*Where are my manners*«, sagte er plötzlich und trat einen Schritt zurück. »Sorry. Kommen Sie herein. Und danke, dass Sie sich Zeit genommen haben.«

Im Wohnzimmer war kein Kind zu sehen, aber es lief ein Zeichentrickfilm im Fernsehen, in dem anscheinend eine Schweinefamilie auf zwei Beinen die Hauptrolle spielte. Auf dem Tisch standen zwei kleine Schüsseln mit Breiresten. Smith hatte Agnes gebeten, ihn erst aufzusuchen, wenn die Kinder im Bett waren, aber anscheinend hatte das Haus immer noch Mühe, nach dem Nachmittagschaos zur Ruhe zu kommen. Der Vater der Kleinkinder schien weder die Fernsehgeräusche zu bemerken noch die unappetitlichen Breiflecken auf dem Tisch und dem Boden. Er ließ sich wortlos aufs Sofa fallen.

Agnes brannte vor Neugier, worüber er mit ihr reden wollte. Plötzlich sah er sie eindringlich an.

»Meinten Sie das auch, was Sie geschrieben haben?«, fragte er.

Sie wollte sich gerade erkundigen, auf welchen Artikel er sich bezog, da fiel ihr der Zettel ein, den sie für Joni hinterlassen hatte.

»Genau genommen bin ich nicht in der Lage, überhaupt irgendetwas zu meinen«, erwiderte Agnes. »Ich ...«

»Sie haben recht«, unterbrach er sie. »Ich habe sie nicht getötet. Aber alle glauben es. Die Polizei. Und die Leute hier im Ort. Vorhin musste ich Spucke und Eireste von der Haustür abwischen! *They think I'm a killer.*«

»Es ist vielleicht nicht so überraschend, dass die Leute das denken ... Schließlich haben Sie der Polizei gesagt, dass ...«

»Genau darüber wollte ich mit Ihnen reden.«

Smith schaute auf seine Hände, auf die Finger, lang und dünn. Agnes' Mutter hätte sie »Klavierfinger« genannt. »Es stimmt, ich habe geglaubt, dass ich an Veslemøys Tod schuld wäre. Aber das war, bevor ich erfahren habe, dass sie ermordet wurde.«

Eine dröhnende Erkennungsmelodie verkündete, dass der Zeichentrickfilm um die Schweinefamilie zu Ende war, aber es dauerte nur zwei Sekunden, bevor die gleiche Melodie eine neue Episode ankündigte. Agnes griff nach der Fernbedienung und drückte energisch auf den roten Knopf, bis der Bildschirm endlich schwarz wurde.

Abgesehen vom Ticken der alten Standuhr war es jetzt still im Zimmer.

»Was meinen Sie damit?«, fragte Agnes.

Smith schaute sie immer noch nicht an.

»Ich dachte, sie hätte beim Sprung einen Anfall bekommen«, antwortete er. »Veslemøy hatte Epilepsie.«

Verständnislos starrte Agnes den Mann auf dem Sofa an. Sie kannte sich nicht besonders gut mit Epilepsie aus, aber so viel wusste sie: Ein Mensch, der unter dieser Krankheit litt, sollte sich nicht aus einem Flugzeug stürzen.

War das überhaupt erlaubt?

»Keiner hat davon gewusst«, fuhr Smith fort. »Sie hat es niemandem erzählt, denn dann wäre ihr sofort verboten worden, mit dem Fallschirm zu springen.«

Eine überraschend heftige Wut stieg in Agnes auf.

Mein Gott, wie unverantwortlich! Gegenüber dem Fallschirmklub, gegenüber denjenigen, mit denen sie gemeinsam sprang, gegenüber ihren Kindern! Den Frühchen!

War die Frau suizidal?

Oder nur dumm?

Sie schluckte diese Überlegungen runter, sagte nichts, hatte aber den Verdacht, dass ihr Gesichtsausdruck sie verriet.

»Wir haben geglaubt, wir müssten das nicht so ernst nehmen«, fuhr Smith mit schwacher Stimme fort, als wollte er sich entschuldigen. »Sie hatte ihren ersten und einzigen *incident*, als wir in Neuseeland lebten.«

Steven Smith schien sich in seinen Erinnerungen zu verlieren. Er begann, von dem Tag zu erzählen, an dem er auf die Idee kam, um die Hand seiner Liebsten anzuhalten. Das war ein absolut perfekter Tag gewesen, berichtete er, und er war noch verliebter in sie als sonst. Er freute sich, dass sie sich anscheinend in seiner Heimatstadt wohlfühlte und offenbar Norwegen in keiner Weise vermisste. Vielleicht sollten die beiden heiraten, für immer in Queenstown bleiben, nur sie zwei. Sie waren gemeinsam über dem Lake Wakatipu aus dem Flugzeug gesprungen, Hand in Hand, und als sie die Schirme geöffnet hatten und er seine Liebste neben sich anschaute, da fasste er den Entschluss. Sobald sie wieder auf der Erde gelandet wären, würde er auf die Knie gehen.

Doch dieser spontane Plan eines Heiratsantrags war vergessen, als er nach der Landung Veslemøy im Gras sitzen sah, bleich und mit verzerrtem Gesicht. Sie hatte angefangen zu zittern, erklärte sie ihm, unmittelbar nachdem sich der Schirm gelöst hatte. Sie konnte nicht sagen, ob sie für ein paar Sekunden das Bewusstsein verloren hatte und erst kurz vor der Landung wieder zu sich gekommen war. Auf jeden Fall war es ein harter Aufprall auf der Erde gewesen.

»Der Arzt, mit dem wir danach sprachen, meinte, sie habe einen leichten epileptischen Anfall gehabt. Er warnte sie davor, dass sich solche Anfälle, dann aber stärker, wiederholen könnten. Doch das Fallschirmspringen war wichtig für sie. Sie sagte, es gebe ihr ein Gefühl, das *as important as breathing* war. Sie konnte den Gedanken nicht ertragen, nicht mehr springen zu dürfen. Also versprach ich ihr, die Sache für mich zu behalten, erlaubte, dass sie weitermachte, auch nachdem wir hierhergezogen waren ... auch noch nachdem die Kinder geboren waren.«

Smith schaute Agnes mit geröteten Augen an.

»*When she fell ...* Ich war am Boden zerstört, konnte das schlechte Gewissen den beiden Jungs gegenüber fast nicht aushalten. Ich hatte das Gefühl, ihnen ihre Mutter genommen zu haben, weil ich geschwiegen hatte. Und als die Polizei dann heute Morgen an der Tür stand, hatte ich gerade die zweite schlaflose Nacht in Folge hinter mir. *I was completely broken down.* Erst in dem Verhör erzählten sie mir, dass ihr Schirm manipuliert worden war. Dass jemand anderes für ihren Tod verantwortlich ist.«

Der traurige Clown lächelte unglücklich.

»*But by then, it was already too late.*«

Agnes war immer noch irritiert.

»Warum erzählen Sie mir das jetzt?«

»Weil ich fürchte, dass die Polizei mich des Mordes anklagen wird«, antwortete Steven und fuhr sich mit den Klavierfingern durch das dünne Haar. »Und ich habe nicht besonders viele einflussreiche Freunde hier in der Stadt, die mir helfen könnten, wenn das passiert. Ich möchte, dass Sie herausfinden, wer meine Liebste wirklich ermordet hat.«

Alles, was sie sich wünschte, war eine Tüte Käseflips.

Ein wenig Ruhe.

Die Fernbedienung für den Fernseher, frei von animierten Schweinen.

Der Tag war so lang gewesen, dass er sich wie mehrere anfühlte, in die Hülle eines einzigen gequetscht. Ihr Kopf war voller Gespräche und Eindrücke, und nicht zuletzt war sie nach dem Treffen mit Veslemøys Mann erschöpft und verwirrt.

Während Fredrik Teller und Weingläser auf den Küchentisch stellte, fragte sie sich, ob sie ihm erzählen durfte, was sie gerade in der Miltzowgata erfahren hatte. Sicher, sie hatte Steven Smith versprochen, das alles für sich zu behalten, aber sie war sich unsicher, ob das eine gute Idee war. Überhaupt war sie sich nicht sicher, ob sie diesem Mann vertrauen konnte.

Heimlich betrachtete sie ihren Lebenspartner. Er trug Trainingskleidung, und das blonde Haar war an den Schläfen verschwitzt. Warum konnte er nicht duschen, *bevor* er das Essen machte?

Und: Konnte sie darauf vertrauen, dass dieser Mann in ihrer Wohnung keine Geheimnisse ausplauderte?

Fredrik kannte bisher immer noch so wenige Leute in Voss, dass er wohl das geringste Risiko darstellte, die Neuigkeit weiterzutragen.

Und sie musste es einfach jemandem erzählen.

»Veslemøy Liland hatte Epilepsie«, sagte Agnes schnell.

Fredrik erstarrte, in jeder Hand ein Messer, und runzelte die Stirn, bevor er den Tisch weiterdeckte.

»Daran habe ich so meine Zweifel«, erwiderte er.

»Laut ihrem Partner hatte sie es.«

»Ernsthaft? Eine Fallschirmspringerin mit Epilepsie?«, fragte Fredrik, ging dann zum Ofen und holte eine Form heraus, die etwas Hähnchenartiges enthielt, das sie nicht identifizieren konnte, das aber phantastisch duftete. »Das ist doch vollkommen gaga.«

»Stimmt.«

»Es ist lebensgefährlich, aus einem Flugzeug zu springen, wenn du Epilepsie hast!«

»Darüber bin ich mir im Klaren.«

»Du riskierst Krampfanfälle und unkontrollierte Muskelzuckungen!«

»Mmm.«

»Und das im freien Fall, tausend Meter über dem Erdboden!«

Sie bereute bereits, überhaupt etwas gesagt zu haben.

Während Fredrik die Kräuter hackte, die übers Hähnchen gestreut werden sollten, setzte sich Agnes mit dem Notebook an den Küchentisch. Sie suchte nach Fallschirm + Epilepsie. Einer der ersten Treffer war ein Artikel in einer Internetzeitung, offensichtlich zu einer Zeit produziert, als alle schrille Titel texteten, weil die Redakteure glaubten, dass die Klickorgien den Weg aus der Medienkrise wiesen: *Epilepsieanfall beim Fallschirmsprung. Was dann geschah, wird dir den Atem rauben.* Dahinter verbarg sich ein Video mit dem Titel *Guy has seizure while skydiving*.

Das Video startete damit, dass mehrere Fallschirmspringer den Daumen in die Kamera reckten. Einer von ihnen hatte die Kamera an seinem Helm befestigt, und als er aus der Flugzeugtür hinaussah, tief hinunter auf die Erde, bekam Agnes feuchte Hände.

Sie dachte an die heftige, alles überdeckende Reue, die sie in dem Moment gespürt hatte, als sie aufgefordert wurde, auf den kleinen Absatz draußen an einem ähnlichen Flugzeug zu treten. Es war das erste und letzte Mal gewesen, dass sie so etwas Extremes ausprobierte. Schon vorher hatte sie überhaupt keine Lust dazu gehabt, aber Ingeborg hatte darauf bestanden, dass sie sich während ihrer Ferien in Florida in dieses Abenteuer stürzen müssten. Schließlich hatte Agnes eingewilligt, wie sie das gern tat bei Dingen, die ganz toll zu sein schienen, um ihre Entscheidung heftig zu bereuen, wenn es längst zu spät war, noch umzukehren. Erst als ihr der Wind ins Gesicht wehte und sie erkannte, dass sie ihr Leben in die Hände eines Tandemspringers gelegt hatte, der nach Red Bull roch, wurde ihr klar, warum sie das nie vorher versucht hatte: Das war keine Höhenangst, das war Klaustrophobie. Sie geriet in Panik in Situationen, in denen sie nicht einfach aufstehen und weggehen konnte. Zum Beispiel wenn sie ganz hinten in einem überfüllten Bus saß oder den Fensterplatz einnahm, wenn sie allein flog, ja, bereits der Gedanke an einen winzigen Raum ohne Fenster genügte. Befand sich ein Hindernis zwischen ihr und einer wie auch immer gearteten Form von Freiheit, bekam sie einen Kloß im Hals, begann zu schwitzen und fühlte sich unwohl.

In dem voll besetzten Kleinflugzeug zu sitzen, das sie in den Himmel hinaufbringen sollte, ging erstaunlich gut. Sie hatte nicht einmal daran gedacht, wie eng es war, denn die Stimmung war sehr ausgelassen, fast elektrisch aufgeladen. Doch als der Typ, an dessen Körper sie gebunden war, sie bat, sich bereit zu machen, und sie sich zusammen Richtung offener Tür bewegten, wurde ihr die Realität bewusst: Erst wenn sie wieder auf dem Erdboden gelandet wäre, könnte sie sich von ihm befreien. Und statt in diesen letzten Sekunden ihr etwas Aufmunterndes zu sagen, in der Art, wie toll ihr Erlebnis werden würde, betonte der Tandemspringer, wie wichtig es sei, sich im freien Fall aneinanderzupressen – sich also in Bananenform zu legen, was ihr ja bereits erklärt worden sei –, und flüsterte ihr grinsend ins Ohr: »Krümmen oder sterben!« Hinterher konnte sie sich kaum noch an den Flug erinnern, aber unglaublicherweise war sie tatsächlich am gleichen Abend nach viel zu viel Sangria genau mit diesem Idioten im Bett gelandet.

Der Typ im Video sprang jetzt aus dem Flugzeug, bewegte sich in der Windströmung auf die richtige Art. Aber nach nur zwanzig Sekunden begann er, sich unkontrolliert um die eigene Achse zu drehen, und man konnte an seinem Rücken erkennen, dass er unter spastischen Krämpfen litt. Plötzlich verschwand er Richtung Erde. Auf mysteriöse Weise – und jetzt verstand Agnes auch, warum das Video so oft geklickt worden war – gelang es demjenigen, der die Kamera auf dem Helm hatte, zu dem Ärmsten zu gelangen, ihn zu packen und seinen Fallschirm zu lösen. *Dennis became conscious at 3000 feet and safely managed to land the parachute*, stand mit weißen Buchstaben auf dem schwarzen Bildschirm.

Niemals wieder, dachte Agnes und bemerkte, dass sie mit den Zähnen knirschte. Erst da sah sie, dass das Essen auf dem Tisch stand. Fredrik aß bereits.

»Braucht man nicht ein ärztliches Attest, um Fallschirm springen zu dürfen?«, fragte er, nachdem auch sie sich bedient hatte.

»Guter Punkt«, erwiderte Agnes. »Man könnte glauben, du hast ein Medizinstudium hinter dir oder so etwas in der Art.«

Kaum hatte sie sich aufs Sofa fallen lassen, da meldete sich das Telefon.

Gedenkversammlung für Veslemøy heute Abend, schrieb Viktor. *Dachte, das solltest du wissen. Gro ist schon los zu Tre Brør.*

Eine erneute Versammlung der Trauernden. Wieder viel Gerede. Viel Tratsch.

Sie hatte keine Lust. Schaltete stattdessen den Fernseher

ein, loggte sich bei Netflix ein, suchte nach einer passenden Unterhaltung, die nicht zu viel Aufmerksamkeit erforderte.

Sie scrollte das Serienmenü runter, aber nichts lockte sie, an keinem Titel blieb sie hängen. Die Unruhe hatte ihren Körper im Griff. Die Neugier kitzelte unter den Fußsohlen.

»Scheiße!«, rief sie, warf die Fernbedienung hin und marschierte ins Schlafzimmer.

Machte man sich für eine Gedenkveranstaltung hübsch? Sollte sie in Schwarz hingehen, als wäre es eine Beerdigung? Wieder fiel ihr auf, wie wenig Erfahrung sie mit derartigen Ereignissen hatte, sowohl privat als auch beruflich. Mit Ausnahme der Großeltern war kein Verwandter von ihr verstorben. Und alle vier Großeltern starben eines natürlichen, friedlichen Todes am Ende eines langen Lebens, dessen letzte Jahre anscheinend so ereignislos und eintönig gewesen waren, dass sie mühelos verstehen konnte, dass sie mit dem Tod einverstanden waren.

Agnes öffnete den Schrank und schob den quietschrosa Kapuzenpullover zur Seite, den sie kurz nach dem Umzug gekauft hatte. Das Preisschild hing noch dran. Sie fand es eigentlich unpassend, mit einem Hoodie zur Arbeit zu gehen, aber hier in Voss war das für viele ein üblicher Teil ihrer Alltagsuniform, genau wie andere kunterbunte Freizeitkleidung. Alle sahen aus, als wären sie auf dem Weg zu irgendeiner Outdooraktivität, selbst die Alten mit Rollator schienen gerade auf dem Weg in die Berge zu sein. Aber in erster Linie fielen ihr die durchtrainierten Körper der Frauen auf, deren Kinder genauso sportlich gekleidet waren – kleine, bunte Kopien ihrer Mütter. Die Kleidung war nur eine Sache, die ihr das Gefühl gab, außen vor zu sein. Sie hatte es versucht, denn nach dem letzten schönen Frühling in Oslo war sie sonnengebräunt gewesen, und sie dachte, dass die rosa Farbe sicher frisch auf ihrer Haut aussähe.

Sie hatte den Kapuzenpullover als ein Symbol für den Start in ein neues Leben angesehen. Aber jetzt lag er hier im Schrank, ordentlich zusammengefaltet und noch nie getragen.

Das renovierte Haalandhuset mitten auf dem Marktplatz beherbergte das, was Agnes in ihrer Jugend hier im Ort so schmerzlich vermisst hatte: ein schönes Café und eine ganz normale, gemütliche Kneipe. Früher waren sie meistens ins Hotel gegangen, aber es fiel ihr schwer, diese Disco, die an eine auf den großen Fähren erinnerte, als Stammkneipe zu bezeichnen, ganz zu schweigen von der Pianobar eine Etage darüber. Außerdem hatte sie viel zu viel Energie aufbringen müssen, um dort mit dem Ausweis der älteren Cousine an dem Türsteher vorbeizukommen.

Erst gegen Ende der Schulzeit hatte sie so langsam ihren Spaß gehabt. Zurückblickend fand sie es traurig, dass es so lange gedauert hatte, bis sie die richtigen Leute gefunden hatte: Viktor, der in der wohl schlimmsten Behausung zusammen mit seinem Vater lebte, gut eine halbe Stunde entfernt, und Ingeborg, Hoferbin von Kyte, die Angst vor Tieren hatte und den Stallgeruch hasste. Die drei fanden zusammen in allem, was sie ablehnten, und es endete damit, dass die beiden sozusagen in Agnes' Kellereinliegerwohnung zogen. Ihre Eltern waren damit einverstanden, vielleicht einfach erleichtert darüber, dass die Tochter endlich Freunde gefunden hatte.

Agnes hörte auf, Fußball zu spielen, und beschloss außerdem, die Abiturfeiern zu boykottieren, genau wie Ingeborg und Viktor es getan hatten. Mit ihnen zusammen, die nach der Schule noch ein Jahr in Voss blieben, um Geld zu verdienen, indem sie in der schrecklichen Pianobar jobbten, nutzte sie ihr Erspartes, um mit dem Zug nach Bergen zu fahren, für Konzerttickets und für Bier. Sie sprachen über ihre Träume und zählten die Tage bis zu dem Termin, an dem sie endlich diese Scheißstadt verlassen und die Welt erobern könnten.

Kaum zu glauben, dass sie alle drei zurückgekommen waren. Und sogar Viktor, der doch immer laut getönt hatte, er könne Kinder nicht ausstehen, hatte sich reproduziert.

Als Agnes die alte, schwere Eingangstür zu *Tre Brør* öffnete, überkam sie ein Gefühl, als wäre es ein Samstagabend gegen Mitternacht in der Stadt. Das Lokal war bis zum Bersten mit Menschen gefüllt, die Luft war warm und schwer, und hätte sie nicht gewusst, dass es sich hier um eine Gedenkveranstaltung handelte, sie hätte gesagt, dass gewisse Erwartungen in der Luft lagen. Aber als sie näher hinsah, konnte sie feststellen, dass die vertraulichen Gespräche ernst geführt wurden, dass die Blicke, die einander begegneten, nicht strahlend und flirtend waren, sondern dunkel, traurig, skeptisch.

Kathrine Bøe, die Katze, wollte gerade auf dem Weg zur Bar an ihr vorbeigehen, blieb jedoch stehen. Heute nicht mit Pferdeschwanz und im Hoodie, und das blonde, etwas strähnige Haar fiel ihr lose auf die Schultern. Sie trug ein schwarzes Kleid mit schmalen Trägern, das eigentlich viel zu kurz für diesen Anlass war. Es war ein ›In-die-Stadt-gehen-und-Männer-aufreißen-Kleid‹. Das Tigertattoo war dagegen genauso dominierend wie immer, und der Blick unter dem Pony erschien durch das schwarze Kajal um die Augen noch schmaler. Sie sah heute wirklich einer Katze sehr ähnlich.

»Was machst du hier?«, fragte Kathrine, nicht direkt kalt, aber alles andere als herzlich.

Agnes musste sich eingestehen, dass sie nicht genau wusste, warum sie hergekommen war, nur dass sie das Bedürfnis verspürt hatte, die Fliege an der Wand zu spielen, wenn sich Veslemøys Freunde und Bekannte trafen.

»Ich hätte gern ein paar Interviews gemacht«, log sie. »Wie geht es euch?«

»Nicht gut«, antwortete Kathrine, obwohl sie wie für eine Party geschminkt und gekleidet war und in der Hand ein Glas hielt, das nach Gin & Tonic roch. »Alles ist ja ... der reinste Wahnsinn.«

Agnes schaute sich um.

»Ist Steven auch hier?«

Kathrine sog intensiv und lange an dem Strohhalm, der im Glas steckte. »Würdest du zu einer Veranstaltung gehen, in der die Hälfte der Anwesenden glaubt, du bist der Täter?«, fragte sie.

»Glaubst du es auch?«

»Ich glaube, dass ich mich dazu nicht äußern sollte.«

Agnes nickte, wartete ab. Das war einer dieser Journalistentricks. Stille war effektiver als bohrende Nachfragen, wenn sie wollte, dass die Leute weiterredeten. Kathrine blieb stehen, starrte blicklos auf die Menge.

»Sie hatten schon ihre Probleme«, sagte sie. »Aber für mich ist das nicht zu begreifen. Es schien doch immer, als würde er sie über alles lieben. Und beide sahen so glücklich aus, als sie in Neuseeland lebten.«

Steven hatte Veslemøy hier in Voss kennengelernt, erzählte Kathrine. Kurz darauf waren sie zusammen und wohnten in Bergen, wo sie für das Lehramt studierte und er als Kellner arbeitete. Nach einer Weile bekam er Heimweh, und sie hatte Lust, eine Pause in ihrem Studium einzulegen, also beschlossen die beiden, für ein Jahr nach Neuseeland zu ziehen.

Daraus wurden fast zehn Jahre.

Während dieser langen Zeit war Veslemøy so gut wie nie in Norwegen gewesen, aber es war ja auch schrecklich teuer, von einer Seite der Erde zur anderen zu fliegen. Kathrine studierte in der Zeit Medizin an der Universität von Bergen, bevor sie eine Stelle im Krankenhaus Haukeland bekam und sich auf Pädiatrie spezialisierte, deshalb war sie mehr als genug mit sich selbst beschäftigt. Aber ein Mal hatte sie die beiden in Queenstown besucht und war überrascht, als sie dort ankam, denn Steven und Veslemøy führten etwas, das Kathrine als »Hippieleben« bezeichnete. Sie hatten beide Aushilfsjobs in Restaurants und arbeiteten nebenbei als Fallschirmsprunglehrer, lebten bescheiden und gaben den größten Teil des Geldes für Essen, Bier und Joints aus. In den ersten Tagen war Kathrine, die ein diszipliniertes Leben als Medizinstudentin gewohnt war, nur wenig begeistert von dieser Art zu leben. Außerdem fand sie, dass es in der WG, in der sie wohnten, schmutzig und primitiv war. Aber eines Tages fuhren sie zusammen nach Glenorchy, ein kleines Gebirgsdorf, das »The Gateway to Paradise« genannt wurde, und sofort begriff sie, warum Veslemøy so gern hier war. Kajak im Dart River zu fahren und Fallschirmspringen über dieser spektakulären Landschaft, die sie als Middle Earth aus der Filmtrilogie *Der Herr der Ringe* wiedererkannten, das war einfach phantastisch. *Voss auf Steroid*, wie Katherine es nannte.

»Es sah nicht gerade nach einem gesunden Lebensstil aus, aber Veslemøy war rundherum zufrieden, und Steven betonte immer wieder, wie gut es für sie sei, hier zu leben.«

»Und warum?«

»Er war der Meinung, es sei gut für sie, aus Voss rauszukommen. Es gab dort zu viele schlimme Erinnerungen, hat er gesagt, soweit ich mich erinnern kann.« Kathrine schwieg eine Weile. »Ich gehe davon aus, dass er damit ihre Eltern meinte.«

»Aber warum sind die beiden dann zurückgekommen?«

»In ihrem tiefsten Inneren war Veslemøy eine vernünftige Person, sie wollte ihre Lehrerausbildung zu irgendetwas nutzen. In Neuseeland war ja vor allem das Fallschirmspringen angesagt. Und außerdem wollte sie gern Kinder kriegen, und das wiederum in Norwegen. Dass Steven mit ihr zurückkam, ist wohl ein Zeichen dafür, wie sehr er sie geliebt hat«, sagte Kathrine, und Agnes musste an Fredrik denken. »Aber das war bestimmt nicht immer so einfach: Es fiel ihm schwer, hier einen Job zu finden oder dabeizubleiben. Und er feiert nun einmal gern. Wie gesagt, sie hatten so ihre Probleme, aber, mein Gott, wer hat die nicht? Das Leben ist doch für die meisten kein Ponyhof.«

Agnes nickte und hätte Kathrine am liebsten erzählt, wie wenig von einem Ponyhof ihr eigenes Leben momentan bot.

»Du bist immer noch ziemlich aktiv hier im Fallschirmspringermilieu, oder?«, fragte sie stattdessen.

»Nicht so aktiv wie früher. Aber nachdem ich hierher zurückgezogen bin, springe ich wieder mehr, das stimmt. Gro,

Veslemøy und ich haben uns eigentlich immer für ein Wochenende im Monat verabredet. Und Joni ist aus Oslo dazugekommen, wenn sie konnte.«

Kathrine spähte zur Bar hinüber.

Agnes hätte auch gern etwas getrunken.

»Ist dir aufgefallen, dass die Veko finanzielle Probleme hat?«, erkundigte sie sich.

»Ich weiß, dass es in den letzten Jahren bergab gegangen ist. Aber das ist auch kein Wunder, es gab Gerüchte in der Sportlergemeinde, dass das Wetter hier in Voss zu instabil sei und es sich deshalb nicht lohne herzukommen. In der *VG* meinten sie, es könnte für die Veko das Todesurteil bedeuten, wenn dieses Jahr die Einnahmen wieder schlecht seien. Birger war garantiert nicht glücklich darüber, dass rausgekommen ist, wie es um die Finanzen steht. Er war vor Beginn der diesjährigen Veranstaltung ziemlich verzweifelt.«

»Tatsächlich?«

Das hatte sie bei ihrem Porträtinterview mit ihm gar nicht bemerkt.

»Hast du die englischen Pressemitteilungen gelesen? Er war wie versessen darauf, dieses Jahr weitere ausländische Journalisten hierherzubekommen, um der Veko frischen Wind unter die Flügel zu blasen. Ich habe ihm damals schon gesagt, dass ich seine Wortwahl denen gegenüber ... nun, nicht gerade besonders geschickt gewählt fand.«

»Du hast die Pressemeldung nicht zufällig noch auf dem Handy?«

Kathrine gab Agnes ihr Glas und nahm ihr Telefon aus einer kleinen schwarzen Tasche. Die zehn Minuten, die es dauerte, bis Kathrine das Display zu ihr drehte, kitzelte der Geruch von Gin und Wacholder Agnes in der Nase. Schnell scrollte sie die Pressemitteilung hinunter und runzelte die Stirn, als sie ans Ende kam: *Come join us in the beautiful town of Voss*, stand da, *where the fine line between life and death can sometimes be blurry.*

»… wo die Grenze zwischen Leben und Tod verschwimmen kann? Ziemlich unpassend, nicht wahr? Vor allem, wenn man bedenkt … was passiert ist«, sagte Kathrine mit gedämpfter Stimme und schüttelte den Kopf. »Burger kann ab und zu ein Idiot sein.«

»Burger?«

»Das war sein Spitzname, als er noch klein und dick war.«

»Ist er gemobbt worden?«

»Ich weiß nicht, ob er direkt gemobbt wurde, aber er war als Kind definitiv ein Einzelgänger, und ich glaube nicht, dass er sich das ausgesucht hat.«

Als der Barkeeper Agnes eine neue Flasche Munkholm reichte, stand Gro plötzlich neben ihr und nickte mit fragendem Blick auf ihren Bauch.

»Bin bei der Arbeit.« Agnes schüttelte den Kopf. »Und wie geht es dir?«

»Ziemlich schlecht«, erwiderte Gro und bat den Barkeeper um ein Glas Wasser. Sie trug eine weite Hose und Bluse, alles in Schwarz. Das sah elegant und stilsicher aus, und dazu noch die praktische Politikerinnenfrisur. »Aber Joni geht es noch schlechter. Ich war skeptisch, ob das so eine gute Idee war, dass sie heute die Jungs betreute, jetzt bräuchte sie umso mehr gute Freunde und einen Schnaps. Aber sie hat darauf bestanden, dass sie Steven heute Abend nicht allein lassen könne.«

Gro trank das Wasser in einem Schluck aus und sagte, sie müsse nach Hause, »den Schwiegervater« ablösen, weil Viktor noch arbeiten musste.

Also stellte Henrik Vormedal sich inzwischen tatsächlich als Babysitter zur Verfügung.

Auf dem Weg zur Tür drehte Gro sich um, der dunkle Blick von vorhin war zurück.

»Es gefällt mir nicht, dass Joni so viel mit Steven zusammen ist, solange die Situation so unklar ist. Alle reden nur über diese Gerüchte. Aber wer kann wissen, dass nicht noch andere in Gefahr sind? Vielleicht auch Joni?«

»Apropos nicht wissen«, warf Agnes ein. »Ich wollte dich etwas fragen: Weißt du, ob Veslemøy am Sonntag ihren Schirm selbst gepackt hat?«

»Veslemøy hat ihren Schirm immer selbst gepackt«, antwortete Gro. »Da hat sie niemandem vertraut.«

Birger Flakne hatte sich umgezogen und trug Jeans und ein T-Shirt, auf dem stand *Berre Voss e Voss*. Er sah müde aus, aber als er Agnes entdeckte, nickte er und kam zu ihr.

»Ja, hallo, und – haben Sie etwas gelernt?«, fragte er.

»Dass niemand sich momentan sicher fühlen kann«, antwortete Agnes und bereute sofort ihren dummen Spruch; das war unprofessionell und platt. »Nein, nicht wirklich, aber da ich sowieso darüber schreiben muss, ist es nicht schlecht, eine Vorstellung davon zu haben, wie die Dinge zusammenhängen.«

»Oder nicht zusammenhängen«, entgegnete Flakne.

»Bist du jetzt als Journalistin auch für die Kriminalfälle zuständig?«

Kathrine stand plötzlich hinter ihr, mit einem neuen Drink, der auch schon wieder halb ausgetrunken war, und ihre Gesichtszüge hatten sich verändert. Sie sah eher leichtsinnig aus, als zeigte der Alkohol plötzlich seine Wirkung. Was kein Wunder war bei dem Tempo, das sie bei den Drinks an den Tag legte. Wieder nahm Agnes diesen leicht sarkastischen Unterton bei sich wahr.

Was sie ärgerte.

Hatte sie nach all den Jahren tatsächlich so wenig professionellen Respekt gegenüber den Menschen? Okay, sie hatte es noch nie mit einem Mord zu tun gehabt, aber trotz allem war sie Journalistin bei der größten Zeitung des Landes gewesen.

»Bei der Lokalpresse gibt es solche Aufteilungen nicht. Ich laufe unter der wunderbaren Berufsbezeichnung ›Allroundjournalistin‹. Aber ja, ich bearbeite auch diese Sache. Und wenn ihr noch mehr wisst oder hört, was von Interesse sein könnte, so hoffe ich, dass ihr es mir erzählt.«

»Sie haben sich den Tag davor gestritten.« Kathrine sagte das schnell und schaute danach wieder in ihr Glas.

Flakne drehte sich mit einem überraschten Gesichtsausdruck zu ihr um.

»Wer hat sich gestritten?«, fragte Agnes und spürte, wie es ihr eiskalt den Rücken hinunterlief.

»Steven und Veslemøy. Ich habe es von jemandem erfahren, der am Samstagabend an ihrem Haus vorbeigegangen ist. Die Fenster standen offen. Und derjenige, der das gehört hat, fand es merkwürdig, dass die Kinder bei dem Krach nicht aufgewacht sind. Hast du nichts mitbekommen, du wohnst doch gleich neben ihnen?«, fragte Kathrine, an Flakne gewandt.

»Ich war nicht zu Hause«, erwiderte Flakne.

»Weißt du, worum es bei dem Streit ging?«, erkundigte sich Agnes.

Kathrine schüttelte den Kopf, stand leicht schwankend da und ließ den Blick fast beschämt über die Runde schweifen. Der Gin hatte offenbar die Herrschaft übernommen. Birger Flakne fühlte sich sichtbar unwohl in seiner Haut, aber es war schwer auszumachen, ob das nur an Agnes lag.

Wie auch immer, man soll das Eisen schmieden, solange es heiß ist.

»Ihr wisst nicht, ob ... ob Veslemøy irgendwelche ... Leute kannte, die ihr nicht wohlgesinnt waren?«

Wieder veränderte sich Kathrines Gesichtsausdruck, wurde härter, und Agnes bereute sofort ihre Frage. Sie bemerkte selbst, wie bemüht und unprofessionell sich das anhörte, wie bei einem Kind, das Detektiv spielt.

»Ich wüsste nicht, dass Veslemøy irgendwelche *Feinde* hatte, wenn es das ist, was du wissen willst. Und wüsste ich es, dann hätte ich das ja wohl der Polizei sagen müssen und nicht dir. Aber das Problem war wohl eher, dass sie zu gute Freunde hatte.«

Kathrine ging auf ziemlich wackeligen Beinen wieder zur Bar.

Birger blieb bei Agnes stehen. »Mach dir nichts draus«, sagte er, »sie ist aufgewühlt. Das sind wir alle. Und dann platzt man auch mal mit Dingen heraus, die nicht so gemeint waren. Die Katze kann nach außen hin schroff auftreten, aber ich weiß, innerlich ist sie am Boden zerstört. Hätte es Veslemøy nicht gegeben, wäre ich nicht sicher, ob Kathrine so weit gekommen wäre, wie sie heute ist.«

»In ihrem Leben?«, wollte Agnes wissen.

»Nun ja, ich dachte in erster Linie an ihre Karriere. Sie hat schon immer davon geträumt, Ärztin zu werden, aber im letzten Jahr im Gymnasium war sie eher am Fallschirmspringen und Feiern interessiert als am Lernen. Die Katze hat mir mehrere Male erzählt, wie oft Veslemøy, die das Kunststück beherrschte, Partymaus und Klassenbeste zu sein, bei ihr zu Hause auftauchte, die Naturwissenschaftsbücher unterm Arm, und sie zum Lernen geradezu gezwungen hat.«

»Tolle Freundin.«

»In jeder Hinsicht.«

Es schien, als verschwände Flakne für einen Moment in sich selbst. Er wurde in die Realität zurückgeholt, als sein Handy klingelte.

»*Sure, I can talk, just give me one minute*«, sagte er und streckte Agnes die offene Handfläche hin.

Agnes blieb wortlos stehen und schaute ihm nach, als er durch die Tür nach draußen ging.

War der scheinbar so selbstsichere Veko-Chef eigentlich auch nur eine unsichere Seele, die sich ins Trockene geboxt und jetzt eine Scheißangst hatte, wieder in die Kälte hinausgeschubst zu werden?

Die Tür zum Schuppen zu Hause stand einen Spalt offen. Kurz konnte Agnes Pappkartons dahinter erkennen, die übereinandergestapelt waren.

Energisch schloss sie die Tür. Was die Kartons enthielten, daran erinnerte sie sich schon nicht mehr. Es war wohl kaum etwas, das sie vermisste, jedenfalls spürte sie nicht das Bedürfnis, sie zu öffnen und nachzuschauen. Ehrlich gesagt wusste sie nicht, ob sie überhaupt Lust hatte, hier noch mehr aus ihrem Leben auszupacken. Ganz im Gegenteil bekam sie Lust, wieder ihre Koffer zu packen und fortzugehen, wenn sie Kathrine Bøe von Neuseeland reden hörte, weg von allem, was sie dazu brachte, mit den Zähnen zu knirschen.

Sie hatte geglaubt, die Kontrolle zu übernehmen, indem sie nach Voss zurückzog. Über ihre Karriere, über ihre Beziehung, über ihren Körper. Aber was war geschehen? Sie hatte die Kontrolle verloren. Alles war anders gekommen, und alles war schwieriger geworden, sogar, die Übersicht über Dinge und Menschen zu behalten. Sie hatte geglaubt, die Kontrolle über alles und alle hier im Ort zu bekommen, aber es stellte sich heraus, dass sie sich vorkam wie ein Fisch an Land.

Wie gut würde es sich anfühlen abzuhauen, zurück in die Hauptstadt oder an einen ganz anderen Ort, wo sie nicht eine einzige Menschenseele kannte. Sich ausnahmsweise mal ins vollkommen Unbekannte wagen.

Denn plötzlich begriff sie, dass sie genau das Gegenteil davon gemacht hatte.

Der klare Blick, der normalerweise dem ausgiebigen Alkoholgenuss folgte, hatte sich auch in das alkoholfreie Munkholmenbier geschlichen, denn mit einem Mal stand ihr deutlich vor Augen, was eigentlich ihr Problem war:

Sie hatte die Reißleine zu früh gezogen.

Voss war ihr Fallschirm.

Es war ein Gefühl, als wäre der letzte Teil ihres Lebens verschwunden. Alle Erlebnisse, alle Erfahrungen, alles an Wissen, das sie sich angeeignet hatte, war zurückgelassen worden an einem anderen Ort, in der Erinnerung anderer Menschen, mit denen sie kaum noch Kontakt hatte. Niemand schien sie im fernen Oslo zu vermissen, zumindest nicht wenn es danach ging, wie selten sie von Freunden und alten Kollegen etwas hörte. Aus den Augen, aus dem Sinn. Sie fühlte sich von ihnen vergessen und abgehakt. Die einzige Schnur, die das alte Leben mit dem neuen hier noch verband, das war Fredrik. Und auch er konnte sie nicht daran hindern, sich wie aufs Abstellgleis geschoben zu fühlen.

Irgendwie verstärkte er dieses Gefühl nur noch.

Sie war zurückgekommen mit jemandem, der nicht hierhergehörte und der vielleicht gar keine Lust hatte, hier zu sein.

Genau das Gleiche hatte auch Veslemøy Liland getan.

Aber Veslemøy und Steven hatten zumindest die beiden Kinder, um die sie sich kümmern mussten.

Agnes ging in die Küche. Sie bereute es bereits, diese aus einem spontanen Einfall heraus gestrichen zu haben. Die Farbe gefiel ihr schon nicht mehr, ihre Stimmung passte nur selten zu Gelb. Jetzt war sie nicht mehr müde, nur noch hungrig. Gegen Mitternacht waren die Besucher in *Tre Brør* allmählich aufgebrochen, und es hätte merkwürdig ausgesehen, wenn sie als Letzte geblieben wäre. Es fand wohl niemand dem Anlass angemessen, die ganze Nacht hier zu verbringen, auch wenn sie bemerkt hatte, dass einige so viel getrunken hatten, dass sie sich fragte, wie die nach Hause kamen.

Kathrine Bøe war eine davon.

Aber das war sicher eine Reaktion auf das Geschehene.

Als Letztes sah Agnes die Katze, wie sie fast über Birger Flaknes Schulter hing, auf dem Weg hinaus.

Was sie selbst betraf, so hatte Agnes ein Gefühl, als würde sie immer betrunkener, obwohl sie nur alkoholfreies Bier getrunken hatte. Sie wusste, wenn sie sich jetzt ins Bett legte, bliebe sie hellwach liegen, an die Decke starrend, also drückte sie dick Streichkäse auf drei Brotscheiben und füllte den *Hello, is it tea you're looking for*-Becher mit Lionel Richies Foto darauf mit Pepsi Max. Dann setzte sie sich mit ihrem Mac an den Küchentisch und loggte sich ins Zeitungsarchiv ein.

Extremsportwoche + 1998 ergab eine so lange Liste von Artikeln, dass Agnes schnell spürte, wie erschöpft sie war. Also schränkte sie ihre Suche auf Extremsportwoche 1998 + Steven Smith ein. Null Treffer. Dann löschte sie Steven Smith und ersetzte den Namen durch Veslemøy Liland.

»*Mutige Mädchen bei der Veko*« lautete die Überschrift beim ersten Treffer. »Gro (18), Kathrine (19), Joni Roberta (19) und Veslemøy (18) fürchten sich nicht, nach den Jungen zu springen.« Joni berichtete in dem Artikel, dass die vier vor einem Jahr gemeinsam einen Kurs begonnen hatten und schnell gute Freundinnen geworden waren. »Aber ein Fallschirmkursus ist doch ziemlich teuer, oder?«, fragte der Journalist, der laut Unterzeile kein Geringerer als der Pensionär war. Veslemøy, Kathrine und Joni erzählten, dass sie sich das Geld dafür in Ferien- und anderen Nebenjobs verdient hatten, während Gro sagte, ihre Eltern hätten ihr den Kurs als Vorschuss auf den achtzehnten Geburtstag geschenkt. Alle vier hofften, im Laufe des Sommers die A-Lizenz für selbständige Fallschirmsprünge zu bekommen, und auf lange Sicht wollten sie das Formationsspringen professionell betreiben.

»Welche Eigenschaften muss man haben, um ein tüchtiger Fallschirmspringer zu werden?«, fragte der Pensionär. Gro beantwortete die Frage: »Du darfst keine Höhenangst haben! Ansonsten glaube ich, dass wir vier ganz unterschiedliche Eigenschaften haben, die nützlich sind, damit wir eine Fallschirmspringermannschaft werden: Joni ist schlau, fürsorglich und hilft gern den anderen. Kathrine ist so eine, die niemals aufgibt, außerdem hat sie viel Temperament, was nur gut sein kann bei Wettbewerben. Veslemøy bringt die gute Laune und die ansteckende Begeisterung mit, sie ist vielleicht diejenige, die am meisten versessen aufs Springen ist.« Joni fügte hinzu: »Und Gro hat sehr gute Führungseigenschaften, sie war ja auch unsere Anführerin bei den Abiturfeiern und hat uns gut im Griff!«

Auf dem Foto zum Artikel standen die vier nebeneinander aufgereiht: die blonde Kathrine, die dunkle Gro – die bereits als Teenager ihre praktische Kurzhaarfrisur trug – und der Rotschopf Joni. Die drei zeigten ihre Zähne in einem breiten Lächeln. Veslemøy, mit blondem Haar und dunklem Blick, lächelte nicht. Sie sah aus, als dächte sie an etwas anderes, etwas, das bei weitem nicht so toll war wie Fallschirmspringen.

War Veslemøys fehlende Begeisterung auf dem Foto zufällig?

Agnes schaute aus dem Fenster auf die Veranda. Auf dem Tisch draußen lagen eine Tube Sonnencreme, ein paar Zeitungen, ein Buch und ein Teller mit Brotkrümeln – alles war in der hellen Sommernacht deutlich zu erkennen.

Es wäre interessant zu wissen, ob die vier Freundinnen, die Freundinnen geblieben waren, seit dieser Artikel gedruckt worden war, einander heute auf die gleiche Art und Weise charakterisieren würden. Würden sie immer noch die gleichen Eigenschaften hervorheben, oder müssten diese zurückstehen für neue Qualitäten und Schwächen?

Welche Ehrenzeichen und Narben zog man sich im Laufe von zwanzig Jahren zu?

War sie selbst ein besserer oder ein schlechterer Mensch geworden?

Agnes aß die letzte halbe Scheibe Brot und las kauend den Rest des Interviews.

»Die Mädchen, die jetzt die mittlere Schule beendet haben, freuen sich darauf, erfahrene Springer aus der ganzen Welt sehen zu können, die über unserer Stadt ihre Luftakrobatik zeigen werden. Und so ein paar Flirts sind sicher auch nicht zu verachten. ›Von uns hat nur Gro einen Freund ...‹, erklärte Kathrine Bøe mit einem verschmitzten Lächeln.«

Anschließend schaute Agnes auf ihrem Handy nach und stellte fest, dass sie vor fast einer Stunde eine SMS bekommen hatte.

Bist du noch wach? Kann ich dich anrufen? Wenn du von meiner Nachricht geweckt wirst, tut es mir leid. Joni.

Agnes antwortete sofort, entschuldigte sich, dass sie erst jetzt die Nachricht gesehen hatte, und betonte, Joni könne sie gern anrufen, wenn sie inzwischen nicht zu Bett gegangen sei.

Zwanzig Sekunden später klingelte das Telefon. Jonis Stimme klang gedämpft, als wollte sie niemanden in ihrer Nähe wecken.

»Gro hat mir erzählt, dass sie dich bei Tre Brør getroffen hat«, sagte sie. »Ich konnte mir nicht einmal vorstellen dorthin zu gehen. Wie war es?«

»Das war ... in Ordnung. Viele Leute. Kann sein, dass Kathrine etwas zu viel getrunken hat. Sie sah ziemlich fertig aus, als sie gegangen ist. Ich hoffe, sie ist gut nach Hause gekommen.«

Joni seufzte.

»War ihr wohl scheißegal, der Anlass, die Totenehrung, was? Nun ja. Wir reagieren alle unterschiedlich. Aber das ist typisch die Katze.«

»Redet ihr viel über das, was passiert ist?«, fragte Agnes. »Ich meine, du, Kathrine und Gro?«

»Viel zu wenig. Man könnte ja annehmen, dass wir in der Trauer eng zusammenrücken, aber Tatsache ist, dass ich die anderen beiden kaum gesehen habe, seit du am Montag bei der Katze zu uns gekommen bist. Keine Ahnung, es ist, als hätte Veslemøys Verschwinden etwas zwischen uns zerstört. Ich weiß ja, dass Gro Steven gegenüber sehr skeptisch ist, und ich glaube, sie wie auch die Katze sind davon überzeugt, dass er etwas mit dem Mord zu tun hat, genau wie der Rest der Stadt. Ich selbst stehe jeweils mit einem Fuß in den verschiedenen Lagern und weiß nicht so recht, was ich glauben und tun soll. Aber irgendjemand muss Steven und den Jungs helfen, nicht wahr? Die haben ja sonst niemanden.«

Sie verstummte. Agnes lauschte nach Geräuschen, die auf Weinen schließen ließen.

»Übrigens habe ich gehört, dass du mit ihm gesprochen hast«, fuhr Joni fort, »das war eigentlich der Grund, warum ich angerufen habe, ich wollte mich dafür bedanken. Das bedeutet viel, auch für mich, dass noch andere an ihn glauben.«

Sie konnte sich nicht frei für oder gegen ein Lager entscheiden, und streng genommen hatte sie das auch nicht getan, dachte Agnes. Aber sie sagte nichts.

»Danke, dass ich anrufen durfte«, fuhr Joni fort. »Mit dir zu reden ... das fühlt sich fast ein bisschen so an, wie mit Veslemøy zu reden.«

Agnes notierte sich die neuen Parallelen zwischen der ermordeten Frau und sich selbst. Offensichtlich gab es noch andere, die das bemerkt hatten.

»Glaubst du, dass sie glücklich war?«, fragte Agnes. »Ich meine, Veslemøy?«

Joni atmete schwer.

»Ist überhaupt eine von uns glücklich?«, antwortete sie.

MITTWOCH

Mit hämmernden Kopfschmerzen aufzuwachen, nachdem man drei Flaschen alkoholfreies Bier getrunken hatte, war ja wohl die Spitze aller Absurditäten.

Da hätte sie einen echten Kater fast vorgezogen. Dem hätte sie problemlos ein paar Stunden geopfert, um wieder so weit hergestellt zu sein, dass sie sich einen fetttriefenden Cheeseburger zum Mittagessen leisten konnte. Nicht so eine kleine, überteuerte Hipstervariante oder die falsch verstandenen zehn Zentimeter hohen Frikadellen zwischen zwei Brotscheiben, die mit Messer und Gabel gegessen werden mussten. Nein, eine der Freuden, die der Umzug aufs Land mit sich brachte, war, die guten alten Imbissbuden wiederzuentdecken, diese auf sonderbare Art und Weise typisch norwegischen Institutionen, in denen der Burger mit dem schwedischen Kräutermix Piffi gewürzt wurde und wegen des blassorangen Dressings, das aus einem an der Decke hängenden Kanister gepresst wurde, fast das Doppelte wie vorher wog. Natürlich gab es solche Imbissbuden auch in Oslo, aber da wurde es als fast vulgär angesehen dorthin zu gehen, es sei denn spät in der Nacht. Fredrik würde nie einen Fuß in eine dieser Straßenküchen setzen, weder hier noch in der Hauptstadt.

Nach einem kurzen Blick auf die Uhr beschloss Agnes, sich zum Frühstück ein Käsebrot zuzubereiten. Sie nahm zwei Scheiben des fertig geschnittenen, toastfreundlichen Brots, von dem Fredrik behauptete, es bestünde fast nur aus Luft, und bestrich die eine Scheibe mit Butter, die andere mit einer dünnen Schicht Mayonnaise. Das Brotbrett wurde ganz klebrig, als die Mayonnaiseseite dick mit extra altem Norvegiakäse belegt wurde. Für den maximalen Fettgrad packte Agnes außerdem noch ihren amerikanischen *grilled cheese* darauf. Dann legte sie die beiden Scheiben in die Bratpfanne und wartete darauf, dass der Käse anfing zu schmelzen. Ihr kam die Schriftstellerin in den Sinn, die vor dem Frühstück eine ganze Weile arbeitete, weil sie dann »auf ganz andere Art und Weise hungrig wurde«, in der Bedeutung von entschlussfreudig und konzentriert. »Du gibst ja auch kein wichtiges Interview, direkt nachdem du ein großes Steak gegessen hast«, erklärte sie. Agnes hatte diese Methode gleich danach selbst ausprobiert, war ohne Frühstück zur Arbeit gegangen. Bevor die Morgenkonferenz beendet war, hatte sie bereits eine Kollegin beschimpft und ein so intensives Magenkneifen gespürt, dass sie die Besprechung schließlich vorzeitig verlassen hatte.

Agnes legte die Scheiben aufeinander und drückte sie mit einem Bratenwender vorsichtig zusammen, bis der Käse an den Seiten herausfloss. Als sie das Ganze umdrehte, damit beide Seiten die gleiche goldene, knusprige Oberfläche bekamen, hörte sie, wie die Dusche im ersten Stock aufgedreht wurde.

Die Uhr am Backofen zeigte Nullsiebendreiundzwanzig.

In exakt zwei Minuten würde Fredrik die Dusche wieder abstellen.

Agnes schob das Käsesandwich zurück auf das Brotbrett, goss sich ein großes Glas mit Apfelsaft ein und setzte sich an den Küchentresen.

Als sie gerade die Zähne in ihrem Frühstücksgericht vergraben wollte, wurde es still in den Wasserrohren.

Nullsiebenfünfundzwanzig.

»Wie ist es gestern gelaufen?«

Er roch sauber, ohne Parfüm. Die Kopfschmerzen, die in geschmolzenem Käse ertränkt werden sollten, meldeten sich wieder.

»Wie es gelaufen ist? Ich habe mit dem halben Ort gesprochen und bin immer noch genauso schlau wie vorher.«

»Nun, es erwartet ja wohl keiner von dir, dass *du* den Fall lösen wirst«, entgegnete Fredrik und strich ihr vorsichtig über die Wange, bevor er die Espressokanne und die Tüte mit den gemahlenen Kaffeebohnen herausholte, für die er extra nach Bergen gefahren war. »Du bist nicht gerade Sherlock Holmes.«

Mit einem Mal platzte etwas in ihr.

»Verdammt, du kannst doch gar nicht wissen, wer ich bin und wer nicht!«, schrie sie.

Fredrik wich einige Schritte hin zum Kühlschrank zurück.

Abwehrend hielt er die Hände in die Höhe. Dann schaute er sie mit ernster Miene an.

»Sorry, ich wollte dich nicht verletzen. Was ist passiert?«

Sie gab keine Antwort, konzentrierte sich aufs Kauen.

Plötzlich breitete sich ein ziemlich dummes Grinsen auf Fredriks Gesicht aus.

»Sind das die Hormone?«, fragte er.

Agnes marschierte aus der Küche, die Treppe hoch und ging ins Bad.

Sie verschloss die Tür und duschte ganze zwanzig Minuten lang.

Das Bad war zur Sauna geworden. Agnes öffnete das Fenster sperrangelweit und wischte den Dampf vom Spiegel, so dass sie ihr rotes Gesicht sehen konnte. Sicher, sie behandelte Fredrik nicht immer gerecht. Aber diese wohlmeinende, nervende Fürsorge ihr gegenüber begann allmählich, bei ihr den entgegengesetzten Effekt hervorzurufen. Beschämt musste sie sich eingestehen, dass sie schon häufiger gedacht hatte, dass er nicht hierherpasste. Fredrik Johannes Dahl, der in einem Einfamilienhaus in Asker aufgewachsen war, auf der Station für plastische und rekonstruktive Chirurgie im Rikshospitalet in Oslo einen respektierten und fachlich hoch angesehenen Job ausübte, hatte, wie sich schockierenderweise nach dem Umzug herausstellte, zwei linke Hände. Er hatte noch nie einen Himbeerstrauch beschnitten oder die Wände eines Hauses gestrichen, er war so ungeschickt, dass Agnes ihren Vater zu Hilfe holen musste, wenn sie einen Schrank aufbauen wollten. Während der Vater behauptete, er freue sich, helfen zu können, hatte Agnes in seinem Blick erkannt, dass es sich bei Fredrik nicht gerade um den Wunschschwiegersohn handelte. Was ihm vielleicht sogar peinlich war. Auf jeden Fall war er verlegen. Agnes hatte nie darüber nachgedacht, dass handwerkliche Fähigkeiten etwas zu bedeuten hätten. Aber in einem Ort voller Arbeiter- und Bauernsöhne wurde Fredriks fehlende Geschicklichkeit sehr deutlich.

Agnes' Schwiegermutter verkündete immer noch, dass ihr

Sohn sie zugunsten einer Bauernhofserbin aus dem Vestlandet verlassen habe, obwohl sie genau wusste, dass Agnes in einem ganz normalen Einfamilienhaus groß geworden war. Sie hatte nie offen gesagt, was sie von dem Umzug hielt, aber Agnes wusste, dass sie sich über die Beziehung ihres Sohnes mit Agnes freute. Es war lange her, dass sie im Schrank des Gästebads der Schwiegereltern winzige Bodys in geschlechtsneutralem Beige und Hellgrau entdeckt hatte, sorgfältig zusammengelegt.

Anfangs hatten sie geglaubt, es würde von allein klappen. Wie oft hatte sie in ihren frühen Zwanzigern gefürchtet, schwanger geworden zu sein, und war ganz euphorisch gewesen an dem Tag, als sie die Pille in den Mülleimer warf. Erst hatte sie gedacht, es müsste alles sorgfältig geplant sein, es wäre wichtig, sich an den exakten Zeitpunkt erinnern zu können, an dem sie gemeinsam ein neues Leben geschaffen hatten. Aber nach einer Weile verzichteten sie auf Kerzenlicht und romantische Musik, begannen stattdessen zwischen zwei Folgen einer Fernsehserie herumzuschmusen und zu vögeln. Das war ein gemeinsames Projekt mit einem konkreten Ziel, das sie miteinander teilten, das spannend und mit großen Erwartungen behaftet war.

Nachdem diverse Monate vergangen waren, ohne dass etwas geschah, ebbten auch der Enthusiasmus und die gute Laune ab.

Jetzt gab es nur noch müden Sex und ein Projekt, von dem sie mehr und mehr das Gefühl hatte, es wäre nur ihres. Natürlich wusste Agnes, dass Fredrik sich kaum etwas mehr wünschte, als Papa zu werden, ein wichtiger Grund dafür, in den Westen zu ziehen. Aber es war nicht seine Gebärmutter, in der sich nichts tat. Er war es nicht, der darauf achten musste, wann sich ein Ei löste, und aufpassen, nichts zu essen oder zu trinken, was die Fruchtbarkeit minderte oder das Risiko einer Fehlgeburt vergrößerte. Und nicht er war es, der jedes Mal, wenn ein Nachbar oder jemand, den sie beim Einkaufen traf, sich danach erkundigte, ob nicht bald etwas Kleines im Haus zu erwarten sei, den Kopf schräg legen und ein bedauerliches Lächeln zeigen musste. Das Ziel heiligte die Mittel, darin waren sie sich einig gewesen, aber daraus resultierte, dass das Nahe so fern wurde. Jeder Monat war in zwei Teile geteilt: Eine hoffnungsvolle und verhältnismäßig entspannte Periode, nachdem Eisprung und Beischlaf überstanden waren, und eine nervöse und mit der Zeit immer anstrengendere, wenn die Menstruation pünktlich wie immer einsetzte.

Das Telefon klingelte. Eine Nachricht von Ingeborg, der Fruchtbaren: *Hab gestern Abend noch weiter alte Fotos angeguckt,* schrieb sie. *Habe dabei was gefunden, was du sehen solltest.*

Agnes schaute auf die Uhr. Sie schaffte es vor der Arbeit nicht mehr, bei ihrer Freundin vorbeizuschauen. Sie hatte nicht einmal genügend Zeit, ihr Frühstück zu beenden, wenn sie noch an der Morgenkonferenz teilnehmen wollte. Fredrik war zur Arbeit gegangen, während sie geduscht hatte, also packte sie die Reste ihres Käsesandwiches in Alufolie und freute sich jetzt schon darauf, es in Ruhe später im Büro essen zu können.

Direkt nach dem morgendlichen Meeting rief der Redakteur zu einer Lagebesprechung der »Fallschirmmord-Gruppe«.

Agnes war sich nicht im Klaren darüber gewesen, dass es so eine Gruppe gab, aber die Ferienpraktikantin hatte ja einiges im Netz und auf Papier geschrieben, während sie am Vortag auf eigene Faust losgestiefelt war. Also waren sie zumindest zu zweit. Sie war noch nicht dazu gekommen, einen der Artikel zu lesen, aber ein schneller Blick sagte ihr, dass beide nur die offiziellen Informationen der Polizei beinhalteten. Also nichts.

Frida Grådal konnte so viel frisches Blut mitbringen, wie sie nur wollte, trotzdem überraschte es Agnes, dass dieses zart gebaute Wesen mit dem Kurzhaarschnitt, das direkt vom Land kam, den Job bekommen hatte, die Redaktion in diesem ungeklärten Todesfall auf dem Laufenden zu halten.

Und noch mehr überraschte Agnes der Ton, den Frida Grådal anschlug.

»Hast du was?«, fragte sie Agnes.

»Hast *du* etwas?«, gab Agnes die Frage zurück.

»Hat *eine von euch* etwas?«, fragte Eskildsen mit hochgezogenen Augenbrauen.

Agnes warf Frida einen Blick zu, der versuchsweise signalisieren sollte, dass sie mindestens zehn Jahre mehr Erfahrung hatte und sich nicht von einer Praktikantin mit Dreck bewerfen ließ, ganz gleich, wie viel digitale Kompetenz diese auch hatte.

Dann begann sie zu berichten.

Über Veslemøys psychische Probleme, über den gewalttätigen Vater, der verschwunden war, und über die demente Großmutter, die von jemandem redete, der nicht artig gewesen sei. Sie berichtete von der internationalen Version der Pressemeldung über die Extremsportwoche, darüber, wie man einen

Fallschirm zerstört und dass Reservefallschirme mit den Initialen des Packers versiegelt sind, und erzählte auch, dass Veslemøy und Steven sich offenbar am Tag vor dem Mord gestritten hatten.

Das Einzige, was sie nicht erwähnte, das war die Epilepsie. Während sie dies alles vortrug, stellte sie fest, dass sie tatsächlich eine ganze Menge herausbekommen hatte. Zum ersten Mal seit langer Zeit fühlte sie es im Journalistenfuß kribbeln, auf dem sie seit mehreren Jahren nur noch gehinkt und von dem sie geglaubt hatte, sie würde nie wieder richtig mit ihm auftreten können.

Eskildsen legte den Stift weg, auf dem er herumgekaut hatte.

»Ich denke, wir sollten uns lieber an die offiziellen Informationen der Polizei halten«, sagte er.

Agnes drehte sich zu ihm um. Der Chefredakteur hatte einen Kaffeefleck auf der Brusttasche. Der konnte nicht neu sein, während der Konferenz hatte er keinen Kaffee getrunken. Hätte er den Fleck nicht zu Hause bemerken müssen? Hatte er tatsächlich nicht genügend Stil, sich ein sauberes Hemd anzuziehen, bevor er zur Arbeit ging?

»Wir machen weiter wie gestern. Du bleibst in Kontakt mit der Polizei und schreibst was für die Donnerstagsausgabe«, sagte er in Richtung Frida, die mit ihrem Handy herumspielte, ohne dass er das kommentierte. Dann wandte er sich Agnes zu.

»Gute Arbeit, Tveit, aber viel von dem, was du da berichtet hast, hört sich an wie die Folgen einer Soap. Das kann dein ehemaliger Arbeitgeber gern veröffentlichen, aber nicht wir. Morgen kannst du über die Beerdigung schreiben, heute Abend brauche ich dich allerdings für etwas anderes. FBK Voss. Ein Ligaspiel.«

Sie erwiderte nichts. Auch nicht seinen Blick. Starrte nur demonstrativ auf den Kaffeefleck.

Während Agnes vor ihrem Computer saß und auf den Bildschirm sah, war die Anspannung im Büro mit den Händen zu greifen. Sie wusste nicht, ob sie in erster Linie erleichtert, beleidigt oder wütend sein sollte. Der Kopf sagte ihr, dass es gut war, frei zu sein. Sie konnte zurück in den Halbschlaf ihres Jobs kehren und sich auf das konzentrieren, was ihr etwas bedeutete und der Grund gewesen war, nach Voss zurückzukommen. Der Bauch sagte überraschenderweise, dass es der reinste Wahnsinn wäre, all das jetzt einfach fallenzulassen.

Der Kopf holte sich den Sieg.

Fußballspiel, sagte der Kopf.

Fußball war toll, abgesehen davon, dass sie es bisher noch nicht geschafft hatte, die Abseitsregeln oder andere zentrale Dinge dieses Spiels zu lernen. Sie musste Viktor anrufen und fragen, ob er sich die Zeit nehmen könnte, auch dieses Mal mitzukommen. Das letzte Mal, als sie einen Auftrag als Sportreporter übernehmen musste, war er ihr persönlicher Kommentator gewesen. Sie war nervös gewesen, hatte Angst gehabt, sich zu blamieren, denn die Fußballartikel wurden in der Zeitung quasi mit der Lupe gelesen. Aber mit Viktor an ihrer Seite war es gutgegangen. Er erklärte ihr, was passierte und wer was tat, sie notierte sich alles, was er sagte. Das »Wie fühlen Sie sich jetzt?«-Interview nach dem Kampf erledigte sie selbst, das konnte ja jeder Idiot hinkriegen.

Sie holte ihr Telefon aus der Tasche, wollte Viktor anrufen, da fiel ihr ein, dass sie vergessen hatte, auf die SMS von Ingeborg zu antworten. Schnell tippte sie eine Antwort ein: *Hat keinen Sinn, ich soll nicht weiter drüber schreiben.*

Eine Minute später änderte sie ihre Meinung. Sie war doch neugierig darauf, was Ingeborg gesehen hatte. Das war sie ihrem Bauchgefühl schuldig. Außerdem wollte sie sich die Chance nicht entgehen lassen, über unfähige Zeitungsredakteure zu schimpfen.

Also löschte sie den Text und schrieb: *Bin um fünf da.*

Heute saß niemand im Garten auf der Bank.

Auf dem Tisch unter der grünen Platane lag eine angebissene Scheibe Brot mit Marmelade in einer Pfütze aus Apfelsaft, die drei Bienen als Swimmingpool auserkoren hatten. Agnes ging durch die Terrassentür ins Haus und fand Ingeborg in der Küche, hin und her stapfend, nur in BH und Slip, mit einem brüllenden Baby in den Armen und einem resignierten Gesichtsausdruck.

»Ich weiß nicht, was passiert ist«, erklärte Ingeborg der Freundin. »Beim Frühstück ist sie zum Monster mutiert, und jetzt weigert sie sich zu schlafen. Kannst du sie eben mal nehmen? Ich mach mir sonst noch in die Hose.«

Agnes bekam das Bündel fast zugeworfen, dann rannte Ingeborg mit großen Schritten zur Toilette. Agnes stand da, das kleine Mädchen auf den ausgestreckten Armen haltend. Es roch nach Milch und Blähungen. Schon merkwürdig, es so in den Händen zu halten, als würde ihr zum ersten Mal ein Baby begegnen. Plötzlich wurde ihr klar, dass sie das Mädchen bisher kaum im Arm gehalten hatte, und das, obwohl sie doch so oft schon bei Ingeborg gewesen war. Und dann geschah etwas Sensationelles: Dieses kleine Wesen hörte fast augenblicklich auf zu weinen.

Als Ingeborg zurückkam, schlief ihre Tochter selig in ihrer Wiege.

»Echt jetzt?«, fragte Ingeborg ungläubig.

Agnes zuckte mit den Schultern.

»Was wolltest du mir zeigen?«

Die Freundin zog sich ein T-Shirt und eine Jogginghose über, und mit einer Tasse doble cortado setzten sie sich aufs Sofa, das Fotoalbum zwischen sich. Es war das letzte Album, das sie sich gemeinsam angeschaut hatten, das mit den Fotos aus der Abiturientenzeit. Jetzt blätterte Ingeborg schnell und zielsicher die Seiten durch und zeigte auf ein Foto mit drei Jungs, von denen Agnes kaum noch die Gesichter erinnerte. Die musste Ingeborg gekannt haben, bevor sie Agnes' beste Freundin wurde. Die drei zeigten der Kamera *devilhorns* und streckten die Zungen aus.

»Was soll mit denen sein?«, fragte Agnes.

»Nichts. Aber guck mal, wer da hinter ihnen ist«, antwortete Ingeborg.

Hinter den Jungen, weiter in Richtung Wald, standen zwei andere Abiturienten, eng umschlungen.

»Kathrine und ihr Typ. Vegard Saue, nicht wahr. Was soll denn daran merkwürdig sein, die beiden waren doch die ganze Oberstufe lang ein Paar.«

»Stimmt, das waren sie. Und zuerst habe ich mir auch nichts dabei gedacht. Bis ich festgestellt habe, dass es gar nicht die Katze ist, die da mit Vegard knutscht. Das ist Veslemøy.«

Agnes musterte das alte Bild genauer. Es stammte aus einem analogen Fotoapparat und war bei dem lokalen Fotografen entwickelt worden. Damals waren sich die beiden Mädchen gar nicht so unähnlich gewesen und, die Haare zum Pferdeschwanz gebunden, war es fast unmöglich, einen Unterschied zu erkennen. Aber Agnes hätte trotzdem gedacht, dass es sich um Kathrine handelte.

Doch dann fiel ihr der Pullover auf.

Sie konnte ein großes, grellpinkes F und ein R in der gleichen Farbe entdecken. Die ersten zwei Buchstaben in »FREEDOM«.

»Die beiden könnten doch im Laufe des Abends die Pullover getauscht haben«, warf Agnes ein.

»Ja, könnten sie gemacht haben«, bestätigte Ingeborg. »Aber gleichzeitig wissen wir, dass Veslemøy in ihrer Jugend ein ziemliches Feierbiest war. Ich will ja nichts Schlechtes über sie sagen, aber so betrunken, wie sie war, hat sie sich ganz schön danebenbenommen.«

»Und was soll das heißen? Dass Kathrine Veslemøy abgemurkst hat, weil die vor zweiundzwanzig Jahren mal mit ihrer Jugendliebe herumgeknutscht hat?«

»Erinnerst du dich nicht mehr an das Mädchen, das sie damals verprügelt hat?«, entgegnete Ingeborg, und Agnes überlegte, dass diese Geschichte sich ungefähr ein Jahr vor dem Abitur ereignet haben musste.

»Ja, sicher, ist wahrscheinlich weit hergeholt, das gebe ich zu. Aber wenn das tatsächlich Veslemøy auf dem Foto ist, könnte das nicht ein Beweis dafür sein, dass zwischen den beiden Mädchen mehr rumorte, als man es auf den ersten Blick vermutet? Ich weiß es nicht, ich wollte dir nur zeigen, was ich gesehen habe. Als ich das entdeckt habe, fühlte ich mich wie Mister Oberschlau-Privatdetektiv im Fernsehen.«

»Ich darf sowieso nicht weiter in der Sache herumschnüffeln«, sagte Agnes und trank den letzten Schluck Kaffee. »Aber es macht Spaß, sich mit dir zusammen an die alten Zeiten zu erinnern. Nur gut, dass wir nicht mehr achtzehn sind.«

Ingeborg schaute in den Wagen, aus dem leise Geräusche zu hören waren, die jeden Moment zu lautstarkem Geschrei anschwellen konnten.

»Ich weiß nicht, ob ich in der Sache mit dir einer Meinung bin.«

Als Agnes die Tür zu den Redaktionsräumen öffnete, war sie so in Gedanken versunken, dass sie mit der Person zusammenstieß, die herauskam.

Joni lächelte unter den Locken heraus, die sie offen trug, die ganz weich und nicht gar so wild aussahen. Außerdem trug sie ein dünnes Stirnband, das den Hippielook noch verstärkte.

»Hej! Entschuldige, bin wohl gerade etwas weggetreten«, sagte Joni.

»Nein, nein, ich war diejenige, die nicht aufgepasst hat«, widersprach Agnes. »Bist du gekommen, um mit mir zu reden?«

»Ja, ich fürchte aber, aus einem weniger schönen Anlass. Ich habe die Todesanzeige aufgegeben.«

Joni trug eine lila Tüte mit einer durchsichtigen Plastikhülle und einigen Papieren in der Hand, und Agnes war kurz davor zu fragen, ob sie nicht wüsste, dass man so etwas auch per E-Mail schicken konnte.

»Wie geht es dir eigentlich?«, fragte sie stattdessen, denn trotz des Lächelns sah Joni immer noch ziemlich bedrückt aus, wenn auch auf eine andere Art als bei ihrer letzten Begegnung. »Danach habe ich gestern gar nicht gefragt.«

Joni schüttelte den Kopf.

»Es hört sich bestimmt schrecklich herzlos an, und ich weiß, eigentlich sollte ich wütend und verängstigt sein, mir Sorgen machen, aber ich muss zugeben, dass ich jetzt vor allem hoffe, dass die Beerdigung bald überstanden ist. Vor der graut mir, und ich möchte eigentlich nur so schnell wie möglich wieder nach Hause. Es tut einfach zu weh, hier zu sein«, platzte es aus ihr heraus. »Außerdem sind die Kinder ungeduldig, und mein Mann auch. Eigentlich war geplant, dass ich am Sonntag schon wieder zurückfahren würde, am Montag hätte ich ein Seminar gehabt, da gibt es also auch so einiges für mich zu tun.«

»O je, das klingt ja, als hättest du ganz schön was vor. Aber wenn du schon mal hier bist: Hast du kurz Zeit, eine Tasse bitteren Kaffee aus dem Automaten zu trinken?«

»Bitterer Kaffee aus dem Automaten hört sich perfekt an.«

Agnes eilte die Treppe hoch, ging zielstrebig zum Kaffeeautomaten und füllte zwei Pappbecher, die sie vorsichtig mit hinunternahm. Dann führte sie Joni auf die Rückseite des Zeitungsgebäudes. Dort setzten sie sich auf eine Bank mit Blick auf den See. Eine Weile schwiegen sie, ohne dass es peinlich wurde.

»Kommt deine Familie zur Beerdigung?«, fragte Agnes nach ein paar Minuten.

»Ich habe ihnen gesagt, dass sie nicht müssen. Schon merkwürdig, irgendwie habe ich mein Leben hier ziemlich strikt von meinem Osloer Leben getrennt, ohne genau sagen zu können, warum. Abgesehen von den praktischen Gründen natürlich. Meine Eltern wohnen ja im Modalen, wenn ich also mit den Kindern hier nach Vestlandet fahre, ist das das natürliche Ziel.«

»Wollen die nicht auch Fallschirmspringen so wie du?«

»Sicher, sie haben das schon mal angesprochen, aber die Frage ist, ob ihr Vater ihnen erlauben würde, einen Kursus zu machen –, nach dem, was hier passiert ist. Er ist ein ziemlicher Gluckenpapa, deshalb freut er sich über jede gute Begründung, es ihnen nicht zu erlauben. Hier im Ort sind ja auch viele Leute sehr skeptisch, was den Extremsport angeht. Veslemøy hätte es gehasst, wenn sie als mahnendes Beispiel für Angst und Warnungen hätte dienen müssen ... Ja, sie hätte es wirklich *gehasst*.«

Eine Sekunde überlegte Agnes, ob sie Joni nach der Epilepsie fragen sollte, beschloss dann aber, ihr, wenn sie davon nichts wusste, nicht noch mehr aufzubürden.

»Das kann ich gut verstehen«, erwiderte sie nur. »Ich hoffe, die Polizei ist bei ihren Ermittlungen weitergekommen, als es den Anschein hat. Hast du eigentlich schon mal überlegt, ob es jemanden gibt, der ein Interesse daran gehabt haben könnte, sie umzubringen? Und dann noch auf diese Art und Weise?«

Joni zupfte am Rand des Pappbechers herum. Ihre Fingernägel waren abgekaut.

»Das hat die Polizei mich auch schon gefragt. Ich weiß es nicht. Ich weiß es wirklich nicht. Ich weiß nur, dass Veslemøy die Tendenz hatte, immer das kürzere Streichholz zu ziehen.«

»Birger Flakne meinte, das müsste das Werk eines geisteskranken Mannes gewesen sein.«

»Oder einer geisteskranken Frau«, fügte Joni hinzu.

Agnes wollte sie gerade fragen, was sie damit meinte, da

klingelte Jonis Telefon, und sie stand auf. »Der Job ruft, ich muss leider rangehen, aber wir reden später weiter, ja?«

Agnes blieb noch sitzen. Auf der Bank lag ein DIN-A4-Blatt, es war aus der Plastikhülle gefallen, die Joni dabeigehabt hatte.

»Lieber Steven« stand oben auf dem Bogen. Weiter nichts.

Agnes beendete einen Artikel für die Kulturseiten. Es ging um die Bekanntgabe der ersten Künstler, die im nächsten Jahr zu Vossa Jazz eingeladen worden waren, eine der jährlichen Veranstaltungen hier im Ort, auf die sie sich wirklich freute. Dann klickte sie auf die Seiten von *VG*. Soweit sie sehen konnte, war nur eine neue Notiz in Verbindung mit dem Mord in Voss hinzugekommen, geschrieben von einem Journalisten in Oslo. Sie handelte von früheren Fallschirmmorden, mit Links zu zeitungseigenen Artikeln über die jeweiligen Fälle.

Der eine Mord war im Jahr 2003 geschehen, irgendwo in Südengland, und hatte mit dem Mord an Veslemøy Liland gemeinsam, dass man zuerst an einen tragischen Unfall geglaubt hatte. Der zweiundzwanzigjährige Matthew Carr hatte sich in dreizehntausend Fuß Höhe aus einem Flugzeug gestürzt, »wie schon so oft zuvor«, aber dieses Mal hatten weder der Fallschirm noch der Reserveschirm sich geöffnet, und Carr war in den Tod gestürzt. »Aber es dauerte nicht lange, bis die britische Polizei herausfand, dass sie es mit einem Mord zu tun hatte«, stand in dem Bericht. Die Polizeibeamten hatten Hunderte von Menschen in diesem Fall befragt, darunter auch mehrere von Carrs Kommilitonen auf einer Militärschule und an der Universität, die er besuchte. Das Ermittlerteam hatte außerdem einen Offizier hinzugezogen, einen Experten in Fallschirmspringen, der mit Insiderwissen aus dem Milieu und detaillierten technischen Kenntnissen ihre Arbeit unterstützen konnte. Drei Männer waren festgenommen und wieder freigelassen worden, und von einem Motiv stand nichts im Text. Agnes wurde neugierig, öffnete ein neues Fenster und suchte unter Matthew Carr + murder. Diverse Treffer wurden angezeigt, Informationen zu dem Geschehen damals, das bis heute ein Rätsel geblieben war. Nach zehn Monaten Ermittlungen war die Polizei nämlich zu einem überraschenden Schluss gekommen: Man ging davon aus, dass Carr seinen eigenen Fallschirm manipuliert hatte. Die DNA-Spuren auf der Fallschirmausrüstung und eine Schere, die in seinem Auto gefunden worden war, waren der Beweis dafür, dass nur Carr Kontakt mit dem Fallschirm gehabt hatte –, kein Dritter konnte involviert gewesen sein. Deshalb glaubte die Polizei, dass der Fallschirmspringer sich selbst das Leben genommen hatte.

Agnes wusste nicht, ob die Polizei von Veslemøys Fallschirm DNA-Proben genommen hatte. Sie ging zwar davon aus, könnte aber Viktor später noch danach fragen. Außerdem dauerte es so oder so einige Zeit, bis ein DNA-Resultat feststand. War es möglich, dass Veslemøy auch ihre eigene Selbsttötung auf diese spektakuläre, groteske Art inszeniert hatte? Agnes versuchte, sich das Szenario vorzustellen, wurde aber durch ein Klopfen an der Tür gestört. Der Pensionär steckte den Kopf herein.

»Mittagessen?«, fragte er.

Sie nickte und holte eine Plastiktüte mit den Resten ihres Käsesandwiches aus der Tasche, blieb dann aber vor dem Bildschirm sitzen und las über einen anderen Fallschirmtod, der sich tatsächlich als Mord herausgestellt hatte. *Sie liebten denselben Mann. Aber nur eine von ihnen überlebte den Sprung aus viertausend Metern Höhe* stand da. Ein echtes Eifersuchtsdrama, wie die belgische Polizei erklärte, und die daraus den Schluss zog, dass Mila Visser, die Mutter zweier Kinder, Tess De Vries 2007 ermordet hatte. Beide hatten sie ein Verhältnis mit einem Fallschirmspringer, einem gewissen »Luuk« gehabt, und als die drei gemeinsam mit einem vierten Mann in Sternenformation springen sollten, fiel De Vries zu Boden. Keiner ihrer Schirme hatte sich geöffnet. Nach zweimonatiger Ermittlung stand die Freundin unter Mordverdacht und wurde verhaftet.

Und Eskildsen meint, das hier sei eine *Soap*, dachte Agnes. Sie warf einen mürrischen Blick zum Büro des Chefredakteurs.

Nachdem eine Pressemitteilung von der Polizei über den Ticker hereingekommen war, in der stand, sie hätten physische Spuren von der Tracht und elektronische Spuren von Veslemøy Lilands Handy gesichert, rief sie Viktor an.

»Agnes, ich kann dir nicht immer die Informationen weitergeben, die ich hier erhalte«, sagte er. »Irgendwann werde ich dafür gefeuert.«

»Aber ich verwende sie doch gar nicht. Eskildsen will nicht, dass ich irgendetwas anderes schreibe außer den offiziellen Mitteilungen, die ihr herausgebt.«

»Kluger Mann. Aber ich habe noch keine Anruferliste zu Gesicht bekommen, falls du hinter der her bist. Oft dauert das ein paar Tage, bis die Ergebnisse bei uns landen.«

»Okay, wenn du versprichst, dein Wissen mit mir zu teilen, darfst du heute Abend mit mir zum Fußball gehen.«

»Ich verspreche gar nichts.«
»Auch gut. Aber du kommst doch trotzdem mit, oder?«
»Glaubst du nicht, dass ich hier genug zu tun habe?«
»Oh, please.«
»Ich muss erst fragen, ob das für Gro in Ordnung ist.«

VESLEMØY WAR WIE EINE TOCHTER FÜR UNS, lautete die Schlagzeile des Leitartikels im *Dagbladet*. Auf dem Foto blickte ein älteres, bleiches Ehepaar ernst in die Kamera. Agnes kannte den Namen des Journalisten nicht, der über den Fall geschrieben hatte, und er hatte auch keine *Dagbladet*-Adresse, also nahm sie an, der Reportagechef hatte einen Journalismusstudenten in Australien zu fassen bekommen und losgeschickt, Steven Smiths Eltern zu besuchen. Die Zeitung hatte schon früher einheimische Studenten eingesetzt. An der Ostküste wimmelte es nur so von ihnen, außerdem zweifelte Agnes daran, dass das *Dagbladet* es sich leisten konnte, eigene Leute nach Neuseeland zu schicken.

Als sie anfing zu arbeiten, waren es noch andere Zeiten gewesen. Agnes hasste es, sich eingestehen zu müssen, dass sie inzwischen schon so alt war, dass sie, was das Medien-Norwegen betraf, bereits von »zu meiner Zeit« reden konnte. Aber das war wirklich eine andere Zeit gewesen, in der die Zeitungen noch Geld hatten und sie um die halbe Welt geschickt wurde, nur um ein einziges Interview zu machen. Ehrlicherweise musste sie zugeben, dass die Auflage des *Dagbladet* bereits zu dieser Zeit besorgniserregend niedrig war. Sie würde niemals den Moment vergessen, als ihr Abteilungschef bei *VG* erfuhr, dass sie ein Bewerbungsgespräch bei der Konkurrenz geführt hatte. Er legte seine spitzen Cowboystiefel auf den Schreibtisch und fragte: »Willst du wirklich mit der Titanic untergehen, wenn du mit The World weitersegeln kannst?«

Sie entschied sich fürs Überleben und bekam kurze Zeit später einen Job bei »Rampelys«, der Klatschspalte bei *VG*.

Dagbladet hatte jetzt definitiv einen Hit gelandet, aber Veslemøy Lilands Schwiegereltern hatten nichts Interessantes zu berichten, nur dass es ihnen leidtat, jetzt so weit entfernt von Sohn und Enkelkindern zu sein.

Agnes schaute sich noch andere Seiten an, aber auf keiner gab es Neuigkeiten, und plötzlich wurde ihr eines klar: Sie hatte offenbar mehr Informationen gesammelt als die Journalisten der Hauptstadtpresse.

Nur dass sie nichts von dem, was sie wusste, benutzen durfte.

Die Druckerschwärze kitzelte in der Nase, als Agnes ins Maschinengewölbe trat.

Die eigene Druckerei im Keller des Zeitungsgebäudes zu haben war eine praktische Sache. Zum einen, wenn jemand so ungeduldig war, seine eigenen Artikel gedruckt zu sehen, und nicht bis zum nächsten Tag warten wollte. Zum anderen war es einfach nostalgisch, wenn man eine frisch gedruckte Papierzeitung in den Händen hielt. Agnes fühlte sich immer als ein Teil von etwas Größerem, sobald sie eine Zeitung direkt aus der Druckpresse zog. Sie fühlte eine Verbundenheit mit wichtigen Presseleuten vor ihrer Zeit: mit Einzelnen, die Präsidenten gestürzt und Revolutionen eingeleitet hatten, mit solchen, die bei der *New York Times* oder der *Washington Post* arbeiteten, Leuten, die sie im Fernsehen gesehen hatte und die sie derartig beeindruckt hatten, dass sie bereits als Zwölfjährige in einem Schulaufsatz geschrieben hatte, sie wolle »Schurnalistin« werden.

Dann musst du aber noch an deiner Rechtschreibung arbeiten, hatte die Lehrerin am Rand bemerkt.

Das neueste Buch *Fear* vom Watergate-Reporter Bob Woodward hatte sie schon zur Hälfte gelesen. Es handelte von Donald Trump und dem Chaos in Washington. Woodwards Methode war es heute und schon immer gewesen, anonyme Quellen zu benutzen. In einem Interview erzählte er, dass er alle seine eigenen Interviews mit dem Satz begann: »Ich brauche deine Hilfe.« Diese vier Wörter waren das Effektivste für den Einstieg in ein Interview, sowohl in der Journalistik als auch bei allen anderen Gesprächen, wie er meinte. Außerdem war seiner Ansicht nach die beste Methode, eine gute Geschichte zu finden, »sich langsam aufs Ziel zuzubewegen, mit dem Hintern in der Luft und der Nase auf der Erde«.

Sie erinnerte sich an das Gefühl, an einem Samstagmorgen zum Kiosk an der Station Tøyen zu schlendern, einen Becher Kaffee in der Hand, und ihre eigenen Schlagzeilen schon auf dem Zeitungsstativ leuchten zu sehen. Diese Art kribbelnde Erwartung hatte sie inzwischen längst hinter sich. Aber sie hatte noch ein wenig Zeit bis zum Fußballspiel und war neugierig, was ihre eigene Zeitung über den Fallschirmmord berichtete. Es war die fettgedruckte Zeile auf der Titelseite, *Polizei arbeitet an mehreren Theorien*, die, zurückhaltend ausgedrückt, nicht gerade das Interesse weckte. Bob Woodward wäre davon garantiert nicht beeindruckt gewesen. Auf der dritten Seite gab es ein Interview mit der Leiterin der Ermittlungen von der Kripo, die erklärte, dass es mehrere Theorien gebe, aber nicht sagen wollte, um welche es sich dabei handelte. Man hoffe, dass die Obduktion einige Fragen beantworten könnte.

Die Obduktion, natürlich, die hatte Agnes total vergessen. Ob die Epilepsie entdeckt worden war?

Wahrscheinlich nicht.

Seit sie mit Steven gesprochen hatte, war von niemandem etwas in dieser Richtung erwähnt worden.

Hatte er die Wahrheit gesagt?

Schnell blätterte sie die restliche Donnerstagsausgabe durch und wollte sie schon in die Tasche stecken, als etwas sie innehalten ließ. Eines der Gesichter auf den Fotos, die sie überflogen hatte, kam ihr bekannt vor. Was nicht ungewöhnlich war, wahrscheinlich war es eines der vielen Gesichter hier aus dem Ort, aber sie war neugierig genug, um die Zeitung noch einmal aufzuschlagen.

Erneut blätterte sie, allerdings langsamer, die Seiten durch, zog die Augenbrauen hoch, als sie einen ernst dreinschauenden Mann entdeckte, der auf dem Rasen des Kulturhauses neben dem großen VOSS-Schild stand. Er trug eine Anzugjacke und Krawatte, hatte eine ausgeprägte Kinnpartie und lockiges, blondes Haar. Etwas zugenommen hatte er, ansonsten war er leicht wiederzuerkennen.

»Mit dem Gesetz auf seiner Seite«, war der Titel des Interviews in der Spalte »Sommergäste«.

Und der Aufmacher: »Nach zehn Jahren als Anwalt in einer Kanzlei übernimmt Vegard Saue (40) die angesehene Stellung des Bezirksstaatsanwalts in Oslo. Bevor er seine neue Stelle antritt, genießt er den Urlaub bei der Familie in Voss.«

Frida Grådal, die Sommerpraktikantin, war für den Text und

das Foto verantwortlich. Deshalb musste das Interview ziemlich aktuell sein.

Sie musste die Nachricht von Viktor nicht öffnen, um zu wissen, dass er »ein paar Minuten verspätet« sein würde. Also parkte sie den Wagen am alten Brukiosk, stieg aus, lehnte sich gegen die Motorhaube und gönnte sich einen Moment in der Sonne.

Als sie Tor Erik Åkervold aus dem *Coop Prix* kommen sah, sprang sie eilig wieder in den Wagen. Plötzlich spürte sie Dankbarkeit Eskildsen gegenüber, dass er es ihr erspart hatte, mit dem Bulldozer konkurrieren zu müssen. Auch wenn sie es niemals gegenüber irgendjemandem zugeben würde, so musste sie sich doch eingestehen, dass ihr einige elementare Eigenschaften fehlten, wenn es um Kriminaljournalistik ging. Es war anstrengend gewesen, Erik Åkervolds Atem im Nacken zu spüren.

Für eine Sekunde schloss Agnes die Augen, und als jemand energisch gegen die Scheibe klopfte, fuhr sie in ihrem Sitz vor Schreck hoch. Wütend wollte sie Viktor beschimpfen, da schaute sie direkt in das zahnweiße Ken-Grinsen. Åkervold öffnete die Tür und ließ sich auf den Beifahrersitz fallen.

»Na«, sagte er mit übertriebenem Sørland-Akzent, »wie läuft es? Hast du schon was Spannendes gefunden? Oder bleibt es in erster Linie beim Observieren – vom Auto aus?«

Sie warf dem ehemaligen Kollegen einen schnellen Blick zu. Diese Art von Pressevertreter stellte sie sich meistens schmuddelig, stinkend und übergewichtig vor, bestimmt aber nicht wie eine Plastikpuppe aus einer Fabrik in den USA.

»Ich bin auf dem Weg zu einem Fußballspiel, über das ich

berichten soll«, erwiderte sie. »Verdammt wichtiges Spiel. FBK Voss gegen Os 2. Es geht um den achten Platz in der vierten Liga. Das wird ein richtiger Krimi. Da bleibt keine Zeit, um über einen Fallschirmmord zu schreiben.«

Åkervold schmunzelte, und, statt mit einem bissigen Kommentar zu glänzen, lehnte er den Kopf an die Kopfstütze. Offensichtlich war es ihr gelungen, seiner sarkastischen Art etwas entgegenzusetzen.

»Ich muss zugeben, dass ich auch nicht viel Pulver in der Flinte habe«, sagte er. »Auf den Resten der Ausrüstung waren kaum Spuren zu finden, und die Plombierung ist ja wohl in der Luft, zusammen mit den abgeschnittenen Kappen, verdammt weit geflogen.«

Agnes nickte und tat so, als sei sie zum gleichen Schluss gekommen. Sie dachte an ihre Suchaktion im Gras an der Absturzstelle und fühlte sich ziemlich dumm.

»Aber ich warte eigentlich nur darauf, dass der Typ verhaftet wird, damit ich mit meiner Familie nach Italien fliegen kann«, verkündete Åkervold. »Apropos Krimi, sozusagen. Wollen wir nicht ein Bier trinken gehen, bevor ich abreise?«

Agnes schaute ihn an und schüttelte den Kopf.

»Ich glaube, das ist keine so gute Idee, Tor Erik.«

Kurz nachdem er ausgestiegen war, setzte sich Viktor mit verwundertem Blick neben Agnes.

»Frag nicht«, kam sie ihm zuvor und musste lachen, als sie sah, dass ihr Freund sich einen Trainingsanzug angezogen hatte. »Du nimmst die Sportreporteraufgabe sehr ernst?«

»Ich musste endlich mal aus der Uniform raus, war ja seit letztem Sonntag fast ohne Pause im Dienst.«

»Wie läuft es denn bei euch?«

»Fragst du als skrupellose Journalistin aus der Abteilung ›Verbrechen‹ oder als meine Freundin Agnes?«

»Als deine Freundin Agnes. Ich darf ja sowieso nichts schreiben, das habe ich dir doch erzählt.«

»In dem Fall kann ich dir mitteilen, dass es schlecht läuft.«

»Weil?«

»Weil Steven Smith nicht einmal ansatzweise bereit ist, was auch immer zu gestehen, die Kripo aber weiter dabei ist, ihn zu grillen. Der Mann sieht wirklich fertig aus.«

»Haben sie überprüft, ob sein Verband an der Hand etwas mit Birger Flaknes blauem Auge zu tun hat?«

»Natürlich. Smith behauptet, an seiner Hand, das wäre eine Brandwunde vom Herd. Flakne plappert etwas von einem Besen. Hört sich beides nicht sonderlich glaubwürdig an.«

Agnes fragte, ob sie noch mehr über den Fallschirm herausbekommen hätten, und Viktor erzählte ihr, dass Veslemøy Lilands Fallschirm nicht mehr als zehn Minuten unbeaufsichtigt im Klubhaus gelegen hatte, was laut der Experten vom Fallschirmverein Bergen nicht ausreichte, um einen Schirm zu öffnen, die Leinen zu zerschneiden und alles wieder zusammenzupacken.

Das war eine viel kürzere Zeitspanne, als nach Birger Flaknes Schätzung so eine Aktion dauern würde, dachte Agnes.

»Wir gehen also davon aus, dass der Schirm schon vorher manipuliert worden ist«, sagte Viktor.

»Wo hat Veslemøy ihren Fallschirm denn sonst aufbewahrt?«

»Zu Hause bei sich im Abstellraum. Stevens Fingerabdrücke waren darauf. Aber auch die von Gro, Joni und der Katze. Das ist nicht überraschend, die helfen sich ja gegenseitig, wenn die Ausrüstung angelegt wird. Und dass keine unbekannten Fingerabdrücke gefunden wurden, kann auch bedeuten, dass der Täter schlau genug war, Handschuhe zu benutzen.«

Viktor seufzte.

»Die Kripo will nicht von der Steven-Theorie abrücken, aber ich bin der Meinung, dass sie sich lieber anderen Hypothesen widmen sollten.«

»Welchen Hypothesen?«

»Agnes. Das ist mein Job.«

»Schon gut.«

Sie startete den Motor und fuhr rückwärts vom Parkplatz herunter. Dann schenkte sie ihrem Kumpel ein warmes Lächeln.

»Weißt du was? Als Polizeibeamter bist du eigentlich gar nicht so schlecht.«

»Fußballkommentator«, korrigierte er.

Bei der Weltmeisterschaft konnte Agnes sich hinreißen lassen oder vielleicht auch mal bei Spielen um die Europameisterschaft, da war sie schon mehrere Male vor dem Fernseher stehen geblieben und hatte die eigene Nationalmannschaft angefeuert, die ihr eigentlich überhaupt nichts sagte. Norwegische Ligaspiele durchlitt sie dagegen nur, um Fredrik eine Freude zu machen. Als brave Frau hatte sie schon bei vielen Erstligaspielen im Fernsehen auf dem Sofa gesessen und in die Luft gestarrt.

Und selbst für Fredrik wäre Fußball in der vierten Liga in einem menschenleeren Stadion in Voss nicht gerade das Höchste der Gefühle.

Nur gut, dass Viktor dabei war. Das Problem war lediglich, dass er seine Aufgabe so ernst nahm, dass er sich weigerte, über andere Dinge als Gegenangriff und Rückzug zu reden.

Von ihrem Platz ganz oben in der Mitte der kleinen Tribüne hatte sie freie Sicht auf die gesamte Sportanlage, in der sie in ihrer Kindheit und Jugend selbst herumgelaufen war. Nicht gerade mit Begeisterung erinnerte sie sich an die Sporttage in der Schule. Sie hatte sich immer vor dem 60-Meter-Lauf und dem Cooper-Test gefürchtet, nicht weil sie so langsam lief oder eine schlechte Kondition hatte, sondern weil es sie so nervös machte, sich dort präsentieren zu müssen. Da spielte es keine Rolle, wie schnell oder langsam sie lief oder wie schnell die anderen waren.

Gleich hinter dem Fußballplatz begann das Gelände von Prestegardsmoen, das sich mit seinem Wirrwarr von kleinen Pfaden zwischen hohen Bäumen bis hinunter zum Vangsvatnet erstreckte. Sie hatte einmal gehört, dass es hier hundertvierzig verschiedene Vogelarten geben sollte. Oft war sie hierhergekommen und hatte sich ins Gras gelegt, um diese zu hören und zu prüfen, ob sie die einzelnen Töne und Gesänge voneinander unterscheiden könnte.

Voss würde wohl in Zukunft eher als »Fallschirmmörderstadt« bekannt sein und nicht mehr als »Naturparadies«, »Extremsport-Mekka« oder »Ski-Eldorado«. Es gab viele Beispiele von Dörfern oder Kleinstädten, die so ein schlechtes Image nicht wieder loswurden, Orte, an denen ein Kind entführt worden war, eine Siedlung, in der der Bürgermeister junge Mädchen sexuell belästigt hatte. So etwas geriet nicht so schnell in Vergessenheit.

Plötzlich entdeckte sie zwei gleich große und gleich gekleidete, kleine Jungs, die den Kiesweg entlangrannten. Zuerst dachte sie, die beiden wären allein. Aber dann sah sie Steven Smith, der dicht neben einer Frau ein Stück hinter ihnen ging. Sogar aus dieser Entfernung war das rote Haar leicht zu erkennen.

Den Rest des Spiels verfolgte Agnes noch unkonzentrierter, als sie es in der ersten Halbzeit getan hatte. Der Schiedsrichter pfiff das Spiel ab, und der müde Applaus des sehr spärlichen heimischen Publikums riss sie aus ihren Gedanken.

»Haben wir gewonnen?«

»Eins zu eins«, antwortete Viktor. »Jetzt darfst du aber deine ›Nach-dem-Spiel-Interviews‹ nicht vergessen. Frag mal den Kapitän, ob er denkt, dass die Vier-vier-zwei-Aufstellung optimal funktioniert hat, und warum er nie die Chance genutzt hat, mit Agnes Tveit herself ins Bett zu gehen.«

Sofort drehte sie den Kopf und guckte aufs Spielfeld, wollte wissen, von wem Viktor da eigentlich sprach. Die Spieler des FBK Voss waren auf dem Weg zu den Umkleidekabinen, kamen direkt auf sie zu. Und als sie entdeckte, wer die Kapitänsbinde um den Arm trug, schien ihr der Boden unter den Füßen wegzurutschen.

Da war kein Irrtum möglich, auch wenn es unendlich lange her war, dass sie ihn das letzte Mal gesehen hatte. Alexander Kosanovic, der bosnische Junge mit dem kastanienbraunen Haar, der Gitarre gespielt hatte und der Einzige gewesen war, bei dessen Anblick sie weiche Knie bekommen hatte. Mein Gott.

Als er eine Flasche aufhob und sich in der Hitze Wasser über den Kopf kippte, kribbelte es in ihrem Bauch fast genauso sehr wie früher, wenn er in ihre Nähe gekommen war. Als wäre alles, was in der Zwischenzeit passiert war, ausgelöscht worden.

»Viktor«, brachte sie heraus, »das ist *Alexander*.«

»Hallo, das weiß ich doch. Aber ich dachte, du hättest ihn schon gesehen. Vor gar nicht langer Zeit bin ich ihm auf der Straße begegnet, er wohnt ja in Evanger.«

»In Evanger? Und das sagst du mir erst jetzt?«

»Warum hätte ich dir das denn sagen sollen?«

»*Weil es Alexander ist!*«

Sie warf Viktor einen mürrischen Blick zu, riss ihm den Notizblock aus der Hand, schnappte sich die Spiegelreflexkamera und ging langsam die Tribüne hinunter, wobei sie schaute, ob Alexander immer noch unten vor den Umkleideräumen stand.

Sicher glaubte Viktor, dass Alexander nur einer war, in den sie sich in der Oberstufe verliebt hatte, aber das war nicht die ganze Wahrheit. Auch später hatte sie noch oft an ihn gedacht, in ihren Singleperioden in den Zwanzigern von ihm geträumt, so dass Ingeborg sie einmal sogar gefragt hatte, ob er eigentlich *the one that got away* gewesen sei. Aber sie hatte ihn ja nie gehabt, nicht wirklich. War nur kurz davor gewesen. Sie konnte sich heute noch daran erinnern, wie die weichen Lippen sie geküsst hatten und wie gut sein Parfüm geduftet hatte. Ab und zu hatte sie den gleichen Duft in einem Laden oder einer Bar gerochen und sich dabei ertappt, dem Geruch durch den ganzen Raum zu folgen. Sie konnte sich auch noch genau daran erinnern, wie er zum allerersten Mal die Lust in ihr geweckt hatte. Hätte ihr Vater ihr nicht strikt verboten, sich in Alexanders Zimmer aufzuhalten, er wäre ihr

Erster geworden. Und sie wünschte sich, er wäre es gewesen. Stattdessen waren ihr nur Phantasien im Mädchenzimmer geblieben, die eigene Hand am Unterleib.

Vielleicht hatte sie ihn deshalb nie aus ihren Gedanken gestrichen.

Er hatte sie noch nicht entdeckt. Vorsichtig tippte sie ihm auf die Schulter. Und als Alexander sich umdrehte, roch er genau so, wie er immer gerochen hatte.

»Wow!«, rief Alexander und zog sie an sein verschwitztes Fußballertrikot. Ihre Nase traf genau in seine Halsgrube, dort konnte sie nicht bleiben, wollte aber auch nie wieder woanders sein. »Du hast dich ja überhaupt nicht verändert! Was machst du hier?«

Sie trat einen Schritt zurück, hielt die Kamera und den Notizblock wie so eine Idiotin hoch.

»Ich will mit dir über vier-vier-zwei reden.«

Sie hatte schon internationale Berühmtheiten interviewt, Mitglieder des Königshauses und angesehene Politiker, sie hatte Schauspielerinnen und Rockstars porträtiert, aber sie konnte sich nicht daran erinnern, jemals so errötet zu sein wie jetzt, wo sie mit einem Fußballspieler der vierten Liga sprach. Die Scham saß noch lange, nachdem sie nach Hause gekommen war, in ihr fest. War sie doch zwanzig Jahre älter und klüger als das letzte Mal, als sie vor diesem Typen gestanden hatte. Sie war eine erwachsene Frau, die bereits ein Leben gelebt hatte. Und dennoch führte sie sich wie eine kichernde Vierzehnjährige auf. Das war auch der Grund, warum nie etwas zwischen ihr und Alexander entstanden war: Es war unmöglich, cool und wohlüberlegt zu reagieren, wenn jemand diese physische Reaktion in dir auslöste. Als Alexander ihr kurz erzählte, dass er fünf Jahre lang in Brüssel als Musiker gelebt hatte, dass seine belgische Frau gerade eine ökologische Sauerteigbäckerei in Evanger eröffnet hatte und dass sie drei Kinder hatten –, da war sie wieder zu der gleichen unsicheren Kleinen wie damals geworden. Sie wollte nicht länger an ihn denken, also aß sie zwei Scheiben Brot mit Fleischsalat und den größeren Teil einer Tafel Schokolade und legte sich aufs Sofa.

Erst da fiel ihr der Nachmittagsspaziergang ein, dessen Zeugin sie geworden war. Weder Veslemøys beste Freundin noch ihr Ehemann schienen Angst vor dem Dorfklatsch zu haben. Joni war wirklich viel mit Steven und den Jungs zusammen. Verdächtig viel, wie sicher die meisten Menschen hier im Ort dachten.

Aber hätte Agnes nicht das Gleiche in ihrer Situation getan? Wenn es Ingeborg gewesen wäre, die gestorben war, dann hätte sie deren trauernden Ehemann auch unterstützt.

Waren wirklich noch mehr Menschen in Gefahr, so wie Gro gesagt hatte? Obwohl ihr Kopf eigentlich auf Herumschnüffeln eingestellt war, so dass es sich falsch anfühlte, hier auf dem Sofa zu liegen, schaltete sie den Fernseher ein. Gerade hatte die tägliche Berichterstattug über die Extremsportwoche begonnen, ironischerweise wurde immer noch über das Festival berichtet, trotz allem, was geschehen war. Aber wahrscheinlich war es gar nicht so einfach, eben mal schnell den Sendeplan zu ändern. Außerdem lief ja bei den anderen Sportwettkämpfen alles nach Plan, so dass es trotz des Unglücks viele Fernsehbilder gab.

Auf dem Gipfel einer Felswand wurde gerade der Veranstaltungsleiter interviewt, und der Kameramann richtete die Kamera nach unten, um den Zuschauern zu zeigen, wie steil es hier war. Das musste die Felswand bei Nåli sein, was Birger Flakne gerade bestätigte. Der Festivalchef sah nach Agnes' Meinung eigentlich zu entspannt und fröhlich aus für den Leiter einer Veranstaltung, bei der gerade ein Mord geschehen war. Enthusiastisch redete er über Nåli, die steile Felswand, die ein spezielles Mikroklima hatte und nie nass wurde, obwohl die Gegend um Bolstadyri zu den Gebieten mit den meisten Regenfällen auf der ganzen Welt gehörte.

»Aber Nåli ist immer trocken«, sagte er jetzt. »Es ist kaum zu glauben, aber die Felswand ist so steil, dass der Regen nie auf sie trifft. Und sie fängt die Sonnenstrahlen auf, selbst wenn die Sonne nicht scheint.«

Letztes Jahr war ein Basejumper fast siebzig Meter über dem Boden in der Wand hängen geblieben. Er hatte sich fünf Stunden lang an einen kleinen Felsvorsprung geklammert, bis die Rettungseinsatzzentrale von Sola einen Hubschrauber und eine Mannschaft ins Basecamp von Nåli hatte schicken können. Die Kletterer hatten viel Zeit gebraucht, um den gefährlichen Einsatz genau planen zu können. Kein Wunder, dass anschließend das Basejumping an der berühmten Trollveggen verboten worden war, dachte Agnes, die die Rettungsaktion mitverfolgt hatte.

Jetzt schwenkte die Kamera über den Felsenrand, von dem sich gerade zwei weitere Optimisten in die Tiefe stürzten. Bei dem Schwenk fing die Linse auch einen anderen Typen im Wingsuit auf, der aber schnell wieder aus dem Kamerabild glitt. Er trug keinen Helm, so dass die kleinen Locken gut zu erkennen waren.

Agnes musterte den Bildschirm. Vielleicht hätte sie ihn nicht wiedererkannt, hätte sie nicht erst gestern Fotos von ihm gesehen.

Es war kein Zweifel möglich.

Das war Vegard Saue.

Als ihr Handy klingelte, zuckte sie zusammen. Es war Steven Smith, und sie überlegte eine Sekunde lang, ob sie den Anruf annehmen sollte. Sie hatte wirklich nicht das Bedürfnis nach regelmäßigem Kontakt mit diesem Mann, denn es musste ja Gründe geben, dass die Polizei ihn verdächtigte.

»Können wir reden?«, fragte Smith, ohne jede Begrüßungsfloskel.

»Wenn es nicht zu lange dauert«, entgegnete Agnes. »Ich muss noch ein paar Texte schreiben.«

»While you're watching TV?«

Sie sprang mit heftig pochendem Herzen vom Sofa auf.

Schaute zur Terrassentür und entdeckte neben dem Pflaumenbaum im Garten eine Gestalt.

Er stand reglos da und starrte sie an.

Was, zum Teufel, hatte das zu bedeuten?

War die Haustür verschlossen? Die Terrassentür?

Wenn sie Fredrik schon mal zu Hause brauchte, war er bei der Arbeit.

»*Didn't mean to scare you*«, sagte Smith und winkte verlegen, während er immer noch ins Telefon sprach. »Vielleicht hätte ich klingeln sollen.«

»Du hättest mich überhaupt nicht zu Hause aufsuchen sollen.«

Ihre Stimme klang hart, ängstlich.

»Kann ich reinkommen?«

Erst wenn es in der Hölle schneit.

»Ich komme raus.«

Sie spürte ihr Herz im Hals pochen, als sie die Sandalen anzog und die Terrassentür öffnete. Was war das für ein Mensch, der bei einer wildfremden Frau im Garten stand und durch die Fenster hineinstarrte?

Einer, der Schnaps getrunken hatte, das konnte sie schon von weitem riechen.

Und jetzt sah sie auch, dass seine Augen ganz trüb waren. Er ähnelte noch mehr einem Tiefseefisch als beim letzten Mal. Er schwankte ein wenig. Da war nicht mehr viel übrig von dem sanften Vater zweier Kleinkinder, den sie in der Miltzowgata getroffen hatte. Wie hatte Steven Smith es nur fertiggebracht, sich in so kurzer Zeit so volllaufen zu lassen, seit sie ihn zusammen mit Joni und den Kindern auf dem Fußballplatz gesehen hatte?

»Hast du etwas herausgefunden?«, fragte er, als wäre sie seine Mitverschworene, als wären sie Mitglieder im gleichen Micky-Maus-Detektivklub.

Sie konnte ihre Verachtung nur schlecht verbergen und war sich dessen sehr wohl bewusst.

»Steven, morgen soll die Mutter deiner Kinder beerdigt werden. Ich denke, du gehst jetzt lieber nach Hause und legst dich schlafen. Und es stimmt, ich habe gesagt, dass ich mich umhören werde, aber ich bin nicht deine Privatdetektivin. Ich habe einen Job. Und du solltest darauf vertrauen, dass die Polizei den ihren macht.«

Agnes drehte sich um und wollte zurückgehen. Als sie einen festen Griff um den Oberarm spürte, blieb sie abrupt stehen.

»Dafür habe ich keine Zeit«, erklärte Steven Smith, ohne den Griff zu lösen.

Es tat weh. Schockiert schaute sie ihn an. Seine Augen waren dunkel, verschwommen.

Einen kurzen Moment lang war sie vor Schreck wie gelähmt.

Dann löste sie energisch den Arm aus seinem Griff und lief ins Haus.

DONNERSTAG

Schwere, unheilverheißende Wolken hingen über den Bergen, als sie die Tür des Zeitungsgebäudes öffnete. Es schien, als versuchte die Nässe, die Wolkenhüllen zu zerreißen. Es war nur noch eine Frage der Zeit, wann es losgehen würde.

Agnes ließ die Tasche auf ihren Schreibtisch fallen und betrat Eskildsens Büro.

Frida Grådal saß in dem leeren Büro des Chefredakteurs und trank Tee, und Agnes dachte, dass sie Leuten nicht traute, die morgens keinen Kaffee tranken. Genauso skeptisch war sie denjenigen gegenüber, die behaupteten, nie Fernsehen zu gucken. Sie schaute auf die Uhr, sie war fünf Minuten zu früh. Momentan geriet ihr Körper immer wieder aus dem Rhythmus. Als sie aufgewacht war, hatte sie gedacht, sie hätte verschlafen, vermutlich, weil sie sich die ganze Nacht unruhig hin und her gewälzt hatte. Sie fasste sich an den rechten Oberarm, wo ein großer blauer Fleck am Ärmelrand des T-Shirts zu sehen war. Der war im Laufe der Nacht entstanden, nach der Begegnung mit Steven Smith am gestrigen Abend.

»Wo studierst du eigentlich?«, fragte Agnes.

Es hatte keinen Sinn, jetzt wieder in ihr Büro zu gehen, dann würde sie nur zu spät zurückkommen.

»OsloMet«, sagte die Urlaubspraktikantin. »Ich bin dort jetzt im letzten Jahr. Da warst du doch auch, oder? Aber damals hieß es wohl noch Hochschule Oslo?«

Sie beschloss blitzschnell, das Küken in dem Glauben zu belassen, dass sie dort studiert hätte. Es war ja nicht notwendig zu erwähnen, dass ihre Zensuren nicht gut genug gewesen waren, um fürs Journalistikstudium aufgenommen zu werden, zu einer Zeit, als es schwierig gewesen war, überhaupt einen Platz zu bekommen. Zum Glück gab es andere Möglichkeiten, trotzdem in diesem Beruf zu arbeiten. Gerade in dieser Beziehung gefiel es Agnes, sich als einen der alten Hasen zu sehen, die meinten, es sei wichtiger, etwas zu tun, als es sich nur anzulesen. Die in die Schule des Lebens gegangen waren – und was sie selbst betraf, ein paar Jahre auf eine private Hochschule.

»Studierende sind wahrscheinlich nicht sehr optimistisch dieser Tage«, sagte Agnes. »Wird nicht so einfach für euch, einen festen Job zu ergattern, jetzt, wo die ganze Medienbranche den Bach runtergeht.«

»Kann sein«, erwiderte Frida. »Aber ich habe eigentlich keine Lust auf etwas Festes. Ich habe eine Weile für *Morgenbladet* gearbeitet, den Rest der Zeit brauchte ich, um ein Theaterstück zu schreiben, für das ich ein Stipendium gekriegt habe, und für meinen Blog. Und zum Glück musste ich keinen Studienkredit aufnehmen, weil ich durch die Anzeigen im Blog genug verdient habe.«

»Verdienst du Geld damit, indem du darüber schreibst, was du anziehst und so?«

»Ach was! Das hätte mir gerade noch gefehlt«, erklärte Frida und breitete die Arme aus. »Guck mich doch nur an!«

Das braune, omahafte Kleid sah aus, als stammte es direkt aus dem Kleiderschrank ihrer Mutter, aber Agnes wäre nicht überrascht gewesen, wenn zur Zeit genau das der letzte Schrei unter den Zwanzig-und-irgendwas-Altrigen gewesen wäre.

»Ich blogge nicht über Mode, nein. Ich schreibe über Trends in den sozialen Medien, Technologieentwicklung, in letzter Zeit interessiert mich vor allem KI, die künstliche Intelligenz. Annoncen für meinen Blog kommen vor allem von Softwareunternehmen und IT-Betrieben.«

Agnes Laune verschlechterte sich rapide. Warum, um alles in der Welt, musste Frida ausgerechnet hier arbeiten, wenn sie so viele Dinge am Laufen hatte, dachte sie, aber gerade als sie die Konkurrentin danach fragen wollte, kam Eskildsen mit der abgegriffenen braunen Ledertasche über der Schulter durch die Tür herein. Agnes konnte sich nicht daran erinnern, ihn jemals ohne die Tasche gesehen zu haben. Er schien überrascht zu sein, die beiden zusammensitzen zu sehen.

»Das passt ja gut«, sagte er, ohne Guten Morgen zu wünschen. »Der Fotograf hat sich krankgemeldet, für die ganze Woche, ist wohl was mit der Hüfte, oder die COPD. Wie auch immer: Könntet ihr beide heute zur Liland-Beerdigung gehen? Frida, du machst doch sowieso bessere Fotos als er.«

Frida nickte zustimmend.

Agnes spürte, dass sie noch wütender wurde.

»Der letzte Satz bleibt natürlich unter uns«, fügte Eskildsen schnell hinzu. »Wir wollen hier ja niemandes Ego verletzen. Aber so ist der Plan, okay? Haben wir damit ein neues *future*-Team?«

Nachdem die Praktikantin gegangen war, blieb Agnes noch in der Türöffnung stehen. Sie deutete auf die aktuelle Ausgabe der Tageszeitung, die der Chefredakteur bei seiner Ankunft auf den Tisch gelegt hatte.

»Du weißt, dass der neue Bezirksstaatsanwalt von Oslo in seiner Jugend mit einer der Freundinnen von Veslemøy Liland zusammen war?«

Eskildsen schaute sie nur wenig interessiert an.

»Ach ja? Und das ist interessant? ... Warum?«

Agnes zuckte mit den Schultern.

»Ich dachte nur, es wäre ein bisschen ... *unsensibel*, dass wir ein Interview mit ihm bringen, nur wenige Tage nach dem Mord. Ich könnte mir denken, dass ihm das auch etwas unangenehm ist. Zwei Menschen aus der gleichen Jugendclique, einer, der eine Riesenkarriere gemacht hat, und eine, die getötet wurde?«

»Tveit. Nun mal ehrlich. Du bist hier auf dem Lande. Wenn wir alle früheren Beziehungen zwischen den Leuten in Voss berücksichtigen wollten, dann könnten wir keine Zeitung rausbringen. Vielleicht stimmt es, was du da sagst, dass Vegard und Veslemøy in den gleichen Kreisen verkehrten, als sie jung waren. Aber jetzt ist er verheiratet mit einer aus dem Norden. Ich war im letzten Jahr auf seiner Hochzeit. Die haben sich in der Ishavskatedralen in Tromsø trauen lassen. Das war wunderschön.«

»Bist du mit ihm verwandt?«

Das wäre nicht das erste Mal, dass Eskildsen für seine Bekannten und Vertrauten Platz in der Zeitung machte. Sowohl der Name seiner Frau, die den hiesigen Chor leitete, als auch der der Kinder waren überdurchschnittlich oft zu lesen.

»Der Sohn der Schwester der Alten«, sagte er, setzte sich die Brille auf und konzentrierte sich darauf, den PC anzuschalten und sich einzuloggen, wobei er nur die Zeigefinger benutzte.
»Er ist doch auch Basejumper, oder?«
»Ja, diesen Blödsinn hat er erst vor kurzem entdeckt.«
»Schon merkwürdig, dass er in unserem Interview nichts darüber gesagt hat.«
Eskildsen schaute sie über den Brillenrand hinweg an.
»Musst du nicht zu einer Beerdigung?«

Joni Farestveit stand vorgebeugt am Sarg ihrer besten Freundin, eine langstielige weiße Rose in der Hand.

Nur wer sehr genau hinsah, so wie Agnes es tat, konnte feststellen, dass sie die Rose geradezu umklammerte, den Stiel mit den kleinen Dornen so fest drückte, dass die ganze Hand rot wurde. Alle konnten sehen, wie ihr Rücken so zu zittern begann, dass Kathrine Bøe und Gro Skutle sie jeweils an einem Arm packten und vorsichtig, aber entschieden zurück auf ihren Platz in der zweiten Bankreihe in der voll besetzten Kirche führten.

Joni setzte sich, legte die Hände in den Schoß, den Blick nach unten gerichtet. Agnes meinte, Jonis Kleid zu kennen, es hatte winzige dunkelviolette Blümchen und einen Schnitt aus den siebziger Jahren –, und es stand ihr perfekt.

Als die Kirchenglocken anfingen zu läuten, richtete Agnes sich auf ihrem Stehplatz auf der Empore auf. Sie ließ den Blick über die gesenkten Köpfe unten wandern, um ihn anschließend zu den Engeln zu erheben, wie sie es immer getan hatte.

Das Gemälde mit den Engeln bedeckte das gesamte Gewölbe. Es war massiv und sehr schön, und es hatte bereits frühere Sonntagmorgen mit erzwungenen Gottesdiensten während der Konfirmationsvorbereitung gerettet. Wie oft hatte sie gedacht, dass sie sich unter diesen Flügeln würde trauen lassen. Aber Fredrik war kein Mitglied der Staatskirche, also kam das nicht in Frage. Und sie glaubte auch nicht, dass er ihr überhaupt einen Antrag machen würde. Er war nicht gerade ein Fan derartiger »unorigineller Zeremonien«, wie er einmal erklärt hatte. Für sie sei es auch nicht so wichtig, hatte sie damals geantwortet, aber insgeheim gedacht, dass Fredrik auf anderen Gebieten auch nicht gerade ein Ausbund an Originalität war. Zum Beispiel die vielen Missionarsstellungen im Bett, um nur mal das zu nennen, bevor sie die ermüdenden Versuche starteten, dabei ein Baby zu produzieren.

Das eine Mal auf dem Dach war die Ausnahme. Sie konnten damals nicht mehr als ein Jahr zusammen gewesen sein. Es gab ein Einzugsfest in der neuen Wohnung von Fredriks Freund, und als der Abend schon fortgeschritten war und sie in die Küche ging, um eine neue Flasche Wein zu holen, stand er plötzlich direkt hinter ihr. »Komm«, sagte er, und zuerst dachte sie, er sei wegen irgendetwas sauer auf sie. Aber Fredrik zog sie mit sich hinauf auf die Dachterrasse. Es war Ende Oktober, ihre Brustwarzen wurden augenblicklich hart unter dem dünnen Kleid, aber sie wollte nicht, dass es so zu Ende ginge, während sie auf ihm in dem mit Raureif bedeckten Stuhl saß. Er war härter, als sie ihn jemals gespürt hatte, sie war geiler, als sie ihrer Erinnerung nach jemals gewesen war. Hinterher hatte er sie kaum angesehen. Sie hatte das sonderbare Gefühl gehabt, dass er sich schämte, und seitdem hatten sie nie wieder darüber gesprochen.

Die Orgelmusik riss sie aus ihren sündigen Gedanken. Mein Gott, wie sie diese Geräusche einer Kirchenorgel hasste. Sollte sie jemals hier vor den Altar treten, dann nur zu den Klängen von Geigen.

»Denk nur, der Nebel ist verschwunden«, hieß das nächste Kirchenlied. Agnes fragte sich, ob das aufgrund der vagen Assoziationen mit dem Fallschirmspringen oder dem Wetter aufgenommen worden war. Wer hatte eigentlich die Lieder und Texte für die Beerdigung ausgesucht? Das musste ja wohl Steven gewesen sein, oder die Freundinnen oder vielleicht die Pastorin? Ragnhild Therese Kyte war eine junge, frisch ausgebildete Katechetin in der Kirche von Voss gewesen, als Agnes konfirmiert wurde. Für eine Kirchenangehörige war sie überraschend locker aufgetreten, die Fünfzehnjährigen fanden es cool, dass sie neben ihren Theologiestudien Rafting machte. Inzwischen hatte Kyte viel Erfahrung und wirkte wie eine in jeder Hinsicht würdige Repräsentantin der Kirche. Beim Voss Rafting war sie aber immer noch aktives Mitglied. Es passte, dass sie als Pfarrerin Veslemøy Lilands Begräbnisfeier leitete.

Nachdem die letzten Orgeltöne verklungen waren, wurde es ganz still. Agnes konnte die Bodendielen knarren hören, als Steven Smith die wenigen Schritte von seinem Platz in der ersten Reihe zum Rednerpult ging. Das Mikrophon fing sein Räuspern und das Papierrascheln ein. Steven, in einem Anzug mit deutlichen Knitterfalten, der aussah, als hätte er lange Zeit in einem Karton gelegen, hob den Blick nicht zu den Leuten, die gekommen waren, um Abschied von Veslemøy zu nehmen. Er starrte unverwandt auf sein Manuskript, holte tief Luft und begann zu sprechen.

»*If you are lucky, you meet someone who takes your breath away*«, setzte er an.

Agnes sah sofort die leblose Frau vor sich im Gras.

»Das geschah mir bereits als Zwanzigjährigem, als ich das erste Mal nach Voss kam und dieses schöne, starke Mädchen traf. Vom ersten Augenblick an wusste ich, du warst die Richtige. Und das würdest du immer sein.«

Steven wandte sich dem Sarg zu, der direkt neben ihm stand.

»Denn du warst diejenige, die mich dazu brachte, mit dem Bauch zu atmen, *my dear*. Du warst diejenige, die meine Tage mit Sauerstoff füllte. Du schenktest den Jungs das Leben, und du wirst immer bei uns sein, im Wind, im Zimmer, *like a breath of fresh air that will never disappear.*«

Agnes hatte nicht erwartet, dass es sie so anrühren würde. Nicht nach dem, was gestern passiert war. Aber plötzlich fielen ein paar schwere Tränen auf das oberste Blatt ihres Notizblocks und durchdrangen das Papier, so dass die Tinte der wenigen Buchstaben, die sie bisher geschrieben hatte, verlief. Die Praktikantin Frida stand genauso verloren da, mit einer großen Kamera um den Hals, die sie noch kleiner aussehen ließ. Sie schaute mit hochgezogenen Augenbrauen zu Agnes hinauf. Diese zwang sich, an Steven Smiths festen Griff um ihren Arm zu denken, und sofort versiegten die Tränen.

»*Even though my heart is heavy with sorrow, it is also filled with gratitude.* Da wir nur so wenig Familie hier haben, bin ich dankbar dafür, dass Veslemøy ihre Freundinnen hat, die immer für sie da waren und die in dieser Woche auch für mich da waren. Vielen, vielen Dank. Und vielen Dank auch den übrigen Mitgliedern des Fallschirmspringerklubs, der meiner Geliebten so viel bedeutet hat und der mir gezeigt hat, wie viel sie auch ihm bedeutet hat. Weiterhin werden wir in deinem Geist schweben, Vesla, und ...«

Steven sah das erste Mal über die Trauergemeinde.

Plötzlich schien sein Körper zu zucken. Sein Blick war von etwas festgehalten worden – oder von jemandem –, und er schaute nicht wieder auf seinen Zettel. Stattdessen starrte er weiterhin nach vorn.

»... *and make sure that whoever took your life, will get his punishment.*«

Agnes bekam eine Gänsehaut.

Kurz darauf hörte sie die Kirchentür ins Schloss fallen.

Jemand musste hereingekommen sein. Oder gegangen sein.

»Ich war nicht immer der richtige Mann für dich«, fuhr Steven fort und schaute wieder auf seine Notizen. »Oder eigentlich nie. Aber ich hoffe, du hast dich geliebt und beschützt gefühlt. Denn ich habe dich immer mehr geliebt, als ich das Leben selbst geliebt habe, und ich werde nie aufhören, auf dich aufzupassen, und ich verspreche dir, weiterzuatmen – für dich und für die Jungs.«

Nachdem er sich tief über den Sarg gebeugt hatte und einige lange Sekunden so stehen geblieben war, ging Steven mit gesenktem Kopf zurück an seinen Platz. Er setzte sich zwischen seine Söhne. Sie trugen beide den gleichen dunklen Anzug und hatten die ganze Zeit beeindruckend still dort verharrt. Vielleicht spürten sie ja instinktiv, dass die Trauerfeier für ihre Mutter nicht der richtige Ort war, um Lärm zu machen.

Agnes schaute wieder auf die drei Freundinnen in der ersten Reihe, auf die Hinterköpfe, einer blond, einer dunkel und einer rot. Und dann fiel ihr ein, wieso Jonis Kleid ihr so bekannt vorkam. Es ähnelte sehr dem Kleid, das Veslemøys Mutter auf dem Foto im Haus in der Miltzowgata getragen hatte.

Das berühmte Vestlandswetter feierte sein Comeback.

Es goss auf die Vangskyrkja, als stünde jemand mit Eimern voller Wasser auf dem Dach, ein sadistisches Spiel, dessen Ziel es war, die Leute bis auf die Haut zu durchnässen. Die armen Sargträger hatten nicht den Hauch einer Chance. Sobald sie die Kirche verlassen hatten, waren Steven Smith, Birger Flakne und die vier anderen Männer, die Veslemøy Liland zu ihrer letzten Ruhestätte trugen, bis auf die Haut durchnässt.

Agnes blieb unter ihrem peinlicherweise grün gepunkteten Regenschirm stehen und sah zu, wie sich die übrigen Trauergäste über den Zebrastreifen bewegten, vorbei an Touristenbussen und die Prestegardsallee hinunter, wie eine lange, zusammenhängende Bauplane. Unter einem der größten Regenschirme, ganz am Ende der Gruppe, saß Dagny Berge, Veslemøys Großmutter, im Rollstuhl. Hier draußen sah sie noch älter aus, obwohl ihr Haar für diesen Anlass frisch frisiert zu sein schien. Sie wirkte vollkommen verwirrt, schaute die ganze Zeit von einer Seite zur anderen, als verstünde sie nicht, wo sie war oder was all die anderen Menschen hier machten.

Und obwohl Agnes eigentlich so schnell wie möglich dieses Wetter hinter sich lassen und zur Redaktion zurückkehren wollte, folgte sie schließlich doch den anderen.

Sie hielt sich dicht hinter Dagny Berge, und ihr fiel auf,

dass der Mann, der den Rollstuhl schob, zu alt aussah, um ein Pfleger aus dem Altersheim zu sein. Die beiden redeten nicht miteinander, die Großmutter schien gar nicht zu wissen, wer sie schob, und der Mann starrte nur mit ernster Miene vor sich hin. Agnes registrierte, dass seine Nase gerötet und aufgedunsen war, ein Merkmal, das Alkoholiker entlarvte, aber gleichzeitig hatte er etwas Helles an sich und knallblaue Augen, die sie schon vorher irgendwo gesehen hatte.

War das Oddmund Liland? Dann war es allerdings merkwürdig, dass er ganz am Ende der Gruppe lief und nicht direkt hinter dem Sarg. Aber vielleicht war es das gar nicht. Falls es stimmte, dass Veslemøy und er keinen Kontakt mehr zueinander hatten, war es vielleicht angemessen, dass er sich im Hintergrund hielt.

»Mein Beileid«, rutschte es Agnes heraus, bevor sie sich zurückhalten konnte.

Dagny Berge wie auch der Mann drehten sich zu ihr um.

»Ich war eine Freundin von Veslemøy und wollte nur sagen, wie schrecklich ich das alles finde.«

Sofort bereute sie ihre Worte. Was redete sie nur? Die Großmutter wusste doch, dass sie Journalistin war, schließlich hatten sie sich erst vor wenigen Tagen im Altersheim getroffen. Aber es sah nicht so aus, als würde die alte Dame sie wiedererkennen. Sie lächelte Agnes nur freundlich an. Der Mann verzog keine Miene, murmelte ein Dankeschön und schob dann den Rollstuhl weiter Richtung offenes Grab.

Agnes blieb in dem Sturzregen stehen und schaute ihnen nach.

Erst da bemerkte sie, dass Sigmund Storedal, Viktor und zwei andere uniformierte Polizeibeamte vor einem Dienstwagen am Rande des Friedhofs unter ihren Regenschirmen ausharrten. Worauf warteten sie? Oder auf wen?

Sie versuchte, Augenkontakt mit Viktor zu bekommen, aber entweder sah er sie nicht, oder er tat so, als hätte er sie nicht entdeckt.

Agnes drückte auf »Senden« und lehnte sich auf ihrem Bürostuhl zurück. Sie war zufrieden mit dem Text, hatte nicht das Bedürfnis gehabt, so viele Emotionen in ihn zu packen, wie sie es normalerweise tat, wenn sie über Beerdigungen schrieb. Hier musste sie nichts übertreiben.

Steven Smiths Rede hatte bereits für genügend Aufmerksamkeit gesorgt.

Überraschenderweise dauerte es nur wenige Minuten, dann war der Artikel im Netz. Eskildsen war ausnahmsweise einmal mit ihr einer Meinung gewesen und hatte auf die Paywall verzichtet. Agnes beschloss, den Text noch einmal zu lesen, kam aber nur bis zur Hälfte, bevor eine Meldung aus dem Polizeirevier in ihrem Postfach eintrudelte.

Die Polizei wollte am Nachmittag erneut eine Pressekonferenz abhalten.

Sie mussten jemanden festgenommen haben. Deshalb hatten die Polizeibeamten wohl am Friedhof gewartet.

Sofort versuchte sie, Viktor anzurufen, gelangte aber nur bis zum Anrufbeantworter.

Da war garantiert etwas passiert.

Ein Teil von ihr hoffte inständig, dass sie Steven Smith festgenommen hatten.

Die Wege auf beiden Seiten der Straße waren menschenleer.

Langsam trocknete der Asphalt, aber die Tische und Stühle vor dem *Tre Brør* waren immer noch klitschnass. Schwere Tropfen fielen von den Sonnenschirmen. Unter einem saß eine einsame Gestalt, die Agnes sofort wiedererkannte. Es war der Mann, der Dagny Berge bei der Beerdigung geschoben hatte. Er trug immer noch seinen dunklen Anzug, hatte ein Genossenschaftskäppi aufgesetzt und ein Bier vor sich stehen. Er schaute nicht auf, als sie vorbeiging.

Bis zu ihrem Termin, nämlich den profiliertesten und prätentiösesten Regionalhistoriker der Gegend zu interviewen, dauerte es noch etwas, da konnte sie die Zeit auch nutzen, um etwas zu erledigen, was zu so einem ruhigen Tag wie diesem perfekt passte.

Idealerweise machte der Apotheker gerade Reklame für ein Drei-für-Zwei-Angebot für Schwangerschaftstests. Agnes schnappte sich schnell drei Päckchen und stellte sich in die Schlange.

»Wie spannend«, flüsterte die Frau hinter der Kasse, als Agnes bezahlen wollte, und erst da schaute Agnes auf und begegnete dem Lächeln einer jungen Frau, die unter dem weißen Apothekerkittel immer noch ein wenig übergewichtig war, genau wie damals in der Schule.

Mein Gott, wie sie die anonyme Hauptstadt vermisste!

»Ich zahle mit Karte«, erwiderte Agnes, so freundlich sie konnte.

Die Verkäuferin schien vor Neugier fast zu platzen, als sie die Päckchen und die Quittung in eine Plastiktüte packte.

»Denk dran, den Morgenurin zu nehmen!«, rief sie Agnes noch nach, als diese eilig die Apotheke verließ.

Sie wollte gerade wieder am *Tre Brør* vorbeieilen, als sie ihre Meinung änderte und auf den Mann zuging, der immer noch dort hockte und in sein Bierglas starrte. Als sie an seinem Tisch angekommen war, schaute er auf.

»Die Freundin von Veslemøy, nicht wahr?«

»Ja«, log Agnes, zog einen Stuhl heran, setzte sich und bekam augenblicklich einen nassen Po. »Und Sie sind ihr Papa?«

Er schien bei dem Wort »Papa« kurz zusammenzuzucken, aber dann trank er einen großen Schluck aus seinem Glas und nickte vorsichtig.

»Auf dem Papier«, erklärte er, »aber für Vesla war ich eigentlich nie ein Vater, nur ein Mistkerl.«

Oddmund Liland umklammerte sein Glas mit einer Hand. Sie war voller großer und kleinerer Narben, so eine richtige Arbeiterfaust, die auch gern mal zuschlug, falls Agnes' Mutter recht hatte. Sein Blick war getrübt. Das war wohl nicht das erste Bier des Tages, dachte Agnes und warf einen schnellen Blick auf ihr Handy in der Tasche. Es war jetzt zwei Uhr, die Beerdigung war gegen elf Uhr vorüber gewesen, vielleicht saß er ja schon so lange hier. Sie sollte gehen, ihn in Ruhe lassen, sie hatte nicht das Recht, hier herumzuschnüffeln.

»Waren Sie nicht nett zu ihr?«, fragte sie.

»Zu ihrer Mutter war ich nicht nett, nein, das war ich nicht. Aber zu Vesla, da war ich nett, und sie war so gut zu mir ... Sie hat aufgepasst, dass ich nicht zu viel trinke, sie hat dafür gesorgt, dass ich rechtzeitig zur Arbeit komme, solange ich noch Arbeit hatte. Sie war verdammt gut, ja, das war sie.«

»Trotzdem habt ihr euch aus den Augen verloren?«

»Sie hatte irgendwann Probleme mit den Nerven.«

»Nachdem ihre Mutter gestorben war?«

Liland schaute Agnes an, als müsste sie das doch wissen, als gute Freundin seiner Tochter, aber dann trank er einen Schluck Bier, und anscheinend hatte er diese Diskrepanz schon wieder vergessen.

»Um die Zeit herum, ja. Als sie aufs Gymnasium gegangen ist, oder kurz danach, verdammt, ich weiß es nicht mehr. Zuerst habe ich geglaubt, dass es daran liegt, dass ich trinke, aber da muss noch mehr gewesen sein, denn ich habe mein Mädchen nicht wiedererkannt. Den einen Tag war sie schreckhaft und ängstlich, am nächsten deprimiert und unkonzentriert. Sie hat sich in dieser Zeit total verändert. Als ihre Mutter starb, hat Veslemøy mich dann ganz aus ihrem Leben verbannt. Sie ist bei ihrer Oma, meiner Mutter, eingezogen, wollte mit mir nichts mehr zu tun haben.«

»Und wie haben Sie reagiert?«

Er warf ihr einen Blick aus toten Augen zu.

»Ich habe das gemacht, was ein Mistkerl eben so tut: Ich bin abgehauen.«

Gro Skutle sah nicht mehr aus wie eine Vorzeigegeschäftsfrau.

Sie trug immer noch Schwarz, aber das normalerweise sorgfältig gekämmte Haar war zerzaust, und sie saß auf dem Balkon und rauchte. Diese Abhängigkeit von Nikotin schockierte Agnes immer noch ein wenig, wo Gro doch stets so diszipliniert, fast perfekt war.

Zuerst hatte Agnes mehrere Male versucht, Joni anzurufen, doch ohne Erfolg, und dann einen Moment lang gezögert, bis sie Gros Nummer eintippte. Viktors Frau würde sie sicher für aufdringlich halten, dachte sie. So hörte es sich auch an, als Gro sich am Telefon meldete, trotzdem willigte sie zu einer kurzen Stippvisite ein, bevor die Tochter nach Hause kam. Agnes fasste kurz ihr Gespräch mit Oddmund Liland zusammen, während Gro immer wieder gierig an ihrer Zigarette zog.

»Es ist ja kein Wunder, dass sie mit dem Idioten nichts mehr zu tun haben wollte«, erklärte sie. »Soviel ich weiß, hat er ihre Mutter und auch Klein-Veslemøy verprügelt. Als ich ihn heute gesehen habe, fühlte ich mich richtig provoziert. Es hat nicht viel gefehlt, und ich wäre zu ihm gegangen und hätte ihm meine Meinung gesagt. Nur gut, dass wir heute keinen Leichenschmaus zustande gekriegt haben, an dem er dann auch noch teilgenommen hätte. Aber bei so einem Vater ist es kein Wunder, dass Veslemøy was brauchte, um die Abiprüfung zu bestehen.«

»Etwas brauchte?«, wiederholte Agnes.

Sie ging davon aus, dass Gro von Drogen sprach, wollte das aber nicht einfach als gegeben stehen lassen. Da sie selbst wenig Erfahrung in der Richtung hatte, hatte sie einmal bei einem Popkonzert gedacht, jemand bot ihr Dope an, als ihr einer vom Club Ohrenstöpsel verkaufen wollte.

Gro schien zu bereuen, dass sie überhaupt etwas gesagt hatte, aber nach kurzem Zögern beschloss sie offensichtlich, doch weiterzureden.

»Du darfst natürlich nichts darüber schreiben. Es gab viele damals, die ein bisschen Hasch geraucht haben, aber für Veslemøy war es ernster. Ich kann mich noch gut an diesen einen Sommer erinnern, da hockte sie oft in ihrem Zimmer bei ihrer Oma und rauchte schon tagsüber, und sie war zusammen mit

Leuten, die auch anderes Zeug nahmen. Da war es fast gut, dass sie erwischt wurde, denn sonst wäre sie womöglich auf die schiefe Bahn geraten.«

»Sie wurde erwischt? Von der Polizei?«

»Ja, die haben an einem Abend im Park eine Razzia durchgeführt, erinnerst du dich nicht mehr daran?«

Natürlich erinnerte Agnes sich an die Razzia. Sie selbst hatte den Inhalt einiger kleiner, grüner Flaschen, Wine Cooler, an diesem Abend gekippt und das meiste schon wieder erbrochen, bevor die Polizei eintraf. Und es war unglaublich, wie schnell sie wieder nüchtern wurde, als uniformierte Beamte plötzlich die Hoteldisco stürmten. Agnes war noch nicht alt genug, um hier sein zu dürfen, und hatte eine Riesenangst, nach ihrem Ausweis gefragt zu werden. Also rannte sie bei der erstbesten Gelegenheit weg. Hinterher verbreitete sich das Gerücht, wer alles bei der Razzia erwischt worden war, aber soweit Agnes sich erinnern konnte, waren das nur ältere Jungs gewesen, vor denen sie sich ein wenig fürchtete und die »Kiffer« genannt wurden.

Vorsichtig ausgedrückt war es überraschend zu erfahren, dass Veslemøy Liland zu ihnen gehört hatte.

»Sie hatte nur wenige Gramm Haschisch dabei«, fuhr Gro fort, »darum ist sie um eine Strafe herumgekommen, aber auch nur geschnappt zu werden, das war damals ja schon schlimm genug.«

Gro schaute sie mit müden Augen an, kratzte sich am Schönheitsfleck mit der gleichen Hand, mit der sie die Zigarette hielt. Agnes fürchtete, sie könnte sich an der Glut verbrennen.

Plötzlich wurde der Blick schärfer.

»Veslemøy verkehrte später nicht mehr in solchen Kreisen, zumindest soweit ich das weiß.«

»Ich versuche zu verstehen, wer sie war und wer sie ist, damals wie heute.«

»Jedenfalls war Veslemøy nicht dumm«, erklärte Gro und drückte die Kippe in einem Blumentopf aus. »Sie war klug genug, ihre Großmutter zu überreden, ihr Testament zu ändern. Und dafür zu sorgen, dass der alte Trunkenbold von einem Vater mehr oder weniger enterbt wurde.«

Der Regen klatschte gegen die Windschutzscheibe, als Agnes die Kurven von Bavallen hinunterfuhr. Der Anzeiger auf dem Armaturenbrett ihres Polos bestätigte, dass die Temperatur sich seit gestern halbiert hatte.

Dreizehn Grad.

Das hätte ebenso gut ein feuchter Januartag sein können. Die Jahreszeiten in dieser Gegend des Landes waren untreue Gesellen, eine wie die andere.

Sie holte die Freisprechanlage heraus und rief Viktor an. Dieses Mal ging er ans Telefon.

»Was wird auf der Pressekonferenz passieren?«, fragte Agnes.

»Nichts, was dich interessieren könnte, da du ja nicht weiter auf den Fall angesetzt bist.«

»Ich darf nur über die offiziellen Polizeiinformationen schreiben. Und das ist ja wohl eine offizielle Information –, die ich gern vor all den anderen hätte.«

»Tut mir leid. Dieses Mal musst du warten. Die Kripo hat mitgekriegt, dass wir befreundet sind, und das gefällt ihnen gar nicht. Wenn die *Hordaland* heute als erste Zeitung die

Neuigkeiten verkündet, ist es nicht schwer, sich auszurechnen, wo das Informationsleck sitzt.«

»In Ordnung, ich werde dich nicht weiternerven. Wenn du nur eine winzige Sache für mich regelst.«

»Und was?«

»Die Akte von Veslemøy Liland.«

»Da muss ich ins Strafregister, und dafür gibt es keinen allgemeinen Zugang, und die Kripo ...«

»Ich würde nur gern wissen, ob da etwas über eine Drogenbeschlagnahmung steht.«

»Hä?«, rief Viktor in den Hörer, um sich gleich wieder zusammenzureißen und die Stimme zu dämpfen. »Was soll das denn heißen? Hast du einen Hinweis, dass sie in Drogengeschäfte verwickelt war?«

Die Kommunikation lief offensichtlich auch in dem Designerhaus von Viktor und Gro nicht gerade optimal, dachte Agnes und musste sich eingestehen, dass sie das freute.

»Außerdem soll sie einmal festgenommen worden sein, auch wenn sie nur wenige Gramm Hasch bei sich hatte.«

»Warte mal«, sagte Viktor seufzend, und Agnes hörte, wie er durch das Polizeirevier ging. »Bestimmt wurde das schon überprüft. Aber mir hat niemand etwas davon gesagt.«

Sie konnte Viktors dichtes zerzaustes Haar direkt vor sich sehen. Die persönliche Hygiene war in den letzten Tagen ziemlich vernachlässigt worden. Während er offenbar versuchte, sich in einen PC einzuloggen, und laut fluchte, weil er sich mehrere Male bei der Passworteingabe vertippte, fragte Agnes sich mal wieder, ob ihr guter Freund nicht glücklicher wäre, wenn er seine Tage damit verbringen könnte, die Erde in seinem Garten umzugraben.

»Verdammt nochmal«, fluchte er, und es war nicht zu erkennen, ob er mit sich selbst oder mit ihr redete. »Tatsächlich ist sie mal in Gewahrsam genommen worden. Im Juli 1998 bekam Veslemøy Liland einen Verweis über dreitausend Kronen, weil sie acht Gramm Haschisch bei sich hatte. Von wem hast du das erfahren?«

»Das musst du nicht wissen.«

Eigentlich wollte sie einen sarkastischen Kommentar hinzufügen, von wegen, er solle mal mit seiner Frau reden, aber Viktor war plötzlich verstummt.

Und Viktor verstummte selten.

»Hm«, war schließlich von ihm zu hören.

»Was?«, fragte Agnes.

Kurz darauf war das Geräusch einer Tür zu hören, die ins Schloss fiel.

»Eigentlich dürfte ich dir das gar nicht sagen, aber da gibt es noch eine zweite Sache mit Veslemøy, von der mir niemand etwas gesagt hat. Einen Monat, bevor sie wegen Haschischbesitzes vorgeladen wurde, hat sie selbst eine Anzeige bei der Polizei erstattet.«

Der Vosso führte viel Wasser aufgrund der intensiven Regenfälle in den letzten Stunden. Agnes, beschützt von ihrem Regenschirm, betrachtete die Stromschnellen. Dicht neben ihr standen zwei ältere Menschen in Regenhose und Regenjacke, sicher so ein Ehepaar, das bei jedem Wetter seine übliche Runde drehte. Sie hielten sich an den Händen, schwiegen, wie sie es vielleicht die meiste Zeit taten, ohne dass es sie störte. Auch sie betrachteten das Wasser.

Plötzlich drang ein Sonnenstrahl zwischen den dunkelgrauen Wolken hindurch, und nach nur wenigen Sekunden zeigte sich über ihnen am Himmel ein Regenbogen. Das alte Ehepaar schaute auf und wies auf ihn, ein schöner, fast magischer Moment.

Aber in Agnes tobte es.

Zum Glück ging Ingeborg schnell ans Telefon.

»Ich bin es«, meldete Agnes sich. »Kannst du mal nachsehen, ob auf dem Foto, das du in deinem Album gefunden hast, ein Datum steht? Du weißt, das Foto, das entweder Kathrine und Vegard oder Veslemøy und Vegard zeigt.«

»Dein Privatdetektiv ist am Fall dran, gib mir zwei Minuten. Währenddessen kannst du mit dem Baby sprechen.«

Agnes hörte ein Geräusch, wahrscheinlich war das Handy auf den Fußboden gelegt worden. Sie sagte nichts, hörte am anderen Ende aber ein fröhliches Gurgeln. Was ihren Magen wieder zum Knurren brachte. Vielleicht war das eine Kommunikation auf einer anderen Ebene. *Baby whispers.*

»Warum steht heute kein Datum mehr auf der Rückseite aller Fotos? Das ist doch einfach genial«, sagte Ingeborg, als sie zurück war. »Das Datum ist der 16. Mai 1998. Und das Foto zeigt definitiv Veslemøy, das schwöre ich. Aber jetzt musst du mir erzählen, warum du das wissen willst, schließlich bin ich deine geheime Assistentin. Du bist mein Batman, ich bin dein Robin.«

»Okay«, stimmte Agnes zu. »Aber dann musst du mir versprechen, es keiner Menschenseele zu verraten.«

»Nicht einmal meiner buckligen Verwandtschaft? Quatsch. Hallo, momentan bist du eine meiner wenigen Quellen zu sozialen Kontakten hier im Ort, ich hätte nicht mal jemanden, dem ich irgendetwas erzählen könnte, selbst wenn ich wollte. Und ich will es ja sowieso auf keinen Fall. Nun schieß los.«

»Veslemøy hat Vegard Saue einen Tag, nachdem das Foto gemacht wurde, wegen Vergewaltigung bei der Polizei angezeigt.«

»Shit.«

Einen Moment lang blieb es in der Leitung still.

»Soll das bedeuten, dass mein Foto Beweismaterial sein könnte?«, fragte Ingeborg schließlich. »Und hast du auch gesehen, dass Vegard Saue heute in der Zeitung ist?«

»Ja, zur letzten Frage. Und nein, das Bild ist wohl kaum ein Beweis dafür, dass er sie vergewaltigt hat. Doch zumindest ist es ein Beweis dafür, dass es in irgendeiner Form physischen Kontakt zwischen den beiden gab. Aber der Fall wurde sowieso nicht verfolgt.«

Agnes wusste über die Formulierungen im Strafrecht weniger, als sie eigentlich sollte, aber eines wusste sie: Wenn Vergewaltigungsanzeigen nicht verfolgt wurden, dann in der Regel deshalb, weil die Polizei niemandem eine Schuld nachweisen konnte. Es stand »Mangel an Beweisen« als Begründung auf der geschlossenen Akte zu Veslemøys Anzeige. Was bedeuten konnte, dass die ärztliche Untersuchung, die ja stattgefunden haben musste, nachdem sie zur Polizei gegangen war, trotz allem keine Spermaspuren ergeben hatte oder dass zwischen Tat und Beweissicherung zu viel Zeit vergangen war. Wobei Letzteres kaum der Grund gewesen sein konnte, da die behauptete Vergewaltigung bereits am Tag, nachdem das Foto in Ingeborgs Fotoalbum gemacht worden war, angezeigt wurde. Und sollten die Ereignisse *früher* stattgefunden haben, dann hätte Veslemøy kaum an diesem Abend eng umschlungen mit Vegard auf Prestegardsmoen gestanden?

Ingeborg sagte das, was ihre Freundin nicht laut aussprechen mochte: »Also, wenn ich mir hier das Foto angucke und auch wenn ich fürchte, damit unsolidarisch mit allen Frauen auf der Welt und durch alle Zeiten hindurch zu sein, so sieht das Ganze verdammt freiwillig aus.«

»Mmm. Nun denke ich ja nicht, dass man die fachliche Einschätzung einer Hoteldirektorin als Grundlage für weitergehende Hypothesen nehmen sollte«, erwiderte Agnes. »Und es kann viel passiert sein, *nachdem* das Foto geschossen worden ist. Die Nacht ist lang. Aber ich wüsste schon gern, warum der Fall zu den Akten gelegt wurde. Sollten sie Sex gehabt haben, müssten doch die Beweise das bestätigen. Vielleicht stand ja auch nur Aussage gegen Aussage bei der Frage, ob der Beischlaf freiwillig war oder nicht.«

»Vielleicht traute Veslemøy sich einfach nicht, Kathrine zu beichten, dass sie Sex mit deren Freund hatte, und hat deshalb die Geschichte mit dem Übergriff erzählt?«

»Das wäre aber verdammt psychopathisch. Ich finde, das hört sich nicht glaubwürdig an. Aber etwas ist merkwürdig: Ich kann mich nicht daran erinnern, dass es irgendwelche Gerüchte in der Richtung gab, dass überhaupt eine Vergewaltigung stattgefunden hatte. Oder kannst du dich an so was erinnern?«

»Nein. Aber vielleicht waren wir damals so gegen alles eingestellt, dass wir überhaupt nicht hören wollten, worüber die Leute sich das Maul zerrissen haben. Einen Schluss können wir aber zumindest ziehen, Batman«, sagte Ingeborg, »dass es wohl kein Wunder war, dass Veslemøy *es mit den Nerven hatte*, wenn sie als Neunzehnjährige vergewaltigt wurde – oder wenn sie so aus der Spur war, dass sie eine Vergewaltigung anzeigte, die es nie gegeben hatte.«

Agnes war spät dran für das verabredete Interview mit dem Lokalhistoriker. Um nicht in Vangen herumirren und nach einem Parkplatz suchen zu müssen, stellte sie den Wagen vor dem großen Supermarkt ab, lief bei Rot schnell über den Zebrastreifen, bog bei Endeve Sport nach links ab und eilte dann weiter die Vangsgata entlang. Sie hastete die kleine Treppe zum *Ringheimskafeen* hinauf, das vor vielen Jahren den neuen, moderneren Namen *Ringside* bekommen hatte, den der Besitzer aber schnell wieder verschwinden ließ. Die Uhr an der Wand zeigte gerade erst Viertel nach, aber der Mann, der am Fenstertisch wartete, sah aus, als säße er bereits seit Stunden hier.

Sie hatte den Historiker früher schon einmal interviewt. Er gab jedes Jahr ein Buch heraus und hatte ein festes Abonnement für einen Spaltenplatz in der Zeitung. Seine Bücher verkauften sich gut, also war das *guter Stoff*, wie Eskildsen gesagt hatte, und jetzt lag die diesjährige Ausgabe auf dem Tisch bereit. Er ging sicher davon aus, dass Agnes das klassische Zeitungsporträt eines Menschen bringen wollte, getreu dem Motto »Person zeigt ihr Produkt, das er gern verkaufen möchte«.

»Sie gehen wohl nie in Rente, was?«, versuchte Agnes, die Stimmung etwas aufzulockern, dabei fiel ihr ein, dass der Typ immer gern zehn Minuten zu früh eintraf. »Kann ich Sie zu einer warmen Zimtschnecke überreden?«

Agnes wusste, dass Hefegebäck eine der Schwächen des Alten war. Als er nickte, sprang sie wieder auf und ging zum

Tresen. Ihr Magen schrie nach etwas zu essen, also legte sie ein Krabben-und-Ei-Sandwich auf das Tablett und holte sich noch eine Cola, bevor sie bezahlte und alles zurück zum Tisch brachte.

Der Historiker schaute sie mit hochgezogenen Augenbrauen an.

»Sorry!«, rief sie und eilte zurück, um die Zimtschnecke zu holen.

Jetzt musste sie sich hinter mehreren anderen Kunden anstellen, und während sie wartete, nickte sie Eskildsen zu. Er saß auf seinem Stammplatz am größten Fenstertisch zusammen mit dem Rest der Truppe, die sie gern als *Altherrenclub Recht und Ordnung* bezeichnete: der Bürgermeister, der ehemalige Polizeidirektor, den sie als Kind immer Onkel Polizei genannt hatte, und andere weißhaarige Männer. Einer von ihnen war früher Staatsanwalt bei der Polizei in Bergen gewesen, das wusste sie. Diese jetzigen oder ehemaligen Provinzkönige trafen sich mehrmals in der Woche hier im Café und saßen immer an dem größten Tisch nahe der Kasse. Agnes fand das etwas altmodisch, aber auch irgendwie nett und ein bisschen provokant. Sie hätte gern gewusst, worüber sie sich unterhielten, ob es um politische Diskussionen oder um Dorftratsch ging. Ob Viktor wohl irgendwann zu so einem Kreis hier im Ort eingeladen werden würde? Und sie selbst? Bis jetzt hatten noch nie Frauen dazugehört. Der Polizeichef Sigmund Storedal, der zu diesem Club gehörte, war heute nicht anwesend. Er hatte wohl andere Dinge, um die er sich kümmern musste.

In der Schlange ging es nur langsam voran. Ihr Blick traf den des Historikers, und sie verdrehte demonstrativ die Augen.

Dann holte sie ihr Handy hervor und suchte die Nummer von Kathrine Bøe. Es gab nur eine Person in Voss mit diesem Namen, also drückte Agnes auf das grüne Hörersymbol und bereute es augenblicklich. Aber es konnte wichtig sein. Aus ihrer Erfahrung mit Interviews von VIP-Leuten wusste sie, dass Ereignisse in Jugendjahren oft für den Rest des Lebens bedeutsam waren.

Und eine Anzeige wegen Vergewaltigung war ja wohl definitiv so ein Ereignis.

Sie war neugierig darauf, was Kathrine dazu zu erzählen hatte.

Aber ein Freizeichen ertönte nach dem anderen, ohne zum Anrufbeantworter umzuschalten, und plötzlich sagte eine schneidende Stimme hinter dem Tresen »Zweiunddreißig!«, und das offenbar nicht zum ersten Mal.

Agnes schaltete ihr Handy aus, bezahlte und eilte zurück zum Tisch.

»Wo waren wir stehengeblieben?«, fragte sie und stellte den Teller vor den Lokalhistoriker.

»Wir haben noch gar nicht angefangen«, erwiderte er leicht beleidigt.

Plötzlich fiel ihr auf, dass seine Stimme verdächtig der des Mannes ähnelte, der anonym bei der Zeitung angerufen und gefordert hatte, dass die Extremsportwoche abgebrochen werden sollte.

Als Agnes zurück in der Redaktion war, schaltete sie nicht den Computer ein, sondern blieb erst einmal vor dem Gerät sitzen und musterte das eigene Spiegelbild auf dem schwarzen Monitor. Sie sah erschöpft aus. Sie *war* erschöpft, sowohl was den Kopf als auch was den Körper betraf, und das Interview mit dem Historiker über sein sechshundert Seiten dickes Buch über die Geschichte des Gymnasiums von Voss hatten diesen Zustand nur noch verstärkt. Auch wenn das eigentlich ein Thema war, das sie interessierte, da sie ja selbst auf diese Schule gegangen war, so hatte sie momentan einfach nicht die überschüssige Kraft, sich damit näher zu beschäftigen. Stattdessen hatte sie den Autopiloten eingeschaltet und das Interview mit so überzeugender falscher Begeisterung absolviert, dass der Historiker richtig freundlich wurde und es auch immer noch war, als sie nach zwanzig Minuten das Gespräch beendete. Sie brauchten noch Zeit für das Foto, wie sie ihm erklärt hatte, um dann quer durch Vangen zu laufen, den Hügel zum Gymnasium hoch, wo auch ihr Wagen stand. Der Historiker schien beim Abschied zufrieden zu sein, und glücklicherweise musste Agnes das Interview erst am nächsten Tag zu Papier bringen, da es für die Samstagsausgabe geplant war.

Bis jetzt hatte sie noch nichts von Kathrine gehört, und die Pressekonferenz sollte erst in einer halben Stunde beginnen, also nahm sie sich das dicke Buch über das Gymnasium vor. Sie hatte nicht das Herz gehabt, das Leseexemplar abzulehnen, das der Historiker ihr schenken wollte, blätterte schnell die Seiten durch und stellte fest, dass das Buch zumindest üppig illustriert war. Alte Schwarz-Weiß-Fotos von ordentlich gekleideten Schülern und Lehrern in Reih und Glied aufgestellt, ihnen folgten verblasste Farbfotos aus den 1970ern und 1980ern, und zum Schluss gab es diverse Seiten mit farbintensiveren Motiven. Sie schlug das Buch beim Kapitel mit der Überschrift »Das Voss-Gymnasium von 1990 bis heute« auf und überflog die Bilder auf der Suche nach bekannten Gesichtern. Auf einem Foto sprach ein hochgewachsener Junge auf der Bühne der Turnhalle in ein Mikrophon. Die Bildunterschrift verriet, dass es sich um eine Rede aus dem Juni 1998 handelte:»Der Vorsitzende des Schülerrats, Vegard Saue, dankt den Schülern und Lehrern für drei schöne Jahre auf dem Voss-Gymnasium.«

Agnes schaltete den Computer ein, bewegte die Maus. Sie ging auf Facebook und tippte diesen Namen in das Suchfeld. Drei Treffer erhielt sie, zwei waren ältere Männer, den dritten erkannte sie sofort wieder. Er wohnte in Oslo, hatte aber an der Universität Tromsø studiert, mehr erfuhr sie von seinem ansonsten gesperrten Profil nicht.

Das Telefon klingelte. Agnes sah die 5633-Nummer auf dem Display. Der Anruf kam aus dem Krankenhaus, deshalb ging sie davon aus, dass es Fredrik war.

»Hallo, hier ist Kathrine Bøe. Mich hat jemand von dieser Nummer aus angerufen?«

Ihre Stimme hörte sich ängstlich und gleichzeitig skeptisch an.

»O ja, hallo, hier ist Agnes Tveit von der *Hordaland* ... Ich wollte nur fragen, ob du Zeit für ein kurzes Gespräch hast, aber das passt vielleicht momentan schlecht? Ich habe nicht damit gerechnet, dass du heute arbeitest.«

Etwas entspannter erklärte Kathrine, dass sie in einer Stunde Pause habe, dann könnten sie sich gern treffen, wenn es Agnes möglich war, ins Krankenhaus zu kommen.

Die Pressekonferenz sollte zu diesem Zeitpunkt beendet sein. Also verabredeten sie sich in der Kantine. Agnes schnappte sich Autoschlüssel und Tasche, blieb jedoch in der Tür stehen.

Sie wandte sich um, ging zurück zum Schreibtisch. Es gab da etwas, das sie noch schnell checken wollte. Sie öffnete noch einmal Facebook und tippte auf Vegard Saues »Freunde«. Sie hatten zehn gemeinsame, alle zusammen wohnhaft in Voss. Ingeborg war eine davon.

Robin war glücklicherweise aktiver in den sozialen Medien als Batman.

Agnes zwängte sich auf einen der wenigen noch freien Plätze im Büro des Polizeichefs. Zu dieser Pressekonferenz waren mehr Interessierte gekommen als zur ersten, was kein Wunder war, nachdem jetzt bestätigt worden war, dass Veslemøy Liland auf spektakuläre Art und Weise ermordet worden war. Agnes musste das Bild der Frau im Gras, des Gesichts, dessen eine Hälfte schön und die andere zerstört war, aus ihrem Kopf löschen.

Die Ermittlungsleiterin der Kripo saß schon am Tisch, zusammen mit Storedal. Agnes schätzte sie auf Anfang fünfzig. Das Gesicht stark geschminkt. Die Stirn faltig, der Blick scharf.

Storedal begrüßte die Anwesenden kurz, stellte dann seine Kollegin vor und überließ ihr das Wort. Und auch die Kripochefin vergeudete keine Zeit mit überflüssigen Einleitungsfloskeln.

»Der Polizeidistrikt Vest hat heute einen Mann in den Vierzigern des Mordes an Veslemøy Liland angeklagt«, verkündete sie mit resoluter Stimme. »Der Mann wurde heute kurz vor vierzehn Uhr vor seinem Wohnsitz festgenommen, die Festnahme verlief ruhig. Er leugnet die Tat. Zum jetzigen Zeitpunkt möchten wir nichts über die Nationalität des Mannes oder seine Beziehung zu dem Mordopfer bekanntgeben.«

Als gäbe es einen einzigen Menschen in diesem Raum, in diesem Ort, der nicht verstand, dass es sich bei dem Verhafteten um Steven Smith handelte.

Sie hatten ihn kurz nach Veslemøys Beerdigung festgenommen.

»Grund für die Festnahme waren Aussagen des Mannes bei seinem Verhör bei der Polizei, hinzu kamen elektronische Funde auf dem Mobiltelefon der Getöteten. Der Betreffende wird noch im Laufe des Tages ins Untersuchungsgefängnis in Bergen überstellt.«

Mit ihrem blonden Haar und dem weißen Kittel verschmolz Kathrine Bøe, die Katze, fast mit den Krankenhauswänden.

Zwar hatte sie immer noch diese strengen Gesichtszüge, aber ansonsten hatte sie sich seit der Zeit, als sie Klassenkameraden in der Schule verprügelte, ziemlich verändert. Was noch deutlicher wurde, da das Tigertattoo unter der Kleidung verborgen war und kein Snusklumpen unter der Oberlippe klebte. Mit ihrer jetzigen Erscheinung hätte sie die Hauptrolle in einer der Krankenhausserien spielen können, die im Fernsehen liefen: Die furchtlose, idealistische Ärztin, die mit sicherer Hand und natürlicher Autorität Kindern half, gesund zu werden, und die ihnen immer einen weisen Spruch mit auf den Weg geben konnte. Eine, die nach einer Zwanzigstundenschicht nach Hause ging, den Kittel mit dem Seidennachthemd vertauschte, sich in die Armbeuge des Arztgeliebten legte und im Bett Fachliteratur las. Schon bald begann der Liebste, sie auf die Ohren zu küssen, also klappte sie das Buch zu, nahm die große Lesebrille ab, und schon hatten sie leidenschaftlichen Sex.

»Natürlich sollte ich heute eigentlich nicht arbeiten. Aber es gab so viele Neuaufnahmen und Urlaubsausfälle auf der Station, dass ich trotzdem die Spätschicht übernehmen musste. Und zudem ist es auch ganz schön, an andere Dinge denken zu können«, sagte Kathrine. »Ist etwas passiert?«

Sie ließ die Hände in den Kitteltaschen, auch als sie sich setzte. Schaute sich um, als hielte sie nach jemandem Ausschau wie eine Katze, die Gefahren wittert. Agnes reichte ihr einen Becher Kaffee, den sie aus dem Automaten geholt hatte, und nachdem Kathrine einen großen Schluck getrunken hatte, schien sie ein wenig zur Ruhe zu kommen. Sie zog eine kleine Dose heraus, öffnete sie und nahm eine Prise Snus, offensichtlich war das in den Pausen erlaubt.

Agnes beschloss, mit der Nachricht über Stevens Verhaftung noch ein wenig zu warten.

»Ich wollte mich nur gern kurz mit dir unterhalten, wenn das in Ordnung ist. Für mehr Hintergrundinformationen.«

Kathrine nickte. Sah auf gewisse Weise erleichtert aus.

»Natürlich. Und – sorry, dass ich im *Tre Brør* dir gegenüber so schroff gewesen bin«, sagte sie. »Ich wollte ... deine fachliche Kompetenz ... nicht in Zweifel ziehen. Ich war nur so traurig und erschöpft ...«

Und betrunken, dachte Agnes.

»... und das Letzte, was ich an dem Abend gebrauchen konnte, das war ein Gespräch mit einer Journalistin. Aber inzwischen habe ich gemerkt, dass du nicht dieser gewisse Typ von Journalistin bist.«

Agnes fragte sich insgeheim, was für ein Typ von Journalistin sie nach Kathrines Meinung war, sah aber ein, dass es jetzt nicht der richtige Zeitpunkt wäre, danach zu fragen.

»Du scheinst so eine zu sein, mit der man tatsächlich reden kann«, fuhr Kathrine fort. »Das haben die anderen auch gesagt. Wobei Gro gefürchtet hat, dass sie vielleicht etwas zu viel erzählt hat, so dass du einen unnötig negativen Eindruck von Veslemøy bekommen musstest – auch von uns? Ich hoffe, das stimmt nicht.«

Sie warf Agnes einen Blick zu, den diese nicht deuten konnte.

»Überhaupt nicht,« widersprach Agnes, »ich habe nur den Eindruck bekommen, dass Veslemøy es nicht leicht gehabt hat, zumindest nicht in ihrer Kindheit und Jugend.«

»Nein, sie hat es wirklich nicht leicht gehabt«, stimmte Kathrine zu, jetzt mit diesem sanften Arztblick, ein sicherer Blick, der oft eingesetzt wurde, um Patienten zu beruhigen. »Aber sie war immer so stark. Schon als wir Kinder waren, sie ist eigentlich immer allein zurechtgekommen.«

»In welcher Beziehung?«, fragte Agnes.

»In jeder Beziehung. Sie hat sich nie nach den anderen gerichtet, ist in die Berge gegangen und stand allein auf Skiern, als sie gerade erst in die Schule ging, solche Sachen. Ihre Eltern waren ja nie da: Die Mutter war krank und teilweise jahrelang bettlägerig, bevor sie schließlich starb, und der Vater ... Die Geschichte kennst du ja, wie ich weiß. Veslemøy war es unglaublich wichtig, für die eigenen Kinder da zu sein.«

Agnes dachte ans Fallschirmspringen und die Epilepsie, sagte aber nichts.

»Du selbst hast keine Kinder?«, fragte sie.

Kathrine schüttelte den Kopf.

»Das hat sich für mich nie ergeben. Lange Zeit wollte ich

keine haben. Das Studium war so lang, sechs Jahre medizinische Ausbildung, und als ich dann im Haukeland anfing, habe ich nebenher meine Facharztausbildung gemacht. Zu der Zeit war an Familiengründung überhaupt nicht zu denken.«

Sie verstummte. Agnes sagte nichts dazu, und schon bald sprach Kathrine weiter.

»Die Sache ist die, dass ich eine Fernbeziehung hatte mit einem Typen, viele Jahre lang, und mit der Zeit kam bei mir der Wunsch nach einer netten kleinen Familie auf. Das Gefühl wurde immer stärker, und schließlich habe ich ihm offen gesagt, dass ich Mutter werden wollte. Leider hatte er nicht den Wunsch, Vater zu werden. Also war Schluss, und fünf Minuten später kriegte er mit einer anderen Frau ein Kind. So sieht es aus«, erklärte sie. »Und wie es sich ergeben hat, bin ich zufrieden mit der Situation. Trotz allem habe ich im Krankenhaus schrecklich gern mit Kindern zu tun.«

Agnes gefiel diese verwundbare Variante der Katze sehr viel besser als der Gin trinkende, freche Typ.

»Warum bist du eigentlich zurück nach Voss gezogen?«

»Um mich um die alte Generation zu kümmern. Ist das nicht immer der Grund, um zurück nach Hause zu ziehen? Ich habe mich jahrelang um einen alten, pflegebedürftigen Onkel in Bergen gekümmert, dann wurde meine Mutter hier in Voss so gebrechlich, dass sie auch meine Hilfe brauchte. Eine Weile bin ich dann immer hin und her gefahren, aber neben der Arbeit noch zwischen Bergen und Voss zu pendeln, das wurde zu anstrengend, also habe ich ihr die Priorität gegeben. Ich hätte es in meiner Jugend nie für möglich gehalten, ins Elternhaus zurückzuziehen, aber jetzt hocke ich da, ein Stockwerk über meiner alten Mutter. Und da geben sich nur wenige Männer die Klinke in die Hand. Aber sag mal«, unterbrach Kathrine sich selbst und schaute auf die Uhr, »ich habe nur eine halbe Stunde Pause und nehme an, du bist nicht hergekommen, um dich mit mir über mein phänomenales Leben zu unterhalten?«

»Das interessiert mich auf jeden Fall«, widersprach Agnes und meinte es ehrlich. »Aber du hast recht, eigentlich bin ich gekommen, um dich nach etwas anderem zu fragen. Es geht um eine Sache, die sicher überhaupt nicht wichtig ist und die außerdem schon viele Jahre zurückliegt. Nur – in so einem Fall kann ja plötzlich alles von Interesse sein, und ... nun ja, es geht darum, dass ich in einem alten Fotoalbum ein paar ... Bilder aus eurer Abiturientenzeit gesehen habe.«

Kathrine runzelte die Stirn. O je, dachte Agnes, da habe ich am falschen Punkt angesetzt. Ich hätte direkt über die Vergewaltigung sprechen sollen.

»Und auf einem der Fotos habe ich ... jedenfalls sah es so aus, als ob ... Veslemøy und Vegard ...«

Mehr brauchte Agnes nicht zu sagen. Kathrine erbleichte.

»Ist da was passiert? Während du und Vegard ... Ich meine, während ihr ein Paar wart?«

»Weißt du, das ist schon so lange her, dass ich zuletzt darüber nachgedacht habe«, antwortete Kathrine und holte wieder die Snusdose heraus. »Aber immer wenn ich das tue, bin ich noch wütend.«

»Verständlich.«

»Meine beste Freundin und mein Liebster. Sicher, wir waren jung, und ja, garantiert auch betrunken, aber für mich war das Verrat – und ein äußerst schmerzhafter. Scheint irgendwie zu meinem Leben zu gehören.«

Kathrine ließ ein kurzes, freudloses Lachen hören, und Agnes wurde unsicher.

»Wie hast du herausgefunden, was passiert ist?«, fragte sie.

»Veslemøy hat es mir ein paar Tage später erzählt«, erwiderte Kathrine. »Ich habe am gleichen Tag mit Vegard Schluss gemacht. Und Veslemøy und ich, wir haben nie wieder darüber gesprochen, was passiert war.«

»Warum nicht?«

»Weil ich es vermieden habe, weil ich feige war, weil ich es einfach nicht geschafft habe. Ich habe darauf gewartet, dass sie zu mir kommen und sich entschuldigen würde. Und wenn sie das nicht täte, dann wollte ich es auf eine Konfrontation ankommen lassen, wenn ich so weit war. Doch dann wurde irgendwie nichts draus, nichts aus dem einen, nichts aus dem anderen. Niemand erfuhr, was passiert war. Und Veslemøy hat sich sicher zu sehr geschämt, um es noch anderen zu erzählen.«

Agnes war verwirrt.

Wusste Kathrine denn nicht, dass Veslemøy zur Polizei gegangen war? Sie musste doch der Freundin von der Vergewaltigung erzählt haben?

Plötzlich fiel Agnes das Interview des Pensionärs mit den Mädchen der Veko ein. Das musste gut einen Monat nach den Abiturfeiern stattgefunden haben. Sie erinnerte sich, dass Kathrine in dem Artikel Veslemøy mit blumigsten Worten beschrieben hatte, was im Hinblick auf das, was vorher geschehen war, eigenartig war. Aber das konnte natürlich alles auch nur Show für die Außenstehenden gewesen sein. Der Pensionär hatte bestimmt nicht den Unterton herausgehört, wenn es denn einen gegeben haben sollte.

»Wie hast du es geschafft, trotzdem weiterhin mit Veslemøy befreundet zu sein?«, fragte Agnes. »Das konntest du doch sicher nicht vergessen.«

»Ach weißt du, ich habe einfach beschlossen, die ganze Sache zu vergessen. Veslemøy als Freundin war mir wichtiger als so ein idiotisches Verhalten unter Abiturienten.«

»Weißt du, ob sie später noch Kontakt hatten?«

»Wer? Vegard und Veslemøy?«

Während sie das fragte, schien ihr etwas in den Sinn zu kommen, und sie sah fast erschrocken aus.

»Davon weiß ich nichts«, sagte Kathrine. »Aber jetzt muss ich gehen. War da sonst noch etwas?«

Agnes nickte.

»Die Polizei hat gerade eine Pressekonferenz abgehalten und bekanntgegeben, dass sie jemanden wegen Mordverdachts festgenommen haben.«

Eine schockierte, aber gefasste Kathrine Bøe nahm die leeren Tassen und stellte sie in die blaue Plastikkiste. Die Ärztin schwebte wie eine engelartige Gestalt durch den Raum. Agnes war überrascht, welche Wirkung die Nachricht auf Kathrine gehabt hatte.

Sie hatte sich nicht getraut, das Thema anzusprechen, weswegen sie eigentlich gekommen war. Plötzlich hatte sie nicht mehr gewagt, die behauptete Vergewaltigung zu erwähnen, nicht den Mut gehabt, weiter in der Vergangenheit zu bohren. Sie hatte Angst vor Kathrines Reaktion. Und sie rechtfertigte ihre Feigheit damit, dass sie eigentlich gar keinen Zusammenhang zwischen den Ereignissen von vor zwanzig Jahren und der heutigen Straftat sehen konnte.

Aber sie war noch genauso neugierig wie bei ihrer Ankunft. Vielleicht sogar noch neugieriger.

Die Chance, Kathrine Bøe direkt zu fragen, hatte sie verpasst. Es gab jedoch noch jemanden, mit dem sie reden konnte. Blitzschnell fasste sie einen Entschluss. Manchmal war es besser zu handeln, ohne erst zu überlegen. Sie zog ihr Telefon heraus, suchte nach der Nummer, von der sie vermutete, dass sie immer noch stimmte. Und während sie die Freizeichen zählte, zwang sie sich dazu, nicht darüber nachzudenken, dass es ihr vor dem Anruf graute und dass sie nicht wusste, welche Konsequenzen dieses Telefongespräch haben könnte. Und sie versuchte auch zu verdrängen, dass sie keine Ahnung hatte, was sie sagen sollte.

»Hallo, Sie sind auf laut geschaltet«, sagte der Mann am anderen Ende, und dann hörte Agnes ein Kind, das sang »Itze bitze Spinne«. Jetzt gab es kein Zurück mehr.

»Spreche ich mit Vegard Saue?«

»Ganz genau. Tut mir leid, dass die Verbindung so schlecht ist, ich bin im Auto. Worum geht es denn?«

Agnes spürte, wie ihr das Blut in den Kopf schoss, als er seinen Namen sagte, und sie hatte kaum den Namen Veslemøy Liland erwähnt, da konnte sie hören, wie Saue den Wagen anhielt, zu jemandem »Du bleibst hier« sagte und die Wagentür hinter sich zuschlug.

»Was wollen Sie?«

Nun musste sie Farbe bekennen, also holte sie tief Luft.

»Veslemøy Liland hat Sie im Frühling 1998 wegen Vergewaltigung angezeigt. Hatten Sie danach jemals wieder Kontakt zu ihr?«

Es blieb so lange still, dass sie schon glaubte, er würde ihr tatsächlich etwas erzählen.

Doch da irrte sie sich.

Vegard Saue schrie so laut, dass sie das Telefon vom Ohr weghalten musste.

»*Wer, zum Teufel, bist du?* Was gibt dir das Recht, alte Anschuldigungen wiederauszugraben? Wegen etwas, für das ich nie verurteilt, ja, nicht einmal angeklagt wurde? Das hätte mein Leben zerstören können, bist du dir darüber im Klaren? Ganz zu schweigen von meiner Karriere. Ich werde es diesem Scheißkaff nicht erlauben, mich mit noch mehr Dreck zu bewerfen, als es das schon getan hat.«

Je lauter Saue brüllte, umso ruhiger wurde Agnes, ganz im Gegensatz zu den Momenten, wenn sie sich mit Fredrik stritt.

Seine Reaktion ließ Agnes vermuten, dass sie nicht die Erste war, die ihn wegen dieser Geschichte anrief. Wahrscheinlich war die Polizei bereits mit ihm in Kontakt getreten, und Saue hörte sich nicht so an, als wollte er auch nur ein einziges klärendes Wort sagen, nachdem er seine Tirade beendet hatte. Also entschuldigte Agnes sich, ihn gestört zu haben, verabschiedete sich und legte auf.

Sollten die Anschuldigungen gegen ihn grundlos gewesen sein, verstand sie gut, dass er so wütend geworden war. Andererseits reagierten die Leute ja meistens heftiger, wenn sie sich wegen irgendetwas schuldig fühlten, oder?

Jedenfalls konnte niemand sie daran hindern, im Internet zu recherchieren. Das Erste, was ihr auffiel, nachdem sie sich unter Ingeborgs Facebook-Profil eingeloggt hatte, war, dass Vegard Saue seine Freunde mit einem Foto eines süßen kleinen, dunkelhaarigen Babys beglückte, das in seinem späteren

Leben sicher den Vater dafür hassen würde, dass er ein Nacktfoto von ihm ins Netz gestellt hatte. Das Zweite, was sie verblüffte: Unter den Fotos der Freunde waren erstaunlich wenige aus Voss. Sie wollte das Profil bereits schließen, als ihr doch noch ein bekanntes Gesicht ins Auge fiel. Chefredakteur Eskildsen stand kerzengerade im Smoking direkt hinter dem Bräutigam auf einem Familienfoto von der Hochzeit. Und als sie ein anderes Gruppenbild genauer ansah, auf dem Vegard Saue abgebildet war, mit der Unterschrift »Reunion 2008«, tauchte noch jemand auf, den sie kannte, und zwar noch sehr viel besser.

Meine Güte, Viktor war tatsächlich zum zehnjährigen Abijubliäum gegangen, obwohl er selbst gar keine Abiturfeier mitgemacht hatte. Sie konnte sich nicht daran erinnern, dass ihr Kumpel das jemals erzählt hatte. Schnell wählte sie seine Nummer.

»Ehrlich gesagt, das habe ich tatsächlich vergessen«, antwortete Viktor. »Aber es stimmt, und es war tatsächlich ein ganz netter Abend.«

»Erinnerst du dich, ob du dich an dem Abend mit Vegard Saue unterhalten hast?«

»Das habe ich tatsächlich. Damals hat er in Tromsø Jura studiert. Netter Typ. Ich finde es immer noch merkwürdig, dass er damals wegen Vergewaltigung angezeigt worden ist.«

»Weißt du, ob er seinerzeit verhört wurde?«

»Der Staatsanwalt hat sicher mit ihm gesprochen, aber wohl nur, um ihn über seine Rechte zu informieren und darüber, dass die Polizei laut Strafprozessordnung, Paragraph 230, niemanden dazu zwingen kann, eine Aussage zu machen. Was ja stimmt. Eigentlich unnötig, daraus ein Problem zu machen, wie ich finde, außerdem kann ich gut verstehen, dass es für einen Mann in seiner Position belastend sein kann, in einen Mordfall verwickelt zu werden, nur weil es mal eine uralte Anzeige bei der Polizei gegeben hat.«

Agnes wollte gerade aufstehen und die Cafeteria des Krankenhauses verlassen, als ein junger Mann etwas vor sich herschob, das aussah wie eine durchsichtige Plastikbox auf Rädern. Zuerst begriff Agnes nicht, was da in der Box lag. Es sah aus wie ein Haufen Decken. Sie überlegte, ob der junge Mann wohl hier arbeitete, aber er trug keinen Kittel, und seine Wangen waren gerötet. Da entdeckte sie eine winzige, hellblaue Mütze, die an einem Ende der Box herausragte. Das Baby konnte nicht älter als einen Tag sein. Und der Vater, bei dem kaum der Bartwuchs eingesetzt hatte, sah reichlich überfordert aus. Es schien, als wüsste er nicht, was er machen oder wo er den Winzling lassen sollte, denn er sah hungrig zum Essenstresen, dann wieder zu dem Plastikwagen, ohne sich zu bewegen.

»Ich kann auf ihn aufpassen, solange du dir was zu essen holst«, schlug Agnes vor.

Der Junge schaute sie unsicher an.

»Geht das? Ist das ... erlaubt?«

»Ich verspreche, nicht mit ihm wegzulaufen«, versicherte Agnes lächelnd, bereute aber gleich den Scherz, da der Junge noch unruhiger wurde.

»Geh ruhig. Es sind ja nur zehn Meter bis zum Tresen, du kannst mir die ganze Zeit zuwinken.«

»Ja, gut, danke.«

Der Junge lächelte dankbar, gab dem schlafenden Neugeborenen einen Kuss auf die Stirn und eilte zu den Frikadellen.

Jetzt erkannte sie ihn wieder. Er war ein Nachzügler in der Familie einer ihrer Klassenkameradinnen, mit der sie aber seit langer Zeit keinen Kontakt mehr hatte. Agnes konnte sich noch erinnern, dass er geboren wurde, als sie ins letzte Schuljahr gingen. Die Eltern der Freundin hatten sich scheiden lassen, und die Mutter lebte mit einem neuen Partner zusammen. Der Junge konnte nicht älter als zwanzig sein. Wie das wohl ist, Papa zu werden, wenn man selbst gerade erst die Pubertät überstanden hat? In dem Alter hatte sie damals nicht das geringste Fürsorgebedürfnis gespürt.

»Agnes?«

Fredrik kam zu ihr an den Tisch und schaute verwirrt auf das Baby.

»Was tust du hier?«, fragte Agnes.

»Ich arbeite hier.«

»Ja, ja, natürlich.«

»Aber was tust *du* hier?«

»Spiele Babysitter. Näher kann ich nicht an ein Baby herankommen.«

Genau in dem Moment kam der junge Mann zurück, Frikadellen und ein Glas roten Saft auf einem Tablett. Er stellte es auf den Nachbartisch und holte die Box mit seinem Sohn.

»Vielen Dank für die Hilfe, das war wirklich nett«, erklärte er, um sich dann auf sein Essen zu stürzen.

Plötzlich wachte der Säugling neben ihm mit einem Schrei auf, und der gestresste Fast-noch-Teenager-Papa schaufelte sein Essen, so schnell er konnte, in sich hinein, stopfte sich die letzte Frikadelle fast ganz in den Mund, um mit dem Nachwuchs davonzueilen.

»Apropos, hast du eigentlich ...«, begann Fredrik, setzte

sich an den Tisch und schaute sie fragend an, fuhr dann mit Flüsterstimme fort: »Hast du diesen Monat eigentlich deine Tage gekriegt? Ich meine, weil du nichts davon gesagt hast.«

»Noch nicht.«

Sie konnte den Funken Hoffnung in Fredriks Augen erkennen. Sie erzählte ihm nicht, dass sie vier Tage über der Zeit war und dass drei noch nicht geöffnete Schwangerschaftstests in ihrem Teil des Badezimmerschranks zu Hause auf sie warteten. Sie stellte fest, dass er Crocs trug, die Sorte, die man im Kindergarten an den kleinen Füßen sehen konnte. Nicht gerade besonders sexy.

»Also, was tust du *eigentlich* hier?«, fragte Fredrik.

»Ich habe mich mit jemandem unterhalten, über einen Fall«, sagte sie und hoffte, dass er nicht weiter nachbohrte.

»Nicht über einen Fall, um den du dich laut Arbeitsanweisung nicht mehr kümmern sollst, wie ich hoffe?«

Er hielt ihren Blick fest. Sie wusste, er konnte ihr ansehen, wenn sie log. Also sagte sie lieber nichts, schürzte nur die Lippen, und er lehnte sich auf dem Stuhl zurück, verschränkte die Arme und nickte langsam.

»Mein Gott, Agnes Tveit arbeitet aus eigener, innerer Antriebskraft und auf eigene Initiative? Ich bin beeindruckt. Komm nur auf keine dummen Gedanken, ja? Vergiss nicht, es geht um Mordermittlungen. Das ist kein Kinderspielplatz.«

»Wer sagt, dass ich spiele?«

»Niemand, niemand.« Fredrik sah aus, als fürchtete er, sie könnte explodieren. »Aber ich weiß, dass es Kathrine war, mit der du gesprochen hast. Ich bin ihr gerade auf dem Flur begegnet. Vielleicht hast du ja vergessen, dass wir Kollegen sind?«

Sie beugte sich zu ihrem Liebsten vor.

»Welchen Eindruck hast du eigentlich von ihr?«

»Oh, endlich bin ich auch zu etwas zu gebrauchen, ja?«, bemerkte Fredrik lächelnd. »Was soll ich sagen? Kathrine ist tüchtig. Sehr tüchtig, wir sprechen oft darüber, dass wir beide die Arbeit an einem größeren Krankenhaus vermissen.«

»Dann war es ja umso edler, dass sie im Haukeland aufgehört hat und hierhergezogen ist, um sich um ihre Mutter zu kümmern.«

»Hat sie das gesagt?«

»Wieso, stimmt das nicht??«

»Doch, das wird schon stimmen.«

»Nun komm schon, spuck's aus!«

»Sorry«, sagte Fredrik und tat so, als verschlösse er sich den Mund. »Schweigepflicht.«

Agnes seufzte schwer.

»Mit anderen Worten: Du bist zu gar nichts zu gebrauchen.«

WOLLT IHR ZUM ESSEN KOMMEN!, schrieb ihr Vater. Zu der SMS gehörte außerdem ein Emoji, eine Katze, die vor lachen weinte. Agnes wusste, dass sie bei Nachrichten ihres Vaters weder den Gebrauch von Ausrufungszeichen statt Fragezeichen noch den verrückten Gebrauch von Emojis, die nur selten zum Inhalt passten, ernst nehmen musste. Er konnte schreiben: »Guter Artikel heute!« und ein beleidigtes Gesicht anhängen. »Immer noch erkältet!« und eine tanzende Dame. Nachdem ihr Vater entdeckt hatte, dass er diese kleinen graphischen Elemente an die Textmitteilungen anhängen konnte, hatte sie einige Zeit darauf verwendet, die Kombinationen von Text und Bild zu deuten. Doch schon bald hatte Agnes begriffen, dass es einfach das reine Chaos war. Leute über siebzig sollten wirklich kein Handy in die Hand bekommen.

Fredrik arbeitet, aber ich komme gern, antwortete sie ihrem Vater und verzichtete auf ein Emoji.

Das passte perfekt.

Denn sie brauchte dringend etwas zu essen, der Blutzuckerspiegel war gefährlich tief gesunken.

Und außerdem hatte sie einige Fragen an ihre Eltern.

Als sie auf der Auffahrt zu ihrem Elternhaus parkte, waren die dunklen Wolken verschwunden, und die Sonne schien wieder. Ihr Vater saß auf der Vortreppe, mit nacktem Oberkörper und in kurzer Hose, die die weißen, haarlosen Altmännerbeine zeigte, über die sie sich immer amüsierte. Es musste schon eine gewisse Art von Tropenhitze sein, dass er auf die lange Hose verzichtete.

Ihr Vater hatte auf sie gewartet. Die Haustür war angelehnt, und der Geruch von Eintopf drang nach außen.

»Wie geht es dir, mein Mädchen?«, fragte er und rutschte ein Stück zur Seite, so dass sie sich neben ihn auf die Treppe setzen konnte.

»Es geht. Viel zu tun bei der Arbeit. Und bevor ich von dem Essensduft ganz hypnotisiert werde und vergesse, dich zu fragen: Wer war 1998 hier der Polizeichef?«

»Achtundneunzig? Na, das war doch Svein«, antwortete der Vater. »Svein Vatle, der in dem braunen Haus neben der Schule wohnt.«

»War das Onkel Polizei?«

»Es ist wohl schon eine ganze Weile her, seit ihn jemand so genannt hat, inzwischen ist er wohl eher Opa Polizei, aber das stimmt, das war Svein. Er ist vor zehn, zwölf Jahren in Pension gegangen, ist jedoch immer noch dabei, wenn wir einmal im Monat Bowling spielen, obwohl er langsam auf die Achtzig zugeht.«

Agnes beschloss, später nachzuschauen, ob der alte Mann zu Hause war. Aber erst einmal: etwas essen.

»Wollen wir reingehen?«, fragte sie.

»Ja, klar, aber setz dich vorher noch mal zu mir, es gibt da etwas, worüber ich gern mit dir reden würde«, sagte ihr Vater.

Sofort machte sie sich Sorgen, wie immer, wenn *jemand mit ihr über etwas reden* wollte, denn in der Regel waren das nie angenehme Gesprächsthemen, um die es dabei ging.

»Ist dir aufgefallen, dass Mama in letzter Zeit häufiger hustet?«

»Ob mir das aufgefallen ist? Ich habe ihr doch bereits mehrmals gesagt, sie solle zum Arzt gehen und checken lassen, ob es sich um eine Bronchitis handelt. Es ist ja wohl offensichtlich, dass sie Antibiotika braucht. Sie hustet ja wie ein Bierkutscher.«

Sie gab sich Mühe, den Ton unbeschwert zu halten, da ihr Vater plötzlich todernst dreinschaute. Es schien, als zögere er weiterzusprechen.

»Was ist, Papa?«

Sein Blick verwandelte ihre Besorgnis in pure Angst.

»Sie hat es getan. War beim Arzt, meine ich. Es war keine Bronchitis. Also haben sie die Lunge geröntgt, um sicher zu sein, ob es eine Lungenentzündung ist«, fuhr er fort. Agnes wurde unter dem verschwitzten T-Shirt ganz kalt, denn so, wie er das sagte, hieß es, dass es auch keine Lungenentzündung war.« »Und da ... haben sie eine Geschwulst entdeckt. In dem einen Lungenflügel.«

Agnes starrte ihren Vater an.

»Eine Geschwulst«, wiederholte sie. »In dem einen Lungenflügel.«

Er nickte.

»Mama will nicht, dass du es jetzt schon erfährst, bevor sie bei der CT war. Und genauer Bescheid weiß – über die Prognosen.«

Agnes sah ihre Mutter vor sich, wie sie in der Küche stand und für die Tochter die Brote schmierte.

»Versuchst du gerade, mir zu erzählen, dass Mama *Lungenkrebs* hat?« Plötzlich musste sie lachen, ein Lachen, das weh tat im Hals. »Jetzt hör aber auf, Papa.«

Ihre Mutter war, solange Agnes sich erinnern konnte, niemals dem Nikotin auch nur nahe gekommen, geschweige denn hatte sie in ihrem ganzen Leben je einen Zug an einer Zigarette genommen. Sie wurde wütend, als sie Agnes einmal beim heimlichen Rauchen hinter dem Haus erwischt hatte.

Also, bitte.

Strikte Nikotingegner bekommen doch keinen Lungenkrebs.

»Glaub mir, mein Mädchen, ich würde mir auch wünschen, dass es nicht stimmt.«

Der Vater sah sie mit feuchten Augen an.

»Nein«, erwiderte sie, denn sie konnte es einfach nicht glauben, wollte es nicht glauben.

»Wie gesagt, sie will nicht darüber reden, und sie weiß nicht, dass ich dir davon erzähle. Aber ich will, dass du das weißt, damit du nicht grübelnd herumlaufen musst. Damit du ... vorbereitet bist auf das, was kommen könnte.«

Das, was kommen könnte.

Das Lichtbild einer Großmutter, die mit den Enkelkindern Pfefferkuchen backt, wurde schroff nach rechts geschoben, und von links erschien ein neues Bild: Kinder, die neben einem Krankenhausbett sitzen, in dem eine sterbende alte Frau liegt. Das Bild einer agilen Oma, die die Kinder aus dem Kindergarten abholte, wurde ersetzt durch eines mit einem Sarg, der in die Erde gelassen wurde.

Plötzlich stand die sonnengebräunte Mutter lächelnd in der Türöffnung.

»Hier sitzt ihr rum und starrt Löcher in die Luft! Kommt rein zum Essen, solange es noch warm ist!«

Agnes nickte.

Sie ging zur Toilette, um sich die Hände zu waschen und zu weinen.

Das Haus von Onkel Polizei war immer noch so niedlich, wie sie es in Erinnerung hatte – und ihn ebenso.

Als sie fast ihr Ziel erreicht hatte, musste sie noch einmal eine Runde gehen, weil sich ihre Augen erneut mit Tränen füllten.

Sie hatte während des Essens auf ihren Teller geschaut und kein Wort gesagt. Nicht weil sie diesen idiotischen Wunsch ihrer Mutter respektieren wollte, sondern weil sie einfach nicht in der Lage war, darüber zu sprechen. Sonst wäre es für sie viel realer geworden.

Nie im Leben wäre ihr der Gedanke gekommen, dass ihre Mutter krank werden könnte. All die Jahre über, als sie in Oslo lebte und glaubte, dort auch zu bleiben, war ihr Schreckensszenario, dass der Vater krank werden könnte. Dass die

Mutter allein zurückbliebe. Wobei sie davon ausging, dass bis dahin noch viele, viele Jahre Zeit wäre. Schließlich waren ihre Eltern jung und fit, wanderten im Sommerhalbjahr jedes Wochenende in die Berge und ruderten im Kajak auf dem See bei der Hütte. Beide waren gut durchtrainiert auf diese zähe Art, wie es ältere Menschen oft sind.

Eine sehnige, sonnengebräunte Siebenundsechzigjährige im Kajak bekam keinen Lungenkrebs.

Agnes blieb mitten auf der Straße stehen, holte ihr Handy heraus. Suchte unter Lungenkrebs + Nichtraucher.

Las, dass fünfzehn bis zwanzig Prozent der Lungenkrebsfälle in der westlichen Welt nicht mit Tabakkonsum in Verbindung standen. Und dass etwas mehr als vierzehn Prozent der Frauen, die daran erkrankten, nach fünf Jahren noch lebten.

Das Gefühl, dass alles in ihrem Leben kurz davor war zusammenzubrechen, überfiel sie so überraschend, dass sie sich nicht in der Lage sah, dem etwas entgegenzusetzen.

Mit Mühe riss sie sich zusammen, wischte die Tränen ab und lief zu dem braunen Haus, an dessen Vorderfront sie keine Klingel finden konnte. Also klopfte sie energisch an die Tür.

Es öffnete niemand, aber als Agnes um das Haus herumging und in den üppigen Garten schaute, entdeckte sie den eleganten älteren Mann, der unter einem Apfelbaum saß und die *Bergens Tidende* las. Er trug einen Strohhut, der ihn vor der Abendsonne schützte, ein in jeder Hinsicht idyllischer Anblick wie ein Werbefoto fürs Rentensparen. So ein Alter hatte Agnes sich auch für ihre Eltern vorgestellt.

»Hallo?«, rief sie, es konnte ja sein, dass der Mann nicht mehr so gut hörte. »Svein Vatle, ja?«

»Ja, genau, das ist mein Name«, erwiderte der Mann verschmitzt und lüftete den Hut wie ein Gentleman aus einer anderen Zeit. »Und wer sind Sie, junge Dame?«

Onkel Polizei war im Laufe ihrer Kindheit mehrere Male in der Schule zu Besuch gewesen, hatte den Kindern den Gebrauch von Reflektoren in der dunklen Jahreszeit nahegelegt und erklärt, warum man einen Helm benutzen und sich von Drogen fernhalten sollte.

»Ich heiße Agnes Tveit«, sagte sie, »ich bin die Tochter von ...«

»Nein, so etwas, ist das tatsächlich das Tveit-Mädchen!«, unterbrach Vatle sie. »Ja, wirklich. Ich muss schon sagen, du bist ziemlich gewachsen seit damals, als du mit selbst geschriebenen Losen an meiner Tür standest und behauptet hast, die wären für die Turngruppe. Haha, das werde ich niemals vergessen! Und du bist Journalistin geworden? Ich habe einiges gelesen, was du geschrieben hast, in der *VG* und sonst wo. Eskildsen hat eine Goldhenne eingefangen, als er dich eingestellt hat.«

Es überraschte Agnes, dass der alte Polizist die Klatschspalten der Regenbogenpresse las, gleichzeitig freute sie sich, dass mal jemand ihre Karriere würdigte, was einen hellen Strahl in all das Dunkel brachte. Am liebsten hätte sie ihn an sich gedrückt.

Vatle stand auf und zeigte auf das Gartentor, neben dem der Briefkasten hing.

»Komm rein und setz dich, dann kriegst du auch etwas Kaltes zu trinken«, sagte er. »Bist du beruflich hier?«

»In gewisser Weise ja«, sagte sie. »Ich habe ein paar Fragen.«

Svein Vatle zog schnell einen Gartenstuhl heran und goss aus einer Kanne mit Eiswürfeln ein Glas so voll mit Wasser, dass es überlief. Dann beugte er sich über den Gartentisch.

»Na, dann schieß mal los«, sagte er. »Wenn es etwas gibt, womit ein alter Rentnerpolizist dir dienen kann, dann ist es mir eine Freude. Geht es um den Fallschirmmord? Ich habe alles in den letzten Tagen genau verfolgt.«

»Ja, vielleicht hat das damit zu tun, vielleicht aber auch nicht«, erklärte sie. »Also, es hört sich möglicherweise etwas merkwürdig an, dass ich das jetzt ausgrabe, aber ich würde gern wissen, ob Sie sich daran erinnern können, am 17. Mai 1998 eine Anzeige wegen Vergewaltigung aufgenommen zu haben?«

Sie hätte schwören können, dass Vatles Glas für eine Sekunde vor seinem Mund verharrte, bevor er einen Schluck trank.

»Konkrete, abgeschlossene Fälle kann ich leider nicht kommentieren. Ich unterliege immer noch der Schweigepflicht, auch wenn ich pensioniert bin«, antwortete er mit der Autorität und der Miene eines Polizeibeamten, der nicht zu viel sagen darf. Eine Rolle, die er hier unter dem Apfelbaum vermisste, das konnte Agnes deutlich sehen. »Aber wenn du danach fragst, dann ist es möglich, dass so eine Anzeige einmal am Nationalfeiertag eingegangen ist. Und wenn ich mich nicht sehr irre, dann wurde der Fall eingestellt.«

Plötzlich hatte Agnes das Gefühl, als säße sie in einem der Räume im Polizeirevier und nicht im Garten eines alten Mannes.

»Das stimmt«, bestätigte sie. »Aus Mangel an Beweisen, so steht es in den Akten. Aber was ich gern wissen würde, das ist zum einen, warum der Fall eingestellt wurde, und zum anderen, warum nirgends steht, wo die Beweisstücke gelagert wurden?«

»Die Beweisstücke gibt es nicht mehr«, sagte Vatle. »Wenn ein Fall abgeschlossen wird, ob nun nach einer Verurteilung oder weil er eingestellt wurde, werden die Beweisstücke in der Regel weggeworfen oder zerstört.«

»Was? Ist das nicht eine etwas merkwürdige Praxis?«

»Das sehen viele so. Aber dieses Vorgehen ist gesetzmäßig, trotzdem meinen einige, dass es eine Bedrohung der Rechtssicherheit darstellt. Schließlich wird dadurch ja eine Wiederaufnahme des Falls zu einem späteren Zeitpunkt erschwert.«

»Können Sie sich noch erinnern, warum der Fall eingestellt wurde?«

Vatle lächelte.

»Gute Journalisten haben in der Regel mehr als eine Frage, ja, ja«, entgegnete er. »Ich würde dir gern helfen, aber zum einen gibt es die Schweigepflicht, und zum anderen bin ich ein alter Mann. Details wie diese sind schon seit langer Zeit aus meinem Kopf verschwunden. Aber wenn ich die Sache generell betrachte, gehe ich davon aus, dass die Anzeige höchstwahrscheinlich zurückgenommen wurde.«

»Warum das? Ist das oft zu Ihrer Zeit passiert, dass Leute eine Anzeige, die sie bei der Polizei gemacht haben, später zurückzogen?«

»Was heißt schon oft. Ab und zu ist das passiert. Besonders, wenn es um die Anzeige sexueller Übergriffe ging. Viele haben das später bereut. Wie gesagt, kann ich nicht spezifisch über diesen Fall berichten, aber im Allgemeinen gibt es unter den jungen Mädchen eine Tendenz, in diesen Dingen nicht immer die Wahrheit zu sagen. Außerdem ist ja oft viel Alkohol mit im Spiel, und wenn so ein Mädchen dann wieder zur Vernunft kommt, sieht sie schon mal ein, dass das, was passierte, auf freiwilliger Basis passiert ist. Und dann ändert sie ihre Meinung und möchte einen anderen Menschen lieber nicht einer Hexenjagd aussetzen.«

Ihre Unterlippe blutete, hatte sie doch im Verlauf der halben Stunde, die sie bei dem normalerweise liebenswerten Onkel Polizei verbracht hatte, immer wieder darauf beißen müssen. Hoffentlich war Svein Vatle in seiner aktiven Amtszeit nicht so konservativ gewesen wie jetzt in seinen alten Tagen. Agnes hätte wetten können, dass er nicht gerade begeistert war von Einwanderern aus anderen Ländern oder Müttern kleiner Kinder, die einen Beruf ausübten.

Sie hatte ein merkwürdiges Gefühl. Vor allem war da die Unruhe über das, was ihr Vater ihr unter dem Siegel der Verschwiegenheit erzählt hatte. Hinzu kam die stetig wachsende Neugier, was Veslemøy Liland betraf.

Agnes erschien es äußerst merkwürdig, dass sie Vegard Saue bei der Polizei wegen Vergewaltigung angezeigt und dann die Anzeige wieder zurückgezogen hatte.

Gleichzeitig konnte sie verstehen, dass Frauen, die so einem Übergriff ausgesetzt gewesen waren, es als äußerst belastend empfanden, wenn sich die Ermittlungen in die Länge zogen und dass sie trotz allem eine eventuelle Gerichtsverhandlung nicht über sich ergehen lassen wollten. Denn so viel wusste Agnes: Vergewaltigungsfälle wurden selten so schnell bearbeitet, wie es sein sollte. Sie hatte gelesen, dass es eine Frist von hundertdreißig Tagen gab, um derartige Fälle aufzuklären, es der Polizei aber nur selten gelang, diese Frist einzuhalten. Der Durchschnitt hatte vor ein paar Jahren zweihundertsieben Tage betragen. Mehr als ein halbes Jahr. Viel zu lange.

Und dennoch hatte sie das Gefühl, dass in Veslemøys Fall etwas nicht stimmte.

Es musste doch andere Leute geben, die mehr darüber wussten?

Bevor sie losfuhr, schickte sie eine SMS an Viktor mit der Bitte herauszufinden, ob es der Polizeichef Svein Vatle gewesen war, der am 17. Mai 1998 auf der Wache Dienst gehabt hatte.

Die Antwort kam schnell: *Nein, das war der diensthabende Beamte, er hieß Torgeir Tveiterås. Aber wolltest du nicht aufhören, dich um den Fall zu kümmern?*

Im Telefonverzeichnis im Netz gab es keinen Treffer für Torgeir Tveiterås in Voss. Aber es zeigte eine Festnetznummer für diesen Namen in Askøy bei Bergen.

Mehr als eine Minute klingelte es, ohne dass jemand den Hörer abnahm. Agnes wartete geduldig. Vielleicht war der alte Polizeibeamte ja schlecht zu Fuß und brauchte seine Zeit, um aufzustehen, durch die Stube und auf den Flur zu gehen, zur »Telefonbank«, die dort wahrscheinlich stand.

Plötzlich hörte sie ein Räuspern im Hörer, aber es dauerte auch danach noch eine Weile, bis er sich meldete: »Tveiterås.«

Danach war ein leiseres Räuspern zu hören. Offenbar war die Stimme an diesem Tag noch nicht benutzt worden.

»Hallo, Torgeir Tveiterås, hier ist Agnes Tveit von der Zeitung *Hordaland* in Voss.«

»Ja, guten Tag.«

»Ich bin Journalistin und beschäftige mich mit dem Fallschirmmord«, log Agnes. »Und ich würde Ihnen gern ein paar Fragen zum Hintergrund eines Ereignisses stellen aus Ihrer aktiven Zeit als Polizist. Es geht um die Anzeige der Verstorbenen, Veslemøy Liland, wegen einer Vergewaltigung, die sie 1998 bei der Polizei gestellt hat, offenbar während Ihrer Schicht auf der Wache. Können Sie sich noch an den Fall erinnern, und wissen Sie vielleicht noch, warum er eingestellt wurde?«

Wieder Räuspern. Dann eine kleine Pause.

»Tut mir leid«, erwiderte er. »Darüber kann ich nichts sagen.«

»Sie können mir nicht sagen, ob die Anzeige zurückgezogen wurde?«

»Doch. Jetzt, wo Sie das sagen, war es wohl so«, bestätigte der Mann am Telefon.

»Aber können Sie mir auch sagen ...«

»Vielen Dank für den Anruf. Und viel Erfolg bei der Arbeit.«

Der kleine Fleck an der Decke, dunkelviolett und in der Größe einer Ein-Kronen-Münze, irritierte sie schon seit ihrem Einzug. Waren das Reste einer toten Fliege? Spuren von Rotwein? Blut? Quatsch. Sie starrte ihn an, sie musste ihn wegwischen. Das Letzte, was sie jetzt gebrauchen konnte, waren schlaflose, grüblerische Stunden in diesen allzu hellen Sommernächten.

Neben ihr machte Fredrik so einen Lärm, dass es kaum auszuhalten war. Sie bildete sich ein, dass es selbstzufriedene Laute wären, das Schnarchen eines Mannes, der so geringfügige Probleme hatte, dass er tief und fest und ohne Rücksicht auf seine Umgebung schlafen konnte.

Agnes überlegte, ob sie aufs Sofa umziehen sollte, bevor sie aggressiv wurde, doch dann fiel ihr ein, dass sie bei ihrem Einzug die normalen Bettdecken gegen eine riesige Doppeldecke eingetauscht hatten. Viktor hatte ziemlich spöttisch über diese Neuanschaffung gelacht und gewettet, dass sie sich innerhalb eines Monats wieder von ihr verabschieden würden, aber Agnes hatte darauf bestanden und behauptet, Fredrik und sie seien eigentlich viel romantischer, als es den Anschein hatte.

Nachdem sie überlegt hatte, eine Schere zu holen, um die Decke in zwei Teile zu schneiden und damit ein für alle Mal dieses Scheinidyll zu beenden, holte sie stattdessen die geräuschdämpfenden Kopfhörer, die sie im Flugzeug aufsetzte. Sie waren so groß, dass sie keine andere Wahl hatte, als auf dem Rücken zu liegen, aber sie halfen gegen den Lärm des Bettnachbarn.

Genau so hatten sie nebeneinander in ihrer Wohnung in Oslo gelegen, in der Nacht, in der sie beschlossen, nach Voss zu ziehen. Als sie den Plan zur Sprache brachte, war Fredrik zunächst mit vorsichtigen Einwänden gekommen.

»Eigentlich könnten wir noch ein, zwei Jahre hier wohnen bleiben, der Umzug kann doch warten, bis der älteste Knirps in den Kindergarten kommt, oder?«, schlug er vor.

Er kannte mehrere Leute, die es so gemacht hatten. Denn erst, wenn die Kleinen in der Lage waren, allein herumzulaufen, brauchte man einen Flecken Gras vor dem Wohnzimmerfenster. Aber sie hatte bereits eine Entscheidung getroffen. Plötzlich war sie bereit für ein Leben als Mutter, und zwar jetzt. Und die Vestlandluft würde es ihr einfacher machen, schwanger zu werden, dessen war sie sich vollkommen sicher. Außerdem war es ein guter Zeitpunkt, um eine Abfindung mitzunehmen. Den letzten Grund dafür, dass es ein guter Zeitpunkt war, die Großstadt zu verlassen, erwähnte sie nicht.

Und schließlich war er einverstanden, vielleicht fürchtete er, sie zu verlieren, wenn er sich sträubte. Anschließend war er unbekümmert eingeschlafen und hatte geschnarcht – wie immer.

Aber in der heutigen Nacht sah sie keine Chance, noch einschlafen zu können. Ihr Kopf war so voll mit Gedanken, dass sie gar nicht erst versuchte, die Augen zusammenzukneifen.

Sie dachte an ihre Mutter.

Sie dachte an Veslemøy Liland und daran, dass die Krebserkrankung, die beide Mütter getroffen hatte, noch etwas war, was sie miteinander verband.

Sie dachte an den Mordfall.

Gleich ganz früh am nächsten Morgen wollte sie mit all den neuen Informationen zu Eskildsen gehen, mit allem, was sie herausgefunden und was sie nicht herausgefunden hatte. Und hoffte, ihn überzeugen zu können, dass er seine Meinung änderte, was die Bearbeitung dieses Falls betraf.

Und noch etwas hatte sie am nächsten Tag in aller Frühe zu erledigen, dachte sie und zuckte zusammen, als das Schnarchen lauter wurde.

Einen Moment lag sie ganz still da und stellte sich vor, wie es wohl wäre, ein Kissen auf den Mund neben sich zu drücken und es festzuhalten.

Dann starrte sie erneut auf den Fleck an der Decke.

Sie schaute auf die Uhr. Fast Mitternacht. Kurz zögerte sie, dann schickte sie eine SMS an Joni und fragte, ob sie auch noch wach sei.

Agnes schlüpfte in den abgetragenen roten Bademantel, den sie von ihrer Mutter geerbt hatte, und setzte sich aufs Sofa. Der Frotteestoff roch immer noch leicht nach deren Parfüm. Vielleicht hätte sie den Bademantel der Mutter waschen sollen, bevor sie ihn anzog. Aber an diesem Abend begann sie, bei dem vertrauten Geruch leise zu schluchzen.

Das Telefon vibrierte in ihrer Hand, also wischte sie sich die Tränen ab und richtete sich ein wenig auf. Sie hatte das Handy auf lautlos geschaltet, damit Fredrik nicht von dem Klingeln geweckt wurde.

»Hej«, sagte eine leise Stimme am anderen Ende, »*sleepless in Vossevangen?*«

»Genau. Du auch?«

»So wie jede Nacht.«

»Ich gehe davon aus, dass du dich wieder um die Zwillinge kümmerst?«

»Ja. Die sind so toll, aber es zerreißt einem das Herz, jetzt bei ihnen zu sein. Die ganze Zeit fragen die beiden nach Mama und Papa, die Ärmsten, und ich weiß nicht, was oder wie viel ich ihnen erzählen soll. Aber wolltest du etwas Bestimmtes?«

»O je, du musst ehrlich sagen, wenn du findest, dass ich zu viel herumschnüffle, aber mir geht eine Sache nicht aus dem Kopf, und deshalb würde ich dich gern danach fragen.«

»Schieß los«, ermunterte Joni sie.

Agnes beschloss, ihre Frage ohne Umschweife zu stellen:

»Hast du gewusst, dass Veslemøy nach der Abifeier Vegard Saue wegen Vergewaltigung angezeigt hat?«

Ein paar Sekunden lang blieb es still.

»Was sagst du da?«, sagte Joni.

»Das hat sie tatsächlich. Am 17. Mai 1998.«

»Das gibt's doch nicht! Wieso, um alles in der Welt, weiß ich nichts davon?«, rief Joni ins Telefon. »Die arme Veslemøy.«

»Das Verfahren wurde eingestellt. Jemand, der bei der Polizei arbeitet, hat Andeutungen gemacht, dass sie die Anzeige später wieder zurückgezogen hat. Außerdem habe ich mit Vegard gesprochen. Er behauptet, das wäre eine falsche Beschuldigung gewesen.«

Jetzt dämpfte Joni ihre Stimme wieder.

»Natürlich muss er das sagen. Aber ich habe Veslemøy besser gekannt als die meisten, und ich weiß, dass sie *niemals* jemanden bei der Polizei angezeigt hätte, wenn sie nicht einen guten Grund dafür gehabt hätte.«

Wieder verstummte sie, als dächte sie über etwas nach.

»Jetzt verstehe ich natürlich auch, warum sie so heftig reagiert hat, als sie hörte, dass Saue zum neuen Bezirksstaatsanwalt ernannt worden war«, fuhr Joni nach einer Weile fort. »Das war irgendwann im Frühling, wir haben darüber am Telefon gesprochen, und ich habe nichts begriffen, als sie mir sagte, sie wolle den BT-Journalisten anrufen, der ihn interviewt hatte, und ihm erzählen, was für einer der neue Bezirksstaatsanwalt eigentlich sei. Und dann hat sie noch gesagt, dass sie mir später mehr darüber erzählen wolle.«

Zum dritten Mal verstummte Joni während des kurzen Gesprächs.

»Ich muss mit Kathrine reden«, sagte sie schließlich.
»Über die Anzeige wegen der Vergewaltigung?«
»Ja. Und darüber, dass jemand gesehen hat, wie Vegard Saue gestern aus ihrem Haus kam.«

FREITAG

Im Haus war es so still, dass Agnes den Regen auf die Dachrinnen trommeln hören konnte, als sie die Plastikhülle aufriss.

Sie musste so dringend pinkeln, dass sie das weiße Etui herauszog, bevor sie sich den Schlaf aus den Augen rieb. Dann warf sie die Verpackung weg und stöhnte, als sie endlich dem Druck nachgeben konnte. Routiniert achtete sie darauf, den weißen Stab unter den mittleren Urinstrahl zu halten, und das exakt so viele Sekunden, wie es auf der Packung stand.

Wenn die Frau in der Apotheke nur wüsste. Agnes hatte diese Prozedur schon so oft durchgezogen, dass sie einen Kursus in Schwangerschaftstestausführung geben könnte. Das einzig Schlechte daran war das Ergebnis. Dreizehn Striche, kein Kreuz. So sah bisher die traurige Statistik aus.

Sie blieb auf der Kloschüssel sitzen und zwang sich, noch nicht auf den Stab zu gucken. Das kleine Fenster im Badezimmer zeigte als einziges im Haus nach Osten, eine Aussicht, die sie sich eigentlich gewünscht hatte. Jetzt richtete sie ihren Blick auf Horndalsnuten, die Bergspitze, auf der normalerweise das ganze Jahr über Schnee lag. Und jetzt war der Berg fast im Nebel verschwunden, es sah aus, als wäre dichter Rauch wie von Zauberhand auf einzelne Flecken des Grüns verteilt, als würde es hinter den kleineren Hügeln brennen. Der Nebel lag auch über dem Vangsvatnet, ein tief herabgezogenes Dach, das den Ort noch ein wenig klaustrophobischer erscheinen ließ.

Ihr Herz schlug schnell und hart.

In nur wenigen Sekunden konnte die Zukunft ihr in einer anderen Farbe erscheinen, einen anderen Geschmack annehmen, einen neuen Geruch. Etwas Neues könnte ihre Gedanken beschäftigen, etwas anderes als Lungenkrebs und Mord.

Sie atmete tief in den Bauch hinein und dann langsam durch den Mund aus.

Dann hob sie den Stab hoch.

In dem kleinen Fenster zeigte sich der rote Strich Nummer vierzehn.

Agnes blieb still sitzen und wartete noch eine Weile auf den Querstrich, der aber nicht kam.

Und sie spürte etwas Sonderbares, Unerwartetes.

Ein Gefühl der Erleichterung.

Der Kaffeeduft drang bis unter die Bettdecke und lockte sie aus dem sicheren, dichten Dunkel heraus.

Sie hatte keine Ahnung, wie spät es war.

Fredrik stellte das Tablett vorsichtig auf die Bettdecke, so dass es etwas wacklig zwischen ihren Beinen lag. Er hatte nicht nur Kaffee mit der Druckkanne gemacht, sondern außerdem noch zwei Scheiben Brot mit einer dicken Schicht Nutella beschmiert. Jetzt schaute er sie an, den Kopf zur Seite geneigt, und Agnes begriff, dass er das Teststäbchen im Mülleimer im Bad entdeckt haben musste.

Das war ein Sorry-dass-ich-dich-auch-in-diesem-Monat-nicht-schwanger-gemacht-habe-Frühstück im Bett.

Sie trank einen Schluck Kaffee, ohne etwas zu sagen.

»Tut es dir leid?«, fragte Fredrik.

Du tust mir leid, dachte sie.

»Schon in Ordnung.«

Er setzte sich neben sie aufs Bett, lehnte den Kopf gegen das Kopfteil.

»Vielleicht ist es so weit, dass wir uns Alternativen überlegen sollten?«, meinte er. »Inzwischen ist schon ziemlich viel Zeit vergangen. Wir sollten mal sehen, welche Möglichkeiten es gibt, dass du Hilfe kriegen kannst.«

Agnes wandte sich langsam ihm zu.

»*Ich* soll Hilfe brauchen? Wieso bist du so sicher, dass ich es bin, mit der etwas nicht in Ordnung ist?«

»Nein, da bin ich mir nicht sicher«, erwiderte Fredrik. »Aber die Wahrscheinlichkeit ist größer, dass das Problem bei dir liegt, da ich trotz allem ja ... schon früher die Waren habe liefern können.«

Das Problem.

Die Waren habe liefern können.

Agnes fühlte sich mit einem Mal genauso weichgekocht wie das fehlende Frühstücksei.

»HALLO, auch wenn du als Teenager deinen Samen freizügig verteilt hast, so bedeutet das doch nicht, dass deine Spermien heute noch lebensfähig sind! Mein Gott, es ist ja wohl mehr als zwanzig Jahre her, dass deine arme Jugendliebe eine Abtreibung machen musste«, sagte sie und fügte leise hinzu: »Und zwanzigtausend Weinflaschen.«

»Was hast du gesagt?«

»Nichts.«

»Agnes.«

»Okay, ich finde, du trinkst zu viel. Alkohol zerstört die Spermien.«

Fredrik sah sie an, als wäre sie eine unwissende dumme Kuh.

»Was – das habe ich gelesen!«

»Zum einen ist das nur ein Mythos, das habe *ich* gelesen, und ich wage zu behaupten, dass ich mehr medizinische Fachartikel lese als du. Neuere Forschungen kommen zu dem Schluss, dass es keinen Grund gibt, aufzuhören, Alkohol zu trinken, auch wenn man ein Kind haben möchte, aber man sollte – natürlich – ausschweifende Sauftouren vermeiden. Was übrigens für Männer wie auch für Frauen gilt, und ich glaube, du hast da im letzten Jahr häufiger über die Stränge geschlagen als ich. Ich genehmige mir ein paar lächerliche kleine Gläser Wein manchmal abends unter der Woche, und dann sitzt du hier und willst andeuten, dass ich – dass ich kurz davor sei, Alkoholiker zu werden?«

»Das sind deine Worte. Aber es geht doch auch um die Einstellung. Es scheint nicht so, als ob das Ja oder Nein viel für dich bedeuten würde. Du bist ja so entspannt, da unten auf dem Grund deines Rotweinglases.«

»Jetzt ist aber langsam Schluss, Agnes. Hast du dir mal überlegt, dass ich vielleicht ab und zu ein Glas Wein brauche, gerade *weil* es so viel für mich bedeutet? Hast du dir eigentlich ein einziges Mal klargemacht, dass ich deinetwegen meine Karriere als Chirurg im Rikshospital aufgegeben habe, um in der Notaufnahme eines kleinen Provinzkrankenhauses zu arbeiten, und das in dieser windigen und nassen Gegend, nur weil wir Eltern werden wollen? Es ist kaum möglich, noch mehr Druck auf die kleinen Jungs da unten auszuüben.

Ich esse Walnüsse, weil die gut für die Samenqualität sein sollen, verdammt nochmal. Walnüsse! Ich hasse Walnüsse! Und du bist die ganze Zeit nur kalt und abweisend, und da soll ich mich, verflucht nochmal, nicht einmal ab und zu bei einem Glas Wein entspannen. Irgendwas muss ich ja wohl noch tun dürfen, damit ich nicht total durchdrehe!«

Es kam nicht oft vor, dass Fredrik wütend wurde, und er fluchte so gut wie nie. Agnes musste zugeben, dass es ihr gefiel mitanzusehen, wie der wohlerzogene Junge zurückschlug, die Kontrolle verlor. Wäre das ein Film, sie wäre geil davon geworden, und er wäre geil davon geworden, wütend zu sein, und dann hätten sie wilden Sex gehabt.

Einige Dinge in Kinofilmen waren vollkommen unrealistisch.

»Und du«, fuhr Fredrik mit säuerlicher Miene fort, »man kann ja nicht gerade behaupten, dass du dich ungemein anstrengst, deinen Körper so fit zu halten, dass er ein Baby austragen könnte. Und ich habe erst vor kurzem gelesen, dass ein gesunder Lebensstil und eine gute Form hilfreich für die Fruchtbarkeit sein sollen. Wann hast du dich das letzte Mal auf einen Heimtrainer oder auf ein richtiges Fahrrad gesetzt? Wann bist du das letzte Mal gejoggt? Sagen wir, so vor einem Jahr? Oder vor fünf? Und ich kann mir nicht vorstellen, dass die Teilnehmerinnen im Mamaforum Hamburger, Cola und Käsepopps als Teil einer Präschwangerschaftskost empfehlen, ganz zu schweigen von geschmolzenem Käse zum Frühstück. So langsam habe ich tatsächlich den Verdacht, dass du das extra tust, damit du *nicht* schwanger wirst. Und warum, zum Teufel, hocken wir dann hier in diesem Kaff?«

Jetzt war er zu weit gegangen.

Der Vorhang rauschte runter.

»Vielen Dank für die Predigt«, sagte Agnes und schob sich die eine Brotscheibe fast vollständig in den Mund. »*Und für das fruchtbarkeitshemmende Nutella!*«, brüllte sie, dass ihr die Brotkrumen aus dem Mund flogen.

Die Polizei hatte zu einer weiteren Pressekonferenz eingeladen, wieder frühmorgens.

Agnes war immer noch wütend und traurig und voller Gefühle, die sie weder verstand noch deuten konnte. Sie musste einfach raus aus dem Haus, also beschloss sie, direkt zum Polizeigebäude zu fahren, ohne Eskildsen zu informieren.

Kurz bevor die Pressekonferenz anfangen sollte, schlich sie sich in den Raum und setzte sich auf die hinterste Bank. Nur Sekunden später ließ sich Åkervold direkt neben ihr nieder. Sein Blick huschte über ihre Brust. Sie spürte, wie es ihr eiskalt den Rücken hinunterlief.

»In den letzten Tagen haben wir mehrere Informationen erhalten, die ein neues Licht auf die Umstände der Tat werfen«, begann die Chefermittlerin der Kripo. »Aus ermittlungstechnischen Gründen ist es immer noch zu früh, konkretere Fakten über die Motivation des Tatverdächtigen zu nennen, aber die Polizei möchte heute gern eine Suchmeldung an die Öffentlichkeit herausgeben.«

Agnes schaute Viktor verblüfft an, aber er erwiderte nicht einmal ihren Blick, starrte nur wie ein Achtjähriger mit schlechtem Gewissen zu Boden.

»Wir möchten gern Kontakt aufnehmen zu einem norwegischen Mann Anfang zwanzig, der am Sonntag mit in dem Cessna-Flugzeug saß, oder Informationen über ihn bekommen. Er sprach Trønder Dialekt und war mit an Bord, um den Formationssprung zu filmen. Seitdem sind weder der Mann noch seine Ausrüstung irgendwo gesehen worden«, erklärte die Ermittlungsleiterin.

Agnes schaute sich um, die Reaktionen der anderen Journalisten interessierten sie. Wollten die da vorn sagen, dass sie erst jetzt entdeckt hatten, dass noch jemand mit im Flugzeug war, und dass dieser Jemand verschwunden war? War es möglich, einen größeren »Verdächtig«-Stempel auf der Stirn zu tragen als diesen?

»O Mann«, sagte sie zu Åkervold, als die kurze Pressekonferenz beendet war.

»Überrascht?«, fragte er.

»Das kann man wohl sagen«, erwiderte Agnes.

»Dann kann ich nur empfehlen, die *VG* zu lesen«, erwiderte er.

»Wieso, hast du darüber geschrieben?«

»Aber klar.«

»Und wann?«

Åkervold schaute auf die Uhr an seinem Handgelenk, dabei fiel ihm das Haar in die Stirn.

»Tja, der Artikel ist vor ... ungefähr einer Minute veröffentlicht worden.«

Sie trat so fest aufs Gaspedal, dass der Polo erschrocken lospreschte.

Der Streit mit Fredrik, das gestrige Gespräch mit ihrem Vater – alles lastete schwer auf ihrer Brust wie eine Schicht Dreck, die sie nicht wegreiben konnte. Außerdem hatte diese Ken-Puppe von einem *VG*-Journalisten sie wieder einmal gedemütigt, und das auf mehrere Arten gleichzeitig. Sie war wütend und wollte ihre Wut für etwas nutzen. Wollte Birger Flakne, den Leiter des Festivals, dazu bringen, ihr zu erzählen, was er eigentlich trieb. Mittlerweile gab es ein ganzes Bündel an Fragen, die sie ihm stellen wollte. Und gleichzeitig sah sie immer noch das selbstzufriedene Grinsen von Tor Erik Åkervold vor sich.

FALLSCHIRMMORD: ZUM SCHWEIGEN GEZWUNGEN, lautete die Überschrift des Leitartikels bei *VG.no*.

Der junge Fallschirmspringer aus Trondheim war gefragt worden, ob er nicht bei der Eröffnung des Festivals am Sonntag filmen könnte. Das Problem dabei war nur, dass er nicht gesagt hatte, dass sein Zertifikat abgelaufen war. Die Veko hätte große Probleme bekommen können, wenn herauskam, dass er nicht vorher kontrolliert worden war. Und da er behauptete, nichts zu dem Fall sagen zu können, hatte er den Bescheid bekommen, sich nicht bei der Polizei melden zu müssen.

Wer hatte diese Anweisung gegeben?

Birger Flakne.

Auf dem Foto neben dem *VG*-Interview mit dem Fallschirmspringer saß der arme Kerl auf einem Felsen und schaute mit ernstem Blick auf die Start- und Landebahn von Bømoen. »Es tut mir leid, dass ich nicht sofort zur Polizei gegangen bin«, sagte er. »Jetzt ist mir klar, dass der Druck, den die Festivalleitung auf mich ausgeübt hat, mich des Mordes verdächtig macht. Aber ich bin unschuldig!«

Åkervold hatte außerdem das Video angeschaut, das der junge Mann während des Formationssprungs gedreht hatte. Er schrieb, dass er das nicht ins Netz stellen könne, »wegen der schrecklichen Bilder«.

VG ging scharf mit dem Festivalleiter ins Gericht. Was mehr als verdient war.

Agnes hielt abrupt den Wagen vor dem Festivalbüro an, stapfte ins Zelt und kam genauso schnell wieder heraus. Dann gab sie »Skjervet« ins GPS ein.

Es war an der Zeit, diesen unreifen kleinen Gernegroß, der ja wohl irgendwie für alles verantwortlich war, auf den Topf zu setzen.

An diesem Tag ließ der Skjervsfossen seine Muskeln spielen.

Aus ihrer Kindheit kannte Agnes das Gefühl, dicht an dem Wasserfall zu stehen, die Augen geschlossen, und eine sanfte Dusche von den aufspritzenden Wassertropfen abzubekommen. Sie erinnerte sich noch genau daran, und diese Dusche wäre sicher momentan sehr erfrischend gewesen, aber dafür hatte sie jetzt keine Zeit. Außerdem hing immer noch ein leichter Nieselregen in der Luft, es würde also nicht den gleichen Effekt haben. Sie blieb am Zielbereich stehen und schaute die kurvige Straße hinauf.

Die Sportler kamen mit Vollhelm, Overall und Handschuhen den Asphalt auf dem Skateboard heruntergesaust. Sie sahen alle aus wie kleine Jungs. Longboard war eine weitere der nicht ganz so extremen Extremsportarten, deren Sinn Agnes noch nie verstanden hatte, auch wenn die Umgebung für diese Aktivität spektakulär war.

Sie schaute sich um und entdeckte Birger Flakne, auf einem Campingstuhl am Rand der Schlucht sitzend. Es schien, als amüsierte er sich prächtig beim Gespräch mit einem der Teilnehmer. Wieder kochte die Wut in ihr hoch. Sie marschierte hin und stellte sich direkt vor ihm auf.

»Solltest du nicht bei der Polizei sein?«

Flakne schaute zu ihr hoch. Seine Regenjacke war offen, unter ihr trug er einen Pullover mit dem Logo von Voss Rafting und dem Motto *We guarantee to wet your pants*.

»Wie bitte?«, fragte er.

»Was treibst du hier eigentlich für ein Spiel?«

Sie versuchte, in seinem Gesicht zu lesen, suchte nach einem Zeichen von Reue oder schlechtem Gewissen, aber Birger Flaknes Miene war ungefähr so ausdrucksvoll wie die eines Schafs.

»Ich werde noch mit der Polizei über diesen Typen aus Trøndelag reden, wenn du das meinst. Ich habe mich schon dafür entschuldigt, dass ich bisher nichts gesagt habe. Das war dumm von mir.«

»Genauso dumm wie nichts davon zu sagen, dass du ein Verhältnis mit Veslemøy Liland hattest?«

Das war ein Schuss ins Blaue, aber da war so ein Gefühl, das sie schon lange hatte, und jetzt gab es kein Zögern mehr.

Flakne sprang von seinem Stuhl auf.

»Lass uns woandershin gehen.«

Sie folgte ihm zu einer Bank mit Blick auf den Wasserfall. Das Verhalten des Festivalchefs war vollkommen anders, als er stehen blieb und sich ihr zuwandte.

»Wie hast du das herausgefunden?«

Bingo.

»Spielt doch keine Rolle. Aber ich vermute, das war mindestens einer der Gründe, warum Steven dich verprügelt hat.«

Flakne fuhr sich mit der Hand über den nackten Schädel.

»Das war unnötig. Es ist doch nur ein paarmal passiert,

kurz nachdem sie hierher zurückgezogen sind. Wir waren nicht verliebt oder so. Das war so, als ob zwei Menschen, die sich lange nicht gesehen haben, sich wiederbegegnet sind, und da war die Wiedersehensfreude einfach zu groß.«

Herzlichen Glückwunsch zu einer total idiotischen Erklärung, dachte Agnes und sah ihn von der Seite her an.

»Und ich habe nichts davon gesagt, weil es nichts zu bedeuten hatte. Und weil weder das noch ich überhaupt etwas mit ihrem Tod zu tun haben.«

»Woher willst du das so genau wissen?«

Die Antwort ließ einige Sekunden auf sich warten.

»Okay, ich sehe jetzt auch, dass das verdächtig wirken kann, aber ich habe tatsächlich mit der Polizei darüber geredet ... über unser Verhältnis. Und es hat seinen Grund, dass ich nicht im Knast sitze. Ich bin hier als ein freier Mann, genau wie ich weiterhin ein freier Mann sein werde, nachdem ich das mit dem Kerl aus Trøndelag erklärt habe. Also – was willst du eigentlich von mir?«

Ja, was wollte sie von ihm?

»Nichts. Dir nur sagen, dass ich dich für einen Idioten halte«, erwiderte Agnes, ließ ihn stehen und ging.

Dann fiel ihr etwas ein, und sie drehte sich um.

»Was ist eigentlich mit der internationalen Pressemeldung?«, fragte sie.

»Was soll damit sein?«

»*Come join us in the beautiful town of Voss, where the fine line between life and death can sometimes be blurry?*«

Jetzt sah Birger Flakne fast stolz aus.

»Wo ist das Problem?«, fragte er.

»*Das Problem* ist, dass es sowohl spekulativ als auch verdächtig ist, wenn ein Sportfestival am Rande des Konkurses die Leute mit einer derartigen Pressemeldung lockt, um dann mit einem Mord am Eröffnungstag aufzuwarten.«

Flakne lachte ein bitteres Lachen.

»Okay, du hast mich auf frischer Tat erwischt. Ich gestehe es, ich bin schuld an diesen Zeilen«, sagte er. »Ich hätte wohl besser Texter werden sollen. Dann wäre mir zumindest dieses alberne Gejammere tragischer, scheinseriöser Lokalzeitungsschnepfen erspart geblieben, die nicht oft genug durchgefickt werden.«

»Wir reden noch, *Burger*«, sagte sie und ging.

Agnes fühlte sich wie eine dieser Zeichentrickfiguren, denen der Rauch aus Nase und Ohren stieg. Sie zitterte am ganzen Körper, als sie sich in den Wagen setzte. Hektisch riss sie die Tasche vom Beifahrersitz und suchte krampfhaft nach einem Kaugummi oder irgendwelchen Pastillen, nach etwas, um den widerlichen Geschmack im Mund loszuwerden.

Plötzlich stießen die Finger auf etwas, das sie ganz vergessen hatte. Wieder schien es ihr, als erhielte sie eine Art Zeichen, das doch kein Zeichen war. Sie zog die Goldkette heraus, die sie im Gras gefunden hatte. Dann saß sie, das Herz in der Hand, da, und dabei fiel ihr ein, dass sie, als sie das letzte Mal Veslemøys Großmutter besucht hatte, sich nicht hatte entscheiden können, ob sie ihr den Schmuck geben oder ihn bei der Polizei abliefern sollte. Und jetzt hatte sie beides vergessen.

Aber die Uhr zeigte immer noch erst zehn.

Sie startete den Wagen und lenkte ihn hinunter Richtung Zentrum.

Ihre Mutter hatte ihr einmal gesagt, dass sie sich lieber erschösse, als hier zu enden.

Und jetzt sah Agnes sie in jedem Sessel, auf jedem Sofa, in jedem einzelnen blutarmen Gesicht.

Die Alten tranken Kaffee und aßen die typischen Vestlandslefser mit Butter und Zucker dazu. Im Gegensatz zu ihrem vorherigen Besuch im Altersheim hielten sich viele Heimbewohner im Gemeinschaftsraum auf. Es hörte sich an, als liefen die Unterhaltungen so munter, wie es im Warteraum des Todes nur sein konnte.

Dagny Berge saß allein ganz hinten im Raum, in einem Sessel neben einem Klavier, auf dem niemand spielte. Langsam führte sie den Löffel vom Teller zum Mund, doch bevor er dort ankam, begann die Hand so zu zittern, dass der größte Teil des Kuchenstücks herunterfiel und in ihrem Schoß landete. Was sie nicht bemerkte. Sie startete einen neuen Versuch mit der Geduld, die nur Menschen aufbringen können, die des Lebens überdrüssig sind. Schon bereute Agnes, dass sie gekommen war, als die rosa gekleidete Frau, mit der sie beim letzten Mal gesprochen hatte, plötzlich vor ihr stand.

»Schön, dass Sie hier sind«, begrüßte sie Agnes.

Diese schaute sie verwirrt an und war sich sicher, dass eine Verwechslung vorlag.

»Ich dachte, Sie würden schon gestern kommen, aber sie versteht sicher, dass Sie viel zu tun haben.«

»Sie?«

»Ja, ich gehe davon aus, dass Sie die Nachricht von Frau Berge gestern bekommen haben? Wir haben die Zeitung angerufen und hinterlassen, dass Frau Berge gerne mit Ihnen sprechen würde, wenn Sie Zeit haben.«

Agnes nickte, tat so, als hätte sie die Nachricht erhalten.

»Wir haben mit einem jungen Mädchen gesprochen, die sagte, sie mache ein Sommerpraktikum«, fuhr die Frau fort, und Agnes musste sich zusammenreißen, um keine Worte zu benutzen, die nicht ins Altersheim passten.

»Ist Frau Berge denn heute ... klarer?«

»Nun ja, sie hat wie üblich ihre klaren und weniger klaren Momente, das schwankt sehr. Aber ich glaube, sie hat verstanden, dass Veslemøy fort ist, denn wir haben sie mehrere Male in ihrem Zimmer weinen hören. Zum Glück war ihr Sohn, Oddmund, hier, zum ersten Mal seit vielen Jahren, da hat sie dann auch etwas Schönes erleben dürfen.«

»Wissen Sie, worüber sie mit mir sprechen wollte?«

»Nein, aber Sie können sie ja selbst fragen«, erwiderte die Altenpflegerin und ging mit ihr zu dem Tisch, an dem Dagny Berge saß.

Die alte Dame bemerkte sie nicht, auch nicht, als sie sich auf den Stuhl ihr gegenüber an dem kleinen quadratischen Beistelltisch setzte. Sie fuhr fort mit ihren langsamen Transportetappen zwischen Teller und Lippen. Auch als die Pflegerin sie vorsichtig an der Schulter berührte, die Kuchenstücke aus dem Schoß aufsammelte und sagte, »die Frau von der Zeitung ist hier«, schaute Frau Berge nicht auf. Agnes setzte sich aufrecht hin, sie brannte vor Neugier, was Veslemøys Großmutter ihr zu erzählen hatte. Also beugte sie sich vor und legte vorsichtig die Goldkette neben den Teller auf den Tisch, zwischen die Kuchenkrümel.

»Ich dachte, das möchten Sie vielleicht haben.«

Dagny Berge starrte das Schmuckstück an. Endlich schaute sie auf und sah Agnes direkt in die Augen.

»Veslemøy, bist du das?«

Also musste Agnes der alten Frau wohl noch einmal erklären, wer sie war. Doch im letzten Moment entschied sie sich anders.

»Ja, Oma, ich bin es«, flüsterte sie, schaute sich dann hastig um.

Das Gesicht auf der anderen Seite des Tisches leuchtete auf. Wie durch die Berührung mit einem Zauberstab sah Dagny Berge zehn Jahre jünger aus.

»Bist du es tatsächlich, Vesla?«

Agnes fühlte einen wachsenden Kloß im Hals, aber jetzt war es zu spät.

»Wie geht es dir, Oma?«

»Ich bin so traurig. Mir geht es nicht gut«, antwortete Dagny Berge. »Wir waren nicht nett zu ihm!«

»Von wem redest du?«

»Er kann einem wirklich leidtun«, fuhr Dagny Berge fort.

»Wer, Oma?«, fragte Agnes noch einmal, »meinst du Papa? Steven? Birger? Vegard Saue?«

»Na, den Doktor!«

»Welchen Doktor?«

Darauf gab die alte Frau keine Antwort. Stattdessen nahm sie langsam, aber sicher ein Stück Kuchen, schweigend. Agnes war enttäuscht, aber auch erleichtert. Sie sollte von hier verschwinden, bevor jemand mitbekam, was sie trieb.

Also stand sie auf, um sich zu verabschieden.

»Es gefällt mir nicht, dass du gefallen bist«, bemerkte Dagny Berge mit harter Stimme. »Die Hölle wartet auf solche wie uns. Du darfst nicht fallen, Vesla!«

Plötzlich sah es aus, als erstarre der alte Körper, dann begannen Arme und Beine zu zucken. Unkontrolliert schlug sie gegen die Kaffeetasse, so dass sie zu Boden fiel und zerbrach.

Die Augen sahen leer aus. Agnes wusste nicht, was sie tun sollte. Sie blieb hilflos stehen. Ein Pfleger kam mit großen Schritten angelaufen. Er ignorierte die Kaffeepfütze mit den kleinen Porzellansplittern auf dem Linoleum, hockte sich stattdessen direkt vor die alte Frau.

»Frau Berges Anfälle gehen normalerweise in wenigen Minuten vorbei«, sagte er in Richtung Agnes. »Glücklicherweise ist die Epilepsie nicht mehr so aggressiv. Aber jetzt braucht sie erst einmal Ruhe. Es ist wohl das Beste, wenn Sie ein andermal wiederkommen.«

Wo bist du? Schau bei mir rein, wenn du im Haus bist, stand in der SMS von Eskildsen.

Außerdem hatte er angerufen, mehrere Male. Es war fast Mittagszeit, sie war viel länger unterwegs gewesen als geplant. Ein Gespräch mit dem Chefredakteur passte jetzt auf jeden Fall gut, dann konnte sie ihm die neuen Informationen präsentieren, bevor die übliche Ideensammlungskonferenz stattfand, die sie immer freitagsmittags abhielten. So bestand die Hoffnung, dass sie den neuen Plan der Mordermittlungsgruppe der Sommerpraktikantin Frida und den anderen im Plenum präsentieren konnte.

Sie stopfte die Hälfte des Milchbrötchens, das sie an der Tankstelle gekauft hatte, in den Mund und betrat sein Büro, bevor sie fertig gekaut hatte.

»Hei, tut mir leid, dass ich so sp...«

»Was glaubst du eigentlich, was du dir erlauben kannst, Tveit?«

Eskildsen saß zurückgelehnt hinter seinem Schreibtisch.

»Was meinst du?«, fragte sie, immer noch mit vollem Mund.

»Spiel nicht die Unschuldige, das steht dir nicht. Habe ich dir nicht deutlich die Anweisung gegeben, dich in dem Mordfall an die offiziellen Informationen der Polizei zu halten?«

»Doch, und das habe ich getan. Außerdem habe ich über das Begräbnis geschrieben, wie du mich gebeten ...«

»Aber worum ich dich *nicht* gebeten habe, das war, in der Stadt herumzurennen und im Dreck zu wühlen, Veslemøys Freunde und Angehörige zu nerven und, was das Schlimmste dabei ist, so zu tun, als käme der Auftrag dazu von mir! Damit, um es freundlich auszudrücken, gehst du weiter, als es dir erlaubt wurde, und du spielst in deiner Arbeitszeit die investigative Klatschpressejournalistin, wobei du die Arbeit vernachlässigst, die ich dir tatsächlich zugeteilt habe, und zudem belügst du die Leute und stellst außerdem noch deinen Arbeitsplatz und deinen Chef in ein verdammt schlechtes Licht!«

So wütend hatte sie Eskildsen noch nie erlebt. Mit anderen Worten – das war nicht der richtige Zeitpunkt, um zu fragen, wer gepetzt hatte.

»Meine Arbeit hat darunter nicht gelitten«, sagte sie leise, aber entschieden. »Ich habe alle Texte abgeliefert, von denen ich vorher gesagt habe, dass ich sie liefern werde, unabhängig davon, dass ich ... einige Dinge auf eigene Faust recherchiert habe. Und ich habe eine Menge herausgefunden, Eskildsen. Eine ganze Menge! Ich bin mir sicher, wenn ich meine Notizen ausführe und dir berichte, mit wem ich gesprochen habe, dann wirst du einsehen, dass sich daraus weitere Hinweise ergeben, und vielleicht können wir sogar mithelfen, den ganzen Fall zu lösen! Träumst du nicht auch davon, einen Medienbetrieb zu leiten, der etwas *bewirkt*?« Ihre Stimme klang jetzt lauter und eindringlicher. »Der die gesellschaftliche Verantwortung ernst nimmt? Möchtest du nicht Chefredakteur einer stolzen Lokalzeitung sein, die nicht die Krumen von der Polizei aufliest, sondern eine eigene Agenda hat, die zur vierten Staatsmacht in der Region werden kann, wie es die Medien sein sollen, wie es das *Prinzip* der freien Presse ursprünglich war?«

Eskildsen saß still da und hörte ihr zu, bis sie fertig war. Dann nahm er seine Brille ab.

»Du hast wirklich zu lange in der Hauptstadt gelebt«, sagte er. »Nicht nur, dass du über eine extrem schlechte Urteilskraft verfügst, Tveit, du führst dich außerdem mir und deinen Kollegen hier bei der Zeitung gegenüber respektlos auf, und damit solltest du *verdammt* vorsichtig sein. Zumindest, wenn du hier weiterhin arbeiten willst.«

Er stand von seinem Stuhl auf und schaute auf sie herab.

»Ab jetzt hörst du auf mit dem Quatsch und tust, was ich dir sage. Wenn nicht, kannst du deine Prinzipien einpacken und zurück in die Akersgata nach Oslo gehen.«

Agnes erhob sich langsam von ihrem Stuhl. Trat näher an ihn heran, bis die beiden wie zwei Boxer im Ring standen, nur mit dem Schreibtisch zwischen sich.

»Vielleicht ist es genau das, was ich tun sollte«, sagte sie. »Ja, vielleicht sollte ich genau das tun. *Und vielleicht ist das, was ich am allerwenigsten in meinem Leben brauche, deine beschissene kleine Zeitung.*«

Dann marschierte sie hinaus.

Sie wollte gerade am Bahnhof vorbeifahren, als sie durch das offene Autofenster die Ansage aus dem Lautsprecher hörte, dass in Kürze der Expresszug nach Oslo auf Gleis eins einfahren sollte.

Blitzschnell riss sie den Lenker nach links, bremste auf dem ersten freien Parkplatz vor *Fleischer's Hotel,* warf hinter sich die Wagentür zu und lief mit schnellen Schritten zum Bahnsteig.

Als die Wagen mit dem »Vy«-Logo immer langsamer wurden, trippelte sie bereits ungeduldig auf der Stelle.

Sobald die Türen sich öffneten, drängte sie sich hinein, ohne darauf zu warten, dass zwei verwirrte asiatische Touristen und ein Mann im Rollstuhl aussteigen wollten.

Sie ignorierte die bösen Blicke und ließ sich im nächsten Wagen auf einen Sitz fallen.

Auf dem blieb sie mit verschränkten Armen aufrecht sitzen, bis der Zug langsam anfuhr.

»Mit dir bin ich fertig, du Dreckskaff!«, rief sie in den Wagen hinein.

Die Fertignudeln blubberten in der Mikrowelle hinter dem Tresen. Auch in Agnes kochte es immer noch, während sie im Speisewagen saß und Reimegrend vorbeiziehen sah, ohne dass der Zug anhielt.

In ihrem gesamten neununddreißigjährigen Leben hatte sie sich noch nie weniger wertgeschätzt gefühlt.

Da war es besser gewesen, Åkervold bei der *VG* als Chef zu haben als diesen verdammten Feigling von einem Lokalzeitungschefredakteur.

Wie hatte er nur herausgefunden, was sie gemacht hatte?

Hatte Frida Grådal ihm von dem Anruf aus dem Altersheim berichtet?

Aber das war jetzt auch nicht mehr wichtig.

Sie war fertig mit dieser Zeitung und mit allen, die dort arbeiteten.

Ihr Handy meldete sich, sie zog es schnell aus der Tasche.

Tut mir leid wegen heute früh. Ich hoffe, es geht dir besser und du bist nicht zu deprimiert. Würde gern heute Abend darüber reden.

Ihr war gar nicht in den Sinn gekommen, Fredrik Bescheid zu geben, dass sie weggefahren war.

Eine Spur von schlechtem Gewissen huschte ihr durch den Kopf. Dann dachte sie an seine Crocs und seinen belehrenden Ton und an sein Grinsen und Schnarchen und Weintrinken und Duschen und seine Hand, die ihr die ganze Zeit über den Rücken streichen wollte, und sie spürte sehr genau, dass sie auch von ihm eine Auszeit brauchte.

Langsam kam sie zur Ruhe, während sie aufs Essen wartete. Ihre Wut hatte jedenfalls nicht ihre Neugier erstickt. Als der Ruhepuls sich wieder eingestellt hatte, öffnete sie den Mac und loggte sich ein.

Dagny Berges Worte über *das Fallen* hatten sie daran erinnert, dass sie den Begriff schon einmal in Zusammenhang mit Epilepsie gehört hatte.

Also gab sie die Suchbegriffe Epilepsie + fallen ein, und als Erstes gab es viele Treffer, die eine Kunstausstellung unter Regie des Norwegischen Epilepsieverbands betrafen, die den Titel *Die Kunst zu fallen* trug.

Dann fügte sie das Wort »Hölle« noch hinzu.

Ein Artikel aus der Zeitschrift der Norwegischen Ärztevereinigung wurde geöffnet. Er trug den Titel *Epilepsie als Stigma – böse, heilig oder verrückt?*

Sie wusste, dass viele Mythen um diese mysteriöse Krankheit kursierten, aber dass sie früher als »Fallsucht« bezeichnet wurde, das war ihr neu.

»Fallsucht: der Glaube, während eines Anfalls in Richtung Hölle und Teufel zu fallen«, las sie leise.

Der Begriff wurde benutzt für das, was heute als generalisierter tonisch-klonischer Anfall bezeichnet wurde, den die meisten Menschen mit dem Begriff Epilepsie verbinden. »Dieser Anfalltyp besteht aus zwei Phasen. In der ersten Phase, der tonischen, verliert die Person das Bewusstsein, der Körper versteift, dabei wird die Luft aus der Lunge gepresst, was häufig eine Art von Schreilaut erzeugt. Der Betroffene hört auf zu atmen und wird deshalb oft bläulich im Gesicht und um die Lippen herum. Er fällt auch zu Boden, aber das führt selten zu ernsthaften Verletzungen.«

Sofern der Anfall nicht in dreitausend Metern Höhe stattfindet, dachte Agnes.

Die Epilepsie war also ein Teil von Veslemøy Lilands genetischem Erbe. Und wenn Agnes Dagny Berge richtig verstanden hatte, dann wusste sie von der Krankheit ihrer Enkelin. Was logischerweise bedeutete, dass Veslemøy gewusst hatte, dass sie unter Epilepsie litt, schon lange bevor sie es Steven erzählt hatte.

Aus alter Gewohnheit ging Agnes auf die Seite der *Hordaland* Regionalzeitung. Ihr eigener Artikel über die Bekanntgabe der Vossa-Jazz-Teilnehmer hatte einen kleinen Hinweis auf der Titelseite, dazu kamen noch die beiden letzten Artikel, die sie am Wochenende geschrieben und die keinen Platz in der Dienstags- oder Donnerstagsausgabe gefunden hatten. Den größten Raum nahm natürlich der Fallschirmspringermord ein, mit einem großen Farbfoto von der Beerdigungsfeier. Fridas Übersichtsfoto aus der Kirche war von der Galerie aus geschossen worden, neben dem Organisten. Man konnte den Pfarrer und den weißen, blumengeschmückten Sarg sehen, direkt vor dem Altar, und mit etwas Abstand eine dunkle Menschenmenge auf beiden Seiten des Mittelgangs. Es herrschte eine Symmetrie in dem Bild, so dass es angenehm zu betrachten war, und, wenn auch widerstrebend, musste Agnes zugeben, dass die Praktikantin auch fotografieren konnte.

Die Mikrowelle ließ ein Klingeln hören, und die Dame hinter dem Tresen kippte den Inhalt der Dose auf einen Pappteller, den sie mit einem wenig kundenfreundlichen Knall vor Agnes auf den Tisch stellte. Die Pasta war noch glühend heiß, also legte Agnes verärgert die Gabel wieder auf den Tisch. Sie wollte gerade zum nächsten Artikel weiterklicken, als sie plötzlich innehielt, erstarrte und das Titelfoto von der Beerdigung genauer musterte.

Sie hatte das Gefühl, etwas entdeckt zu haben, was ihr vorher nicht aufgefallen war, wobei sie nicht sagen konnte, worum es sich handelte.

Dann sah sie es.

Zwischen all den Köpfen, die sich dem Sarg zuwandten, gab es nur einen einzigen, der in die entgegengesetzte Richtung schaute, zur Kirchentür. Agnes war sich sicher, dass Kathrine Bøe einen überraschten, vielleicht sogar erschrockenen Gesichtsausdruck zeigte. Sah sie jemanden an – oder etwas? Kam in dem Augenblick jemand durch die Kirchentür herein – oder schaute sie jemandem nach, der hinausging? Anscheinend hatte das Geräusch der Tür sie während Steven Smiths Rede dazu veranlasst, sich umzudrehen. Aber es war sonderbar, dass sie die Einzige in der ganzen Kirche war, die in diese Richtung schaute.

Sie sollte diesen konspirativen ›Investigativ-Journalistinnen-Instinkt‹, der in den letzten Tagen von ihr Besitz ergrifffen hatte, möglichst bald wieder ablegen. Es hatte ja doch keinen Sinn, niemand war an dem interessiert, was sie herausfand.

Niemand in der Lokalzeitung.

Da manifestierte sich ein Gedanke in ihrem Kopf.

Vielleicht war es ja der reinste Wahnsinn. Aber es könnte ein Ausweg sein.

Das Telefon klingelte. Zuerst dachte sie, es wäre Eskildsen, der sich entschuldigen wollte. Doch als sie sah, dass es Viktor war, fühlte sie eine leichte Enttäuschung, freute sich aber trotzdem. Es war nicht einmal mehr wichtig, dass er sie nicht über den verschwundenen Kameramann informiert hatte, denn mittlerweile hatte sie vor allem das Bedürfnis, mit ihm als gutem Freund zu reden. Sie wollte über die schrecklichen letzten Tage jammern, ihm sagen, dass sie im Zug Richtung Osten saß und dass sie verzweifelt war und nicht wusste, was sie tun sollte.

Aber nichts davon konnte sie loswerden.

»Ich muss dir etwas erzählen«, sagte Viktor mit einer Stimme, die ungewöhnlich dünn klang. »*Off the record*, um es vorsichtig auszudrücken. Ich hoffe, du respektierst unsere Freundschaft.«

»Aber natürlich. Was ist denn los?«

Viktor schwieg, als überlegte er, ob er weiterreden sollte oder nicht.

»Ich habe doch die Anweisung bekommen, die Telefonlisten durchzugehen. Und wie du vielleicht mitgekriegt hast, zeigten sich darauf so einige verdächtige Textmeldungen von Steven. Diese in Verbindung mit seiner Aussage, an Veslemøys Tod schuld zu sein, genügten, um ihn wegen Mordverdacht festzunehmen. Aber es gab außerdem zwei Nummern, die bei Veslemøys Telefondaten immer wieder auftauchten, neben Steven und ihren Freundinnen. Ich habe sie überprüft. Die eine gehört ...«

»Birger Flakne«, ergänzte Agnes.

»Woher hast du das gewusst?«, fragte Viktor, hörte sich dabei aber nicht so überrascht an, wie sie erwartet hatte.

»Und die andere Nummer?«, fragte Agnes.

Wieder gab es erst einmal eine lange Pause, bevor Viktors Stimme zu hören war.

»Papa«, sagte er.

»Oddmund Liland?«

»Nein, Agnes. Henrik Vormedal. *Mein Papa.*«

Wir erreichen Finse in fünf bis sechs Minuten, verkündete die geschlechtslose Stimme aus dem Lautsprecher. *We will arrive at Finse in five to six minutes.*

Agnes war verwirrt. Und sie hatte Viktor nichts weiter fragen können, weil er plötzlich behauptete, er müsse auflegen. Was sich ein wenig danach anhörte, als bereute er, sie angerufen zu haben, und dass er in seiner Verwirrung vergessen hätte, dass sie Journalistin und er Polizeibeamter war, auch wenn sie natürlich die Informationen für sich behalten würde. Zumindest vorläufig.

Immer noch hatte sie große Lust, einfach zurück nach Oslo zu fahren, zurück in ein anonymes Leben weit weg von allem.

Aber sie war neugierig.

Und sie machte sich Sorgen.

Außerdem hatte sie einen Plan, der möglicherweise funktionieren konnte.

Sie verfluchte diesen feigen Chefredakteur. Diese sich immer so geheimnisvoll gebenden Kerle. Männer generell. Frauen, die sich ihnen anpassten. Sie führte eine Gabel Spaghetti Bolognese in den Mund, verbrannte sich den Gaumen und schimpfte so laut, dass mehrere Fahrgäste sich nach ihr umschauten.

Dann stand sie auf und ging auf den Gang, blieb dort stehen, bis der Zug anhielt. Nachdem sie den grünen Knopf gedrückt hatte, zögerte sie noch einmal für einen Moment.

Dann stieg sie die Stufen hinunter auf den Bahnsteig.

Der Zug in Richtung Westen wurde nicht vor fünfzig Minuten erwartet.

In nur wenigen Wochen würde es hier auf dem Bahnsteig direkt vor dem *Hotel Fins 1222* vor teuren Fahrrädern nur so wimmeln. Jetzt stand nur ein Einziges einsam und klitschnass im Ständer neben dem Stationsgebäude. Offensichtlich hatte der Besitzer des Rads nicht mitbekommen, dass im Gebirge noch nicht genügend Schnee geschmolzen war, um mit dem Fahrrad den Rallarvegen hinunterzufahren.

Vor einiger Zeit hatte sie ein interessantes Interview mit dem Hoteldirektor hier oben geführt, in dem er ihr vom Juni erzählte, den er »einen merkwürdigen Monat« nannte. In Finse gab es nur zwei Jahreszeiten, wie er sagte, Winter und Sommer, und man wusste, dass im Juli, August und zum Teil noch im September Sommer war, weil man aufs Thermometer schaute, das dann nur selten eine Temperatur unter Null anzeigte. Juni bedeutete die Ruhe vor dem Sturm, wenn das Hotel geschlossen war und das Personal in Urlaub. Aber das war auch der Monat, in dem der Fluss das Eis sprengte und man zum ersten Mal seit acht Monaten wieder Wasserrauschen hören konnte. Und es war der Monat, in dem die Möwen kamen – und mit ihnen die Idioten, die auf die Möwen schossen.

Agnes bemerkte, dass sie die Horden an Fahrradtouristen hier oben vermisste, denn dann hätte sie in die Hotelbar gehen und sich einen doppelten Cortado bestellen können, während sie auf den Zug wartete. Stattdessen blieb ihr jetzt keine andere Wahl, als sich auf die harte Bank im Bahnhofsgebäude zu setzen.

Sie überlegte, ob sie wohl jemals diese Rallartour mitmachen würde. Die Strecke von Haugastøl bis Flåm mit dem Fahrrad zu bewältigen, das war so eine lokale Draufgängeraktivität, die sie nie besonders interessiert hatte. Ob Regen oder Sonne: Allein bei dem Gedanken, so viele Stunden auf einem Fahrradsattel sitzen zu müssen, bekam sie schon einen wunden Po.

Sie holte ihr Telefon heraus und wählte die Auskunft 1881.

Und suchte eine Nummer, die sie vor langer Zeit gelöscht hatte.

Mehr als zwei Stunden später war Agnes zurück auf Start, in dem Ort, von dem sie dachte, sie hätte ihn heute zum zweiten Mal hinter sich gelassen. Den Wagen ließ sie auf dem Parkplatz am Bahnhof stehen und eilte zu Fuß nach Vangen. Als sie die Tür zu dem Straßenimbiss öffnete, schlug ihr der Fritteusengeruch wie ein alter Freund entgegen. Sie hoffte, endlich einen Happen essen zu können, bevor er kam.

Über dem Flachbildschirm an der Wand hingen ein Liverpool-Trikot, eine norwegische Flagge und ein Wimpel mit dem alten Schlachtruf *Die Welt ist weit, aber Voss ist weiter*. Der stammte noch aus der Zeit, als jemand, höchstwahrscheinlich die Gemeinderegierung, beschloss, das Angebot abzulehnen, sich als Stadt bezeichnen zu dürfen und sich lieber für den gemütlicheren Titel »Kleinstadt« entschied. Agnes konnte sich nicht daran erinnern, jemals gehört zu haben, dass von Voss als einer Kleinstadt gesprochen wurde. Sie setzte sich auf einen Barhocker und bestellte den Cheeseburger, von dem sie schon seit zwei Tagen phantasierte. Ihr Magen knurrte bereits vor freudiger Erwartung, denn sie war nach der abgebrochenen Mahlzeit im Zug immer noch hungrig.

Die Wettervorhersage der Fernsehnachrichten versprach weiteren Regen in den nächsten Tagen, und der Mann – vermutlich der Imbissbesitzer – arbeitete hier schon so lange hinter dem Tresen, wie Agnes sich erinnern konnte. Er schüttelte den Kopf, während er vor dem Grillrost stand, den Blick zum Fernseher gewandt.

»O je«, sagte er, »es hat sich aber auch alles gegen die Veko verschworen. Jetzt werden wohl noch weitere Veranstaltungen den Bach runtergehen. Ganz schön blöd für die, dabei hat es so gut angefangen.« Er schaute Agnes an. »Ja, ich meine das Wetter, nicht ... die anderen Sachen.«

»Kommen viele frustrierte Fallschirmspringer hier bei Ihnen vorbei?«

Der Mann, vermutlich Ende sechzig, möglicherweise sogar schon älter als siebzig, war von der alten Schule und hatte bei der Essenszubereitung immer noch einen weißen Papierhut auf dem Kopf. Er seufzte laut und erwiderte: »Das kann ich Ihnen sagen. Und nicht nur die Springer, es gibt insgesamt jede Menge Leute, die ein langes Gesicht machen. Das diesjährige Festival ist nicht das große Fest geworden, das sie sich erhofft hatten, das ist auch mir klar. Und ich finde, das hat der Birger eigentlich nicht verdient.«

Sie dachte an ihr morgendliches Gespräch mit dem Veko-Boss am Skjervet. Im Augenblick war sie der Meinung, dieser Idiot hätte es verdient, wenn sein ganzes Festival den Bach runterginge.

»Kennen Sie Flakne gut?«, fragte sie.

»Das will ich wohl meinen«, sagte der Mann. »Er ist mein Sohn.«

Mit anderen Worten: noch ein Grund für seinen Spitznamen *Burger*. Sie spürte, wie die Wut auf den jungen Flakne wieder in ihr aufstieg, aber als sie die hundertsechzig Gramm Fleisch in Gesellschaft mit Käse, einem großzügigen Klecks Dressing und ein bisschen Salat inklusive Mais zwischen zwei Brötchenhälften überreicht bekam, siegte ihr Hunger.

»Ja, im Augenblick hat er ziemlich viel um die Ohren«, sagte Agnes, um das Gespräch zu beenden und sich in Ruhe dem Hamburger widmen zu können.

Der Straßenküchenkoch nickte und redete weiter.

»Birger ist ein ziemlicher Schläger, und das schon, seit er als Junge gemobbt wurde. Den haut so schnell nichts um. Sonst hätte er sicher seinen Job nicht lange behalten. Und ich glaube nicht, dass er meine Arbeit hier später mal übernehmen möchte. Aber eines ist klar«, fuhr er fort, während er den Tresen mit einem Lappen abwischte, »das Ganze ist auch für ihn nicht leicht. Eine Sache ist der tragische Todesfall, aber dazu kommt ja noch das ganze Getratsche im Ort, dass jemand aus dem Sportlermilieu dahinterstecken könnte, und dann sind all die Berichte über rote Zahlen bei der Buchhaltung der Veko wieder herausgeholt worden. Ich weiß nicht, ob die Leute überhaupt wissen, wie viel ihm dieses Festival bedeutet. Ich bin so stolz auf den Jungen, dass ich das nicht oft genug sagen kann. Schließlich ist es sein Lebenswerk, sein Baby«, sagte er und fügte murmelnd hinzu: »Zumindest eines unter vielen.«

Agnes stutzte über den Kommentar, biss aber, statt nachzufragen, lieber noch einmal ab. Die salzigen Grillgewürze kitzelten auf der Zunge, für einen Augenblick war die Welt wieder im Gleichgewicht. Dann verkündete das Läuten der Türglocke, dass jemand auf dem Weg herein war, und sofort begab sich der treue Hüter des Grills auf seinen Platz hinter der Kasse, wie immer freundlich lächelnd bei der Frage: »Womit kann ich Ihnen eine Freude machen?«

»Ich nehme das Gleiche wie sie«, antwortete Tor Erik Åkervold.

Er setzte sich auf den Barhocker neben Agnes, und sie bereute, dass sie sich nicht eine Viertelstunde später mit ihm verabredet hatte, dann hätte sie in Ruhe fertig essen können.

Solange er neben ihr saß und auf das Dressing in ihren Mundwinkeln starrte, konnte sie den Burger nicht richtig genießen. Aber überraschenderweise richtete Åkervold seine Aufmerksamkeit nicht auf Agnes, sondern sofort auf den Fernsehbildschirm an der Wand, auf dem der Abspann der Lokalnachrichten in die Eröffnungsvignette der Dagsrevyen überging.

Beide schauten sich schweigend die Schlagzeilen der kommenden Berichte an: ein Ökokriminalfall, in den mehrere der reichsten Männer des Landes involviert waren; ein Bericht darüber, dass die Polizei befürchtete, dass das Konzert eines internationalen Teenageridols am Wochenende zu allgemeiner Hysterie in der Hauptstadt führen könnte; ein Interview mit »Oddmund Liland, dem trauernden Vater der verstorbenen Tochter nach dem Fallschirmsprungdrama in Voss«.

»Wie bitte!«, rief Åkervold.

Agnes drehte sich ihm zu. Waren sie sich tatsächlich mal in einer Sache einig? Dass es haarsträubend war, dass ein Mann, der nicht nur seine Frau, sondern vielleicht auch seine Tochter misshandelt und sich außerdem mehr als zwanzig Jahre nicht um sie gekümmert hatte, jetzt hier seine – vorsichtig ausgedrückt – redigierte Geschichte zur Primetime in einer Nachrichtensendung zum Besten gab, die als die seriöseste Sendung im Land galt?

»Du nichtsnutziger Säufer«, murmelte der Hauptstadtjournalist, immer noch mit Blick auf den Bildschirm. »Du hast mir ein Exklusivinterview versprochen.«

Agnes versuchte, ein schadenfrohes Lachen zu unterdrücken. Es gelang ihr nicht so ganz und hörte sich eher wie eine Mischung aus Husten und Niesen an oder als hätte sie ein

Maiskorn in die Luftröhre bekommen. Åkervold drehte sich ihr zu. Mit halb zusammengekniffenen Augen.

»Wie läuft es eigentlich mit Fredrik?«, fragte er.

Der Burger in ihrem Magen erstarrte zu einem großen Eisklumpen.

»Es läuft gut mit Fredrik.«

»Eigentlich hatte ich gehofft, dass du mich mal irgendwann zu einem Kaffee zu dir nach Hause einlädst. Wäre doch nett, ihn kennenzulernen. Er hat sicher schon viel von mir gehört. Oder?«

Åkervolds Augen waren immer noch schmale Schlitze, auch wenn der Mund lächelte.

»Er weiß nichts. Und so soll es auch bleiben. Ich habe sowieso das Gefühl, als hätte das in einem anderen Leben stattgefunden.«

»Komisch, denn ich kann mich noch daran erinnern, als wäre es gestern gewesen.«

Agnes musste das Bild beiseiteschieben, das plötzlich vor ihrer Netzhaut auftauchte. Weihnachtsfeier vor anderthalb Jahren, der Kuss, die plötzliche Lust, die eklige Toilette, die heftige Scham hinterher.

Und die Entscheidung, die sie noch am selben Abend traf: so zu tun, als wäre es nie passiert.

Åkervold bekam sein Essen serviert, legte den Burger aber auf den Tresen, wischte sich die Finger an der Serviette ab und zog sein Handy heraus.

»Muss das Mutterschiff anrufen.«

»Warte kurz«, sagte Agnes, nahm ihre Serviette und wischte sich den Mund ab. »Ich möchte gern mit dir zusammenarbeiten.«

Er zog die Augenbrauen hoch.

»Ich will über den Fallschirmspringermord schreiben«, sagte sie. »Zusammen mit dir. Für die *VG*.«

Agnes brauchte mehr als eine halbe Stunde, um Åkervold davon zu überzeugen, dass sie es ernst meinte.

Zuerst hielt er ihr Angebot für einen schlechten Scherz. Dann äußerte er den Verdacht, sie schlüge das nur vor, um an Informationen zu kommen. Erst nachdem sie ihm alles erklärt hatte – und eine offizielle Kündigung ihres Jobs bei der *Hordaland* geschrieben und diese per E-Mail an Eskildsen geschickt hatte, während Åkervold ihr über die Schulter schaute, begriff er, dass sie tatsächlich mit ihm zusammenarbeiten wollte. Als Freelancerin an ihrem alten Arbeitsplatz, bei einer Zeitung, die ihre Fähigkeiten als Journalistin anerkannte, bei einem Arbeitgeber, der ihr erlaubte, über diese »Seifenoper« zu schreiben.

Dennoch war sie fast überrascht, als er zustimmte und meinte, er wolle seinen Chef fragen.

Und als er endlich nach dem Telefon griff, wusste sie, dass die Sache gelaufen war.

Wenn Åkervold »Los« sagte, dann hielt ihn niemand auf.

Jetzt lag es nur noch an ihr.

Man musste nur dem Gestank nach abgestandenem Alkohol folgen.

Sie fand ihn genau am gleichen Platz wie beim letzten Mal, und es wunderte Agnes nicht, dass sich niemand zu ihm an den Tisch gesetzt hatte. Oddmund Liland trug das gleiche Reklamekäppi und den gleichen abgewetzten Anzug wie bei der Beerdigung. Hatte er etwa zwei Tage stramm durchgesoffen?

»Ich habe dir nichts zu erzählen«, sagte er, als sie vor ihm stand. »*Eine Freundin von Veslemøy*, von wegen. Ich bin vielleicht ein Säufer, der zu nichts zu gebrauchen ist, aber ich würde niemals jemandem so frech ins Gesicht lügen. Kein Wunder, dass die Leute den Glauben an die Presse verlieren.«

»Tut mir leid. Aber ich wollte Sie fragen, ob Sie nicht jetzt mit mir reden könnten. Das Interview, das Sie mit Åkervold von der *VG* geführt haben, wurde nicht gedruckt. Und ich brauche Ihre Hilfe für einen anderen Artikel in der *VG*. Sie können auch anonym bleiben.«

»*VG*? Sind Sie nicht mehr bei der *Hordaland*?«

»Ich bin Freelancer. Und arbeite für *VG*.«

Er sagte nichts darauf, sah sie nur verständnislos an, bevor er in sein leeres Glas schaute.

»Und wenn ich ein Bier ausgebe?«

Weder das Interview mit einem Betrunkenen noch ihn zu mehr Alkoholkonsum zu animieren waren Teil ihrer Journalistenausbildung gewesen. Bob Woodward hätte die Stirn unter dem grauen Haar gerunzelt, aber sie hatte jetzt keine Zeit, daran zu denken, denn Liland nickte, ohne aufzuschauen. Als sie mit einem eiskalten Halben zurückkam, trank er die Hälfte in einem Zug und wischte sich nicht einmal den Schaum von der Oberlippe ab.

»Sie wussten, dass Veslemøy krank war, nicht wahr?«, fragte Agnes.

Liland schielte zu ihr hinüber.

»Sie war nach dem Tod ihrer Mutter mit den Nerven am Ende, ja.«

»Sie wissen ganz genau, dass ich das nicht meine. Ich rede von der Epilepsie. Der Krankheit, die Ihre Mutter auch hat.«

Er sah fast beschämt aus. Trank den Rest des Biers, ohne abzusetzen.

»Ich glaube, ich brauche noch eins.«

Agnes ging seufzend wieder ins Café.

»So«, sagte sie, als sie das Glas resolut auf den Tisch stellte, so dass ein wenig Bier überschwappte und ihr über die Hand lief.

»Jetzt reden Sie aber.«

Veslemøy hatte, wie Agnes es schon vermutet hatte, Steven angelogen: Sie erfuhr nicht erst in Neuseeland von ihrer Epilepsie.

Sie hatte davon gewusst, seit sie mit dem Fallschirmspringen angefangen hatte.

Die Krankheit wurde entdeckt, als sie noch zur Schule ging, erzählte Liland nuschelnd. Und auch wenn sie wusste, dass sie durch ihre Großmutter dafür eine Disposition hatte, war der Bescheid doch ein Schlag für sie gewesen – vor allem weil sie gerade erst von »diesem schrecklichen Fallschirmspringerbazillus« infiziert worden war, wie Liland sich ausdrückte. Er als Vater war absolut dagegen, dass sie den Kursus überhaupt anfing. Und als sie ihren ersten Anfall hatte, dachte er, dass die Epilepsie ja wohl doch für irgendetwas gut war.

»Der Arzt hat ihr gesagt, dass sie nicht mehr springen darf«, fuhr er fort und machte dann eine Pause, um einen Schluck zu trinken. »Aber Vesla war schon immer eine resolute junge Dame. Sie weigerte sich, mit dem Sport aufzuhören. Um jedoch zu einem Anfängerkursus zugelassen zu werden, musste sie ein ärztliches Attest vorweisen. Und das hätte der Arzt nie unterschrieben. Doch sie war fest entschlossen, ihn dennoch dazu zu bringen. Ich glaube, eine Freundin und sie haben damit gedroht, zur Polizei zu gehen, wenn er nicht tat, was sie von ihm wollte.«

»Zur Polizei! Dann hatten die Mädchen etwas gegen ihn in der Hand?«

»Ich glaube, das hatte etwas mit den Abifeiern zu tun.«

»Und er hat getan, was die Mädchen von ihm wollten?«

»Nein, er hat sich trotzdem geweigert, offensichtlich ging es ihm um die Berufsehre. Aber anscheinend hatten sie tatsächlich etwas gegen den Mann in der Hand, denn das Ende vom Lied war, dass er nicht mehr praktizieren durfte. Vormedal – ja, genau, so hieß der Arzt – ist danach von hier weggezogen, natürlich, hätte ich fast gesagt.«

Agnes bekam eine Gänsehaut, als der Name von Viktors Vater genannt wurde.

»Woher wissen Sie das eigentlich? Hat Veslemøy Ihnen das erzählt?«

Liland war immer mehr in Fahrt gekommen, aber jetzt verstummte er, das Kinn sank langsam auf die Brust. So blieb er einige Sekunden sitzen, rülpste, dann fuhr er fort: »Sie hat mir nie irgendetwas erzählt. Ich habe es in ihrem Tagebuch gelesen«, erklärte er beschämt. »Dabei hat sie mich auf frischer Tat erwischt. Das war, nachdem sie aufgehört hatte, mit mir zu reden. Für immer. Das Tagebuch hat sie dann verbrannt, wie meine Mutter mir erzählt hat.«

Agnes sah Hunderte von Seiten an potenziellem Beweismaterial sich in Rauch auflösen.

»Und was ist mit dem ärztlichen Attest? Veslemøy hat ja trotz allem mit dem Fallschirmspringen weitergemacht.«

»Ja, das Mädchen war durch nichts aufzuhalten.« Liland

nickte müde vor sich hin, seine Stimme war leise geworden. »Laut Tagebuch hat sie die Unterschrift des Arztes gefälscht und dann weitergemacht, als wenn nichts passiert wäre. Ich hatte damals überlegt, ob ich nicht jemandem einen Tipp geben sollte, irgendwas tun müsste, damit sie mit dem Wahnsinn aufhört. Aber es war ja ihre Entscheidung, und ich hatte das Gefühl, dass ich ihr nicht noch mehr kaputt machen durfte, als ich es schon getan hatte. Schließlich habe ich mich damit beruhigt, dass sie bestimmt sowieso bald sterben wird. Dass die Krankheit sie umbringen und sie zum Teufel in die Hölle plumpsen wird, wie meine Mutter immer sagt.«

Liland schaute zu Agnes auf.

»Aber in meinen schlimmsten Phantasien bin ich nicht auf die Idee gekommen, dass jemand sie umbringen könnte.«

Plötzlich fiel Agnes etwas ein: was die betrunkene Veslemøy laut tönend verkündet hatte, damals auf der Party, als Agnes sie in der Badewanne weckte. Dass niemand sie aufhalten könne. Und dass es jemanden gab, der nicht wisse, was für ihn das Beste sei.

Hatte sie damit Henrik Vormedal gemeint, Viktors Vater?

Agnes drückte auf die Türklingel neben dem Fitnesscenter in der Vangsgata.

Einer der Vorteile eines kleinen Ortes war, dass man bei seinem Arzt nicht drei Wochen vorher einen Termin ausmachen musste. Ein weiterer Vorteil bestand darin, dass der niedergelassene Arzt die eigene Tante war, die nicht nur direkt neben ihrer Praxis wohnte, sondern auch nichts dagegen hatte, die Nichte an einem frühen Freitagabend zu empfangen, da sie sowieso nichts Besseres zu tun hatte.

»Agnes-Maus«, sagte Eline. »Wie schön, dass du zurückgekommen bist. Ich muss zugeben, ich habe mir Sorgen um dich gemacht.«

»Mir geht es gut«, log Agnes. »Nur mit dieser Babygeschichte, das ist ziemlich zäh, weißt du.«

Eline schaute sie über ihre Brille hinweg an.

»Das ist einer der Gründe, warum ich mir Sorgen mache. Deine Eltern sind auch besorgt, aber keiner von uns traut sich, dich mit unserer Unruhe zu nerven. Wir wissen ja, wie sensitiv das mit der Infertilität sein kann.«

Infertilität. Auch wenn es eigentlich gar nicht stimmte, dass sie hier war, um die Fruchtbarkeit ihrer Eier untersuchen zu lassen, so war allein das Wort wie ein Messer im Bauch.

»Agnes Tveit, hast du eigentlich *Lust,* Mutter zu werden?«, fragte Eline und drehte damit das Messer in der Wunde um.

»Was ist das für eine Frage? Natürlich habe ich das.«

»Aber meine Liebe, du bist *neununddreißig Jahre alt,* warum bist du nicht schon früher gekommen und hast mich um Hilfe gebeten? Weißt du nicht, dass man eine Untersuchung beantragen kann, wenn man es länger als ein Jahr ohne Ergebnis versucht hat? In deinem Alter ist keine Zeit zu verlieren. Die Chancen, schwanger zu werden, werden mit jeder Woche, jedem Tag, jeder Minute geringer!«

Eline musste die schrecklichste niedergelassene Ärztin Norwegens sein.

»Und was ist mit Fredrik?«, fragte Agnes.

Wenn sie schon hier war, konnte sie ebenso gut mal nachhaken.

»Was soll mit ihm sein?«

»Sollte er nicht auch ... untersucht werden?«

»Natürlich muss er das. Aber das ist seine Sache. Du musst jetzt an dich denken. Und damit meine ich auch, dass du auf Ernährung und sportliche Aktivitäten achten solltest. Ich habe das Gefühl, du könntest gesünder leben. Schluckst du mit dem Essen vielleicht deine Frustration runter, meine Süße?«

Agnes gab keine Antwort und wartete lieber geduldig, dass die Tante ihren Vortrag darüber, wie wichtig es war, »einen möglichst gut funktionierenden Ofen für den zu erwartenden Braten vorzubereiten«, zu Ende brachte.

Was ihre Gedanken auf Einäscherung brachte und darauf, ob ihre Mutter weiterhin darauf bestehen würde, wie sie es bisher getan hatte, nach ihrem Tod verbrannt zu werden. Agnes fragte sich, ob die Tante wohl von der Krankheit ihrer Schwester wusste.

Aber sie war nicht in der Lage, Eline direkt zu fragen.

»Agnes?«

Plötzlich saß Eline vor ihr, etwas in den Händen, das wie ein perverser großer Dildo aussah, aber von dem Agnes annahm, dass es sich um einen Ultraschallapparat handelte.

»Und – wollen wir uns mal deine Eier anschauen?«

Also runter mit Hose und Slip, und dann lag sie breitbeinig auf dem unbequemsten Stuhl der ganzen Welt, wie Millionen von Frauen es vor ihr getan hatten und Millionen von Frauen es nach ihr tun würden. Agnes konnte nicht genau sagen, ob es unangenehmer war, dass ein Familienmitglied diese innere Ultraschalluntersuchung durchführte, die doch in der Realität nur ein Vorwand war, um weitere Informationen zu bekommen. Sie vermisste ihren Gynäkologen in Oslo, von dem sie nicht einmal den Vornamen kannte, ihn nur Doktor Dåsa nannte.

»Sag mal, Tante, warum ist hier nie ein anderer Arzt in die Praxis gekommen, nachdem Viktors Vater sie verlassen hatte?«

Eline antwortete nicht, sie war damit beschäftigt, einen kleinen Bildschirm zu starten, der immer noch schwarz war. Als er endlich zum Leben erwachte und die altmodische Meldung *Loading* in Grün erschien, wandte sie sich Agnes zu.

»Ach, weißt du, nach all der Aufregung hatte ich beschlossen, lieber allein zurechtzukommen.«

Eline klang verbittert. Vielleicht sprach sie ja nicht nur über die Praxis, sondern über das Leben an sich.

»Um was für Aufregung handelte es sich denn?«

»Mit Henrik? Ach, das ist eine traurige Geschichte.«

»Was ist passiert?«

»Soweit ich mich erinnern kann, hat er seine ärztliche Approbation verloren.«

Agnes hatte tatsächlich vergessen, dass das der Grund für sein Verschwinden gewesen war. Vielleicht hatte sie aber damals auch nie den Grund erfahren. Viktor hatte nie viel über seinen Vater geredet.

Sie stieß ein leises »Au!« aus, als die Tante die lange weiße Stange in ihre Scheide einführte. Es war wohl schon ein paar Wochen her, seitdem sie jemanden dort hineingelassen hatte.

»Tut das weh?«

»Schon in Ordnung«, sagte Agnes und starrte an die weiße Decke. »Warum hat Vormedal sie verloren?«

»Was denn?«

»Na, die Approbation.«

»Ach so. Na, wegen Drogenkonsum, haben sie gesagt.«

»Hat er bekifft gearbeitet?«

»Das wurde behauptet, mir selbst ist das nie aufgefallen.

Und das wäre es doch bestimmt. Ich war auch von der Sache betroffen. Es ging das Gerücht um, dass in meinen Praxisräumen Drogen gefunden worden seien.«

Agnes fragte sich, ob die Tante ihre Gänsehaut da unten sehen konnte.

»Ist Henrik Vormedal mit *Drogen* erwischt worden?«

Davon hatte Oddmund Liland nichts gesagt.

Und auch Viktor hatte nie so etwas erwähnt.

»Das war vielleicht ein Theater«, erzählte Eline. »Danach wollten einige der Älteren nicht mehr in die Praxis kommen. Was ja eigentlich verständlich ist. So etwas spricht nicht gerade für solide und vertrauensvolle Arbeit.«

»Was ist denn anschließend mit Vormedal passiert?«

»Er durfte hier im Ort nicht mehr arbeiten, also ist er in den Osten gezogen, in ein Dorf in Hallingdal. Merkwürdig, dass du das fragst, denn ich habe seit vielen, vielen Jahren nichts von ihm gehört«, sagte Eline, »und jetzt vor kurzem hat er mich plötzlich angerufen.«

»Ach ja? Was wollte er?«

»Ach, eigentlich nur reden, glaube ich. Henrik hat nie wieder als Arzt gearbeitet, und das hat er sicher sehr vermisst, außerdem sehnte er sich nach Viktor. Er hat mir erzählt, dass die Scham ihn daran hindert zurückzukommen, behauptete aber hartnäckig, dass er nie irgendwelche Drogenprobleme gehabt hat. Aber so ist es wohl immer. Die Leute weigern sich zuzugeben, was sie so treiben. Ich habe ihm gesagt, dass er sich anhört, als hätte er eine große Wut in sich, und das konnte er nur bestätigen. Und das sei noch schlimmer geworden, seit er in Rente gegangen sei, sagte er. Weil er jetzt mehr Zeit zum Nachdenken habe.«

Während sie sprach, drehte die Tante den Riesendildo hin und her.

»Das Leben war hart gegen Henrik. Aber ich bin froh, dass er jetzt doch wieder hierhergekommen ist und Kontakt zu seiner Familie aufgenommen hat. Und zu mir. Wir hatten es ja … schön, früher einmal.«

»Habt ihr euch getroffen, jetzt, da er wieder hier ist?«

Etwas blitzte hinter der Brille der Tante auf, obwohl sie weiterhin nur auf den Monitor schaute und ihre Lippen konzentriert zusammengepresst waren. Sie sah aus wie ein Teenagermädchen, das gern von einem Jungen erzählen wollte, den sie mochte, sich aber nicht traute.

»Zuerst habe ich nur gedacht, dass er alt geworden ist. Geht nicht mehr so kerzengerade wie früher. Das ist vielleicht ja auch kein Wunder. Aber den Charme, den hat er nicht verloren.«

Ein Bild von der Tante und Vormedal, zwei faltigen alten Körpern in einem Bett, tauchte auf Agnes' Netzhaut auf. Sie musste sich zwingen, es wegzuschieben.

»Wann ist das mit dem Drogenfund hier in der Praxis eigentlich passiert?«, fragte sie. »Ich finde es merkwürdig, dass ich mich nicht mehr daran erinnern kann.«

»Ach, Agnes, du weißt doch, ich und Jahreszahlen. Das ist schon so lange her, sicher mehr als zwanzig Jahre«, sagte Eline, um dann ihre Aufmerksamkeit wieder dem Monitor zuzuwenden. »Aber jetzt zu etwas Erfreulichem: Du brauchst nicht zu befürchten, dass du nicht schwanger werden kannst. Nach allem, was ich hier sehen kann, bist du bereit wie eine Henne zum Eierlegen.«

Die Tante kicherte über ihren eigenen, platten Witz, den sie garantiert jedes Mal von sich gab, wenn die Gelegenheit es erlaubte.

Schnell zog sich Agnes den Slip wieder an.

»Prima. Aber noch eine Sache. War Veslemøy Liland Patientin bei Vormedal?«

»Sie war meine Patientin«, antwortete Eline, und ein Stein fiel Agnes vom Herzen, doch dann fuhr sie fort: »Aber bevor Henrik aus Voss verschwand, ist sie zu ihm gegangen, ja, genau wie die Mutter und die Großmutter.«

Die Tante rollte auf ihrem Bürostuhl direkt vor Agnes.

»Versprich mir, dass du deine Energie nicht darauf verschwendest, in alten Sachen herumzuwühlen. Du musst dich auf das konzentrieren, was wichtig ist«, sagte sie und klopfte Agnes sanft auf den Bauch. »Den BACKOFEN.«

Ein halb gefülltes Glas Wein balancierte gefährlich auf der Sofaarmlehne.

Heute fragte Fredrik nicht, ob er ihr auch einschenken solle, obwohl sie beide wussten, dass sie nicht schwanger war und sich deshalb erlauben konnte, Alkohol zu trinken. Sie hatte keine Lust, ihn darauf hinzuweisen. Dazu war sie zu müde.

Als sie auf den Button »Senden« im E-Mail-Programm drückte, damit der Text an den diensthabenden Redakteur bei *VG* losgeschickt wurde, kniff sie die Augen zusammen.

Kurz darauf bereute sie es.

Im schlimmsten Fall konnte der Artikel sie in Gefahr bringen. Ihr alles zerstören.

Im besten Fall konnte das der Grundstein dafür sein, ihre Karriere wieder in Schwung zu bringen.

»Du hast die Fernsehnachrichten nicht gesehen, oder?«, fragte Fredrik.

Sie war gleichzeitig erleichtert und überrascht über den leichten Ton und dass er nicht gleich in den »Wir-müssen-uns-aussprechen-Modus« verfiel.

»Doch, habe ich«, sagte sie, ging ins Bad und zog den Jogginganzug an.

Ihre Kleidung warf sie auf den Boden, sie stank nach Bahn, Burger und Frittieröl. Einen Moment lang überlegte sie, schnell unter die Dusche zu springen, aber das sähe merkwürdig aus, nachdem sie sich gerade umgezogen hatte. Und sie hatte keine Lust auf neugierige Fragen.

»Schon traurig mit diesem Liland, was der alles durchgemacht hat. Erst verliert er seine Frau an Krebs, und dann wird seine einzige Tochter ermordet.«

Fredrik wusste immer noch nicht, dass seine eigene Schwiegermutter krank war. Er ahnte auch nicht, dass Agnes auf dem Weg gewesen war, die Stadt zu verlassen, dann aber zurückgekehrt war.

Letzteres brauchte er ja auch nicht zu wissen.

Genau wie er nicht wissen musste, was bei der Weihnachtsfeier bei *VG* damals passiert war.

»So wirklich ist Oddmund Liland nicht zu bedauern. Er ist ein großer Drecksack, und das hätte *NRK* zeigen sollen. Er hat in dem Interview so derart gelogen, dass es kaum zu ertragen war.«

Als sie das sagte, bekam sie Bauchschmerzen.

Erst jetzt wurde ihr klar, dass Veslemøys Vater sie ebenso gut angelogen haben könnte.

Woher wollte sie wissen, dass er zuverlässiger war als irgendeine anonyme Quelle? Stimmte es eigentlich, dass Kinder und Betrunkene stets die Wahrheit sagten?

Kurz nachdem sie den Artikel abgeliefert hatte, war sie vom diensthabenden Redakteur angerufen worden. Er wollte bestätigt bekommen, dass für ihre Behauptungen zwei Quellen die Grundlage darstellten, und er bat darum, deren Namen zu erfahren. So waren nun einmal die Regeln. Agnes hatte sie ihm gegeben: Oddmund Liland und Steven Smith.

Sie sagte nichts davon, dass Smith nicht wusste, dass er eine Quelle war.

»Glaubst du, Veslemøys Vater könnte etwas mit dem Mord zu tun haben?«, fragte Fredrik.

»Darauf deutet momentan nichts hin. Aber ich bin ja leider keine – wie du gerne betonst – Investigativ-Journalistin.«

»Sorry ...«

»Kann ich mal die Fernbedienung kriegen? Das war ein langer Tag. Und ich brauche etwas, um meinen Kopf abzuschalten.«

Sie legte sich aufs Sofa und betrachtete eine frischoperierte Hollywoodschönheit, als sie Fredriks Blick schräg von der Seite spürte. Sie versuchte, ihn zu ignorieren, konzentrierte sich auf die Zusammenfassung der letzten Episode. Aber er starrte sie weiter an. Saß einfach da und schaute sie auf eine nervige Art an, die sie daran erinnerte, dass er nicht einer der Gründe war, warum sie zurückgekommen war. Schließlich konnte sie ihn nicht länger ignorieren.

»Ist was?«

Er stand wortlos auf, verschwand aus dem Raum. Nach ein paar Sekunden kam er zurück und stellte sich direkt vor sie, so dass sie nichts mehr sehen konnte. Dann ging er auf die

Knie. Es dauerte einen Moment, bis sie bemerkte, dass er nur auf einem Bein kniete.

Sie zog die Augenbrauen hoch.

Machte er Scherze?

»Okay, ich weiß, das ist ein verdammt schlechtes Timing«, sagte er. »Aber, verflucht nochmal, Agnes, wenn ich in dieser Woche an eine Sache erinnert worden bin, dann daran, dass das Leben zerbrechlich ist. Alles kann morgen schon vorbei sein. Ich habe keine Lust, mich die ganze Zeit mit dir zu streiten. Ich liebe dich, und ich will nicht etwas bereuen, weil ich es nicht getan habe.«

Er hielt ihr eine kleine Schachtel hin. Öffnete sie. Sie war leer.

»Agnes Tveit. Die Liebe meines Lebens in der verrücktesten Ausgabe, ich weiß, dass du Ringe und andere glitzernde Klunker hasst. Wollen wir nicht einfach heiraten?«

»Du hast recht«, erwiderte sie. »Das ist wirklich ein verdammt schlechtes Timing.«

SAMSTAG

Was, um alles in der Welt, treibst du eigentlich?

Sie las die SMS von Viktor, noch bevor sie richtig wach war. Das eine Auge öffnete sich, dann das andere, wie zwei gleiche Symbole auf einem einarmigen Banditen. Sofort ging sie auf die Seite von VG. Fredrik schlief zum Glück noch, als die Buchstaben ihr entgegenleuchteten.

MORDOPFER LITT AN EPILEPSIE!

Das war die Titelschlagzeile. Es kribbelte Agnes am ganzen Körper, ein Gefühl, das sie seit Jahren nicht mehr verspürt hatte.

Sie klickte auf den Link.

Von Tor Erik Åkervold und Agnes Tveit.

Da stand nichts von dem Arzt, der das Gesundheitszeugnis nicht hatte unterschreiben wollen. Nichts davon, dass Veslemøy ihn in ihrer Jugend mit Drohungen zum Schweigen gezwungen hatte. Nichts darüber, dass sie die Unterschrift auf dem Formular gefälscht oder dass ihr Vater etwas davon gewusst hatte.

All das wollte sie für mögliche spätere Artikel aufsparen.

Die Information über die Epilepsieerkrankung war momentan Sprengstoff genug.

Agnes las den Artikel durch und musste zugeben, dass sie zufrieden war mit dem Text. Sie war diejenige, die die ganze Sache recherchiert und geschrieben hatte. Åkervolds Name stand nur mit drunter, weil er ein großer Nervzwerg war. Das war die Voraussetzung für ihre Zusammenarbeit gewesen.

Neben Oddmund Liland, der gemäß ihrer Absprache anonym blieb, hatte Agnes mit einer Psychologin gesprochen. Sie betonte, dass sie nicht die Details dieses speziellen Falls kannte, deshalb nur ganz allgemein etwas zu diesem Problem sagen konnte. Das Schicksal auf diese Art herauszufordern, sagte die Psychologin, könnte als eine Art Todeswunsch interpretiert werden – oder zumindest dahingehend, dass es keine Rolle mehr spielt, ob man lebt oder stirbt.

Veslemøy hatte möglicherweise größere psychische Probleme, als irgendjemand begriffen hatte.

Auch wenn sie ermordet worden war, konnte man sagen, dass es sich eigentlich um einen langsamen Selbstmord gehandelt hatte.

Und endlich bekam Agnes die Erlaubnis, offen darüber zu schreiben.

Ein Mann in braun gesprenkeltem Overall rannte, so schnell er konnte, auf den Abgrund zu und stürzte sich hinunter.

Bald sah er wie ein Adler am Himmel aus.

Die Himmel war wieder belebt, aber jetzt waren es keine Fallschirmspringer, sondern Paraglider, die zu sehen waren. Ein formelles Flugverbot gab es nicht mehr, nachdem allen Teilnehmern sicherheitshalber ein TripleCheck für ihre Schirme verordnet worden war. Mit dem Ergebnis, dass jetzt alle sicher sein konnten, dass es von der Produzentenseite keinen Fehler am Fabrikat gab. Nur dieser einzige Fallschirm war manipuliert worden. Agnes fragte sich, wie lange Birger Flakne wohl noch an sich halten konnte, bis er endlich auch für den Rest des Fallschirmprogramms grünes Licht gab. »Aus Respekt für Veslemøy« warteten sie noch ein wenig damit, so hatte es in der letzten Pressemitteilung der Festivalleitung gestanden.

Das war eine über alle Durchschnittswerte herausragende, schizophrene Wetterwoche, sogar für Vestlandet. Es war eigentlich in jeder Hinsicht eine überdurchschnittlich schizophrene Woche, das Wetter unterstrich das nur noch einmal. Nachdem es den ganzen Morgen heftig geregnet hatte, hatten sich die Wolken verzogen und der Sonne die Bühne überlassen, in Gesellschaft mit einer angenehmen leichten Brise. Perfekte Bedingungen für Paragliding. Und dort, wo Agnes saß, auf der Spitze des Hanguren, mit Blick über die grüne Version einer Skiabfahrt, auf der sie gefühlte tausendmal Slalom gelaufen war, konnte sie diejenigen, die weiter unten den Schirm zusammenzogen, gerade noch erkennen. Dieser Sport sah eigentlich ganz friedlich aus, obwohl man rennen und sich über die Kante in den Abgrund stürzen musste. Sie dachte daran, dass sie einmal mit einem Mädchen aus der Klasse darüber diskutiert hatte, ob man das eigentlich *fliegen* nennen konnte oder nicht. Die Klassenkameradin argumentierte, dass man sagte, Paraglider seien »mehrere hundert Meter geflogen«, während sie selbst meinte, die Definition für fliegen beinhalte, dass man sich so lange in der Luft halten könne, wie man wollte. Aber sogar die Vögel müssen sich ab und zu ausruhen, entgegnete ein anderes Mädchen. Daraufhin waren Agnes keine weiteren Argumente eingefallen.

Sie brauchte Luft, hatte ein merkwürdiges, klaustrophobisches Gefühl, wobei sie sich gleichzeitig freier fühlte als seit langem. Als wäre alles, was in den letzten vierundzwanzig Stunden jobmäßig passiert war, ein Schritt in Richtung auf ein anderes Leben gewesen.

Die, vorsichtig ausgedrückt, überraschende Idee von Fredrik dagegen ... War das auch ein Schritt nach vorn? Oder die endgültige Bremse?

Sie hatte ja gesagt.

Ja, gut, hatte sie gesagt.

Sie hätte es nicht ertragen, Fredriks Lachgrübchen verschwinden zu sehen, hätte sie noch länger gezögert.

Anschließend hatten sie Sex gehabt. Zum ersten Mal seit langer Zeit, ohne zu wissen, ob sie einen Eisprung gehabt hatte oder nicht. Und dann war er eingeschlafen.

Sie hatte noch stundenlang wach gelegen.

Der Morgen war hektisch verlaufen, nachdem ihr Artikel veröffentlicht worden war. Fredrik blieb zu Hause, er war heute für die Spätschicht eingeteilt. Und sie hatte ja kein Büro mehr, in das sie gehen könnte, also beschloss sie spontan, einen Ausflug in die Berge zu machen.

Seit der Eröffnung der neuen Seilbahn, über die Agnes berichtet hatte, war sie nicht mehr mit ihr gefahren. Damals wäre der Bürgermeister vor Stolz fast geplatzt, als er von der Talstation bis zur Spitze des Hangur Seite an Seite mit dem Minister für Kommunalangelegenheiten und Modernisierung stand. Agnes vermisste immer noch Dinglo und Danglo, die beiden legendären roten und blauen Gondeln, die sich direkt über dem Haus der Eltern begegneten, aber es gab keinen

Zweifel, dass die neue Seilbahn einer Touristenstadt würdig war. Die Hausbesitzer, über deren Dächer jetzt die Route führte, waren da natürlich ganz anderer Meinung. Es war kaum vorstellbar, wie heftig darüber gestritten worden war. Die Diskussion über den Standort des neuen Munch-Museums in der Hauptstadt war nichts dagegen gewesen. Auf dem Weg hinauf, als sie ganz Voss in strahlendem Sonnenschein unter sich sah, wurde ihr wieder klar, warum sie zurückgekommen war.

Dieses gute Gefühl saß in ihrem Körper, gemischt mit einem kribbelnden Stolz darüber, erneut zur größten Zeitung Norwegens zu gehören. Es wurde nur am Rande von einer gewissen Unruhe gestört.

Die *VG* hatte Blut geleckt, sie »wollten mehr Munition«, wie der Leiter der Newsredaktion in einer SMS geschrieben hatte. Die Enthüllung über die Epilepsieerkrankung gehörte zu den meistgelesenen Netzartikeln des Morgens.

Sie musste wieder in ihrem Job Fuß fassen. Brauchte aber vorher ein wenig mehr Sauerstoff in der Lunge.

Das Handy klingelte, was sie überraschte, hatte sie doch nicht erwartet, hier ein Netz zu haben, es eigentlich aber gehofft. Glücklicherweise war es nur Viktor. Er rief vermutlich an, um zu fragen, wie es ihr gehe. Denn nachdem sie ihm von der Kündigung und ihrem neuen Pakt mit dem Teufel erzählt hatte, konnte sie ihn nur noch kurz, was Schwangerschaftstest und den Streit mit Fredrik betraf, auf dem Laufenden halten, dann musste sie auflegen. Fredriks Heiratsantrag hatte sie nicht erwähnt.

»Hallo, du sprichst mit der Frau, die der Ort hasst und deren Samenzellen vor sich hinsterben«, meldete sie sich.

»Tut mir leid, unfruchtbarer Judas, aber über deine Probleme können wir später reden. Es ist was passiert«, erwiderte Viktor. »Ich weiß ehrlich gesagt gar nicht, ob ich diese Infos mit dir teilen darf, wo du doch jetzt wieder für den großen, hässlichen Akersgata-Wolf arbeitest. Aber du wirst es ja so oder so erfahren, dann kannst du es ebenso gut direkt von mir hören: Kathrine Bøe hat sich bei der Polizei gemeldet.«

»Und weshalb?«, fragte Agnes und spürte, wie es ihr kalt über den Rücken lief.

»Um mitzuteilen, dass Veslemøy nicht mit ihrem eigenen Fallschirm gesprungen ist.«

Auf dem Weg wieder hinunter vom Hanguren saß Agnes auf der vordersten Bank in der Gondel, die Stirn gegen das kühle Glas gepresst. Sie nahm niemandem die Aussicht, schließlich war sie der einzige Fahrgast, der oben auf die rot-schwarze Gondel gewartet hatte, die von den Einwohnern von Voss »Gråsidetoppen« getauft worden war. Sie hoffte, dass der Panoramablick ihr helfen könnte, die Gedanken zu sortieren, die in ihrem Kopf wie kleine, bunte Gummibälle herumhüpften.

Bei der Befragung hatte Kathrine erklärt, dass Veslemøy nach der Eröffnungszeremonie direkt wieder nach Bømoen hochfahren und bei einem Formationssprung mitmachen sollte, weil einer jungen Mannschaft ein Teilnehmer fehlte. Sie hatte sich darüber beklagt, dass plötzlich das Programm so eng geworden war und sie kaum Zeit hatte, ihren Schirm neu zu packen, bevor sie zurück nach Bømoen musste. Deshalb hatte Kathrine ihr vorgeschlagen, sie könne für den ersten Sprung ihren Schirm leihen. Sie selbst könnte ihren älteren Schirm holen, der lag im Klubhaus, weil es, wie Viktor sie zitierte, »doch nett wäre, den mal wieder auszuprobieren«.

Natürlich fand die Polizei es verdächtig, dass Kathrine das nicht viel früher zu Protokoll gegeben hatte, deshalb wurde sie jetzt also verhört. Was nötig war, damit das, was Viktor eine Zeugenbefragung nannte, potenziell zu einem Verhör einer Verdächtigen führte. Davon hatte Agnes allerdings keine Ahnung. Er hatte nichts von eventuellen Beweisen gegen Kathrine gesagt.

Diese hatte im besten Fall ein ernstes Problem, ihr Verhalten zu erklären.

Sie war geprüfte Fallschirmpackerin und hätte problemlos ihren eigenen Schirm manipulieren und dann Veslemøy anbieten können.

Und wenn sie keine Schuld an dem Mord traf: Warum, um alles in der Welt, hatte sie der Polizei nicht sofort erzählt, dass Veslemøy mit ihrem Schirm gesprungen war?

Das Geräusch von jemandem, der sich räusperte, riss Agnes aus den Gedanken.

Langsam drehte sie sich um.

Und entdeckte, dass sie doch nicht allein in der Gondel war.

Er hatte sich auf die letzte Bank hingefläzt, die Hände in den Taschen der grauen Trainingsjacke. Die Kapuze war über den Kopf gezogen. Er trug Jeans und an den Füßen etwas, das wie Militärstiefel aussah. Aber die kindlichen kleinen Locken schauten unter der Kapuze hervor, und auch ohne Schlips und Kragen war Vegard Saue leicht wiederzuerkennen.

Nur dass er heute nicht wie ein Bezirksstaatsanwalt aussah. Eher wie ein Krimineller.

Agnes spürte, wie sich ihr der Hals zuschnürte. Wenn die Seilbahn plötzlich anhielt, wenn sie schrie, niemand würde sie hören können.

»Ich glaube, wir haben uns noch nicht vorgestellt«, sagte er und streckte die Hand aus.

»Ich weiß, wer du bist«, sagte sie, ohne seine Hand zu ergreifen. »Was machst du hier?«

»Muss ich einen Grund haben, um in meiner eigenen Heimatstadt auf Sightseeing zu gehen?«

»Dann bist du mir nicht gefolgt?«

Sein Blick wanderte über ihr Gesicht, dann weiter über den Körper.

»So etwas würde ich niemals tun. Aber wo wir schon einmal hier beisammensitzen ...«

Agnes wich instinktiv nach hinten aus, spürte das Glas am Rücken.

Saue kam näher. Er stellte sich dicht vor sie, stemmte die Hände auf beiden Seiten ihres Kopfes auf die Scheibe.

Am Schenkel konnte sie spüren, dass sein Penis steif war.

Ihr wurde eiskalt.

Als er sich vorbeugte, kratzten seine Bartstoppel sie an der Wange. Sein Geruch umhüllte sie, das Parfüm und der Atem. Ihr wurde schwindlig. Sie hatte das Gefühl, keine Luft zu bekommen. Sie fühlte sich so machtlos.

»... dachte ich, dass es eine gute Gelegenheit wäre, noch einmal zu betonen, dass ihr Journalisten nicht das Recht habt, in den Angelegenheiten anderer Leute herumzuschnüffeln, weder du noch diese Lesb...«

Wer? Agnes stutzte.

Redete er von Frida Grådal?

»… und schon gar nicht die *VG*«, fuhr er fort. »Das könnte schlimme Folgen für dich haben.«

Ihr Körper war wie erstarrt, die Klaustrophobie hatte sie fest im Griff, aber sie zwang sich, ruhig zu bleiben, rational zu denken. Diese Seilbahntour dauerte nicht länger als achteinhalb Minuten, und sie musste schon mindestens fünf hier gestanden haben. Schnell drehte sie den Kopf, sicher würde sie bald die Station unten erkennen können. Bald konnte sie wieder frische Luft in die Lunge lassen. Bald konnte sie diesem Widerling entkommen. Und er konnte ihr nichts antun, ohne dass es entdeckt werden würde.

Plötzlich wurde sie wütend. Am liebsten hätte sie das Knie hochgezogen, um ihn da zu treffen, wo es besonders weh tat, entschied sich dann aber doch lieber zu einem verbalen Schlag in die Eier.

»Was soll das hier eigentlich sein? Eine Drohung?«, fragte sie und bohrte ihren Blick in seine Augen. Ihre Gesichter waren nur Zentimeter voneinander entfernt. »Muss man heutzutage für so etwas Bezirksstaatsanwalt sein? Du solltest doch am besten wissen, dass ein solcher Auftritt nur dazu führt, dass alle Scheinwerfer auf dich gerichtet werden.«

»Scheinwerfer?«

Agnes sagte nichts.

»*Mord*, meinst du? Warum hätte ich Veslemøy Liland *ermorden sollen*?«

»Warum warst du in der Nacht von Dienstag auf Mittwoch bei Kathrine Bøe zu Hause?«

Vegard Saues Pupillen wurden schwarz. Er öffnete den Mund, um etwas zu sagen, vielleicht wollte er schreien und sie beschimpfen, wie er es am Telefon getan hatte, aber plötzlich ging die Schiebetür auf. Sie waren unten angekommen, die ersehnte frische Luft drang in die Kabine.

Ein paar Sekunden lang blieben sie stehen und starrten einander an.

Dann schlüpfte Agnes aus der Gondel hinaus.

Kurz schaute sie über die Schulter zurück und stellte zu ihrer Erleichterung fest, dass Saue ihr offenbar nicht folgte, zuckte aber erneut zusammen, als sie die Treppe hinuntereilte: In der Menschenschlange, die wartete, um mit der Seilbahn hochfahren zu können, standen Steven, Joni und die Zwillinge.

Die Polizei musste ihn also bereits frühmorgens freigelassen haben.

Aufgrund der neuen Informationen von Kathrine?

Stand sie nun unter Verdacht statt Steven?

Agnes zweifelte nicht daran, dass Steven sich nach frischer Luft sehnte, nach allem, was er in den letzten vierundzwanzig Stunden durchgemacht hatte, dennoch überraschte es sie, dass sie wie eine ganz normale Kleinfamilie in die Berge fuhren. Nach den Ereignissen im Garten hatte sie allerdings keine Lust auf ein Gespräch mit ihm. Also beschloss sie, so zu tun, als hätte sie die kleine Gruppe nicht bemerkt. Und hoffte, dass sie auch von ihnen nicht entdeckt wurde.

Doch da irrte sie sich.

Auf ihrem weiteren Weg die Treppe hinunter konnte sie sehen, dass Steven hastig Joni etwas zuflüsterte, dann die Schlange verließ und eilig auf sie zukam. Kurz vor dem Ausgang spürte sie erneut seinen festen Griff, dieses Mal auf der Schulter.

»Lass mich los!«, fauchte sie und machte einen Buckel wie eine Katze.

»Was hast du mit ihm zu schaffen?«

»Mit Vegard Saue? Überhaupt nichts. Er ist einfach hier aufgetaucht.«

Und hat mir gedroht, dachte sie, sagte jedoch nichts.

»*Why should I believe you?*«, fragte Steven mit kalter Stimme. »Ganz offensichtlich kann man dir ja nicht vertrauen.«

Der *VG*-Artikel. Sie hatte überhaupt nicht überlegt, wie Smith darauf reagieren würde.

»Vielleicht hätte ich dir wegen des Artikels Bescheid geben sollen«, sagte sie, so ruhig sie konnte. »Aber zum einen war das unmöglich, du warst ja im Knast. Und zum anderen hatte ich nicht besonders viel Lust, mit dir zu reden, nachdem du besoffen vor meinem Haus aufgetaucht bist und mich bedroht hast. Und zum Dritten bin ich der Meinung, dass die Leute ein Recht haben, das mit der Epilepsie zu erfahren.«

Sie meinte, einen Funken von Scham in seinen Augen erkennen zu können, als sie den Besuch in ihrem Garten erwähnte, der aber schnell großer Wut wich.

»Recht? Ein Recht??«, sagte er mit lauter Stimme. »*Who the fuck are you to decide what's right?*«

»Außerdem stand es im Obduktionsbericht«, log sie.

Steven Smith bewegte sich nicht, aber aus seinen Augen schossen spitze Pfeile. Glücklicherweise liefen die ganze Zeit Leute an ihnen vorbei, und Joni wartete mit den Kindern auf dem oberen Treppenabsatz. Agnes konnte sehen, dass sie sie beobachtete. Wenn er jetzt hier eine Szene machte, würde er alles verlieren.

»Was ich dir erzählt habe, war *confidential*.«

Sie holte tief Luft. »Das war nicht die Information von dir, die ich weitergegeben habe. Du bist nicht der Einzige, der von der Krankheit wusste. Und jetzt hör mir mal gut zu: Ich kann meine Quellen nicht preisgeben. Aber vielleicht ist diese neue Information ja der Grund dafür, dass du heute hier stehst und nicht in einer Zelle in Bergen hockst. Also, sei von mir aus so wütend, wie du willst, aber ich bin sicher, früher oder später wirst du mir noch danken. Ich habe nichts gedacht oder getan, was dich in ein schlechtes Licht stellen könnte. Das schaffst du schon ganz allein.«

»Was meinst du damit?«

»Na, mit Veslemøys bester Freundin im Ort herumzulaufen, noch bevor die Leiche kalt ist. Nicht besonders schlau, wenn du dich als treuer, trauernder Witwer präsentieren willst.«

Steven hielt ihrem Blick stand.

»Joni ist vielleicht im Augenblick der einzige feste Punkt in meinem Leben«, sagte er. »Und sie war all die Jahre für Veslemøy da, wie sie es jetzt für mich und die Kinder ist. Aber natürlich denkst du, wir würden miteinander schlafen.«

»Ich glaube ni…«

»Passt doch perfekt in die *the guilty husband story*«, zischte er, drehte sich um und wollte gehen. »Ich hätte es besser wissen müssen und dich nie um deine Hilfe bitten sollen.«

»Was meintest du damit, Veslemøy gegen etwas beschützen zu wollen?«, fragte Agnes. »Bei deiner Rede bei der Trauerfeier.«

Steven blieb stehen, drehte sich aber nicht um.

»*Never mind*«, sagte er nur und ging.

Der Körper fühlte sich an wie Spaghetti, die zu lange gekocht worden waren.

Die harte Schale, die sie umhüllte, war zerbrochen. Jetzt waren Hände und Füße so taub, dass sie sich auf die Bank vor dem neuen *Scandic-Hotel* setzen musste, nur einen Steinwurf von der Seilbahn entfernt.

Neben der Angst und dem Schrecken fühlte Agnes eine wachsende Wut in sich aufsteigen gegen Männer, die meinten, über sie bestimmen zu können und – was wirklich merkwürdig war – ein schlechtes Gewissen Joni gegenüber.

Sie fragte sich, ob Joni genauso wütend auf Steven war. Und machte sich Sorgen, dass er ihr erzählen könnte, was sie gesagt hatte.

Sie musste mit jemandem sprechen. Also zog sie das Handy mit einer fast gefühllosen Hand aus der Tasche.

Weder Viktor noch Ingeborg gingen ans Telefon.

Sie versuchte es bei Gro, die aber auch nicht antwortete. Agnes wusste, dass Viktors Frau häufig am Samstag im Geschäft aushelfen musste. Vielleicht war sie ja jetzt auch dort.

Vielleicht hatte sie bisher keine Zeit gehabt, die *VG* zu lesen.

Agnes hatte die geschäftsführende Direktorin und frischgebackene Besitzerin eines Möbelgeschäfts einmal interviewt. Damals hatte Gro hinter dem großen Mahagonischreibtisch im Chefbüro gesessen. Deshalb war es für sie umso verblüffender, Gro jetzt hinter der Kasse im T-Shirt der Ladenkette stehen zu sehen. Das sah so unwürdig aus, dass Agnes sich fast für sie schämte.

Aber es war nicht nur die Kleidung, die Gro so traurig aussehen ließ. Es schien, als hätte sie über vieles nachzudenken. Und als sie Agnes entdeckte, zeigte sie kein Lächeln. Sie schaute in eine andere Richtung und begann, mit einem Kunden zu reden, der Rattanmöbel für seine Terrasse kaufen wollte.

Weitere Kunden warteten, also zog Agnes eine Wartenummer. Geistesabwesend betrachtete sie die Leute, die auf der Jagd nach Dingen waren, um ihre Räume und ihre inneren Hohlräume zu füllen. Ihr Körper fand so langsam sein Gleichgewicht wieder, und anscheinend wurde ihr Kopf dadurch, dass sie hier einfach nur stand, mitten in einem Möbelgeschäft, klarer, als er es seit langem gewesen war.

War es wirklich so ein Leben, das sie sich gewünscht hatte? Mit Rattansofa und Terrassengrill? Schicken Einrichtungsprospekten im Briefkasten? Sie konnte nicht ein einziges Ding benennen, das sie an diesem Leben lockte, stattdessen vermisste sie die kleine Wohnung in Tøyen, den Geruch im Flur vom asiatischen *Dupling*-Restaurant im Keller, die Nachbarn nicht grüßen zu müssen.

Ein Pling war zu hören, die Zahl 37 erschien auf dem Display.

Agnes winkte diskret mit ihrem Zettel, und Gro kam zu ihr. Sie sah alles andere als hilfsbereit aus. Ganz offensichtlich hatte sie die *VG* gelesen.

»Bist du jetzt zufrieden?«, fragte Gro.

»Ich versuche nur zu helfen«, sagte Agnes.

»Eine komische Art, das zu zeigen.«

»Ich gehe davon aus, dass du nichts von der Epilepsie gewusst hast, oder?«

Gro fuhr sich schnell mit den Fingern durch das kurzgeschnittene Haar. Kleine Schweißperlen zeigten sich auf der Nase.

»Möchtest du etwas kaufen?«

»Hast du gehört, ob Kat...«

Wieder ertönte ein Pling, als Gro den Knopf neben der Kasse drückte. Ein Mann mit sorgfältig über die Glatze gekämmten Haarsträhnen und dem Nummernzettel 38 trat näher und stellte sich direkt vor Agnes.

»Eine Lagerbox für die Terrassenkissen«, sagte er. »Haben Sie da was in Rattan?«

Vollkommen überrascht begegnete Agnes direkt vor dem Laden Jonis grünem Blick. Der, wie sie erleichtert registrierte, immer noch freundlich war.

»Wolltest du nicht in die Berge?«, fragte Agnes vorsichtig. Es konnte ja sein, dass Joni ihr trotzdem die Meinung sagen wollte.

Und sie wusste nicht, wie viele Vorwürfe sie noch ertragen konnte.

»Die anderen sind allein gefahren«, sagte Joni. »War Steven gemein zu dir? Das musst du entschuldigen, ihm geht es nicht gut, und dein Artikel hat ihn ziemlich mitgenommen. Aber wenn du meine Meinung hören willst: Ich finde es gut, dass du über die Epilepsie geschrieben hast. Und das habe ich ihm auch gesagt.«

Fast hätte Agnes angefangen zu weinen, so froh war sie, endlich jemanden zu treffen, der ihr nicht feindlich gesinnt war.

»Hast du auch von der Krankheit gewusst?«

Joni sah aufrichtig traurig aus, als sie den Kopf schüttelte.

»Ich habe wirklich geglaubt, Veslemøy und ich, wir wüssten alles voneinander, aber da gab es doch etwas, das sie all die Jahre vor mir geheim gehalten hat. Sie muss sich gedacht haben, dass ich ihr nie im Leben erlaubt hätte, mit dem Fallschirm zu springen, hätte ich das gewusst. Und damit hatte sie absolut recht.«

»Was glaubst du, hat Kathrine davon gewusst?«

Es war schwierig, Jonis Gesichtsausdruck zu deuten. Sie fuhr sich mit beiden Händen durch das Nest roter Locken. Eine Hand noch immer in der Haarpracht, setzte sie sich unvermittelt auf die Bordsteinkante.

»Ich kann mir nicht vorstellen, dass sie das wusste. Aber inzwischen sehen ja immer mehr Dinge ganz anders aus, als ich gedacht hatte.«

Agnes setzte sich neben sie.

»Hast du erfahren, warum Vegard bei ihr war?«

»Seit wir das letzte Mal miteinander gesprochen haben, habe ich Kathrine nicht mehr erreicht. Keine Ahnung. Sie ... ihr ist es in letzter Zeit ja nicht so gut gegangen. Ich weiß nicht, ob du das weißt, aber als sie jünger war, hatte sie große Gefühlsschwankungen. In den letzten Jahren ist es ihr gelungen, das zu kontrollieren, aber in letzter Zeit sind sie wieder häufiger aufgetreten. Daher rührte auch das zerbrochene Glas auf dem Fußboden in ihrem Wohnzimmer. Das hast du bestimmt gesehen, als du dort gewesen bist.«

»Ja, ich habe mich schon gefragt, was passiert ist.«

»Kurz bevor du gekommen bist, hatte sie einen Wutanfall. Zuerst habe ich gedacht, dass das eine merkwürdige Art ist, ihre Trauer über Veslemøys sinnlosen Tod auszudrücken, aber inzwischen ... Nein, inzwischen weiß ich gar nichts mehr.«

»Ich gehe davon aus, dass du das mit dem Fallschirm schon gehört hast?«

»Ja, die Ärmste.« Joni nickte.

»Meinst du Kathrine?«

»Sie tut mir echt leid. Sie arbeitet mehr, als es gut für sie wäre, und ist ansonsten Tag und Nacht nur für ihre Mutter da. Ihr Leben lang hat sie sich ein eigenes Kind gewünscht, ist aber auf die übelste Art und Weise enttäuscht worden. Und dann wäre vor zwei Wochen beinahe auch noch ihr Haus abgebrannt. Ich fürchte, das alles zusammen ist einfach zu viel für einen einzigen Menschen, sogar für eine so starke Frau wie sie.«

Joni sprach weiter, starrte dabei vor sich hin.

»Kathrine ist sehr verschlossen. Es war schon immer schwierig, an sie ranzukommen. Ich finde es schlimm, dass sie niemanden hat, der sich um sie kümmert. Der Mann, mit dem sie viele Jahre lang zusammen war, mit dem sie eine Art Fernbeziehung führte, den habe ich nie kennengelernt, aber er war bestimmt ein ziemlicher Idiot. Eine Frau in den Dreißigern so hinzuhalten, das ist einfach nicht in Ordnung. Eigentlich hätte sie sich schon viel früher von ihm trennen sollen. Aber ich glaube, er war ihr trotz allem eine große Stütze bei den Untersuchungen.«

»Untersuchungen?«

Joni warf Agnes einen schnellen Blick zu und schlug dann sofort die Augen nieder. Es schien, als hätte sie für eine Weile vergessen, dass Agnes inzwischen für *VG* arbeitete oder dass sie überhaupt Journalistin war, und plötzlich sei es ihr wieder eingefallen.

»Was für Untersuchungen liefen da gegen sie?«

»Du, entschuldige, aber ich glaube, ich habe dir schon viel zu viel erzählt. Ich muss jetzt los«, sagte Joni und stand auf.

Sie rannte quer über die Straße, bevor Agnes ihr die Frage hätte stellen können, die ihr eigentlich auf der Zunge lag: warum ihrer Meinung nach Kathrine so lange damit gewartet hatte, zur Polizei zu gehen.

Direkt über dem Eingang des Gerichtsgebäudes hing das neue Gemeindewappen. Das Motiv, ein Hirsch, war in die Hardingerfiedel geändert worden, als Voss und Granvin zu der Gemeinde Voss zusammengelegt worden waren. Agnes schaute auf die Uhr an der Wand und musste einsehen, dass nicht nur die Begegnungen mit Vegard Saue und Steven Smith der Grund dafür waren, dass sie sich so merkwürdig fühlte.

Es war zehn nach zwölf, und sie hatte heute noch nichts gegessen.

Also lief sie schnell zu Kiwi, kaufte ein Taco-Wrap und ein Snickers und aß eines nach dem anderen direkt vor dem Supermarkt.

Dann holte sie das Telefon heraus und versuchte noch einmal, Ingeborg zu erreichen. Dieses Mal gelang es ihr.

»Ich habe eine Frage an dich, Robin: Angenommen, du würdest mich umbringen wollen. Hättest du versucht, mir einen kaputten Fallschirm zu leihen oder hättest du meinen eigenen manipuliert?«

Die Antwort kam erst nach einigem Zögern und vergeblichen Versuchen, ein weinendes Baby zu beruhigen.

»Nun, ich hätte wohl deinen manipuliert, um ganz sicher zu sein, dass es funktioniert. Aber vielleicht war es ja viel schwieriger, an den ranzukommen«, antwortete Ingeborg. »Bei meinem eigenen hätte ich genügend Zeit gehabt, ihn so zu manipulieren, wie ich will.«

»Hm, ja, das hört sich vernünftig an. Wenn du nicht die Täterin warst, aber wusstest, dass ich abgestürzt bin, nachdem ich deinen Fallschirm benutzt habe: Wärst du dann nicht unverzüglich zur Polizei gegangen und hättest von dem Fallschirmtausch erzählt, um nicht in Verdacht zu geraten?«

»Auf jeden Fall«, stimmte Ingeborg zu, und Agnes wollte sich schon bedanken und auflegen, als die Freundin hinzufügte: »Es sei denn, ich hätte Angst, dass die Person, die dich getötet hat, auch versuchen würde, mich zu töten, aber vielleicht davon absieht, solange ich den Mund halte. Oder: wenn ich aus irgendeinem anderen Grund die Aufmerksamkeit der Polizei nicht auf mich ziehen wollte.«

Agnes blieb vor dem Gerichtsgebäude stehen. Die roten und gelben Blumen um das Per-Sivle-Denkmal strotzten nur so vor sommerlichem Selbstbewusstsein. Die Statue des Dichters mit Bart und heruntergezogenen Mundwinkeln ließ sie an ihren Grundschullehrer denken, bei dem immer die Tränen flossen, wenn die Klasse »Das erste Lied« sang.

Das erste Lied, das mir erklang, war Mutters Lied an der Wiege, ihr sanftes Wort in mein Herz eindrang, es konnte das Weinen beenden.

Sivle und der Lehrer waren einander äußerlich sogar ein wenig ähnlich. Als er das erste Mal in der Musikstunde im Klassenraum anfing zu weinen, war es für Agnes das erste Mal überhaupt in ihrem Leben, dass sie so einen empfindsamen Erwachsenen erlebte. Er erklärte, dass das Lied ihn an seine Mutter erinnere, die nicht mehr lebte. Inzwischen war er vielleicht selbst auch schon tot. Genau wie Sivle. Soweit sie sich erinnerte, hatte der Dichter sich im Christiania Bad in Vika erschossen. Sivle war auch Journalist gewesen. Einer der wenigen Tintenkleckser, die ein eigenes Denkmal bekommen hatten.

Mein Norwegen, dich lieb ich so innerlich, ohne Zögern opferte ich Herz und Seele für dich, stand da in Stein gemeißelt.

Hätte jetzt jemand »Das erste Lied« angestimmt, wären vielleicht auch Agnes die Tränen gekommen.

Sie stand immer noch direkt vor Per Sivles Denkmal, als sie zu Oddmund Lilands Telefonnummer scrollte, die sie gespeichert hatte, nachdem sie ihm das dritte Bier spendiert hatte und ihr dafür erlaubt worden war, ihn als anonyme Quelle zu verwenden.

»Hallo, hier ist Agnes«, sagte sie und wartete gar nicht ab, dass er etwas erwiderte. »Es geht um den Brief, den Veslemøy Henrik Vormedal geschickt hat, um von ihm die Unterschrift unter das ärztliche Attest für den Fallschirmspringerkursus zu erpressen. Haben Sie nicht gesagt, sie hätte ihn zusammen mit einer Freundin geschrieben? Kurze Frage dazu: Welche Freundin war das?«

Sie war sich schon vorher sicher, welche Antwort sie hören würde.

Der Suchbegriff Kathrine Bøe + Ermittlungen ergab keinen Treffer.

Kathrine Bøe + Gerichtsverfahren auch nicht.

Agnes saß auf der Mauer und tippte hektisch auf ihrem

Handy herum. Es wäre so viel einfacher, das am Mac zu machen, aber der lag daheim, und dort hinzufahren hatte sie immer noch keine Lust.

Sie fühlte sich nicht richtig fit. Das war nicht so eine Übelkeit wie die der letzten Monate, die sie jedes Mal mit Erwartungen erfüllt hatte, wenn sie sich fragte, ob vielleicht etwas in ihr anfing zu wachsen. Das Unwohlsein jetzt resultierte aus der Furcht, der Vater ihres besten Freundes könnte in einen Mordfall verwickelt sein.

Sie rief Viktor an.

»Hast du mit deinem Vater gesprochen?«

»Noch nicht.«

»Dann weißt du also noch nicht, warum er Veslemøy Liland angerufen hat?«

»Nein.«

»Aber ihr habt ihn doch zumindest zur Befragung einbestellt?«

Viktor antwortete nicht.

Agnes umklammerte fest das Telefon.

»Mein Gott, Viktor! Willst du etwa deine Karriere aufs Spiel setzen, um jemanden zu schützen, mit dem du dein halbes Leben lang keinen Kontakt gehabt hast?«

»Nein«, antwortete er leise.

»Gut. Dann reiß dich zusammen und mach deinen Job«, erwiderte Agnes. »Apropos Job, hast du gecheckt, ob es zu Kathrine ein Aktenzeichen gibt?«

Viktor hatte das Vorstrafenregister überprüft. Dort war sie nicht zu finden.

Eine dicke Krähe landete auf dem Denkmal und blieb sitzen. Agnes fragte sich, wie oft wohl Vogelscheiße von solchen

Statuen weggeputzt werden musste. Aber hier in Voss erledigte möglicherweise der Regen das.

Sie rief Fredrik an und kreuzte die Finger, dass er noch nicht zur Arbeit gegangen war. Nein, er sei zu Hause, sagte er, machte sich gerade bereit für eine Tour auf Rollskiern auf Herresåsen.

»Was du mir nicht über deine Freundin, die Katze, sagen konntest – hat das etwas damit zu tun, dass es Ermittlungen gegen sie gab, die mit ihrer Arbeit zusammenhingen?«

»Ich ...«

»Sag jetzt nichts!«, rief sie. »Du brauchst nicht zu antworten. Bleib einfach still, wenn es stimmt.«

Sie wartete.

Fredrik sagte nichts.

»Danke«, sagte Agnes. »Und übrigens, wenn du mir etwas schenken möchtest, da ich ja keinen Ring für meinen Finger bekommen habe, dann sei so gut und guck mal in Kathrines Personalakte, wenn du heute zur Arbeit gehst.«

»Agnes.«

»Sorry, ich sollte dich nicht um so etwas bitten. Natürlich musst du das nicht tun. Vielleicht kommst du ja auch gar nicht ins System rein. Aber jetzt weißt du, was ich mir wünsche. Schönen Tag!«

Sie drückte Fredrik weg, löschte die vorherige Google-Suche und tippte stattdessen Arzt + Haukeland + Ermittlungen ein.

Agnes fand keinen Hinweis darauf, dass Kathrine Bøe wegen irgendetwas angeklagt oder verurteilt worden war, auch keine Information darüber, dass eine Anklage gegen sie fallengelassen worden war. Sie konnte noch nicht einmal mit Sicherheit sagen, dass die »Ärztin in den Dreißigern« tatsächlich Kathrine war.

Aber sie war sich dessen ziemlich sicher.

Agnes sprang von der Mauer herunter und eilte Richtung Westen.

Die Schlüsselkarte funktionierte immer noch. Was eigentlich überraschend war. Vielleicht hatte Eskildsen ihre Kündigung ja nicht ernst genommen, obwohl er sie inzwischen sowohl mündlich als auch schriftlich bekommen hatte. Vielleicht hatte er erwartet, dass sie am Montag reumütig zurückkäme.

In dem Fall wartete er vergebens.

Sie schlich die Treppe zu den Redaktionsräumen hinauf, blieb vor der Tür stehen und lauschte, ob jemand da war. Das Licht war eingeschaltet, aber das war es in der Regel immer. Es war vollkommen still in dem großen, offenen Raum.

Sie ging nach links in ihr ehemaliges Arbeitszimmer. Es sah noch genauso aus wie vor einem Tag, als sie es verlassen hatte. Ein halbes Brötchen lag neben der Tastatur.

Es war trocken, hastig aß sie es auf.

Es fühlte sich vollkommen fremd an, wieder hier zu sein.

Sie loggte sich ins System ein und klickte dann auf die Fotodatei, wollte sich die restlichen Bilder anschauen, die Frida bei der Beerdigung gemacht hatte. Sie hatte das Gefühl, etwas Wichtiges entdeckt zu haben, als sie im Zug nach Oslo saß –, dass Kathrine Bøe in der Kirche in eine andere Richtung geblickt hatte als alle anderen.

Was hatte sie da hinten gesehen? Oder, höchstwahrscheinlich besser gefragt: Wen hatte sie gesehen?

Agnes blätterte durch die Fotos, die in den letzten Tagen in die Datei gestellt worden waren.

Da hörte sie Schritte auf dem Flur.

Die Haustür hatte ein Schnappschloss, also musste es wohl der Pensionär sein, der kam. Sie war sich ziemlich sicher, dass er am Wochenende Bereitschaftsdienst hatte. Es wurde garantiert nicht gern gesehen, wenn ehemalige Mitarbeiter außerhalb der Arbeitszeit hier herumschnüffelten, und schon gar nicht solche, die bei der *VG* angefangen hatten. Vielleicht konnte das sogar als Spionage bezeichnet werden. Und sie war sich sicher, dass der immer loyale Pensionär schnurstracks zu Eskildsen gehen und ihm alles verraten würde.

Sie stellte sich hinter die eigene Bürotür, rührte sich nicht, während die knarrenden Schritte vorbeigingen. Ohne es zu bemerken, hielt sie sogar die Luft an.

Durch den Türspalt sah sie eine braune Ledertasche im Arbeitszimmer des Chefredakteurs verschwinden.

»Denk nicht mehr daran, ich werde mich jetzt darum kümmern«, hörte sie Eskildsen murmeln.

Ihr Hals schnürte sich zu. Sie sah schon vor sich, wie sie hinter der Tür stehen bleiben musste, stundenlang, ohne Essen und Trinken. Wieder hatte sie das Gefühl, in der Klemme zu stecken. Der Schweiß lief ihr den Rücken hinunter.

Erneut hielt sie die Luft an, als die Schritte zurückkamen.

Das Knarren verebbte in der entgegengesetzten Richtung. Von der Treppe her waren Geräusche zu hören. Nach einer Weile fiel die Haustür ins Schloss. Erst jetzt atmete sie aus, bevor sie auf dem Boden zusammensackte und den Kopf sinken ließ.

Zwanzig Minuten später wagte Agnes es endlich, ihr Versteck zu verlassen. Als sie die Tür des Zeitungsgebäudes hinter sich schloss, fiel ihr ein, dass sie genau das nicht getan hatte, was der eigentliche Grund ihres Kommens gewesen war. Sie blieb stehen und überlegte, ob sie es riskieren sollte, noch einmal hineinzugehen. Da hörte sie jemanden neben sich räuspern.

»Du weißt, dass ich dich bei der Polizei wegen Einbruchs anzeigen kann?«

Die braune Ledertasche lag auf der Kühlerhaube, gegen die Eskildsen sich lehnte, mit verschränkten Armen. Er hatte seinen Wagen etwas versteckt links vom Eingang geparkt.

»Du bist ziemlich frech, Tveit. Einer so illoyalen und inkompetenten Journalistin wie dir einen Job zu geben, das war wohl das Dümmste, was ich in meiner bald dreißigjährigen Redakteurskarriere getan habe. Und dann habe ich den Fehler auch noch zweimal gemacht. Aber ein drittes Mal wird es nicht geben, das kann ich dir versichern.«

Er streckte die Hand aus.

»Die Schlüsselkarte. Sofort.«

Sie hatte nur eine Hand am Steuer, während sie die andere an der Jeans abwischte. Der Rücken war genauso nass wie die Handflächen, ihre Kehle knochentrocken. Nach ihrer Begegnung mit einem weiteren unzufriedenen Mann war sie in Rekordtempo zu ihrem Auto zurückgetrabt.

War es ein Zufall, dass der Chefredakteur an einem Samstag ins Büro gekommen war?

Versuchte Eskildsen, ihr Steine in den Weg zu legen, damit sie nichts herausfinden würde?

Für sie gab es nur noch eine Möglichkeit, die Informationen zu erhalten, denen sie nachjagte.

Frida Grådal wohnte den Sommer über bei ihren Eltern, die einen Hof im Bordalen betrieben. Agnes konnte sich nicht daran erinnern, jemals in dieser Gegend gewesen zu sein. Schon merkwürdig, an einen ganz neuen Ort zu kommen in einem Gebiet, das ihr ansonsten sehr vertraut war. Hier gab es noch echtes Bauernland. Voss mit seinem Zentrum war im Verhältnis dazu eine Großstadt. Hier lagen die Häuser weit verstreut, mit großen Ländereien drum herum, hier gab es Äcker, Wiesen, Pfade und Weiden. Das ganze Tal hatte etwas »Sound of Music«-Artiges an sich, gleichzeitig erinnerte die Landschaft Agnes an Postbote Pat. Und zu ihrer eigenen Überraschung stellte sie fest, dass es ihr hier gefiel. Es war tatsächlich so, wie die Reklame für das Bordalen behauptete: eine vergessene Perle.

Der Grådal-Familie gehörte der am höchsten gelegene Hof, wie sie vorher herausgefunden hatte. Und während Agnes immer weiter bergauf fuhr, überlegte sie, wie Eskildsen hatte wissen können, dass sie in den Redaktionsräumen gewesen war.

Je länger sie darüber nachdachte, umso weniger glaubte sie, dass es ein Zufall gewesen war.

Verfolgte er sie?

Agnes hatte gerade den Wagen abgestellt und war ausgestiegen, als Frida aus der Scheune kam. Sie trug einen Overall und hatte ein Tuch um den Kopf gebunden. Die schicke *Morgenbladet*-Journalistin, die Theaterstücke schrieb und über künstliche Intelligenz bloggte, war verschwunden.

»Mein Instinkt sagt mir, schmeiß sie raus«, erklärte Frida und stemmte die Hände in die Seiten. »Du bist nicht gerade die Favoritin für den Preis ›Kollegin des Jahres‹.«

Du auch nicht, dachte Agnes.

»Ich weiß«, sagte sie stattdessen. »Und ich kann das verstehen. Aber ich brauche deine Hilfe.«

»Und weil ich, im Gegensatz zu anderen, an Nächstenliebe glaube und keine nachtragende alte Schnepfe bin, sollst du sie bekommen.«

Agnes ging davon aus, dass sie selbst mit der nachtragenden alten Schnepfe gemeint war. Schon in Ordnung, auch das konnte sie verkraften. Sie sah dieses jungenhafte Mädchen mittlerweile sowieso mit einem neuen Blick und wollte sich dafür entschuldigen, dass sie sich ihr gegenüber so gar nicht nett verhalten hatte, obwohl sie eigentlich eine hilfsbereite und großzügige Mentorin hätte sein sollen. Aber das musste warten, es gab so vieles andere vorher zu erledigen.

»Sag mal, hast du noch Rohmaterial von der Beerdigung in deiner Kamera?«, fragte Agnes.

»Ja«, antwortete Frida. »Wieso?«

»Könnte ich mir das jetzt gleich mal ansehen?«

»Klar. *Step into my office.*«

Das Kinderzimmer hatte immer noch eine lila Tapete, passend für ein kleines Mädchen, und drei Plakate an der Wand: von der Boygroup One Direction, einem jungen, unverdorbenen Justin Bieber und einem muskulösen Typ mit nacktem Oberkörper. Es war nur wenig Platz unter dem Schrägdach, und der größte Teil von Schreibtisch und Fußboden war bedeckt mit leeren Fantadosen. Der Papierkorb quoll über von

Imbissverpackungen; Kleidungsstücke waren über die Stuhllehne geworfen worden, und auf dem Schreibtisch lag der Rest einer Tafel Schokolade. Während Frida die Speicherkarte aus der Kamera pulte und sie in einen kleinen Reader schob, der mit dem Computer verbunden war, fühlte Agnes sich ihr näher, als sie es jemals für möglich gehalten hätte.

»Voilà«, sagte Frida, als jede Menge Fotos über den Computerbildschirm liefen. »Wonach suchen wir?«

Agnes holte das Übersichtsbild heraus, das als Hauptillustration des Netzartikels gedient hatte. Sie zeigte auf Kathrine Bøe, die nach hinten zur Kirchentür schaute und nicht zum Altar, der Pfarrerin und dem Sarg.

»Wow, das ist mir gar nicht aufgefallen«, sagte Frida »Du möchtest natürlich gern wissen, was oder wen sie da hinten sieht?«

»Genau«, bestätigte Agnes.

Die Praktikantin runzelte die Stirn.

»Das Problem dabei ist, dass ich die ganze Zeit oben auf der Empore gestanden habe, direkt neben dieser dröhnenden Orgel«, sagte Frida, während sie Bild für Bild durchlaufen ließ, größtenteils Übersichtsbilder vom gleichen Typ, ein paar gezoomte Details des Sargs, die Kränze und Hinterköpfe, in Trauer gesenkt. »Ich habe kein Foto in der Richtung gemacht, in die sie guckt.«

Die Enttäuschung stach Agnes wie eine Wespe. Einen kurzen Moment lang hatte sie das Gefühl gehabt, sie könnten ein Team bilden, sie wären dabei, etwas gemeinsam herauszufinden, etwas, das wichtig war.

»Aber es gibt einen Menschen, der die Übersicht darüber haben könnte, was da hinten passiert ist«, sagte Frida. »Die einzige Person, die den größten Teil des Gottesdienstes mit dem Rücken zum Altar stand.«

Zum ersten Mal in ihrem Leben war Agnes gespannt, eine Pfarrerin zu treffen.

Ragnhild Therese Kytes Einfamilienhaus in Haugamoen sah sehr viel weniger »religiös« aus, als Agnes erwartet hatte. Sie konnte kein einziges Kreuz entdecken, keinen noch so kleinen Jesus. Das Haus sah aus wie alle anderen Häuser, in denen Familien leben. Schmutzige Fußballschuhe, Gras und Sand auf dem Fußboden im Flur. Agnes wurde gleich in die Küche geleitet, wo sie auf wenig christliche Art weder etwas zu trinken noch zu essen angeboten bekam.

»Ich mache mir Sorgen um die Stadt«, sagte Ragnhild Kyte, nachdem sie sich auf die andere Seite des Tisches gesetzt hatte. »Da wird viel Staub aufgewirbelt, wenn eine Gemeinde von so etwas erschüttert wird. Ich hoffe, den Leuten aus Voss gelingt es, mitfühlend zu bleiben und zueinanderzuhalten. Und ich hoffe, dass wir klarmachen können, dass wir derartige Vorkommnisse verabscheuen.«

Agnes dachte an das Gerede, das sie immer wieder gehört hatte, sagte aber nichts. Sie ließ die Pfarrerin ihren kurzen Appell vollenden, um ihr dann den Grund ihres Kommens mitzuteilen.

»Das ist vielleicht eine etwas merkwürdige Frage, aber ich wüsste gern, ob Ihnen in der Kirche jemand aufgefallen ist, der kurz vor dem Ende der Trauerfeier gekommen oder gegangen ist? Also, noch während des Gottesdienstes?«

Kyte legte die Hände auf den Tisch, versuchte nicht, das aggressive Ekzem auf dem Handrücken zu verbergen.

Agnes faltete ihre Hände unter dem Tisch.

»So läuft es doch immer, die Leute haben heutzutage nicht mehr viel Respekt vor Kirchenräumen«, antwortete Ragnhild Kyte und verstummte. Es schien, als dächte sie nach.

»Doch, das stimmt«, sagte sie dann. »Es waren sogar zwei Leute, die aufgestanden und gegangen sind. Ich glaube der eine, ein älterer Herr, ging während eines der letzten Lieder. Er hatte ...«

»... einen roten Bart und einen Stock«, unterbrach Agnes sie.

»Ja, genau!«, bestätigte Kyte. »Aber der rote Bart war schon ziemlich weiß geworden. Der andere, ein jüngerer Typ, war unhöflich genug, erst zu kommen, als der Gottesdienst bereits angefangen hatte, und dann mitten in einem Lied wieder zu gehen.«

»Erinnern Sie sich, wie der aussah?«

»Nun ja, ich würde sagen, ganz normal.«

Es klang nicht so, als hätte Kyte noch mehr dazu zu sagen. Aber plötzlich kam Agnes eine Idee. »Haben Sie die *Hordaland* abonniert?«

»Natürlich«, erwiderte die Pastorin und nickte zu einem Zeitungskorb, der an der Wand hing.

»Liegt die Sonnabendausgabe auch da drin?«

»Ich denke schon. Die letzte Woche hatte ich so viel zu tun, dass ich keinen Blick in die Zeitung werfen konnte, aber ich hebe sie mir immer fürs Wochenende auf.«

Sie stand auf und holte einige Ausgaben der *Bergens Tidende*, ein paar Prospekte, dann fischte sie die *Hordaland* heraus. Agnes blätterte zielsicher zur mittleren Seite, zeigte auf ein Foto.

»Könnte es dieser junge Mann gewesen sein, der wegging?«

Ragnhild Kyte riss die Augen auf.

»Na, so was«, sagte sie. »Bezirksstaatsanwalt und so? Ja. Das war er – definitiv.«

Warum kamen alle zurück? Alle, die es nicht schafften, die Vergangenheit hinter sich zu lassen, all das Schmerzhafte und Bittere, das zu ihr gehörte.

Warum war Vegard Saue hier? So weit Agnes es verstanden hatte, war er die letzten zwanzig Jahre so gut wie nie hier aufgetaucht. Warum war es dann plötzlich wichtig für ihn, sich im Glanz des Interesses einer Zeitung zu sonnen in »dem kleinen Dreckskaff, das ihn so oft mit Mist beworfen hat«. Was hatte er am Morgen nach der Gedenkfeier bei Kathrine Bøe zu suchen? War er derjenige, der so große Angst vor dem hatte, was Agnes herausfinden könnte?

Und warum war Henrik Vormedal nach all diesen Jahren zurückgekommen in den Ort, den er gezwungenermaßen voller Scham hatte verlassen müssen? Wirklich nur, um Viktor zu dessen vierzigstem Geburtstag zu überraschen? Um zu versuchen, alte Sünden wiedergutzumachen und ein guter Vater und auch Großvater zu sein? Oder wollte er sich an denen rächen, die vor vielen, vielen Jahren nicht nur seine Karriere zerstört hatten, sondern auch sein Leben?

Agnes dachte an ihren guten Freund und hoffte von ganzem Herzen, dass die Antwort, die ihr logisch erschien, nicht die richtige war.

Dieses Mal fielen ihr die Reste von rotem Klebeband an der Außenwand der Villa am Palmafossen auf. Vermutlich stammten sie von der Absperrung, die die Feuerwehr oder die Polizei nach dem Brand vorgenommen hatten. Sie drückte auf die Klingel, auf der »M.Bøe« stand. Niemand öffnete, also drehte sie eine Runde um das Haus, um nachzusehen, ob Kathrines alte Mutter vielleicht im Garten saß. Als sie um die Hausecke bog und zurück zu ihrem Auto gehen wollte, fiel ihr eine Gestalt auf, die ein Stück weiter den Weg hochging, langsam, den Körper ein wenig vorgebeugt. Sofort erkannte Agnes den langen rötlich grauen Bart wieder. Henrik Vormedal nickte ihr zu und hob eine Hand, um dann in die entgegengesetzte Richtung zu gehen.

Plötzlich spürte sie unter der Sohle ihres Joggingschuhs etwas Hartes, als wäre sie auf einen spitzen Stein getreten. Sie schaute nach unten und entdeckte einige relativ große Glasscherben im Gras und im Blumenbeet neben sich.

Agnes sah zu dem weit geöffneten Fenster hoch, konnte sich jedoch nicht erklären, woher die Scherben stammten.

Dann entdeckte sie es. Das Fenster war zerbrochen.

Das Zimmer im Erdgeschoss lag so tief, dass Agnes direkt hineinschauen konnte. Es schien, als hätte jemand das Glas zerbrochen, um den Arm hineinstrecken und das Fenster von innen öffnen zu können. Vorsichtig, um sich nicht an den im Fensterrahmen steckenden Glasscherben zu schneiden, zog Agnes sich hoch und sprang ins Zimmer.

Die weiß gestrichene Kommode war umgestürzt, die Schubladen waren herausgerissen und lagen ausgeleert auf dem Boden und auf dem Doppelbett. Daneben verteilten sich Pappkartons verschiedener Größe, Körbe aus dem Schrank, jede Menge Kleidungsstücke und anderes. Agnes trat auf eine weitere Glasscherbe.

Ganz offensichtlich war hier jemand eingebrochen.

Sie musste Viktor anrufen. Und sie musste ihm erzählen, dass sie seinen Vater getroffen hatte. War Henrik Vormedal zu Besuch bei ihrer Tante gewesen, seiner alten Flamme, oder hatte er etwas anderes zu schaffen in diesem Teil der Stadt?

Agnes schlich durch den Raum. Es roch nach alter Frau und Asche. Das musste das Schlafzimmer von Kathrines Mutter sein.

Agnes verließ es durch eine Tür und gelangte in einen kleinen Vorraum. Sie stand in dem Flur, über den sie bei ihrem letzten Besuch hereingekommen war. Die Schuhe waren immer noch genauso ordentlich aufgereiht. Sie schaute zum ersten Stock hoch, zu Kathrines Teil des Hauses, ging langsam die Treppe hinauf.

Ein Geräusch ließ sie zusammenzucken.

Sie blieb stehen, atmete schwer. Sie selbst hatte das Geräusch verursacht. Die alten Treppenstufen jammerten bei jedem Schritt.

Also nahm Agnes die letzten vier Stufen in zwei Sätzen und erstarrte, als ein Schatten über die Wand huschte.

War jemand hier? Oder hatte sie selbst den Lichteffekt produziert?

Sie dachte nicht lange darüber nach. Auf dem oberen Treppenabsatz ließ sie ihren Blick schnell durch das Wohnzimmer schweifen. Der Raum war noch unordentlicher als am letzten Montag. Das »HOME«-Schild hing schief. Die Pappkartons, die aufeinandergestapelt an den Wänden gestanden hatten, waren umgeworfen worden und fast gänzlich ausgeleert. Alles war auf dem Boden zerstreut: Hefter, Taschen, Gürtel, Bücher, Teller, eine Nähmaschine, Kehrschaufel, Bilderrahmen.

In einem der Rahmen steckte das Foto eines Teenagerpaars. Vegard und Kathrine. Das Glas hatte einen Sprung, der quer über das gesamte Bild lief.

Die Angst überfiel Agnes erneut, als sie wieder einen Schatten wahrnahm.

Das bildete sie sich nicht ein.

Sie war nicht allein im Haus.

Sie wollte gerade schnell die Treppe wieder hinuntergehen, als ihr etwas ins Auge stach.

Das kräftige Licht einer starken Taschenlampe im Zimmer nebenan. Und es kam näher.

Agnes konnte sich nicht rühren. Konnte nicht erkennen, wer die Taschenlampe hielt. Das Einzige, was sie erahnen konnte, bevor das Licht sie zwang, die Augen zu schließen, war etwas, das aussah wie die Unterseite eines großen Schuhs oder Stiefels.

Und der kam direkt auf ihr Gesicht zu.

»Agnes? Agnes?«

Alles war dunkel, aber sie spürte, wie jemand sie schüttelte.

Als sie die Augen öffnete, registrierte sie als Erstes infernalische Kopfschmerzen –, um dann zu ihrer Überraschung direkt in die braunen Augen von Viktor zu schauen.

Sie zuckte zusammen, versuchte, auf die Beine zu kommen, aber ihr Körper war wie ein Sandsack. Sie blieb liegen, fasste sich an die Stirn und blickte auf Finger voll frischem, rotem Blut.

»Was machst du hier?«, brachte sie hervor.

»Was machst *du* hier?«, fragte Viktor zurück. »Wir haben

einen Tipp von den Nachbarn bekommen, dass hier Scheiben eingeschlagen und eingebrochen wurde«, erklärte Viktor. »Du kannst dir vorstellen, wie überrascht ich war, dich hier zu sehen.«

»Da war jemand anderes hier drinnen. Er hat mich k. o. getreten. Er hatte ...«

Sie schaute nach unten.

Viktor trug seine Uniform. An den Füßen hatte er kräftige Schuhe, die viel zu warm für diesen Tag aussahen.

»Also, jetzt ist hier jedenfalls niemand mehr. Mona Bøe ist für ein paar Tage zur Erholung auf Hagahaugen. Sie war total aufgeregt, als wir sie angerufen haben. Und hatte Angst, es könnte die gleiche Person gewesen sein, die schon einmal versucht hat, das Haus anzuzünden. Ich hoffe, dass du das nicht warst.«

»Hä?« Agnes gelang es, sich aufzusetzen, wodurch die Kopfschmerzen aber stärker wurden. »Ist das Feuer hier gelegt worden?«

»Das war auch neu für mich, aber sie ist offenbar der Meinung. Außerdem hat sie das auch einem Journalisten von der *Hordaland* gesagt, aber die Zeitung kann solche Behauptungen natürlich nicht veröffentlichen, ohne Beweise dafür zu haben. Inzwischen denke ich, das muss etwas mit der Veslemøy-Liland-Geschichte zu tun haben. Ich fress 'nen Besen, wenn das ein Zufall war.«

Viktor half ihr auf die Beine.

»Hör mal: Jetzt fahre ich dich als Erstes ins Krankenhaus. Dann muss ich aufs Revier und einen Bericht über die Sache hier schreiben. Und du gehst vom Krankenhaus direkt nach Hause, erholst dich und lässt uns die Sache in Ruhe untersuchen, okay? Ich habe keine Zeit, sensationsgeile *Klatschreporterinnen* zu retten.«

Agnes blieb vor der Tür zur Notaufnahme stehen. Sie hatte versucht, Viktor davon zu überzeugen, dass sie keinen Check brauchte, gelacht und versichert, ihr Kopf fühle sich bereits viel besser an. Und sie war wütend, dass sie ihr Auto nicht vom Palmafossen in die Stadt hinunterfahren durfte.

Aber Viktor ließ sich nicht beirren.

Nachdem er an der Rezeption Bescheid gegeben hatte, warum sie hier waren, rief eine der Krankenschwestern nach hinten in die Räume.

»Dahl? Willst du vielleicht diese Patientin übernehmen?«

Zehn Sekunden später kam Fredrik herbeigeeilt, Crocs an den Füßen und Sorgenfalten auf der Stirn.

»Was ist passiert?«

Agnes schüttelte den Kopf.

»Nur ein kleiner Unfall. Ist alles in Ordnung.«

Sie konnte es nicht ertragen, dass er sich um sie sorgte, konnte seine Fürsorge nicht akzeptieren oder die üblichen Ermahnungen, dass sie wohl wieder einmal ihre Nase in etwas gesteckt habe, was sie nichts angehe, und dass das nicht besonders schlau gewesen sei.

»Ich bin gestolpert und gefallen, mit der Stirn auf einen Stein aufgeschlagen. Das ist keine große Sache.«

Fredrik starrte sie an, dann Viktor, dann wieder sie, als erwartete er, dass einer von beiden erzählte, was wirklich passiert war. Aber Viktor schwieg.

Sie musste ihm sagen, dass sie seinen Vater gesehen hatte.

Dann wurde wieder alles schwarz.

Als sie das nächste Mal aufwachte, schaute sie direkt an eine weiße Zimmerdecke mit unzähligen kleinen Punkten. Es musste Millionen von diesen Punkten nur an dieser einen Decke geben. Hatten sie eine Funktion? Dienten sie der Lüftung des Zimmers? Oder waren das nur Dekorationspunkte? Plötzlich verdeckte etwas das Pünktchenuniversum.

Fredrik schaute sie an, die Falten auf der Stirn waren noch tiefer geworden.

»Bin ich ohnmächtig geworden?«, fragte Agnes.

»Das kann ich dir schriftlich geben«, versicherte Fredrik. »Du bist geradewegs zu Boden gegangen. Nun aber mal im Ernst: Muss ich mir Sorgen machen? Und wenn du es wissen willst, das frage ich sowohl als Arzt als auch ... als zukünftiger Ehemann.«

»Keiner von euch muss sich Sorgen machen«, erwiderte Agnes und versuchte, trotz der Kopfschmerzen zu lächeln. »Aber ich könnte wohl ein nicht zu kleines Pflaster gebrauchen, wenn es so etwas in diesem Etablissement gibt.«

»Ein Pflaster sollst du kriegen. Du darfst dir sogar eines aussuchen, das dir gefällt. Aber ich denke, wir sollten dich außerdem ein bisschen durchchecken, sicherheitshalber.«

Ein CT, ein EKG und eine Blutprobe später saß sie auf einem Krankenhausbett und wartete ungeduldig darauf, das Krankenhaus verlassen zu dürfen. Sie versprach Fredrik, es den Rest des Tages ruhig angehen zu lassen, sollte sie sich doch eine Gehirnerschütterung zugezogen haben.

Sie war gerade dabei, ihre Schnürsenkel zu binden, als er plötzlich von seinem Stuhl aufsprang. Er ging zur Tür. Schloss sie.

Dann angelte er sein Telefon aus der Brusttasche des Kittelhemds und kam damit zurück zu Agnes.

»Dein Geschenk«, sagte er und hielt ihr den Apparat hin. »Du musst das jetzt lesen, denn das Bild wird gelöscht, noch bevor du diesen Raum verlässt. Sonst könnte es mehr kosten, als es wert ist, und da denke ich in erster Linie an das fehlende Familieneinkommen, wenn ich meinen Job verliere. Ich fühle mich jetzt schon wie der illoyalste Kollege der Welt.«

Agnes gab ihm spontan einen Kuss.

Er hatte das Dokument abfotografiert, in dem stand, das Gesundheitsamt hätte 2018 eine Untersuchung eingeleitet, nachdem jemand sich darüber beschwert hatte, dass Kathrine Bøe betrunken zum Dienst im Krankenhaus Haukeland erschienen war. Nach einer Überprüfung des Falls wurde die Beschuldigung fallengelassen, und sie durfte ihre Approbation behalten, aber ein Arbeitspsychologe, der zu dem Fall hinzugezogen worden war, berichtete, dass sie von den Behauptungen so schwer getroffen gewesen sei, dass sie schließlich kündigte.

Zahn um Zahn, dachte Agnes.

»Ich hoffe, das war wichtig«, sagte Fredrik.

Sie gab ihm erneut einen Kuss als Antwort.

»Danke«, sagte sie und reichte ihm sein Handy.

»Übrigens, hast du heute schon deinen Chef getroffen?«, fragte Fredrik.

»Wen?«

»Eskildsen. Oder hast du mehrere?«

Plötzlich wurde ihr klar, dass Fredrik gar nicht wusste, dass sie gekündigt hatte. Er hatte noch geschlafen, als sie früh am Tag das Haus verlassen hatte, deshalb hatte er all die Telefonate am Vormittag gar nicht mitbekommen.

Und er las nie die *VG*.

»Nein, aber warum fragst du das?«

»Ich habe ihn vor unserem Haus getroffen, als ich zu einer Joggingrunde aufbrechen wollte. Ich habe ja noch nie mit ihm gesprochen, ihn aber trotzdem erkannt und mich daran erinnert, dass er der Chefredakteur der *Hordaland* ist. Wohnt er in der Nähe von uns?«

»Hat Eskildsen nach mir gesucht?«

»Ja. Also, zuerst habe ich nicht verstanden, was er wollte, aber als ich mich als dein Mann zu erkennen gab, da fragte er, ob ich wisse, wo du bist.«

»Was hast du ihm gesagt?«

»Ich habe ihm gesagt, dass du in aller Frühe in die Berge gefahren bist, aber inzwischen sicher wieder in Voss sein solltest.«

»Und dann ...«

»Und dann?«

Sie seufzte.

»Hast du ihm gesagt, er solle mich anrufen, oder hast du das gemacht, was du immer tust?«

»Ich wollte ja nett zu deinem Chef sein«, antwortete er.

»Und das ist ein sehr nützliches Verhalten, das einem viel Zeit ersparen kann. Es stimmt, ich habe auf Find iPhone gedrückt und gesehen, dass du in der Redaktion warst. Ich glaube, er war schwer beeindruckt, als er sah, dass du an einem Samstag arbeitest, obwohl du gar keinen Wochenenddienst hast.«

Noch bevor Agnes im Krankenhaus fertig war, musste Viktor zurück zum Polizeirevier fahren – offensichtlich war es doch nicht so eilig, dass sie den Überfall bei der Polizei anzeigte.

Vor dem Portal stand ein Taxi bereit und brachte sie direkt nach Hause.

Sie lief geradewegs zur Garage, die mit allem möglichen Gerümpel vollgestellt war, so dass es dort keinen Platz für ein Auto gab. Alles, was nicht mehr in den Schuppen passte, war hier gelandet. Agnes warf ein paar Schlitten weg, die sie geerbt hatten, aber wohl nie benutzen würden, schob einige Reservereifen zur Seite, legte einen Spaten und mehrere Müllsäcke mit anderem Schrott woanders hin. Dann holte sie ihr rotes, schickes Fahrrad heraus. Seit sie nach Voss gezogen und sie sich zum ersten Mal im Leben ein Auto gekauft hatte, war sie nicht mehr auf zwei Rädern unterwegs gewesen.

Die Reifen brauchten Luft, also suchte sie nach der Luftpumpe. Hob Dinge auf und warf sie wieder weg, ganz egal, wo sie landeten. Auf einem Karton stand *Freizeitutensilien, draußen* mit schwarzem Edding geschrieben – offensichtlich war sie besser organisiert gewesen, als sie aus Oslo wegzogen –, und endlich fand sie das, wonach sie suchte. In dem Moment fiel ihr Blick auf einen anderen, größeren Karton, der halb verdeckt in einer Ecke stand. Sie schubste einen Stapel an Mänteln und Winterjacken, die darauflagen, zu Boden.

Schwedische Qualität seit 1925 stand auf dem Etikett.

Sie blieb abrupt stehen und starrte den Karton an.

Dann blickte sie zu der Axt, die an der Wand hing.

Ruhig nahm sie das Werkzeug vom Haken und umklammerte den Schaft mit beiden Händen. Schätzte kurz sein Gewicht. Hob dann langsam die Axt über den Kopf.

Und ließ sie schwer auf den Pappkarton fallen.

Die Axt drang problemlos durch die Verpackung, aber traf anscheinend nichts als Luft. Ein Stück eines schwarzen City-

Cross-Kinderwagens kam durch den Riss in der Pappe zum Vorschein.

Agnes hob erneut die Axt, brauchte dieses Mal mehr Kraft. Zielte auf den schwarzen Bezug.

Der schnell zerriss.

Sie ging auf das Untergestell los, auf die Räder, auf den Lenker, auf denjenigen, der ihr seinen Stiefel an den Kopf geschlagen hatte, auf Vegard Saue, auf Henrik Vormedal, auf Steven Smith, auf den Krebs, auf den Tod, auf das Leben, auf Fredrik. Sie ließ nicht eher davon ab, bis alles auf dem Garagenboden verteilt lag – ein Kinderwagenmassaker.

Eine halbe Stunde später fuhr sie mit dem Fahrrad auf Vangen zu. Der Kopf war noch schwer, und doch war ihr leichter zumute.

Fröhliche Kinderlieder drangen durch die alte Fachwerkmauer, aber Steven Smith schaute alles andere als lustig drein, als er den Kopf durch die Tür mit dem Salzteigschild steckte. Agnes spürte ihren Puls im Hals, nahm einen tiefen Atemzug von der frischen Luft, um sich zu beruhigen.

»Entschuldige«, sagte sie mit dem Ausatmen, »für den Artikel. Und für das, was ich bei unserer letzten Begegnung gesagt habe. Ich kann sehr gut verstehen, wenn du mich jetzt zum Teufel schickst, aber trotzdem möchte ich dich um fünf Minuten deiner Zeit bitten. Ich glaube, es wird dich interessieren, was ich dir zu sagen habe.«

Er war kurz davor, die Tür wieder zu schließen.

»Ich glaube immer noch nicht, dass du Veslemøy ermordet hast«, fuhr sie fort, »ich glaube nicht einmal, dass sie diejenige war, die ermordet werden sollte.«

Sie sah, wie Steven stutzte, und war überrascht, als er, statt die Tür ins Schloss zu werfen, sie so weit öffnete, dass Agnes eintreten konnte.

»*I suppose I owe you an apology as well*«, sagte Steven.

Sie ließ den Blick über die Schuhe im Eingang schweifen. Die einzigen Erwachsenenschuhe waren leichte Joggingschuhe und ein Paar Gummistiefel. Keine kräftigen Schuhe, die jemanden zu Boden treten konnten. Ihr Puls beruhigte sich ein wenig.

Er ging voran in die Küche. Auf dem Weg dorthin konnte sie kurz die kleinen Jungs im Wohnzimmer sehen. Sie saßen auf dem Sofa, jeder einen Lolli im Mund. Sie setzte sich auf einen Küchenstuhl, der wieder mit eingetrocknetem Ketchup verschmiert war, während Steven stehen blieb. Dann öffnete sie ihre Tasche und holte einen Bogen Papier hervor, den sie zu Hause ausgedruckt hatte: ein ärztlicher Befund, verfasst von Norwegens Luftsportverband.

»*Jegliche Beeinträchtigung oder jeder Verlust des Bewusstseins, auch ein nur sehr kurz anhaltender, kann fatale Folgen mit sich bringen. Informationen über frühere akute Ohnmachten oder Bewusstseinstrübungen disqualifizieren deshalb in der Regel vom Fallschirmspringen*«, stand auf dem Formular.

Sie reichte Steven das Papier. Er hielt es zwischen spitzen Fingern, warf einen Blick darauf und schaute sie fragend an.

»Ja? *I have seen this before.*«

»Veslemøy hat nicht die Wahrheit gesagt, als sie dir erzählte, dass der Anfall in Neuseeland ihr erster gewesen war«, sagte Agnes. »Ich glaube, ihr ehemaliger Arzt mit Namen Henrik Vormedal, hat sich geweigert, dieses Formular auszufüllen und zu unterschreiben, als sie mit Fallschirmspringen anfangen wollte, und war sowohl hinter ihr als auch hinter Kathrine her.«

Steven sah weniger überrascht aus, als sie erwartet hatte.

»Hast du mit Oddmund gesprochen?«, fragte er.

»Ja. Er hat mir erzählt, dass Veslemøy und Kathrine schuld daran seien, dass Vormedals Karriere abrupt endete, als sie der Polizei einen anonymen Tipp gegeben haben. Kennst du die Geschichte?«

Steven atmete schwer.

»Anscheinend kenne ich eine andere Version der Geschichte. Und in der hat Veslemøy nichts von Epilepsie erzählt.«

So resigniert, wie Steven aussah, war es wohl nicht das erste Mal, dass er erfuhr, dass seine Liebste nicht die Wahrheit gesagt hatte.

»Nach allem, was ich weiß, waren es weder Veslemøy noch Kathrine, die dafür sorgten, dass der Arzt seine Lizenz verlor.«

»Wer war es dann?«

»Dagny«, antwortete Steven.

»Wie bitte?«

»*You heard me right.* Dagny Berge. Die Großmutter. Sie war nicht immer alt und dement, *you know.*«

Da Agnes mit offenem Mund dasaß, redete Steven weiter.

»Glaubst du etwa, ein Arzt wäre so dumm, *drugs* in den Schreibtischschubladen seiner Praxis zu verstecken, die er mit einer anderen Ärztin teilt? Nein, es war Dagny, die den Plan hatte.«

Dagny Berge hatte eine Riesenangst, dass ihr einziges Enkelkind drogensüchtig werden könnte, erzählte Steven. Deshalb war sie außer sich, als Veslemøy bei der Razzia geschnappt worden war, und sie hatte Panik, es könnte wieder passieren. Sie suchte des Öfteren nach Spuren von Haschisch im Zimmer ihrer Enkelin. Sie begann sogar, verschiedene Fotos von diversen Drogen zu studieren, lernte, wie sie aussahen. Und eines Tages fand sie etwas.

»Als sie herausfand, dass die Mädchen der Polizei den Tipp mit dem Arzt gegeben hatten, ließ sie sich einen Termin bei ihm geben. Sie tat, als käme sie mit einer schmerzenden Hüfte –, und es gelang ihr, eine Tüte mit ein paar Gramm Haschisch in seinem Sprechzimmer zu verstecken.«

Steven muss Agnes' skeptischen Blick bemerkt haben, bevor er fortfuhr: »*I know*. Es ist kaum zu glauben, dass eine Siebzigjährige so eiskalt sein kann, aber ich habe auch schon andere Geschichten über sie gehört.«

Agnes fiel ein, was Ingeborg über Dagny Berges Reaktion gesagt hatte, damals, als Veslemøy auf frischer Tat beim Bierdiebstahl im Laden ertappt worden war.

»Und inzwischen verstehe ich«, fuhr Steven fort, »dass Dagny auf diese Art und Weise zwei Fliegen mit einer Klappe geschlagen hat: das Problem mit dem Haschisch und mit dem Mann, der *her baby's passion* im Wege stand. Offensichtlich ging sie lieber das Risiko ein, dass Veslemøy bei ihrem geliebten Hobby umkam, als dass sie ein Drogenwrack werden und an einer Überdosis sterben könnte. Die erste Alternative würde zumindest die angesehene Frau Berge hier im Ort in einem besseren Licht dastehen lassen.«

Steven zuckte mit den Schultern.

»Wir sind vielleicht mehrere, die *guilty* sein könnten, Veslemøy ›ermordet‹ zu haben«, sagte er schließlich. »Aber ich zweifle doch daran, dass Vormedal hinter der realen Tat steht.«

»Weil …?«

»*Weil er* garantiert nicht weiß, wo vorn und hinten bei einem Fallschirm ist. Es würde mich doch sehr überraschen, wenn er es geschafft hätte, einen zu zerstören *und* anschließend wieder ordentlich zusammenzupacken.« Steven schaute aus dem Fenster. »Im Gegensatz zu einer jüngeren Person mit guter Bildung und fachkundigem Wissen.«

Ein Sohn von Veslemøy und Steven – wieder fiel Agnes auf, wie wenig die Jungs ihrem Vater ähnelten – stand plötzlich in der Küchentür.

»*Finished your lollypop?*«, fragte Steven.

Der schmächtige Junge nickte.

»*More*«, sagte er.

»Nein, jetzt gibt es keine Süßigkeiten mehr. Hast du Hunger? *You can have a toast.*«

Agnes widerstand der Versuchung, auch um einen zu bitten. Wieder rumorte es in ihrem Bauch. Als der Sohn mit seinem Plastikteller zurück ins Wohnzimmer ging und sich im Fernsehen das Kinderprogramm ansah, konnte sie endlich ihre Frage stellen.

»Du meinst nicht Birger Flakne?«

Steven stieß ein kurzes, trockenes Lachen aus, während er zwei weitere Scheiben in den Toaster steckte.

»Ob Birger noch eine Rechnung mit Kathrine offen hat, das weiß ich nicht. Aber wenn Veslemøy das Opfer sein sollte, dann glaube ich nicht, dass er den Fallschirm manipuliert hat«, antwortete Steven und fuhr so leise fort, dass Agnes es kaum verstehen konnte: »Nicht einmal dieser Idiot würde die Mutter seiner eigenen Kinder umbringen.«

Agnes starrte ihn an.

»Birger ist der Vater der Zwillinge?« Sie bemühte sich, die Kontrolle nicht zu verlieren. »Hast du das die ganze Zeit gewusst?«

Steven schaute auf die Arbeitsplatte und rieb sich mit der Hand über die Stirn, dann hob er einen Duplostein vom Boden auf und drehte ihn in den Händen.

»Ich hatte den Verdacht. Genau wie ich den Verdacht hatte, dass Birger und Veslemøy ein Verhältnis hatten, gleich nachdem wir hierhergezogen sind. Und vielleicht ja auch schon vorher, *what the fuck do I know*. Letztes Wochenende hat sie jedenfalls beides zugegeben.«

»Weiß Birger, dass es seine Kinder sind?«

»Keine Ahnung, aber ich glaube nicht. Ich habe schon überlegt, ihn mit der Wahrheit zu konfrontieren, traue mich aber nicht. Ich habe eine Scheißangst, sie zu verlieren. Deshalb habe ich bei der Polizei auch nichts davon erzählt. Ich würde die Jungs nie weggeben. Veslemøy dachte immer, dass ich keine Kinder wollte, aber da hat sie sich geirrt«, sagte Steven und fügte dann hinzu, wie zu sich selbst: »*Being a dad is the only thing I am good at.*«

Agnes war erschüttert über die vielen dysfunktionalen Beziehungen und Freundschaften, die es in diesem kleinen Ort gab. Plötzlich fühlte sie eine intensive Dankbarkeit Viktor und Ingeborg gegenüber und beschloss, beide zu einem feuchtfröhlichen Abend einzuladen, sobald das hier vorbei war.

»Auch wenn ich nicht so viel Positives über Birger zu sagen habe, so glaube ich wirklich nicht, dass er *einer Fliege etwas antun könnte*«, sagte Steven und schaute Agnes an. »Frag mich lieber, was ich von einem Vergewaltiger halte, der zum Bezirksstaatsanwalt aufgestiegen ist.«

Es wurde kühl in der Küche. Und absurderweise machte Steven Smith eine Pause, um die beiden gerösteten Brotscheiben mit Schokocreme zu bestreichen, bevor er weitersprach.

»Sie haben mich zehn Stunden lang verhört, und ich saß zwei Tage und Nächte in der Zelle, und du bist die Erste, die mich überhaupt fragt, wer meiner Meinung nach dahintersteckt«, sagte er. »Wenn du glaubst, dass eigentlich Kathrine getötet werden sollte, dann ist das Motiv für die Tat vielleicht ein ganz anderes. Vielleicht wusste sie etwas, das sie nicht hätte wissen sollen. Aber meine Antwort bleibt so oder so ...«

»Vegard Saue«, vollendete Agnes den Satz.

Smith nickte.

»*The bastard that already ruined Veslemøy's life twenty years ago.*«

Agnes sagte nichts, ließ ihn weitersprechen.

»Ich glaube, er ist seit vielen Jahren nicht mehr in Voss gewesen. Aber mehrere Leute haben gesagt, sie hätten ihn am Sonntag vor der Eröffnungszeremonie im Abflugbereich gesehen. Auf jeden Fall ist er auch bei der Beerdigung aufgetaucht. Ich habe ihn aus der Entfernung erkannt, hatte das Gefühl, dass er vor Ende der Zeremonie gegangen ist. Wäre er das nicht und wären wir nicht in einer Kirche gewesen – oder besser gesagt: Wären meine Jungs nicht in der Kirche gewesen... Und ob er nun für den Mord verantwortlich ist oder nicht, er hat ganz erheblich dazu beigetragen, dass Veslemøys Leben zeitweise die Hölle gewesen ist.«

»Dann stimmt es also, dass er sie bei den Abiturfeiern in Moen vergewaltigt hat?«, fragte Agnes.

Jetzt war Steven überrascht und musterte seine Besucherin, als wollte er herausfinden, woher sie davon wusste, doch dann beschloss er offenbar, dass diese Frage nicht so wichtig sei.

»Ja«, sagte er, »aber nicht in Moen. Das war später in der gleichen Nacht, beim ›Nachspiel‹. Sie hatten sich ein wenig gestritten, hat Veslemøy mir erzählt. Sie war betrunken und wütend auf Kathrine wegen irgendwelcher unwichtiger Mädchensachen und wollte sich revanchieren. Kathrine war bereits nach Hause gegangen, aber Saue wollte noch weitermachen, und da hat sie nein gesagt. *He wouldn't listen.* Er packte sie bei den Armen und presste sie fest an sich, in einem Schlafzimmer in dem Haus, in dem die Feier stattgefunden hatte. Und hinterher drohte er, sie zu erschießen, sollte sie Kathrine oder sonst jemandem davon erzählen.«

»Aber am nächsten Morgen ist sie trotzdem zur Polizei gegangen.«

»Ja, doch das hat nicht viel gebracht«, bestätigte Steven. »Und das hat sie am meisten gequält. Nicht, dass Saue niemals dafür bestraft wurde oder dass ihr niemand glaubte –, sondern dass er wusste, dass sie es gemeldet hatte. Sie hatte mehr als zwanzig Jahre Angst um ihr Leben. *Imagine what that does to a person.* Als sie vor einem Monat erfuhr, dass *this piece of shit* einen der angesehensten Posten im Rechtswesen gekriegt hat, war sie geradezu versessen darauf, etwas zu tun.«

»Und was?«, fragte Agnes.

»Sie hat überlegt, mit ihrer Geschichte zu einer der großen Medienanstalten zu gehen, aber der Gedanke, sich dem Trubel auszusetzen, hielt sie davon ab. Sie wollte nur, dass auch er etwas opfern müsste. Also hat sie ihm einen Brief geschrieben und behauptet, dass sie wieder zur Polizei gehen wollte – und eventuell den Medien einen Tipp hinsichtlich der Anschuldigungen geben würde –, wenn er nicht von seinem Posten als Bezirksstaatsanwalt zurückträte.«

»Wie hat er darauf reagiert?«

»Sie hat nie etwas von ihm gehört. Aber ich vermute, dass er sich über diesen Brief nicht gefreut hat.«

Agnes dachte an ihre eigenen Gespräche mit Saue. Auch über diese hatte er sich nicht gefreut.

»Wann hast du von der Vergewaltigung erfahren?«

Steven senkte den Blick.

»Ich wusste davon, noch bevor ich ihren Namen kannte. Ich bin zufällig in das Schlafzimmer gegangen, während der Dreckskerl dabei war, sie zu vögeln. Ich habe Veslemøy dazu gebracht, ihn bei der Polizei anzuzeigen.«

Agnes lief es eiskalt den Rücken hinunter.

»Aber warum hat sie ihre Anzeige zurückgezogen, wenn sie doch dich als Augenzeugen hatte?«

Er sah sie mit dunklen Augen an. »Veslemøy hat die Anzeige nie zurückgezogen.«

In der Vangsgata standen die Autos im Stau, was ungewöhnlich war, seit der Tunnel den größten Teil des Durchgangsverkehrs aufnahm. Agnes rollte langsam auf dem Fahrrad an den Autos entlang. Nachdem sie am Fitnesscenter und dem Laden vorbeigekommen war, der teure Damenmode verkaufte, schaute sie nach rechts und blickte durch das Fenster des *Ringheim-Cafés*.

An einem der Tische saß Eskildsen. Und direkt ihm gegenüber: Onkel Polizei. Svein Vatle.

Offensichtlich war wieder einmal ein Treffen des Altherrenclubs angesagt.

Agnes fuhr langsamer und starrte auf die beiden Männer, so dass sie fast ein junges Mädchen überfahren hätte. Die schaute Agnes an, als wäre diese der Teufel in Person.

»Sorry«, sagte Agnes halbherzig, bevor sie anhielt und das Mädchen vorbeigehen ließ.

Dann sah sie wieder Richtung Café. Eskildsen starrte sie durch das Schaufenster an und schüttelte den Kopf.

Sie lehnte ihr Rad gegen einen der Terrassentische und marschierte die drei Treppenstufen hoch zur Eingangstür.

Onkel Polizei empfing sie nicht mit einem Lächeln wie beim letzten Mal. Er legte seinen Löffel neben den Napoleonkuchen auf den Teller, als Agnes geradewegs ihren Tisch ansteuerte.

»Vielen Dank für das nette Gespräch neulich«, sagte sie zu Svein Vatle. »Ich gehe davon aus, dass ihr meinen Besuch in Ihrem Garten bereits lang und breit diskutiert habt?«

Er schaute von ihr zu Eskildsen, sagte jedoch nichts. Agnes wandte sich ihrem alten Chef zu.

»Wie lange arbeitest du schon als Redakteur?«, fragte sie ihn. »So ungefähr dreißig Jahre?«

Sie redete laut, registrierte, dass die Leute an den anderen Tischen verstummt waren. Aber das war ihr egal.

»Nun, zumindest hattest du bereits 1998 den gleichen Job,

als Steven Smith verzweifelt zu dir kam, nachdem die Vergewaltigungsanklage gegen Vegard Saue, entschuldige, gegen deinen Neffen, eingestellt worden war?«

Das nächste Puzzlestück war in ihrem Kopf an seinen Platz gerutscht, als Steven Smith ihr erzählte, dass er damals persönlich in der Zeitungsredaktion erschienen war und mit dem Chefredakteur sprechen wollte. Er wusste nicht, was er für das arme Mädchen noch hätte tun können, das so verzweifelt war, weil niemand ihr glaubte. Und er hatte eine Theorie gehabt: dass die Polizei auf irgendeine Art Beweise in diesem Fall hatte verschwinden lassen.

Smith durfte mit dem Chefredakteur sprechen. Er erzählte diesem alles. Und Eskildsen versprach, sich um die Sache zu kümmern. Doch die Zeit verging, und der junge Neuseeländer hörte nie wieder etwas, weder von Eskildsen noch von einem der Journalisten des Blattes.

»Darf ich raten? Niemand sonst in der Redaktion hat jemals etwas von den Anschuldigungen gegen Saue erfahren«, sagte Agnes.

Eskildsen lächelte entwaffnend seinen Tischgenossen an.

»Ich glaube, jetzt bist du total durchgedreht, Tveit.«

»Wir werden ja sehen, wer hier noch durchdreht«, erwiderte Agnes und warf Svein Vatle einen scharfen Blick zu.

Alles, was sie durch das Telefon hörte, war ein gewaltiger Lärm.

Nach ein paar Sekunden begriff sie, dass es sich um einen Rasenmäher handeln musste. Sie ging davon aus, dass Viktor sein Handy auf Vibrationsalarm gestellt hatte, so dass er das Signal unmöglich gehört haben könnte. War er tatsächlich zu

Hause und nicht eifrig damit beschäftigt, herauszufinden, wer sie zusammengeschlagen hatte?

»ICH HABE EINE STUNDE FREI GEKRIEGT«, rief er, um den Lärm zu übertönen.

Dann schaltete er endlich den Motor aus.

»Sorry. Ich musste schnell eine Runde durch den Garten machen. Der Rasen ist bei dieser Kombination aus Tropenhitze und Platzregen wie verrückt gewachsen.«

Agnes war ehrlich verwundert, dass Viktor ihr Gespräch nicht mit der Frage begonnen hatte, wie es ihr und ihrem Kopf ging.

»Ich hoffe, du warst zu Hause und hast dich ein wenig hingelegt«, sagte er.

Agnes schaute auf das Fahrrad, das sie neben sich herschob. Sie war am Markt links abgebogen, vorbei am Buchladen an der Ecke, um die Versicherung Gjensidige herum, und jetzt trottete sie die Uttrågata Richtung altes Kino entlang.

»Natürlich«, bestätigte sie.

Sie wollte noch damit warten, ihm zu erzählen, was Veslemøy und Kathrine – und Dagny Berge – allem Anschein nach Viktors Vater vor über zwanzig Jahren angetan hatten. Denn sie konnte sich immer noch nicht zu hundert Prozent sicher sein, dass alles so zusammenhing, wie Steven Smith annahm. Aber sie war sich auch nicht sicher, wem Viktors Loyalität in diesen Tagen gehörte. Sie beschloss, nur nach den konkreten Dingen, die sie wissen wollte, zu fragen.

»Arbeitet die Polizei eigentlich auch mit der Theorie, dass Kathrine das eigentliche Mordopfer hätte sein sollen?«

Ihr fiel auf, wie formell sich das anhörte.

Und es war schon merkwürdig, den guten Freund ebenso formell antworten zu hören.

»So viel kann ich wohl sagen, dass wir auch diese Möglichkeit mittlerweile in Betracht ziehen, ja. Was nicht notwendigerweise bedeutet, dass die Kripo unbedingt Kathrines Erklärung glaubt, dass sie mit dem Mord an ihrer Freundin nichts zu tun hat. Aber natürlich gehen wir auch von einer neuen Hypothese aus, nach der sie die Person ist, die getötet werden sollte.«

Viktor schaltete den Rasenmäher wieder ein, sicher ein Signal, dass er der Meinung war, genug gesagt zu haben. Aber Agnes hatte noch eine Frage, die sie so laut wie möglich in den Hörer schrie: »HAST DU NICHT DAVON GESPROCHEN, DASS DAS POLIZEIREVIER FRÜHER VIEL SCHLECHTER GESICHERT WAR?«

Er schrie zurück: »FRÜHER WAR DAS EINE KATASTROPHE, DAS STIMMT.«

Dann schaltete er den Motor doch wieder aus.

»Danke«, sagte Agnes seufzend. »Ich habe dabei an die Vergewaltigungsanzeige gedacht, die Veslemøy Liland aufgegeben hatte. Im Anzeigenregister stand ja, dass der Fall aufgrund der Beweisstellung zu den Akten gelegt wurde. Steven Smith hat die Theorie, dass die Polizei damals die Beweise verschlampt haben muss, auch wenn das niemals zugegeben wurde. Was meinst du, könnte das stimmen?«

»Das hört sich nicht gut für die Polizei an«, sagte Viktor nach einer Weile. »Aber ich weiß, dass so etwas schon früher passiert ist. In Førde sind sogar ein paarmal Beweise verschwunden. Zum Glück keine sehr wichtigen Dinge, deshalb kam das nie raus, hatte nur intern Ermahnungen zur Folge. Leider kann ich mir gut vorstellen, dass es hier ähnliche Routinen gab oder, eher, einen ähnlichen Mangel an Routinen. Als ich hier anfing, war man noch nicht so interessiert an Beweissicherung und dergleichen.«

Und vor zwanzig Jahren war es bestimmt noch viel schlimmer, dachte Agnes.

»Hat die Førde-Polizei auch spezielle Tüten für die Beweise bei einem Vergewaltigungsfall benutzt?«, fragte sie.

»Du denkst an die berüchtigten kleinen Papiertüten?«

»Ja. Was passiert mit der Tüte, nachdem der Beweis reingelegt wurde?«

»Sie wird zur Untersuchung ins Rechtsmedizinische Institut geschickt.«

»Sofort?«

»Wenn an dem Tag die Post noch abgeholt wurde, ja.«

»Und was ist am Wochenende?«

»Dann wartet man natürlich bis Montag.«

Sobald Agnes das Gespräch mit dem hörbar immer ungeduldigeren Viktor beendet hatte, rief sie auf dem Handy den Kalender auf und blätterte zurück zu 1998.

Der Nationalfeiertag war in dem Jahr auf einen Sonntag gefallen.

Sie setzte sich auf den Fahrradsitz und lehnte sich gegen die Glasscheibe des alten Kinos, hinter der immer noch Plakate hingen, die Reklame machen sollten für Filme, die im Kino des Kulturhauses gelaufen waren. Sie drehte sich um und stellte fest, dass das siebte Remake eines Superheldenfilms, den sie nie gemocht hatte, hier seine norwegische Premiere gehabt hatte. In diesem Augenblick klingelte das Telefon, es war Ingeborg.

»Jetzt musst du mir mal zuhören«, sagte sie mit einer Stimme, die heller klang als sonst. Außerdem sprach sie schneller als sonst, wenn sie aufgeregt war. »Weil ich ja doch nur zu Hause sitze mit jemandem, der dauernd an meinen Brüsten saugen will, habe ich mal ein bisschen Recherchearbeit für dich erledigt. Ich bin immer neugieriger geworden, etwas über unseren Freund Vegard Saue zu erfahren, deshalb habe ich eine norwegische Freundin in London angerufen, die damals auch an der Uni in Tromsø studiert hat. Und sie konnte sich an ihn erinnern!«

»Bravo, Robin«, sagte Agnes trocken. »Danke für deine Hilfe.«

»Wenn du mich nicht ernst nimmst, habe ich keine Lust mehr, dir zu helfen, du undankbare Batwoman«, sagte Ingeborg, redete aber dennoch weiter: »Meine Bekannte hat erzählt, dass Saue sich öfter über eine Frau beschwert hat, die ihn einfach nicht in Ruhe ließ.«

»Ja-ha?«

Ingeborg machte eine kleine Kunstpause.

»Eine, die aus Voss stammte.«

»So?« Plötzlich kribbelte Agnes' ganzer Körper. »Und wie hieß sie?«

»Ach, jetzt bist du doch interessiert, was? Und du wirst nicht enttäuscht werden. Meine Freundin meinte, sie hieß Kathrine. Und dann irgend so ein ziemlich üblicher, kurzer Nachname. – Agnes, das ist doch die Katze!«

»Aber sie und Vegard haben nach dem Abitur Schluss gemacht.«

»Ja.«

»Und Kathrine Bøe hat seitdem in Bergen gewohnt.«

»Stimmt.«

Aber sie hatte eine Fernbeziehung, dachte Agnes.

Sie dankte Ingeborg für ihren Einsatz und wünschte ihr ein etwas abwechslungsreicheres Leben. Dann schickte sie Joni eine SMS und fragte, ob sie wisse, wo der Typ, mit dem Kathrine zusammen gewesen war, gewohnt hatte.

Dreihundert Meter Rohre für die Fernwärme lagen im Sand von Grandane, dem Gebiet, das so etwas wie die Hauptbadestelle von Voss werden sollte. Die Gemeinde hatte sich noch nicht entschieden, wo sie diese Rohre von Hordaland Bioenergi vergraben wollte. Agnes hatte mindestens zehn Artikel darüber in der Zeitung geschrieben. Jetzt sprang sie vom Fahrrad, stieg über die doppelten Rohre und ging bis an die Wasserkante. Sie musste weg von allem, an einen Ort, an dem sie nicht Gefahr lief, an jeder Straßenecke einen Bekannten zu treffen. Sie wünschte sich nur, in Ruhe auf das Wasser im Vangsvatnet schauen zu können, zum einen, weil ihr der Kopf immer noch weh tat, zum anderen, weil die Gedanken in ihm ununterbrochen kreisten, ohne zur Ruhe zu kommen.

Kathrines Fernliebe hatte in Tromsø gelebt.

Was kein Zufall sein konnte.

Waren Vegard und sie nach den Abiturfeiern wieder zusammengekommen, ohne dass jemand das bemerkt hatte?

Oder hatten sie sich nie getrennt?

Agnes hob einen Stein auf und warf ihn so weit hinaus ins Wasser, wie sie konnte. Er traf die Wasseroberfläche mit einem leisen Ploppen, und sie sah zu, wie die Ringe immer größer und größer wurden, bis das Wasser wieder ruhig dalag. Sie hatte sich schon früher gewundert, dass es hier nicht mehr

Freizeitboote gab. Aber außer ein paar Kanus, die von der Jugendherberge aus starteten, und hin und wieder ein Ruderboot oder auch ein Motorboot, das an den heißesten Tagen Leute an Paraglidern hinter sich herzog, wurde dieses Eldorado nur selten für ein eiskaltes Bad genutzt. Als hätte jemand entschieden, dass der Vangsvatnet lediglich dazu da war, betrachtet zu werden.

Sie warf noch einen Stein, dann noch einen. Schließlich holte sie ihr Handy heraus.

»Wie geht es dir? Ich hoffe, du musst nicht die ganze Zeit an das denken, was ich dir erzählt habe«, sagte ihr Vater. Seine Stimme klang besorgt, und Agnes dachte, so wird es bald ständig sein, dass sie, genau wie ihre Mutter, lügen musste und behaupten, alles sei gut, jedes Mal, wenn sie miteinander sprachen. »Aber wieso schreibst du wieder für die *VG*? Hast du bei der *Hordaland* aufgehört? Ich hoffe nicht, dass die Sache mit Mama der Grund dafür ist. Und du wirst doch nicht wieder wegziehen, oder?«

»Nein, nein«, versicherte Agnes und wusste nicht, ob sie die Wahrheit sagte. »Ich werde dir später alles erzählen, aber im Augenblick habe ich keine Zeit. Ich habe dich angerufen, weil es noch eine Frage gibt: Was weißt du über Torgeir Tveiterås?«

»Tveiterås? Den Polizisten?«, fragte ihr Vater. »Den hatte ich fast vergessen. Das war aber auch eine traurige Geschichte. Er musste viel zu früh aus dem Dienst ausscheiden, war anschließend langzeit krankgeschrieben und ging schließlich in Frührente. Irgendwann ist er dann nach Bergen gezogen. Ich glaube, er hat Familie dort.«

»Hat er Kinder?«, erkundigte sich Agnes.

»Nein, er hat nie eigene gehabt, der Tveiterås. Aber ich glaube, er hatte guten Kontakt zu anderen Verwandten.«

»Du weißt nicht zufällig, wer das war?«

Agnes wurde langsam ungeduldig.

»Nein, tut mir leid.«

Der Bahnbeamte, der in seine Pfeife blies, erinnerte sie an eine Zeichentrickfigur.

Zum zweiten Mal in dieser Woche war Agnes spontan mit dem Zug unterwegs, dieses Mal mit einem Regionalzug Richtung Westen. Das Fahrrad hatte sie am Bahnhof zurückgelassen, nicht abgeschlossen in einem Ständer. Sie dachte sehnsüchtig an ihr Auto, das immer noch am Palmafossen stand.

Agnes hatte versucht, den alten Polizisten anzurufen, mehrere Male, aber er antwortete nicht.

Sie musste ihn noch einmal konfrontieren. Sie war sich fast sicher, dass mit den Beweisen in dem Vergewaltigungsfall etwas geschehen war. Denkbar, dass es Vegard Saue tatsächlich gelungen sein könnte, die Beweise gegen sich selbst zu stehlen und Kathrine nie etwas davon zu sagen.

Hatte Tveiterås, der an jenem Wochenende Dienst gehabt hatte, die anderen nicht darüber informiert, dass die Tüte mit den Beweisen verschwunden war?

War das der Grund, dass Onkel Polizei, Svein Vatle, so vage und merkwürdig reagiert hatte, als sie die Ereignisse erwähnte, und dass die Polizei kurz davor gewesen war, das Gesicht zu verlieren? War es die Kumpanei mit dem Chefredakteur Eskildsen, die ihn vor negativer Berichterstattung in der Zeitung rettete?

Das, und dass der Idiot von einem Lokalzeitungsredakteur seinen Neffen beschützen wollte?

Sie fürchtete, den alten Torgeir Tveiterås zu Tode zu erschrecken, wenn sie plötzlich draußen auf Askøy an seiner Tür klingelte. Aber das war die einzige Möglichkeit. Und wenn sie ehrlich zu sich selbst sein sollte, konnte sie gut eine Pause gebrauchen, da kamen die anderthalb Stunden im Zug, in denen sie die Augen schließen konnte, gerade recht.

»Nein, bist du es tatsächlich, Agnes? Das ist ja ein Witz. Zwanzig Jahre haben wir uns nicht gesehen, und jetzt treffen wir schon zum zweiten Mal in einer Woche aufeinander!«

Die hübsche Dunkelhaarige, mit der sie bei der Eröffnungszeremonie auf dem Prestegardslandet am Sonntag gesprochen hatte, lächelte ihr vom Fensterplatz auf der anderen Seite des Ganges zu. Es war diejenige, an deren Namen sie sich nicht hatte erinnern können, aber inzwischen wusste sie, dass sie Fiona Akselberg hieß und ihre Kinder auf ihrem Profilbild bei Facebook zu sehen waren. Agnes fluchte innerlich, dass sie nicht einen Blick auf die Passagiere in diesem Wagen geworfen hatte, bevor sie sich einen Platz aussuchte. Sie tat so, als wäre sie mit ihrem Handy beschäftigt, dabei fiel ihr auf, dass sie nur noch fünfunddreißig Prozent Akku und kein Ladegerät hatte.

»Die Kinder sind in Voss, bei den Großeltern«, erklärte Fiona Akselberg, obwohl Agnes nicht danach gefragt hatte. »Ich muss zurück in die Stadt zur Arbeit. Und um endlich mal wieder ein wenig Zeit allein mit meiner Frau zu genießen.«

Da lichtete sich der Nebel. Agnes erinnerte sich plötzlich ganz genau. Fiona Akselberg war zwei Jahre älter als sie und eine der wenigen, vielleicht sogar die einzige Lesbe auf dem

Gymnasium, an der alle Jungs dennoch interessiert waren. Sie nannten sie *Fina, die Schöne*. Sie war hübsch und feminin und machte keine große Sache aus ihrer Veranlagung. Und Agnes erinnerte sich auch noch, dass Fiona sich einmal darüber beschwerte, dass viele sie als eine Art »Projekt« ansahen. Nach dem Motto, wer ist der Erste, der die Lesbe ins Bett kriegt.

»Was war das für eine Woche«, sagte sie. »Es ist so schrecklich, was passiert ist.«

Agnes nickte nur.

»Weißt du, wie es Joni geht?«

»Joni?«

Dass Fiona nach Joni fragte, hätte Agnes als Allerletztes erwartet.

»Ja, ich habe in der Zeitung gelesen, dass du die Freundinnen nach dem Fallschirmmord interviewt hast. Geht es ihr einigermaßen gut?«

»Das scheint so, auch wenn sie natürlich ziemlich mitgenommen ist. Seid ihr Freundinnen gewesen?«

»Na, *Freundinnen* kann man das wohl streng genommen nicht nennen. Aber wir waren eine Zeit zusammen, während ihrer ... wie soll ich das sagen, ihrer experimentellen Phase.«

»Ach? Also ... als Liebste?«

»Nein, nun, ich wollte natürlich gern, dass wir das wurden, aber sie sagte, dass sie sich nicht vorstellen könne, mit einem Mädchen eine Beziehung zu haben. Vielleicht habe ich mir das auch nur eingebildet, aber ich glaube, da gab es einen anderen Grund, warum sie nicht mit mir zusammen sein wollte.«

»Und der wäre?«

»Das ist eigentlich auch der Grund, warum ich wissen will, wie es ihr geht. Irgendwie hatte ich immer den Eindruck, als hätte sie nur Augen für eine einzige Person«, plapperte Fiona Akselberg weiter, während Bulken und der westliche Zipfel des Wasserlaufs sich vor dem Fenster näherten. »Ich glaube, sie war immer und ewig unglücklich in ihre beste Freundin verliebt.«

RETKOM, die Abkürzung für Rhetorik und sprachliche Kommunikation, war ein Teil des Instituts für linguistische und nordische Studien an der Humanistischen Fakultät der Universität Oslo. Auf der Homepage waren neun Angestellte für diesen Studiengang aufgelistet – Professoren, Assistenten und Stipendiaten – alle mit universitärem Telefonanschluss und E-Mail-Adresse.

Joni Roberta Farestveit war nicht dabei.

Vielleicht war die Homepage veraltet? Oder sie hatte gerade erst dort angefangen? Aber davon hatte sie nichts gesagt. Es war Samstagabend, da arbeitete niemand mehr, also hatte es gar keinen Sinn, irgendwelche Kollegen anzurufen.

Aber den Ehemann. Sie könnte es bei Jonis Ehemann versuchen.

Agnes hatte kein gutes Gefühl dabei, auf diese Art Informationen über Joni zu erfragen, gleichzeitig war sie jedoch neugierig, ob die Behauptung, dass Joni eine Vergangenheit mit weiblichen Liebschaften hatte, stimmte –, ohne dabei zu wissen, was das eigentlich so oder so zu bedeuten hätte. Sie hatte keine Ahnung, wie Jonis Mann hieß, also versuchte sie es mit der simplen Methode: Sie schaute nach, wo Joni wohnte und wer unter der gleichen Adresse verzeichnet war.

Peder André Vik war der andere gemeldete Bewohner im Krokusveien 3 in Nordberg, Oslo. Schöne Gegend, nicht diese vulgäre Westkante, sondern ein Teil der Hauptstadt mit ebenso viel kulturellem Kapital und alten Familienvillen wie hohem Einkommen. Agnes fühlte sich auf sonderbare Art und Weise erleichtert, als sie Namen und Telefonnummer von Jonis Mann herausgefunden hatte.

»Hallo? Vik hier.«

Die Stimme klang ruhig, angenehm und vermittelte den Eindruck, als würde er auch einen akademischen Posten haben.

»Ich heiße Agnes Tveit, ich bin Journalistin bei der *Avisa Hordaland* in Voss und ... eine Freundin Ihrer Frau. Hätten Sie einen Moment Zeit für mich?«

Sie fasste sich an die Stirn. Wie sollte sie erklären, was sie über Joni wissen wollte? Mein Gott, sie hätte sie lieber selbst fragen sollen, Joni wäre bestimmt deshalb nicht sauer geworden.

»Joni? Na, so gut können Sie sie nicht kennen, sonst wüssten Sie, dass wir schon lange nicht mehr verheiratet sind.«

»Nicht?«

»Ich habe sie tatsächlich seit Monaten nicht mehr gesehen. Wir haben uns vor Weihnachten getrennt.«

»Oh«, sagte Agnes, »dann muss ich da was missverstanden haben. Aber Sie haben das gemeinsame Sorgerecht für die Kinder?«

»Hat sie das behauptet? Nein, Joni hat kein Sorgerecht. Die Mutter der Kinder und ich, wir haben das gemeinsame Sorgerecht, so war es schon immer. Joni war ja eine Zeitlang ihre Stiefmutter, aber auch die Kinder haben keinen Kontakt mehr zu ihr. Nachdem ihre befristete Anstellung im Institut nicht verlängert wurde, war sie nicht mehr sie selbst.«

Agnes bekam plötzlich eine Gänsehaut.

»Darf ich fragen, warum?«, fuhr sie vorsichtig fort. »Warum ist ihr Vertrag nicht erneuert worden?«

Peder André Vik sagte nichts, und Agnes überlegte, ob entweder die Verbindung unterbrochen war, weil der Zug in einen Tunnel fuhr, oder ob er nichts mehr sagen wollte, weil er begriffen hatte, dass sie keine Freundin war, sondern nur eine Journalistin. Doch dann hörte sie ihn seufzen, also wartete sie ab.

»Joni hatte kein ...«

Damit brach er ab, begann von neuem. Plötzlich war es, als hätte sich eine Tür geöffnet, und der Mann berichtete aus seinem Leben.

»Die Psyche hat ein eigenes Immunsystem«, sagte er und hielt dann einen Minivortrag über primitive Verteidigung, wobei man die Impulse und gefühlsmäßigen Konflikte nicht durch Reflexion steuern kann.

Offensichtlich war der Mann Psychologe oder Psychologieprofessor.

»Jemand kann richtig wütend sein, sich selbst gegenüber das aber nicht zugeben. Stattdessen hat derjenige den Eindruck, dass ein anderer in seinem Umkreis diese Wut in sich trägt. Und dadurch wird die Art, wie das Individuum die Wirklichkeit sieht, oft von dem Einfluss primitiver Verteidigung verzerrt. Diese sogenannte Neurotische Verteidigung handelt davon, dass die überwältigenden inneren Konflikte verdrängt werden, was dem Individuum in der aktuellen Situation hilft, aber oft den Nährboden für eine Art innerer Unruhe und eventueller Angst in einer späteren Phase bildet.«

Vik war offensichtlich fertig mit seinen Ausführungen und

schwieg. Agnes hatte sich anscheinend viel zu sehr darauf konzentriert, wie es möglich war, dass aus der schönen, schlauen Joni so eine spröde Person werden konnte, als dass sie genauer darauf gehört hätte, was diese spröde Person sagte. Sie benutzte eine alte Technik und griff ein Wort aus dem letzten Halbsatz auf.

»Litt Joni unter Angstzuständen?«

Wieder seufzte Vik, dieses Mal übertriebener, wie er es wohl immer tat, wenn ein Journalist oder eine Journalistin seine Ausführungen vereinfachte.

»Sie kam teilweise mit gefühlsmäßigen Konflikten nicht so gut zurecht, wie man es sich wünschen würde«, erklärte er. »Und ohne dass ich weiter in Details gehen möchte oder darf, hatte das einen unglücklichen Einfluss auf ihre Arbeitssituation.«

Es fühlte sich wie ein Schlag in den Magen an: Joni hatte sie angelogen. Agnes hätte gern noch weitere Fragen gestellt, aber es schien, als würde der Psychologe so langsam ungeduldig werden und das Gespräch gern beenden. Peder André Vik wollte zurück zu seinem friedlichen Leben ohne Joni, also musste Agnes Prioritäten setzen.

»Wissen Sie, bei wem Ihre Exfrau normalerweise wohnt, wenn sie in Voss ist?«, fragte sie, so ruhig sie konnte.

»Seit Veslemøy wieder in Voss ist, hat sie immer bei ihr gewohnt. Was nicht ohne Konflikte ablief, soweit ich es mitgekriegt habe. Deren Mann war wohl, was den Alkohol betrifft, kein Kostverächter. Ich wäre nicht überrascht, wenn er hinter dem Mord steckt. Und ich habe ziemlich viel über diese Beziehung gehört, um es mal so zu sagen.«

»Hat Joni viel über Steven und Veslemøy geredet?«

»Vor allem über Veslemøy. Sie hat erzählt, dass es schwer für Veslemøy war und dass sie das am wenigsten verdient hätte. Ich kann mich daran erinnern, dass Joni von der Mutter erzählte, die weggegangen ist, und dem Vater, der getrunken hat. Und dass Veslemøy in ihrer Jugend vergewaltigt wurde –, aber so ist es nun einmal, einige bekommen alles ab. Und das ist wohl auch der Grund, warum Joni sich um sie gekümmert hat«, sagte Vik. »Aber ich fand das immer ein wenig übertrieben.«

»Inwiefern?«

»Interessant, dass Sie nachfragen, denn das war tatsächlich eines der Dinge, über die wir ziemlich heftig diskutiert haben. In der Regel bin ich nicht mit nach Voss gefahren, deshalb habe ich die beiden nie zusammen getroffen, aber ausgehend davon, wie oft Joni mit Veslemøy telefoniert hat, wie lang diese Gespräche waren und worüber sie redeten, habe ich mehrere Male gesagt, dass sie meiner Meinung nach viel zu fürsorglich gegenüber ihrer Freundin war.«

Das T-Shirt klebte ihr am Rücken.

Doch innerlich war es ihr eiskalt.

Die Liste der Dinge, über die Joni gelogen hatte, wurde immer länger. Die gescheiterte Ehe. Die Stiefkinder, zu denen sie keinen Kontakt mehr hatte. Der Job, den sie verloren hatte. Die Behauptung, sie wisse nichts über die Vergewaltigung ... Ob sie heimlich in Veslemøy verliebt gewesen war?

Das Bedürfnis, persönlich mit Joni zu sprechen, wurde immer größer. Vielleicht gab es ja eine Erklärung für alles. Aber als Agnes wieder versuchte, sie anzurufen, bekam sie keine Antwort, und es war auch nicht Joni, die zurückrief, als kurz darauf das Handy klingelte. Es war eine Nummer, die sie nicht gespeichert hatte, die ihr aber dennoch bekannt vorkam, als hätte sie sie erst vor kurzem selbst benutzt.

Das Handy zeigte noch achtzehn Prozent Akkuladung. Wenn das nicht wichtig war, musste sie gleich wieder auflegen.

»Hallo, hier ist Agnes?«

Am anderen Ende war nur ein Räuspern zu hören.

»Hallo?«, wiederholte sie ungeduldig.

»Ja ... guten Abend.«

Weiteres Räuspern.

Neue, lange Pause.

»Hier ist Torgeir Tveiterås.«

Sie schaute durch das kleine Fenster auf dem Gang hinaus, auf die Schafe, die Höfe, die Äcker, auf ein unschuldiges Leben, das in all seiner grünen Einfachheit dort lockte.

»Entschuldigen Sie, dass es ein bisschen gedauert hat. Der Grund dafür ... ja.« Der alte Mann redete langsam, als wöge er jedes Wort ab. Dann verstummte er wieder, und als er weitersprach, war seine Stimme um eine Spur dunkler. »Es kommt oft vor, dass ich nachts wach liege. Eigentlich war es schon merkwürdig, dass ich damals so lange durchgehalten habe. Ich weiß nicht, wie ich es geschafft habe, jeden Tag zum Dienst zu gehen. Der lange Arm des Gesetzes, sozusagen.«

Es war ein Geräusch zu hören, das wie ein unterdrücktes Kichern klang.

»Ich kann nichts anderes tun, als mich bei Ihnen zu entschuldigen. Und das hätte ich schon vor langer Zeit tun müssen.«

Wieder blieb es im Telefon still.

Dann hörte sie, wie Tveiterås Luft holte, um mit seinem Bericht anzufangen.

»Diesen Morgen werde ich niemals vergessen. Ich hatte eine rot-weiß-blaue Schleife an der Polizeiuniform befestigt, fühlte mich fröhlich und leicht. Das sollte ein schöner Nationalfeiertag werden, das spürte ich, obwohl ich das ganze Wochenende Dienst hatte ...«

Er erzählte, dass zwei Jugendliche vor der Tür zum Polizeirevier saßen, als er mit dem Schlüssel ankam, ein Mädchen in dem Abiturientenoverall und ein etwas älterer Junge. Zuerst dachte er, das Mädchen wäre betrunken oder sie schliefe, denn sie saß vorgebeugt da, das Haar verdeckte ihr Gesicht. Er fragte, ob er irgendwie helfen könne, und der Junge antwortete: »*Yes, Sir. She was raped.*«

Tveiterås redete immer noch unendlich langsam, und Agnes konnte fast spüren, wie der Akkuladestand ihres Handys sank und sank. Sie hoffte inständig, dass diese Geschichte das Ende fände, auf das sie hoffte. Dass Tveiterås bestätigen konnte, dass Vegard Saue die Beweise gestohlen hatte.

Der pensionierte Polizist erzählte, dass es ihm eiskalt den Rücken heruntergelaufen war, als er sah, dass es das Liland-Mädchen war, das da vor ihm saß. Er hatte nicht viel Erfahrung mit sexuellen Übergriffen gehabt, erklärte er, zweifelte aber nicht eine Sekunde daran, dass sie etwas Schreckliches erlebt hatte. Es dauerte eine Weile, bis sie in der Lage war zu schreiben, aber nach einer Viertelstunde konnte sie mit zitternder Hand ihre Personalien in ein Formular eintragen. Er hatte sie gefragt, wer ihr das angetan hatte. Sie sah ihn mit trübem Blick an und schrieb »Vegard Saue« auf den Bogen. Den restlichen Tag hatte er sich wie ferngesteuert gefühlt. Er hatte

Veslemøy Liland zum diensthabenden Arzt gebracht, wo alle notwendigen Untersuchungen durchgeführt wurden, während er auf dem Flur wartete. Anschließend fuhr er sie heim, und dann nahm er die Tüte mit den Beweisen mit aufs Polizeirevier und schloss sie in dem Asservatenraum ein. Mehr konnte er bis zum Montag nicht tun.

»Da habe ich noch nicht gewusst, wer am Abend zu mir kommen würde, kurz nachdem ich die Flagge eingeholt hatte«, fuhr er fort. »Sie kam mit flehendem Blick und ihrem unwiderstehlichen Überredungstalent und fragte nach dem Schlüssel zum Asservatenraum.«

Sie?, wunderte Agnes sich.

»Ich hätte ihr nie erzählen dürfen, was passiert war. Aber ich hatte Angst, sie könnte auch in Gefahr sein. Und ich konnte ihr einfach nichts abschlagen. Jetzt, zwanzig Jahre später, weiß ich immer noch nicht, wer die größte Schuld daran trägt, dass das Leben eines jungen Mädchens zerstört wurde, sie oder ich.«

Während die Lautsprecherstimme den Bahnhof von Evanger ankündigte, wurde Tveiterås' Stimme immer leiser und dunkler.

»Das habe ich mir nie verziehen. Aber ehrlich gesagt habe ich es ihr auch nicht verziehen.«

»Von wem sprechen Sie?«

Torgeir Tveiterås schwieg einen Moment, räusperte sich, holte dann tief Luft: »Von meiner Nichte«, sagte er. »Kathrine.«

Hatten sich Jonis Lügen wie ein Schlag in den Magen angefühlt, so war das hier eine Faust ins Gesicht.

Im Namen von Veslemøy Liland.

Im Namen aller Frauen, die sexueller Gewalt ausgesetzt waren und die nicht gehört wurden.

Im Namen aller, die im Stich gelassen wurden, von der Polizei, von der Presse, von ihren nächsten Angehörigen.

Torgeir Tveiterås war also der alte Onkel, den Kathrine in Bergen pflegte. Wegen schlechten Gewissens vielleicht, wegen der Geschehnisse, die sie ins Rollen gebracht hatte. Das war offensichtlich ein Ereignis gewesen, das den Mann zerstört hatte, vielleicht für immer.

Wie konnte Kathrine mit dem leben, was sie Veslemøy angetan hatte, einer ihrer besten Freundinnen?

Die Puzzleteile begannen, vor Agnes' Augen zu tanzen. Einige landeten an ihrem Platz, andere schwirrten weiterhin herum.

Hatte Kathrine die Beweise im Vergewaltigungsfall an sich genommen, nachdem sie sie aus dem Polizeirevier gestohlen hatte? War sie deshalb weiterhin und für viele Jahre mit Vegard Saue zusammen, weil dieser wusste, dass sie diese Beweise hatte?

War Saue auf der Jagd nach den Beweisen gewesen, nachdem Veslemøy Liland Kontakt mit ihm aufgenommen und ihn aufgefordert hatte, seinen Posten als Bezirksstaatsanwalt wieder zu räumen?

Agnes blieb an der Tür stehen, starrte auf die Bergwand, die vom fahrenden Zug aus wie eine graue Decke aussah. Was hatte das alles mit dem Mord zu tun? Konnte es sein, dass Vegard Saue so verzweifelt war, dass er den Plan schmiedete, seine Exfreundin zu töten? Aber was hätte es ihm genützt, die Beweise des Vergewaltigungsfalls zu finden?

Plötzlich fielen Agnes die Pappkartons ein. Die immer noch

in Kathrines Haus am Palmafossen standen, in dem Raum, der nach dem Brandschaden zum kombinierten Büro und Schlafzimmer geworden war.

Sie dachte an die Nähsachen.

Und bekam ein ungutes Gefühl im Bauch.

War jemand Vegard Saue zuvorgekommen?

Sie lebte von der restlichen Akkuladezeit.

Das Handywrack war nach dem Gespräch mit Tveiterås auf acht Prozent gesunken. Aber sie musste es schaffen, noch ein letztes Gespräch zu führen.

Sie trippelte von einem Fuß auf den anderen, direkt vor der Zugtür, während die Signale zu hören waren. Betete insgeheim, dass die Dinge doch nicht so zusammenhingen, wie sie befürchtete.

Joni antwortete nicht.

Kathrine antwortete nicht.

Gro antwortete nicht.

Sie versuchte es bei Steven.

Erneutes Warten, es klingelte lange, während das Akkuzeichen einen armseligen roten Strich zeigte. Kurz bevor sie aufgeben und auflegen wollte, ging er endlich ans Telefon.

Agnes war vor Aufregung außer Atem. »Wo wollte Joni eigentlich diese Woche wohnen?«, fragte sie.

»Warum fragst du das?«

»Antworte bitte schnell!«

»*She stayed with Kathrine*«, sagte Steven.

Sie legte das Handy an die Stirn, schloss die Augen. Neue Puzzleteile fanden ihren Platz. Und das Motiv, das zum Vorschein kam, war erschreckend.

Der Bahnhofsvorsteher blies in die Pfeife, der Zug war bereit, den Bahnhof von Evanger zu verlassen.

Kurz bevor die Tür sich automatisch schloss, sprang Agnes nach draußen.

Der Jugendliche auf der Bank vor dem Bahnhofsgebäude trug trotz des heißen Wetters eine Mütze, über die er große Kopfhörer gestülpt hatte. Agnes ging zu ihm, räusperte sich, um seine Aufmerksamkeit zu wecken. Als er trotzdem nicht aufschaute, zog sie ihm die Kopfhörer herunter, die Mütze rutschte mit, und die verschwitzten, roten Ohren kamen zum Vorschein. Er sah sie zu Tode erschrocken an.

»Kann ich mal dein Handy leihen?«

»Wofür?«

»Ein Taxi rufen.«

»Das kann ich tun, das mache ich«, sagte er und drehte sich weg.

Schaute dann wieder mit einem mürrischen Blick zu ihr hoch.

»Die schicken aus Voss einen Wagen, sobald einer frei wird. Dauert wohl so 'ne halbe Stunde.«

Agnes bedankte sich und setzte sich neben ihn auf die Bank. Starrte auf die Eisenbahnschienen. Sie hatte nicht einmal nachgeschaut, ob ein Zug in die entgegengesetzte Richtung fuhr.

Es war immer noch ein wenig Leben im Handy, aber kaum der Rede wert.

Lächerliche zwei Prozent.

Sie zwang sich, das Handy in die Tasche zu stecken. Das würde die längste halbe Stunde ihres Lebens werden.

Sie versuchte, sich zu konzentrieren, alle Informationen, die sie erhalten hatte, in die richtige Reihenfolge zu bringen, sich zu vergewissern, dass sie wirklich alle Teile in diesem über alle Maßen verwirrenden Puzzlespiel beisammenhatte.

»Erst auf dem Fußballfeld, und jetzt am Bahnhof Evanger?« Der Mann, der direkt vor ihr stand, grinste. Er trug Jeans und ein T-Shirt, das auf diskrete, aber dennoch deutliche Art seine Brustmuskulatur hervorhob. »Agnes Tveit, langsam habe ich den Verdacht, dass du mich verfolgst.«

Und schon war Agnes um einen Tausender ärmer, nachdem sie sich geweigert hatte, von Alexander, die Hälfte für die Taxifahrt zu nehmen. Sie hatte gelogen und behauptet, die Zeitung würde bezahlen.

Während der neunzehn Minuten, die die Rückfahrt nach Voss dauerte, hatten sie sich gegenseitig über ihre alten Bekannten auf den neuesten Stand gebracht. Das heißt, Alexander hatte sie informiert. Sie konnte sich kaum daran erinnern, überhaupt etwas gesagt zu haben, fühlte sich allein durch seine Nähe und seinen Duft wie berauscht. Sie konnte ihn nicht ansehen, also starrte sie auf das Taxameter.

Bevor Alexander im Zentrum ausstieg – er wollte im Festivalzelt noch ein paar Biere trinken –, sagte er, er würde sich freuen, wenn sie auch auf ein Glas kommen würde.

Aber das war das Letzte, was sie sich jetzt vorstellen konnte.

Das Taxi hielt vor ihrer eigenen Haustür. Fredrik winkte ihr lächelnd zu, als er sie entdeckte. Es sah so aus, als sei er auf dem Weg in die Garage.

Sie wollte gerade für den Fahrer den Code ihrer Visakarte eintippen. Da klingelte das Handy.

Es war Gro.

Schnell meldete Agnes sich.

»Mein Akku ist gleich leer, ich rufe dich in fünf Minuten zurück, ja?«

Gro antwortete nicht, aber Agnes konnte ihren schweren Atem hören.

»Ist alles in Ordnung, Gro?«

Sie sagte immer noch nichts.

»*Gro, ist etwas passiert?*«, rief Agnes.

»Ich kann Viktor nicht erreichen«, sagte Gro am anderen Ende.

Noch dunkler als üblich.

Der Atem wurde immer schwerer.

»Ich ... ich hatte vergessen, heute die Post reinzuholen.«

»Ja, und?«, fragte Agnes und spürte, wie sich ein Druck in ihrem Bauch aufbaute. »Stimmt etwas nicht mit Viktor? Gro!«

Es blieb still.

Absolut still.

Das neunte Leben des Handys war aufgebraucht.

Sie riss die Kreditkarte aus dem Apparat, der empört aufheulte, rief dem Fahrer zu, er solle weiterfahren und dass es eilig sei.

Er tat, wie ihm geheißen, drückte aufs Gaspedal und schnitt alle Kurven hoch nach Bavallen.

Von außen sah das elegante Haus ruhig und friedlich aus wie immer.

Vorsichtig drückte Agnes die Türklinke nach unten. Sie wollte nicht klingeln und damit riskieren, die kleine Malin zu wecken. Auf dem Boden des Eingangsbereichs lagen die Ausgaben von *Hordaland* und *BT* des Tages, mehrere Fensterumschläge und ein paar Werbeprospekte. Es sah aus, als hätte jemand die Post fallen lassen, sobald er die Tür hinter sich geschlossen hatte.

»*Hallo?*«, flüsterte Agnes.

Keine Antwort. Sie zog sich die Schuhe aus, stellte sie automatisch ordentlich neben die Reihe, die von kleinen rosa Kinderschuhen dominiert war, wie sie es immer tat.

Dann ging sie vorsichtig, einen Fuß vor den anderen setzend, durch die Diele aufs Wohnzimmer zu.

Dort konnte sie niemanden sehen. Die Kissen lagen ordentlich drapiert auf dem Sofa, und alles sah normal aus. Agnes ging weiter in den offenen Küchenbereich.

Die benutzten Teller standen noch auf dem Tisch. Zwei Suppentassen mit Resten, rote Flecken auf der weißen Tischdecke. Ein Glas mit ein wenig Orangensaft und ein leeres Weinglas.

Agnes ließ ihren Blick weiterschweifen und blieb an Gros Rücken hängen. Dem Logo ihres Geschäfts.

Gro saß reglos auf dem Fußboden, das Gesicht von Agnes abgewandt. Sie war über etwas gebeugt, erinnerte an ein spielendes Kind. Aber die Stimmung war alles andere als spielerisch, als Gro sich Agnes zuwandte. Das Haar hing ihr über ein Auge.

Man konnte glauben, sie hätte ein Gespenst gesehen.

Etwas lag auf dem Boden, direkt vor ihren Füßen. Ein großer Briefumschlag, ein A4-Bogen mit handgeschriebenem Text.

»Der war nicht frankiert«, sagte Gro mit zitternder Stimme. »Der Umschlag. Sie muss selbst hier gewesen sein.«

»Wer?«, fragte Agnes leise, voller Angst, es bereits zu wissen.

Gro hob langsam das Blatt vom Boden auf, gab es Agnes, blieb unbeweglich sitzen. Agnes setzte sich ihr gegenüber, begann, die ersten Zeilen zu lesen.

Liebe Gro, stand da. Diese kleine Tüte fand ich bei Kathrine in einem Karton, als wir unsere Trachten umnähten.

Während Agnes der Puls im Hals schlug, schaute sie sich nach einer kleinen Tüte um.

Sie konnte keine entdecken. Gro hatte nur ihr Telefon in der Hand.

Ich habe sie damit konfrontiert, las Agnes weiter, *habe ihr die Chance gegeben, alles zu erzählen. Aber sie hat eiskalt behauptet, nicht zu wissen, was das war. Kathrine hat wohl geglaubt, dass ich nicht weiß, was Vegard früher getan hat. Natürlich habe ich das gewusst! Veslemøy hatte mir alles erzählt! Auch von ihrer Angst, mit der sie seit der Vergewaltigung und der Drohung, sie umzubringen, hat leben müssen. Aber all die Jahre hindurch bin ich davon ausgegangen, dass es dieser Teufel selbst war, der dafür gesorgt hat, dass die Sachen verschwinden.*

Doch sie war es. Und sie hat nicht einmal ein schlechtes Gewissen deshalb.

Ich wurde stinkwütend, Gro! Und ich habe beschlossen, sie dafür bezahlen zu lassen, dass sie Veslemøy so hintergangen hat.

Ich habe alles geplant. Aber nichts lief, wie es sollte. Alles ist schiefgegangen. Weil ich einfach zu nichts zu gebrauchen bin, die geborene Verliererin.

Ich wollte dir erzählen, was passiert ist, ich wollte Steven sagen, was ich getan habe, aber ich habe es nicht geschafft. Ich bin zu feige. Wie ich es immer war.

Bitte sage ihm, dass es mir sehr leidtut.
Sage ihm, dass sie ihn geliebt hat.
Sage ihm, dass ich sie geliebt habe.
Joni

Vorsichtig nahm Agnes Gro das Telefon aus der Hand, während diese immer noch reglos dasaß und in die Luft starrte. Agnes suchte nach Viktors Nummer, fand sie jedoch erst, als sie auf »Letzte Anrufe« ging und »Mein Schatz« entdeckte.

Er musste doch rangehen.

Sie schaute auf ihren rechten Arm. Die Hand zitterte unkontrolliert.

Lange waren die Freizeichen zu hören, dann endlich die Stimme ihres guten Freunds: »Hallo, Liebling«, sagte er. »Sorry, aber ...«

»Hier ist Agnes.«

»Ach? Wieso rufst ...«

»Ist Kathrine immer noch bei euch im Verhör?«, fragte Agnes, so ruhig sie konnte.

Kniff dabei die Augen zusammen.

»Wir sind schon seit ein paar Stunden fertig«, antwortete Viktor. »Sie durfte nach Hause fahren.«

»Ist sie allein gefahren?«

»Das weiß ich nicht ... warte mal einen Moment.«

Es hörte sich an, als ginge Viktor durch den Raum.

Sie selbst trat von einem Fuß auf den anderen.

Leise Stimmen im Hintergrund.

»Storedal sagt, dass sie abgeholt worden ist.«

»Von wem?«

Wieder Warten, leise Stimmen.

Neues Knistern in der Leitung.

»Von Joni.«

Als Agnes den Namen hörte, hatte sie das Gefühl, etwas zerbräche in ihr.

»Viktor, hör mir jetzt zu. Ihr müsst zu Kathrine am Palmafossen hochfahren, jetzt sofort!«

»Aber ich bin mitten in ...«

»JETZT SOFORT!«, schrie Agnes.

Sie warf Gro das Handy zu, ließ sie, die immer noch unter Schock stand, auf dem Boden sitzen. Agnes hatte jetzt keine Zeit, sich um sie zu kümmern.

Auf dem Weg hinaus schnappte sie sich die Autoschlüssel von der Kommode.

Und fuhr mit dem Tesla, so schnell sie konnte, den Bavallsvegen hinunter.

Vor dem gelben Haus parkte kein Polizeiwagen.

Agnes zuckte zusammen, als sie ihren eigenen kleinen Polo sah, seit Stunden hatte er hier auf sie gewartet. Dafür stand in der Einfahrt ein kleines schwarzes Elektroauto.

Kathrines.

Mit dem Joni sie wohl abgeholt hatte.

Agnes schaute zum ersten Stock hoch. Sie konnte niemanden im Wohnzimmer sehen, aber zumindest brannte dort Licht. Sie fuhr ein Stück weiter die Straße entlang, parkte vor dem Haus der Nachbarn, von hier aus hatte sie weiterhin das Haus der Bøes im Blick.

Sollte sie hineingehen? Sich zu erkennen geben?

Nein, sie wagte es nicht, noch nicht. Sie musste auf die Polizei warten.

Es verging eine Minute.

Es vergingen zwei Minuten.

Sie knirschte mit den Zähnen.

Ihr fiel ein, dass sie mit dem Taxi davongebraust war und Fredrik wie ein lebendes Fragezeichen hatte stehen lassen.

Hatte er den zerschmetterten Kinderwagen in der Garage entdeckt?

Er musste glauben, dass sie total verrückt geworden sei.

Und vielleicht war sie das ja auch.

Aber das war jetzt alles unwichtig.

Nichts war so, wie es sein sollte. Nichts war so, wie sie geglaubt hatte. Die Welt war aus den Fugen geraten.

Wo, verdammt nochmal, blieben Viktor und die Polizei?

Plötzlich wurden die Gardinen in einem der Räume im ersten Stock zugezogen.

Kurz darauf wurde das Licht gelöscht.

Vielleicht war ja trotz allem alles in Ordnung.

Vielleicht hatten die beiden Freundinnen sich bei einer Tasse Tee unterhalten.

Vielleicht war Joni bereits zur Polizei gegangen, um sich zu stellen, und Kathrine wollte ins Bett gehen.

In dem Moment wurde die Haustür aufgerissen.

Im Licht des hellen Sommerabends konnte Agnes ein Wirrwarr aus roten Locken erkennen, das aus dem Haus stürmte und die Straße entlanglief.

Agnes war so angespannt, dass sie an dem Sicherheitsgurt zerrte.

Als sie es endlich geschafft hatte, ihn zu lösen, stürzte sie aus dem Auto und rannte zur Haustür, betrat das Haus.

Auf dem Flur klopfte sie zuerst bei »M.Bøe«, bekam aber keine Antwort.

»Hallo?«, rief sie in den ersten Stock hinauf. »Kathrine?«

Stille.

Die Treppenstufen knackten leicht, genau wie vor ein paar Stunden, als sie schon einmal hochgegangen war. Genau wie bei ihrem ersten Besuch, als die Freundinnen sich hier getroffen hatten, um Veslemøy zu betrauern.

Eine Trauer, die, wie sich inzwischen herausgestellt hatte, viele hässliche Geheimnisse barg.

Oben angekommen, hatte Agnes freien Blick in das immer noch ziemlich unordentliche Wohnzimmer.

Es hätte tatsächlich so aussehen können, als wäre Kathrine ins Bett gegangen.

Sie trug eine rosafarbene, pyjamaähnliche Jogginghose und ein weißes T-Shirt. Der Schwanz ihres Tiger-Tattoos schaute aus dem einen Ärmel heraus, das blonde Haar trug sie offen.

Es hätte so aussehen können, als schliefe die Katze.

Hätte sie nicht auf dem Boden gelegen, das Gesicht auf dem Teppich.

Ein leises Wimmern war zu hören.

Sie war nicht tot.

Agnes beugte sich über sie und drehte Kathrine Bøe auf den Rücken. Der schmächtige Körper erschien ihr bleischwer.

Die Augen waren geschlossen, der Mund auch. Er musste mit aller Macht zugedrückt worden sein.

Die gesamte Kinnpartie sah malträtiert aus.

Sie hatte etwas im Mund.

Joni musste es hineingestopft haben.

Mein Gott, was hatte sie getan?

Die Ecke eines Stück Papiers war zu sehen. Agnes packte die Ecke und zog vorsichtig daran.

Eine Papiertüte, zusammengeknüllt und teilweise bereits aufgeweicht, kam aus Kathrines Mund zum Vorschein.

Ganz unten war ein Aufkleber zu sehen.

Auf dem stand: »Fall 302, 17. Mai 1998«.

Ein Telefon auf dem Küchentresen, geschützt mit einem Passwort.

Aber der Notruf, der sollte doch trotzdem möglich sein?

Mit zitterndem Zeigefinger tippte sie die 113, hockte sich neben Kathrine. Schüttelte sie, musterte ihr Gesicht und ihren Hals.

Keinerlei Wunden. Keine offensichtlichen Spuren von Schlägen oder Würgegriffen.

Sie musste mit etwas vergiftet worden sein.

Agnes legte das Telefon zurück, drehte den dünnen, schweren Körper in die stabile Seitenlage.

Einen Moment lang zögerte sie.

Dann öffnete sie Kathrines Mund und steckte zwei Finger so tief hinein, wie es ging.

Sie hielt den Atem an, dann bog sie den Kopf nach hinten, hob den Blick zu dem eingerahmten Bild der Freundinnen, vier lächelnde Mädchen in Fallschirmspringerausrüstung, die Daumen hoch in die Kamera gereckt.

Der Körper unter ihren Fingern zuckte.

Gurgeln.

Dann ein Schrei, als Kathrine Bøe die Augen öffnete und sich übergab.

»Entschuldige«, war das Erste, was sie sagte, als sie wieder zu sich kam.

Das Nikotin hüllte sie wie eine warme, dunkle Decke ein.

Agnes stieß den Rauch aus und zog sogleich wieder an der Zigarette. Zog immer wieder an ihr und blies grauen Rauch und ein rabenschwarzes Gewissen aus.

Wenn jemand Lungenkrebs bekommen konnte, ohne jemals geraucht zu haben, dann konnte sie ja wohl darauf scheißen.

Die letzten Stunden schien sie in vielerlei Hinsicht in einem dichten Nebel herumgewandert zu sein und hatte nur genau das getan, was Viktor gesagt hatte. Er hatte sie gebeten, auf Kathrines Sofa sitzen zu bleiben, während er mit den Sanitätern und den herbeigerufenen Kriminaltechnikern von der Kripo gesprochen hatte. Dann nahm er sie mit in seinem Wagen, holte Gro in Bavallen ab und fuhr beide zum Polizeigebäude. Agnes setzte er auf einen Stuhl vor die Ermittlungsleiterin der Kripo, die sie mit besorgtem Blick anschaute und dazu brachte, das erste Mal seit vielen Jahren zu weinen.

Nach der Befragung fuhr Viktor sie zurück in sein Haus in Bavallen, denn Gro sollte von einem Arzt untersucht werden, und die Nachbarin, die bisher auf das schlafende Kind aufgepasst hatte, könnte nicht länger bleiben. Er entschuldigte sich immer wieder, sagte, es würde nur eine halbe Stunde dauern, woraufhin Agnes nur müde nickte. Zum Glück wachte die Kleine nicht auf. Vierzig Minuten saß sie ruhig auf dem Balkon und rauchte Zigaretten aus der Zwanzigerpackung, die sie aus dem Versteck hinter den Blumentöpfen hervorgeholt hatte, während ihr die Tränen über die Wangen liefen.

Als Viktor zurückkam, hatte er einen neuen Babysitter bei sich: seinen Vater.

Henrik Vormedal nickte und grüßte sie steif. Agnes dachte nur, wie schön es war, dass der alte Mann nicht der Mörder war, aber trotzdem hatte er sicher so einiges mit seinem Sohn zu besprechen.

Sie wollte nicht nach Hause, also setzte Viktor sie bei Ingeborg ab. Die Freundin stürzte sich gleich auf die Zigarettenpackung, die Agnes dabeihatte, als wäre das die letzte auf dem ganzen Globus. Sie setzten sich draußen an den Tisch, es war warm genug, und Ingeborg schenkte ihnen jeweils ein großes Glas Rotwein ein.

»Warum hat die Katze die Beweise all die Jahre über aufbewahrt?«, fragte Ingeborg, als Agnes ihren Bericht über alles, was passiert war, beendet hatte.

Der Nebel lichtete sich allmählich, sie konnte sich selbst wieder spüren.

»Wenn ich eine Vermutung äußern darf: Vermutlich, um Vegard Saue damit zu erpressen«, antwortete Agnes. »Wenn du so hoffnungslos verliebt bist – oder *besessen* –, dass du nicht nur bei einem Kerl bleiben willst, der wegen der Vergewaltigung deiner besten Freundin angezeigt wurde, sondern sogar so weit gegangen bist, die Beweise in dem Fall zu stehlen, dann bist du sicher auch imstande, alles Mögliche zu tun, um ihn zu halten.«

Kathrine war ins Krankenhaus gebracht worden. Sie war außer Lebensgefahr, hatte Viktor gesagt, aber immer noch sehr mitgenommen, deshalb musste sie diverse medizinische Untersuchungen über sich ergehen lassen und konnte erst befragt werden, wenn es ihr besser ging. Aber als sie auf der Trage lag, auf dem Weg in den Krankenwagen, hatte sie angefangen, hysterisch zu weinen. Agnes war sich nicht sicher, ob sie trotz allem ein schlechtes Gewissen hatte. Oder war ihr klargeworden, wie kurz davor sie gewesen war, selbst ermordet zu werden – und das nicht nur ein-, sondern zweimal.

Ingeborg ging ins Haus, um mehr Wein zu holen und nach ihrer Mutter zu schauen, die mit dem Babyphon auf dem Schoß die Samstagabendunterhaltung im *NRK* anschaute. Agnes wusste immer noch nicht wirklich, was – oder *wer* – die Ursache dafür war, dass Kathrine nicht sofort die Polizei darüber informiert hatte, dass sie mit Veslemøy vor der Eröffnungszeremonie den Fallschirm getauscht hatte. Aber sie hatte Henrik Vormedal in Verdacht. Ja, sie glaubte tatsächlich, dass er derjenige war, der die anonyme Anzeige an Haukeland geschickt hatte, die wiederum dazu geführt hatte, dass Kathrine misstrauisch beäugt und vielen Gerüchten ausgesetzt war, so dass sie schließlich kündigte. Wer weiß, welche Drohungen er ihr und Veslemøy gegenüber geäußert hatte? All die Anrufe auf Veslemøys Telefon bezeugten zumindest einen regen Austausch. Vormedal hatte sicher geglaubt, dass er durch das Werk der beiden Mädchen seine Approbation verloren hatte –, er konnte ja nicht ahnen, dass die Großmutter, Dagny Berge, sich eingemischt hatte. Gut möglich, dass Vormedal zurückgekommen war, um zu versuchen, endlich ein guter Vater und ein hilfreicher Opa zu sein, vielleicht wollte er sogar wieder Kontakt zu Agnes' Tante aufnehmen. Aber

Agnes war sich sicher, dass der alte Kerl immer noch voller Rachegelüste steckte. Was ja auch verständlich war. Es war auch verständlich, dass Kathrine Angst davor hatte, was sich ihr Exfreund ausdenken könnte. Vegard Saue wusste sicher, dass sie damals die Beweise, die gegen ihn sprachen, gestohlen hatte. Vielleicht wusste er auch, dass Kathrine das Beweismaterial immer noch besaß. Und als Veslemøy Liland ihm damit drohte, die Sache wieder ans Licht zu zerren, war der frischgebackene Bezirksstaatsanwalt äußerst interessiert daran, diese Beweise in die Hände zu bekommen. Wäre die Information, dass jemand ihn in seiner Jugend wegen einer Vergewaltigung bei der Polizei angezeigt hatte, an die Öffentlichkeit gelangt, hätte es – vorsichtig ausgedrückt – nicht gut für ihn ausgesehen. Das war wohl auch der Grund dafür, dass er gekommen war, nachdem Kathrine ihn nach der Trauerfeier angerufen hatte. Und Agnes würde es nicht mehr wundern, wenn sie ihn dazu erpresst hatte, noch einmal mit ihr zu schlafen. Es würde sie auch nicht wundern, wenn Saue bald gefasst und der Brandstiftung, des Einbruchs und der Gewaltanwendung angeklagt werden würde. Sie hoffte, dass in dem Zweietagenhaus am Palmafossen Spuren von ihm gefunden würden. Sicher hatte Vegard Saue es zuerst mit dem einfachsten Mittel versucht: das ganze Haus abzufackeln und damit die Beweise zu vernichten. Als das Feuer jedoch gelöscht wurde, noch bevor es viel Schaden anrichten konnte, beschloss er wahrscheinlich, selbst nach der Tüte mit den Beweisen zu suchen. Er hatte erfahren, dass Kathrine bei der Polizei saß und ihre Mutter nicht zu Hause war. Und so war es letztendlich nur Agnes, die ihm bei seiner Suche in die Quere gekommen war, und dieses Problem löste der immer verzweifelter wirkende Bezirksstaatsanwalt, indem er ihr einen Tritt verpasste.

»Trink«, sagte Ingeborg.
Sie war mit mehr Wein und weiteren Fragen zurückgekommen.
»Du bist also der Meinung, dass die Katze Saue erpresst hat, viele Jahre lang diese geheime Liebschaft mit ihr fortzuführen? Das ist ja schlimmer als in jeder Seifenoper.«
Agnes dachte an Eskildsen, wurde wieder wütend.
»Das hört sich verrückt an, aber alles deutet darauf hin, dass es so war, ja. Du hast doch selbst gehört, dass Vegard Kathrines überdrüssig war und eigentlich schon mehrere Male mit ihr Schluss machen wollte. Ich vermute, dass sie ihn immer wieder diskret darauf hingewiesen hat, dass sie ihn in der Hand hat. Dass sie Dinge besitzt, die sein Leben zerstören können.«
»Reizende Beziehung«, sagte Ingeborg. »Aber dann war doch irgendwann Schluss mit den beiden?«
»Ja, aber ich glaube, dass es tatsächlich Kathrine selbst war, die diese Entscheidung getroffen hat –, weil er keine Kinder haben wollte. Also – er wollte keine Kinder mit *ihr*. Was man ja gut verstehen kann. Und das war offensichtlich eines der Dinge, zu denen sie ihn nicht zwingen konnte«, sagte Agnes und dachte, wie viel einfacher es für Kathrine gewesen wäre zu behaupten, sie nähme die Pille. »Als sie nach Voss gezogen ist, war bereits seit mehreren Jahren Schluss, und Kathrine hat vielleicht vergessen, dass die kleine Beweistüte in einem der Pappkartons lag, die mit umgezogen waren und nach dem Brandunglück in Kathrines Schlafzimmer gestellt wurden.

Und genau dieser Karton war es, den die – wie ich inzwischen erfahren habe – psychisch labile Joni Farestveit unglücklicherweise zufällig geöffnet hat.«

Agnes spürte immer noch einen Kloß im Magen, wenn sie an Joni dachte.

»Was Kathrine das Leben kosten sollte. Stattdessen wurde tragischerweise Veslemøy, die Frau, die Joni immer geliebt und beschützt hat, das Opfer. Ein zweites Mal.«

Ingeborg nahm einen so kräftigen Zug an ihrer Zigarette, dass die Glut knisterte, und stieß dann den Rauch aus.

»Wozu braucht man noch Feinde, wenn man Freundinnen wie diese Damen hat?«

Der Rotweinrausch und die Unruhe kämpften darum, wer die Kontrolle übernehmen sollte, während Agnes zusammen mit Ingeborg das letzte Stück des Gullfjordungvegen Richtung Vangen ging.

Eigentlich hätte sie auch nach Joni suchen sollen, dachte sie. Aber Viktor hatte sie inständig gebeten, die Polizei ihren Job allein machen zu lassen. Sie habe an diesem Abend schon ein Leben gerettet, wie er sagte, und es sei an der Zeit, ein wenig runterzufahren.

Womit er recht hatte. Außerdem konnte sie nicht mehr. Auch auf die Anrufe des Abendbereitschaftsdiensts von *VG* hatte sie nicht geantwortet. Aber am nächsten Tag, ganz früh morgens, wollte sie sich daransetzen und alles aufschreiben. Sie wollte versuchen, Gro dazu zu bringen, *on record* zu reden, wenn sie ihren Schock überwunden hatte. Sie wollte die ganze Geschichte erzählen, nicht nur von dem Brief und dem Mord, sondern auch, wie diese starke, verschworene

Freundinnentruppe auf diese Art zerstört werden konnte. Und sie wollte Torgeir Tveiterås dazu überreden, entweder anonym oder offen über die Fehler der Polizei vor zweiundzwanzig Jahren zu sprechen. Sie war sich ziemlich sicher, dass er ihrer Theorie zustimmen würde: dass der damalige Polizeidirektor Svein Vatle, nachdem er erfahren hatte, dass die Beweismitteltüte in dem Vergewaltigungsfall gestohlen worden war, einen Gefallen von seinem guten Freund, dem zuständigen Staatsanwalt in Bergen, einforderte –, woraufhin dieser den Fall mit einem Federstrich abschloss. Agnes wollte außerdem darüber schreiben, dass die Lokalzeitung nie etwas davon aufgegriffen hatte, weil der Chefredakteur Eskildsen sowohl den Altherrenklub Grei als auch seinen Neffen beschützen wollte.

Bis dahin hieß es, die Daumen zu drücken, dass Joni so schnell wie möglich gefunden wurde.

Wo war sie?

Agnes hatte ihren Brief nicht nur als Eingeständnis des Mordes angesehen. Er klang auch wie ein Abschiedsbrief.

Aber laut Viktor schienen weder Storedal noch die Leute von der Kripo diesen Aspekt ernst zu nehmen. Sie gingen davon aus, dass von Kathrine keine Gefahr mehr ausging. Sie hatten ihr schriftliches Geständnis, und es war anzunehmen, dass keine weiteren Menschen mehr in Gefahr waren. Deshalb gingen sie davon aus, dass Jonis Festnahme undramatisch vonstattengehen würde. Die Ermittlungsleiterin wollte nicht einmal eine öffentliche Fahndung herausgeben, weil es schon so spät am Abend war. Sollte Joni sich nicht selbst am kommenden Vormittag stellen, sollte laut Plan intensiver nach ihr gesucht werden.

»Das Fest hat offensichtlich schon begonnen«, sagte Ingeborg, als sie an der Kirche vorbeikamen und den steilen Hügel hinunter zum Parkplatz beim Prestegardslandet und Vangsvatnet gingen.

Die Freundin wollte sich an diesem Abend mit ein paar Kollegen vom Hotel treffen und war schon spät dran. Nach einem weiteren Glas Wein hatte sie Agnes überredet mitzukommen.

Aus dem Festivalzelt war Musik zu hören, Agnes kannte weder die Band noch den Song, aber sie spürte schon hier den Bass im ganzen Körper.

Auch wenn die Polizei noch nicht offiziell bekannt gegeben hatte, dass der Mord aufgeklärt war, hatten die Leute aus Voss offenbar beschlossen, den Fallschirmmord an diesem letzten Abend der Veko nicht mehr zu erwähnen.

Endlich sah es tatsächlich wie ein richtiges Festival aus. Es wimmelte von Leuten und roch überall nach Bier.

Eigentlich sollte Agnes lieber nach Hause zu Fredrik fahren. Sie hatte die letzte Nacht so gut wie gar nicht geschlafen, und ihr Kopf war schwer. Aber wollte er überhaupt noch mit ihr reden? Bei Ingeborg hatte sie endlich ihr Handy laden können, aber als sie es anschaltete, konnte sie sehen, dass Fredrik weder angerufen noch eine SMS geschickt hatte. Und als sie versuchte, ihn anzurufen, antwortete er nicht. Mit anderen Worten: Er hatte offenbar die Leiche des City-Cross-Kinderwagens in der Garage entdeckt. Agnes war in letzter Zeit wirklich nicht besonders nett zu Fredrik gewesen, aber bei dem Gedanken, dass er sie trotzdem heiraten wollte, spürte sie ein warmes, sicheres Gefühl. Und er hatte tatsächlich ihr zuliebe in den Personalakten des Krankenhauses geschnüffelt. Und doch war sie verärgert über so einige Dinge, die er gesagt und getan hatte. Und es war nicht besonders freundlich, sich auf diese Art unerreichbar zu machen, nachdem sie heute vor seinen Augen im Krankenhaus in Ohnmacht gefallen war. Aber er wusste ja auch nicht, was in den letzten Tagen alles passiert war, weder das mit ihrer Mutter, noch im Job oder sonst wo.

Es war einfach an der Zeit, in Ruhe miteinander zu sprechen.

Und sie musste ehrlich sein.

Gestehen, dass der Kinderwunsch bei ihr vielleicht nicht ganz so groß war wie bei ihm.

Bevor Agnes verkünden konnte, dass sie lieber nach Hause gehen wollte, nahm Ingeborg sie an der Hand und zog sie mit sich zum Bartresen. Alexander saß an einem der überfüllten Tische direkt davor. Er sah sie nicht, lachte gerade über etwas, was sein Tischnachbar erzählt hatte. Ingeborg drehte sich um, in jeder Hand hielt sie ein Halbliterglas mit einer schmutziggelben Flüssigkeit darin.

»Hier, Batman«, sagte sie und gab Agnes eines. »Jetzt ist es an der Zeit, dass wir ein bisschen leben.«

Noch bevor Agnes protestieren konnte, fuhr die Freundin fort:

»Du hast keinen dicken Bauch, und du hast es verdient, dich heute Abend mal richtig zu entspannen, und hast du eigentlich schon mal *Bøtto* probiert? Das ist unsere eigene Version eines Long Island Ice Teas. Ich wette, du warst in letzter Zeit nicht gerade oft in einer Bar. *Nicht lange schnacken, Kopf in'n Nacken!*«

Ingeborg hielt ihr Glas zum Anstoßen hoch.

Na gut. Aber nur ein Drink.

Er schmeckte stark und süß. Nicht gut, aber schon nach den ersten Schlucken spürte Agnes, dass er ihr guttat.

Sie konnte sich kaum daran erinnern, wann Alkohol das letzte Mal ihren Körper von innen eingeölt und sich wie eine unsichtbare Schutzschicht über alles gelegt hatte, vor dem sie Angst hatte.

SONNTAG

Etwas sagte ihr, sie solle lieber nicht die Augen öffnen.

Agnes war sich nicht sicher, ob es das intensive Pochen in ihrem Schädel oder das lärmende Telefon gewesen waren, das sie geweckt hatte, aber so oder so fühlte es sich zu früh an. Sie ließ das Telefon liegen. War nicht in der Lage, irgendetwas damit anzustellen, bevor sie nicht etwas gegen die Kopfschmerzen getan hatte. Der erste verzweifelte Versuch sah so aus, dass sie sich ein Kopfkissen schnappte und es sich fest aufs Gesicht drückte.

Der unbekannte Geruch des Kissenbezugs irritierte sie.

Sie blieb reglos liegen. Wagte es nicht, einen Muskel zu rühren.

Nach einer ganzen Weile öffnete sie ein Auge.

Die Realität wurde ihr sofort schmerzhaft klar: Das war nicht ihr Bettzeug. Das war nicht ihr Bett. Sie war nicht daheim bei sich.

Sie war in einem Hotelzimmer.

Allein?

Vorsichtig hob sie den Kopf und schaute sich um.

Allein.

Angezogen?

Sie hob die Bettdecke hoch.

O scheiße.

Die Erinnerung an die Nacht kam in kleinen, schmerzhaften Stückchen zurück. *Bøtto*, davon waren es viele geworden. Tanz im Zelt, eine Band, die sie nicht kannte. Die Welt als eine zusammenhängende, große Achterbahn.

Ein nackter Mann.

Wieder klingelte es, das Geräusch schnitt wie ein Messer durch Scham und Schmerz. Der Klingelton war entsetzlich laut eingestellt. Sie entdeckte das Handy auf der anderen Seite des Betts, mit dem Display nach unten. Sie streckte sich nach ihm, drehte es um: Viktor rief an.

Sie brauchte nur noch ein bisschen Zeit.

Ingeborg hatte angerufen. Fredrik hatte auch angerufen, mehrere Male. Jetzt begann auch noch ihr Magen zu rumoren. Es war schon nach zehn Uhr, und Viktor gab keine Ruhe. Agnes drehte sich auf den Rücken, um ranzugehen, doch die Übelkeit überrollte sie.

Sie sprang aus dem Bett, durch das Zimmer, durch eine offene Tür, das musste das Badezimmer sein. Es schien, als säße der Teufel persönlich in ihrem Magen und dirigierte. Agnes musste sich übergeben, kniete vor der Toilette und stöhnte leise.

Da öffnete sich die Hotelzimmertür.

Kurz darauf kam eine Gestalt zum Vorschein.

Agnes wagte es nicht, aufzuschauen.

»*Verdammt nochmal, Agnes Tveit!*«, erklang die nasale Stimme von Tor Erik Åkervold. »Dabei wollte ich dich fragen, ob du Frühstück möchtest oder noch eine Runde im Bett. Ich gehe mal davon aus, dass beides gestrichen ist.«

Sie hatte vergessen zu pieseln, und jetzt war es zu spät, daran noch etwas zu ändern.

Sie musste zusehen, rechtzeitig zum ersten Sprung des Tages zu kommen. Alles, was an adrenalinsüchtigen Fallschirmspringern Beine hatte, stand versammelt auf dem Sprungfeld neben dem Schweinestall. Viele von ihnen sahen aus und rochen auch so, als hätten sie die Nacht durchgefeiert. Wenn man die Sportlertruppe so sah, konnte man sich nur schwer vorstellen, dass vor nicht einmal einer Woche ein Sprung tödlich geendet hatte. Alle waren so aufgedreht, so ungeduldig, so glücklich darüber, endlich, am Bonustag des Festivals, doch noch dorthin zu kommen, wohin sie unbedingt wollten.

Birger war es gewesen, der noch spätabends eine SMS an alle geschickt hatte, die auf der Teilnehmerliste standen. Der letzte Fallschirmsprung sollte als »Ehrung, als letzten Gruß des Festivals an Veslemøy Liland«, stattfinden.

Sie hatte sich gefreut, weil sie so die Chance bekam, das durchzuführen, was sie in den letzten Tagen geplant hatte. Von dem sie jedoch gedacht hatte, sie müsste es auf eine andere Weise, an einem anderen Ort tun.

Für die sogenannte »Ehrung« für Veslemøy hatte sie nicht viel übrig. Birger hätte lieber bei der Wahrheit bleiben sollen, ehrlich sagen, dass er nicht Hunderte von Fallschirmspringern mit übler Laune nach Hause schicken wollte. Für eine Sekunde spürte sie ein schlechtes Gewissen, weil sie für alle, Zuschauer und Teilnehmer, den Tag kaputt machte.

Sie war wütend, dass sie noch einmal gescheitert war.

Gleichzeitig fühlte sie sich auf sonderbare Art gleichgültig gegenüber allem und jedem. Jetzt bedeutete nichts mehr etwas für sie.

Der Motorenlärm übertönte ihr heftig pochendes Herz, während sie sich darauf konzentrierte, tief einzuatmen. Sie schob die juckende Perücke unter dem Helm zurecht. Zu ihrer Verblüffung waren lediglich eine Perücke und eine neue Sonnenbrille nötig gewesen, um nicht erkannt zu werden. Niemand war wegen ihrer Ausweise misstrauisch geworden: Führerschein und Fallschirmsprunglegitimation für eine Frau, die ihr nicht besonders ähnelte.

Einer nach dem anderen verschwanden die jungen Sportler unter dem Flugzeug. Als Letztes sprang ein zögernder Anfänger, der an einem der erfahrensten Springer des Clubs befestigt war, aber trotzdem ein blasses Gesicht hatte. In seinen Augen funkelte eine Mischung aus Abenteuerlust und Todesfurcht. Es lag nicht in ihrer DNA, sich zu fürchten. Und sie hoffte, dass es so blieb.

»Klar?«, rief der Pilot.

Das Flugzeug war jetzt leer, bis auf sie. Sie nickte, rutschte zur offenen Tür, hin zu einem blauen, wolkenfreien Himmel, genau wie der Himmel am Sonntag vor einer Woche, als sie einander das letzte Mal an der Hand hielten.

Seitdem sahen die Welt, das Universum, die Zukunft, ja, alles, vollkommen anders aus.

Vorsichtig trat sie auf die kleine Stufe, die sie fand, ohne hinzusehen, da fegte ihr der Wind ins Gesicht, nahm ihr den Atem.

Nicht weil sie ihren Schritt bereute.

Sondern weil sie sich so intensiv, schwindelerregend leicht fühlte.

Sie ließ los und fiel ins Freie. Der Wind nahm sie in Empfang wie ein alter Freund. Er stellte keine Fragen, forderte nichts von ihr, war nie moralisch und verurteilte niemanden.

Sie fühlte sich Veslemøy näher als jemals zuvor.

Hoffentlich hatte Veslemøy keine Zeit gehabt, sich zu ängstigen.

Hoffentlich hatte sie bis zur letzten Sekunde darauf vertraut, dass alles gutgehen würde.

Ein Stück weiter unten konnte sie sehen, dass die anderen bereits die Reißleinen zogen. Sie selbst manövrierte sich so weit von ihnen fort wie nur möglich.

Bevor sie begriffen, was geschah, war sie bereits an ihnen vorbeigerast.

Niemand wusste, dass ihre Ausrüstung nur abgeschnittene Seile enthielt, in großer Wut zerschnitten, auf die gleiche Art, wie sie die Seile an Kathrines Schirm zerschnitten hatte.

Für zwei kleine Jungs hatte sie den Mord, der ihnen die Mutter genommen hatte, rächen wollen. Sie würden es jetzt noch nicht begreifen können, noch viele Jahre nicht, aber später im Leben würden sie dafür dankbar sein.

Joni Farestveit hielt Kurs auf die glitzernde Wasseroberfläche von Vangsvatnet. Sie wusste, beim Aufprall würde das Wasser so hart sein wie das Eis im Januar, aber sie wusste auch, dass sie das nicht mehr spüren würde, dass sie nie wieder Schmerz, Verrat, ein schlechtes Gewissen, Sehnsucht spüren würde.

Ein letztes Mal nahm sie das Spiegelbild der grünen Berge mit weißem Puderzucker auf den Spitzen in sich auf.

Dann schloss sie die Augen.

DANK

Dank an Knut Lien vom Oslo Fallskjermklubb, der großzügig sein technisches Wissen mit mir teilte, und an Morten Knapstad und Sebastian Brück für umfassende Informationen über das Fallschirmspringen in Voss. Dank an Nils Arne Mehammer und Vibeke Schei Syversen von der Kripo, Morten Steingrimsen und Pernille Flage von der Polizei und Marianne Skjerven-Martinsen, ehemalige Ärztin und Forscherin beim Folkehelseinstituttet, für ihre unschätzbare fachliche Expertise. Die Verantwortung für die Informationen, die ich erhalten habe, und für ihre Verwendung liegt voll und ganz bei mir.

Dank an meine Lektoren Guro Solberg und Hans Petter Bakketeig und an meinen früheren Lektor Marius Fossøy Mohaugen für Brainstorming und Ermunterungen. Sie waren Fallschirm, Reserveschirm und Notschirm für mich bei diesem Projekt.

Danke an meine ManuskriptberaterInnen, die anonym bleiben sollen, mir aber eimerweise Motivation gegeben und mich fast k. o. geschlagen haben mit ihren Anmerkungen von zweiundzwanzig Seiten.

Dank an Freunde, Familie und Bekannte, die mir in unterschiedlichen Phasen des Schreibens mit kurzen, wichtigen und klugen Anmerkungen geholfen haben: Magnhild Helland, Guro Danielsen, Mari Hesjedal, Anne Gunn Halvorsen, Line Oddekalv, Nils Kvamsdal, Therese Tungen, Reidun Haggedal, Kjartan Brügger Bjånesøy, Frode Fuglehaug, Synnøve Ringset Fuglehaug, Gudrun Fuglehaug, Jon Fuglehaug und – ein ganz besonderer Dank an diejenige, die am meisten gelesen hat – die Krimikönigin Karen Breistein.

Danke an den Mann aus dem Osten Norwegens in meinem Leben, Kåre Henriksen, der immer ein Felsen für mich war und außerdem ein ganz besonders guter Korrekturleser.

Und ganz zum Schluss: Dank an den lieben Ort Voss für die Inspiration. Alles in diesem Roman ist erfunden, aber die Schilderung der Fallschirmtruppe, die die Ekstremsportveko mit einem gemeinsamen Fallschirmsprung mit umgenähten Trachten einleitet, wurde inspiriert von einem Fernsehbericht von 2015. Ansonsten gibt es keinerlei Ähnlichkeit zwischen den Romanfiguren und den tatsächlich existierenden Damen – oder anderen Personen des Ortes. Und alles wurde voller Liebe geschrieben.

PERSONENREGISTER

Agnes Tveit, Journalistin, stammt aus Voss, ist nach einigen Jahren in Oslo wieder in ihren Heimatort gezogen, arbeitet bei der lokalen Zeitung, 38 Jahre
Fredrik Johannes Dahl, ihr Ehemann, Chirurg, arbeitet am örtlichen Krankenhaus
Dr. Eline Tveit, Tante von Agnes, Ärztin

Viktor Vormedal, Polizist und langjähriger Freund von Agnes, ihre Infoquelle bei der Polizei
Gro Skutle, Viktors Ehefrau und Erbin eines großes Möbelhauses, Fallschirmspringerin
Henrik Vormedal, Viktors Vater, Arzt, galt lange Jahre als vermisst

Veslemøy Liland, Mutter zweier Söhne, Fallschirmspringerin
Steven Smith, Neuseeländer, Ehemann von Veslemøy und der Vater ihrer beiden Kinder
Dagny Berge, Großmutter von Veslemøy, lebt in einem Pflegeheim

Joni Roberta Farestveit, Angestellte an der Universität Oslo, Fallschirmspringerin

Peder André Vik, ihr Exmann

Kathrine Boe, Ärztin, arbeitet am selben Krankenhaus wie Fredrik, Fallschirmspringerin

Birger Flakne, Leiter des Extremsport-Festivals

Vegard Saue, der neue Bezirksstaatsanwalt

Eskildsen, Chefredakteur der lokalen Zeitung

Tor Erik Åkervold, Journalist, ehemaliger Kollege von Agnes in Oslo

Alexander Kosanovic, Musiker, Fußballtrainer, die erste große Liebe von Agnes, lebt mit Frau und drei Kindern in Evanger

Sigmund Storedal, der Leiter der örtlichen Polizeistation

Ingeborg, einzige Freundin von Agnes, alleinerziehende Mutter mit weitverzweigter Familie

BAND 2: TODESSCHLAG
Ein Agnes-Tveit-Krimi
Aus dem Norwegischen von Hanne Hammer
Das Buch erscheint im Juni 2023

In der Woche vor Ostern findet alljährlich in Voss das berühmte Jazzfestival statt. Martha Tverrberg, 66 Jahre alt, ist eine weltberühmte Saxophonistin und streitbare Feministin. In diesem Jahr tritt sie dort auf und spielt mit ihren Musikern zwei Stunden ohne Unterbrechung. Danach pausiert die Band. Martha ergreift das Mikro und hält eine flammende Rede gegen die Jazz-Community, die ältere Menschen diskriminiere und Frauen benachteilige. Dann nimmt sie ihr Saxophon wieder auf und spielt noch ein herzzerreißendes Stück – und bricht tot auf der Bühne zusammen.

Im Publikum sitzt Agnes Tveit, die im achten Monat schwanger ist, und eine Biographie über die Sängerin noch vor der Geburt des Kindes fertigstellen will. Seit ihrer Kündigung bei der lokalen Tageszeitung arbeitet sie freiberuflich und ist auf solche Aufträge angewiesen. Agnes ist sich immer noch nicht ganz sicher, was die Vaterschaft anbelangt: Fredrik, ihr Mann, oder aber doch ihr ehemaliger Kollege Äkervold, mit dem sie vor neun Monaten eine kurze Affäre hatte. Und als wäre das alles noch nicht genug, ist auch ihre ehemals große Liebe, Alexander Kosanovic, wieder aufgetaucht. Der ist in der Zwischenzeit zum Festivalleiter ernannt worden, nachdem sein Vorgänger überraschend an einem Herzinfarkt starb.

Die Polizei vermutet, dass Martha Tverrberg vergiftet wurde, ein tödliches Puder ist offenbar auf dem Mundstück ihres Saxophons aufgetragen worden. Und es gibt eine Verbindung zum Herztod des Festivalleiters. Wurde auch er umgebracht?

Als Agnes recherchiert und die Tagebücher der Diva liest, finden sich gleich mehrere Verdächtige. Damit sind die ruhigen Wochen vor der Geburt gestrichen, und Agnes stürzt sich in die Recherche, ein Fall, der sie und ihr Nahestehende plötzlich in Todesgefahr bringt.